Widmung

Es gibt Lieben, die dauern immer an.
Und es gibt Lieben, die dauern einen Moment.
Das heißt nicht, dass die eine Liebe mehr oder weniger wert wäre,
als die andere.
Sie ist nur anders.

Für Hardy
Danke für ein halbes Leben.

Für L. und M.
Danke für ein ganzes Leben.

Für Martin
Danke für ein anderes Leben.

Rule

Es kam nur selten ein Taxi in diese Gegend. Die Leute hier hatten eigene Autos. Als der helle Wagen in der Nelkenstraße hielt, bewegten sich einige Gardinen in den Fenstern der gepflegten Mehrfamilienhäuser. Schemenhaft waren Köpfe dahinter zu erkennen, nur Köpfe, keine Gesichter.
Die Frau, die den Fahrer bezahlte, achtete nicht auf die Neugierigen hinter den geputzten Scheiben. Sie stieg aus, strich ihren Rock glatt, rückte die Sonnenbrille zurecht und ordnete mit einer Hand ihr Haar. Sie sah auf das Haus mit der Nummer zwölf und ging darauf zu. Sie fuhr mit dem Zeigefinger neben den Namensschildern entlang, wartete einen Moment und drückte dreimal auf die oberste Klingel. Wenige Sekunden später ertönte der Summer, die Frau schob die Tür auf und ging die Treppe hinauf. Ihre hohen Absätze klackerten auf den sauberen Marmorstufen. In der dritten Etage endete die Treppe vor zwei braunen Wohnungstüren. Simone Sänger zögerte einen Augenblick, bevor sie dreimal klopfte.
Nichts geschah. Sie neigte den Kopf und lauschte. Sie sah auf ihre Armbanduhr: Es war Punkt zehn Uhr vormittags, wie vereinbart. Ihre Unruhe wurde stärker. Ob er sich einen Scherz erlaubte? Oder wollte er sie vorher zappeln lassen? Sie klopfte wieder. Dreimal kurz, wie verabredet.
Unmittelbar öffnete sich die Tür und er stand vor ihr. Simone zuckte zusammen und wich einen Schritt zurück, als sie ihn sah. Er streckte die Hand nach ihr aus, fasste sie am Oberarm und zog sie langsam in die Wohnung. Mildes Licht schien in die Diele. Es ließ ihn noch unheimlicher aussehen. Simone starrte ihn an. Ihr Herz schlug heftig und laut, so laut, dass sie dachte, er könnte es hören.
Er war einen Kopf größer als sie. Ob er schlank war, konnte sie nicht genau erkennen, die schwarze Lederjacke kaschierte seine Konturen. Nur die hellen Augen waren frei und bildeten einen starken Kontrast zu seiner Ledermaske, die den Kopf bedeckte. Auch der Mund war unter der Maske verborgen. Simone bemerkte zwei Löcher zum Atmen unterhalb des Nasenrückens. Er trug schwarze Handschuhe.
Sie schluckte und bemühte sich um einen forschen Ton. »Hallo Rule. Ich bin Chatterley. Schön, dich zu sehen.« Aber ihre Stimme bebte ein wenig. Sie hielt ihm die Hand entgegen.
Er nahm sie in seine Linke, strich zart mit der Rechten über ihre Finger und deutete einen Handkuss an. Wortlos schob er sie in den offenbar einzigen Raum der Wohnung.
Simone registrierte alles mit einem Blick: schwarze Wände, schwarzer Teppichboden. Auf einem Kandelaber brannten acht dicke, rote Kerzen, daneben stand ein Stuhl. Von der Mitte der Zimmerdecke hingen glänzende Stahlketten herab.
Simone lächelte bei ihrem Anblick. Endlich, endlich war es wieder da, dieses Gefühl, diese Angst, gepaart mit Aufregung und kribbelnder Neugier.
Rule fasste sie mit einer Hand sanft in den Nacken, schob sie zum Stuhl, und sie folgte seiner stummen Anweisung wie eine Marionette. Sie konnte seine nächste Handbewegung nicht sofort deuten.
»Soll ich mich ausziehen?«
Er nickte. Simone lächelte. Er würde nicht enttäuscht sein, das wusste sie. Die anderen waren immer begeistert gewesen, und dieser war auch nur ein

Mann. Langsam öffnete sie die Kostümjacke und hängte sie über die Stuhllehne. Sie ließ sich viel Zeit, als sie die Bluse aufknöpfte. Als sie den Rock über die Hüften gleiten ließ, versuchte sie, seinen Blick zu fixieren. Seine Augen gaben nichts preis.
Sie legte ihre Hände lässig wie ein Model auf dem Laufsteg an ihre Hüften, als sie einen Schritt auf ihn zuging. Er veranlasste sie mit einer Geste, stehen zu bleiben. Sie verharrte nur eine Armlänge von ihm entfernt. Unbeweglich starrte er sie an.
Rule, der Nickname, hatte sie auf ihn aufmerksam gemacht. Die Botschaft seines Pseudonyms war eindeutig.
»Ich bestimme die Regeln, Chatterley. Und ich bestimme sie immer«, hatte er ihr geschrieben.
Simone wusste, dass sie gut aussah: Ihre Beine wirkten in den halterlosen Nylons und den hohen Pumps länger, ihre Taille kam im engen Lackmieder gut zur Geltung. Warum sagte er nichts, warum starrte er sie nur an?
Er ging einen Schritt auf sie zu. Nein, sie wich nicht zurück, nicht einen Zentimeter. Sie reckte ihr Kinn vor und lächelte.
Sie hatte dieses Blind Date gewollt, sie hatte gewusst, dass er dieses Spiel mit ihr spielen würde. Sie hatte auch gewusst, dass er ein dominanter Mann war, ein Sadist. Er hatte sie zuvor in den Mails, die sie sich geschrieben hatten, über die Ausprägung seiner Neigungen nicht im Unklaren gelassen. Und sie war gekommen, trotz all ihrer Erfahrung.
Er packte Simone mit beiden Händen an den Oberarmen und schob sie in die Mitte des Zimmers. Sie zuckte zusammen, als sie das Leder seiner Handschuhe auf der Haut spürte. Er schob sie unter die Haken an der Zimmerdecke; vor ihrem Gesicht schwangen die Ketten leicht hin und her. Sie atmete tief ein und aus. Ihr Puls ging nun schneller, das scharfe Kribbeln im Bauch war da, endlich, endlich wieder.
Er strich über ihre Haare. Einen Moment lang ließ er die Hand an ihrer Wange und sie war versucht, sich anzuschmiegen. Aber nein, das wäre zu vertraulich, zu aufdringlich, zu früh ...
Wieder lächelte Simone ihn an. Wann würde er die Maske abnehmen? Wie sah er aus? Und wie würde seine Stimme klingen? Sie hatten vorher nie miteinander telefoniert.
Was hatte er vor? Wie würde er anfangen?
Er drehte sich um und verließ das Zimmer. Simone wagte nicht, sich zu bewegen, zu aufregend war die Situation. Reglos blieb sie stehen, nicht mal den Kopf bewegte sie, um sich noch einmal im Zimmer umzusehen.
Nur einen Moment später kam er zurück und legte ihr breite Ledermanschetten um ihre Hand- und Fußgelenke. Sie zitterte ein wenig.
Rule nahm ihre linke Hand und befestigte die Lederfesseln an einer der Ketten. Dann die andere Hand, dieselbe Prozedur.
Sie spürte seinen Atem an ihrem Hals. Simone wusste, welches Bild sich dem Mann in schwarzem Leder nun bot: eine schlanke Frau, halb nackt in hohen Schuhen, deren hoch ausgestreckte Arme über ihrem Kopf angekettet waren.
Rule stieß mit seinen schweren Stiefeln an die Innenseiten ihrer Pumps. Ja. Sie verstand. Sie sollte die Beine spreizen. Simone folgte dem stummen Befehl.
Ja. Noch weiter.

Eine Metallstange lehnte an der Wand gegenüber. Eine Spreizstange, dachte Simone, der Bursche wollte das volle Programm. Rule hockte sich vor sie und befestigte ihre Fußfesseln an den Enden der Stange. Dann stand er auf, sehr langsam. Wie ein Phantom, eine unwirkliche Figur, sah er in seiner Lederkluft aus; die Situation erschien Simone irreal und traumhaft.
Mit schweren, bedächtig wirkenden Schritten ging er um sie herum, betrachtete sie von allen Seiten. Sie suchte seinen Blick, wollte kommunizieren, ihm Zeichen geben, seine Zeichen lesen.
Wann würde er endlich beginnen? Hatte er keine Peitsche? Keine Gerte, keinen Rohrstock? Sie konnte nichts dergleichen sehen.
»Du wirst alles bekommen, was du brauchst, Chatterley«, hatte er ihr geschrieben. Wusste er wirklich, was sie brauchte?
Wie lange gab es diesen neuen Kontakt? Seit zwei, drei Wochen? Simone erinnerte sich nicht genau daran, wann sie zum ersten Mal Mails getauscht hatten, aber sie erinnerte sich noch an den ersten Satz, den er ihr geschrieben hatte: »Guten Tag, Chatterley. Es ist die Zeit für ein Gespräch. Rule.«
Es war ihr erstes Blind Date. Sie wollte es wagen, einen ihr absolut unbekannten Mann in einer fremden Wohnung zu treffen, ohne Sicherheiten, ohne jemandem gesagt zu haben, wo sie war, ohne ein Safe-Wort vereinbart zu haben, und sie wollte damit einverstanden sein, dass er sie fesselte und sie sich ihm auslieferte.
»Du wirst dich in meine Hände begeben, mir absolut zu Willen sein, und das wirst du so genießen, wie du nie zuvor genossen hast«, hatte er geschrieben.
Als er ihr mit behandschuhter Hand erneut über den Rücken strich, bekam sie Gänsehaut. Er stand ganz nah hinter ihr, ein Finger nur, der ihr nun vom Nacken die Wirbelsäule herunter fuhr, bedächtig, zärtlich fast. Simone seufzte.
Unvermittelt ging er aus dem Zimmer und schloss die Tür hinter sich.
Er wollte sie schmoren lassen, Spannung erzeugen.
Okay, dachte Simone lächelnd, *ich habe noch mehr als vier Stunden Zeit, ich kann warten.*
Vereinbart war ein Treffen von zehn Uhr morgens bis nachmittags um drei, um vier musste sie spätestens wieder im Laden sein. Hoffentlich würde er sich daran halten.
Simone bewegte sich ein wenig, die Schuhe drückten, und sie hätte sich gern gesetzt.
Als sie die Arme streckte, erklang das diskrete Geräusch der Ketten, ein leichtes, elegantes Klirren, der dicke schwarze Teppich schien jeden weiteren Laut zu dämpfen.
Im Licht der Kerzen konnte sie die Tür erkennen. An der gegenüberliegenden Wand hingen bodenlange Vorhänge und verdeckten offensichtlich das einzige Fenster. Es war warm im Zimmer, Simone spürte, dass sich Schweißperlen auf ihrem Nacken bildeten. So eine Hitze, und das im September.
Zeit verging, sie wusste nicht, wie viel.
Kein Laut drang in den dunklen Raum. War Rule nebenan und würde gleich zurückkommen? Oder ließ er sie einfach hier hängen?
Bei dem Gedanken daran, dass er sie in dieser Wohnung allein gelassen hatte, sie womöglich eingeschlossen war und sich nicht aus den Ketten befreien konnte, wurde Simone siedend heiß.

Ich bin aber auch zu blöd. Wenigstens hätte ich mich covern lassen sollen. Wenn der Typ abgehauen ist, hab ich schlechte Karten. Dann muss ich um Hilfe schreien, bis mich jemand in diesem Aufzug hier findet.
Sie lachte auf, als sie sich eine Bild-Zeitungs-Schlagzeile vorstellte: »Perverse Bonner Buchhändlerin aus Ketten und Korsett befreit«.
Immer auf der Jagd nach dem letzten Megakick und jetzt hänge ich hier. Scheiße.
Die Tür öffnete sich fast lautlos.
Rules Silhouette wirkte mächtig. Ruhig und bestimmt kam er auf sie zu. In seiner Hand hielt er eine Lederpeitsche.
Simone stockte bei dem Anblick der Atem.
Wortlos trat er hinter sie, ließ die Peitsche auf ihren Arsch sausen, so fest, dass Simone aufschrie vor Schmerz und Schreck. Noch einmal, zweimal, fünfmal, zehnmal.
Schweigend verließ Rule den Raum und schloss die Tür.
Simone keuchte, zu überraschend war dieser Auftritt gewesen. Was war denn das für eine Nummer? War der verrückt geworden?
Es dauerte, bis sie wieder ruhig atmen konnte und das schmerzhafte Brennen ihrer Haut ein wenig nachließ.
Sie lauschte. Nichts war zu hören. Wo war er? Was tat er? Würde er jetzt immer wieder ins Zimmer kommen, sie zehn Mal schlagen und stumm wieder hinausgehen?
Was für eine Session sollte das werden?
Rules sichere Art und sein Schweigen erinnerten sie an Mark. Aber das war eine andere Geschichte, daran wollte sie jetzt nicht denken.
Der lässt sich wirklich Zeit.
Sie drehte den Kopf ein wenig und beobachtete die Flammen der Kerzen. Ihre Handgelenke schmerzten und die hohen Schuhe drückten ihre Zehen zusammen. Sie versuchte, so entspannt wie möglich zu stehen, um die Position auszuhalten.
Sie war ihm total ausgeliefert. Wie hatte das passieren können? Hatte sie das wirklich gewollt? Hatte sie es so gewollt?
Nur ein Tag war es gewesen, ein profaner Zufall, der ihr Leben völlig verändert hatte. Nichts war danach mehr so, wie es einmal war. Simone ließ die Anfänge ihres neuen Lebens Revue passieren.
Nebenan saß ein Mann in schwarzer Lederkleidung auf dem Rand der Badewanne. In der einen Hand hielt er eine Lederpeitsche, in der anderen eine schwarze Maske. Seine Haare waren zerzaust und verschwitzt, und über sein Gesicht liefen Tränen.

Hals über Kopf

Vordergründig hatte sich alles durch einen Zufall ergeben. Simone hatte damals am Computer in ihrer kleinen Buchhandlung gesessen und etwas im Internet gesucht, ein bestimmtes Buch, eine Information für einen Kunden, sie wusste später nicht mehr, was es gewesen war.
Als die Mädchen aus dem Gröbsten raus waren, hatte sie sich ihren Traum erfüllt und in der Bonner Altstadt »Simones Bücherecke« eröffnet. Sie bot überwiegend Taschenbücher an, Frauenliteratur, Belletristik, Lyrik, Koch- und Kinderbücher. Simone war gern in ihrem Lädchen, es war ihr eigenes Reich, das sie stolz hegte und pflegte. Der Verkaufsraum war hell gestrichen, die Bücher standen in modernen Kieferregalen, es gab eine gemütliche Sitzecke, in der die Kunden bei einer Tasse Kaffee in den Büchern stöbern konnten. Zu zahlreichen Stammkunden hatte Simone ein fast freundschaftliches Verhältnis. Ebenso wie zu ihrer Mitarbeiterin Karin Köhr: Die beiden Frauen mochten dieselben Bücher, hatten ein gemeinsames Faible für Gedichte und waren fast gleich alt. Karin sprang immer dann ein, wenn Simone etwas zu erledigen hatte, einen freien Tag brauchte oder im Urlaub war.
»Ich weiß nicht, was ich ohne dich machen soll«, hatte sie damals oft zu Karin gesagt. Karin war zweimal geschieden, drei ihrer vier Kinder waren inzwischen fast erwachsen.
An diesem Vormittag, an dem alles begann, suchte Simone also irgendwas im Internet. Ein oder zwei falsche Klicks, versehentlich, und sie geriet zufällig als Gast in einen offenen Flirt-Chat. Simone hatte noch nie zuvor gechattet, sie kannte das Procedere solcher Kommunikation gar nicht, und sie wäre wohl auch nie auf die Idee gekommen, »so etwas« zu versuchen. Die Plaudereien, deren Leserin sie an diesem Tag ungewollt wurde, empfand sie als unfassbar und witzig zugleich: Da warf ein Cybergirl virtuell sexy Grüße in den Raum und sandte ein Extrabussibussi an Teddyboy67. Unter dem Namen Mullemaus grinste ein Smiley, und daneben las Simone Halbsätze wie: »lacht mal in die Runde«. Blacky, Mondkind und Engel-ohne-Flügel antworteten mit zwinkernden Smileys, lachenden Kaffeetassen und hüpfenden Herzchen. Informationen wie »Bausemär betritt den Raum«, »Grottenmolch schmollt«, »Holunderästchen spaziert nickend durch den Chat« oder »Heisserfisch17 setzt sich auf den Hosenboden« ließen Simone laut lachen. Williwutz und Miss Lacrema, Nett.aber.fett und Teufel46 kannten sich offenbar persönlich, und Simone konnte gar nicht so schnell lesen, wie die bunten Sätze und Symbole über ihren Bildschirm flimmerten. Dennoch hatte ihr das anonyme Geplänkel gefallen, und in einer ruhigen Stunde im Geschäft suchte sie nach weiteren Flirtlines im Internet. So kam sie zu Love.Letters.
Flirts, Fun und Dates versprach der Anbieter, wenn sie sich registrieren ließe. Kostenlos. Nicht, dass Simone es nötig gehabt hätte, nach fremden Männern zu gucken, nein, nein, das nicht. Sie wollte natürlich keine richtigen Dates, keine realen Verabredungen, schließlich war sie mit Gerald sehr glücklich verheiratet, aber gegen ein bisschen Abwechslung und Unterhaltung während der ruhigen Stunden der Arbeitszeit war doch wirklich moralisch nichts einzuwenden. Im Internet flirten, das war nichts weiter als eine Art interaktives Fernsehen, oder nicht?

Simone gestaltete sich mit wenigen Klicks eine Profilseite, ähnlich einer kleinen Homepage, und dann surfte sie durch das riesige virtuelle Flirtangebot bei Love.Letters. Unglaubliche 520.000 Männer und 180.000 Frauen hatten sich registriert. Simone war entsetzt darüber, wie viele Ehemänner, fest liierte und offenbar unbefriedigte Typen sich hier darstellten.
»Ich bin gebunden und will es auch bleiben«, schrieb Rudi1960 aus Köln Zollstock.
»Ich suche die Frau für das Kribbeln im Bauch und gegen das Kribbeln im Schlauch«, bekannte Caruso_Koblenz, und Hexenmeister wünschte sich eine rassige Rubensfrau, die er auf Händen tragen konnte. Es gab Männer, die suchten eine Geliebte, andere wollten einen Neuanfang, Flirts, nette Zeiten im Chat, Dinnerverabredungen oder jemanden zum Spielen.
Wie albern, dachte Simone, *spielende Männer* ... Dass diese Formulierung eine Art Code für Eingeweihte war, wusste sie noch nicht.
Simone suchte nichts weiter als ein wenig Zerstreuung, sie beteuerte sich das insgeheim immer wieder. Sie wollte Ablenkung vom Einerlei des Alltags in der Familie, im Beruf und in ihrem Innern.
Auch sie stellte sich dar: Als attraktive Schönheit, die sich tagsüber totarbeitet, sich für Kunst und Kultur interessiert und schick kleidet, gern Jazz und Blues hört und eine nette Zeit im Chat verbringen wollte. Sie nannte sich Chatterley.
Sie wählte diesen Nickname, weil er eine Assoziation zu dem Wort »Chat« zuließ und ihr zugleich den Status einer Lady verlieh. Sie präsentierte sich virtuell ein klitzekleines Stück von der Wahrheit entfernt. Simone wollte so gesehen werden, wie sie sich selbst gern sehen wollte. Anders. Weiblich.
Simones reales Gesicht im Spiegel: eine dunkelblonde Frau mit tiefblauen Augen. Meist ungeschminkt, mit pflegeleichter Föhnfrisur, so ausdrucksstark wie Millionen andere. Ihr Traumgesicht hatte keine Kontur. Noch nicht.
Simone wunderte sich, wie viele Chatter sich mit einem Foto vorstellten. Sie stellte kein Foto ins Netz. Sie konnte es nicht riskieren, erkannt zu werden, zumal ja alles nur ein Spaß war.
Sie musste diskret sein, wegen ihres Jobs, wegen der Leute und natürlich wegen ihrer Ehe. Denn die war nun achtzehn Jahre alt, uneingeschränkt glücklich, und so sollte bitteschön auch alles bleiben. Simone erzählte Gerald von ihrer neuen Art, sich zu zerstreuen, denn sie hatten nie Geheimnisse voreinander gehabt. Geheimnislosigkeit als Zeichen beschlossener Nähe.
Erst fand er ihr neues Hobby albern. »Liebes, chatten ist was für Jugendliche, und dazu gehören wir ja nun wirklich nicht mehr«, sagte er kopfschüttelnd. Er war vielleicht ein wenig eifersüchtig, weil sie mit fremden Männern flirten wollte, aber nach ein paar Tagen schien er es vergessen zu haben. Jedenfalls fragte er nicht mehr danach.
Simone verbrachte viel Zeit im Chat. Stundenlang, jeden Tag. Es war wie ein Zwang: Sobald sie morgens das Geschäft betrat, startete sie den Computer und sah nach, wer ihre Profilseite besucht und ihr eine Nachricht hinterlassen hatte. Sie klickte die Seiten ihrer Besucher an, las, sortierte, reagierte. Sie bekam etliche Nachrichten: nette und höfliche Anfragen nach ihrem Befinden, lustige Anmachen und ordinäre Aufforderungen.
Eines Tages schrieb Loving Lars an Simone: »Wow! Lady Chatterley live!«
Loving Lars kam aus Karlsruhe, liebte seine Frau sehr und suchte einen Seitensprung. Er liebte auch High Heels, schicke Dessous und erotische Ge-

heimnisse. T-Shirts, Strickjacken und weiße Baumwollunterwäsche törnten ihn total ab. Das schrieb er auf seiner Profilseite.
Lars verkleidete sich gern beim Sex, trug dabei Perücken, Strumpfhosen und Kleider. Und er liebte High Heels nicht nur an Frauenfüßen, sondern auch an seinen eigenen. Das schrieb er Simone nach wenigen Tagen per Mail. Sie war schockiert. Ein Mann in Stöckelschuhen war höchstens im Karneval oder beim Christopher-Street-Day in Köln zu akzeptieren, aber doch nicht in der Erotik.
»Also wirklich, Lars. Nein, das kann ich mir nicht vorstellen, dass mich so was anmachen würde. Ein Mann in Stöckelschuhen, das ist nicht mein Ding.«
»Warte ab, Lady Chatterley, bis du deinem Herrn zum ersten Mal die Pumps lecken darfst«, schrieb Lars zurück.
Um Himmels willen.
Sie loggte sich postwendend aus. Ihr Magen rebellierte, sie bekam feuchte Hände und Herzrasen. So etwas Perverses.
Simone stellte sich vor, wie sie vor einem Mann hockte und seine Pumps küsste. Allein das Bild großer Männerfüße in hohen Schuhen brachte sie zum Lachen. Nein, das kam für sie unter keinen Umständen in Frage. Sie fand dennoch keine Ruhe seit diesem Tag. Ein Bild hatte sich in ihrem Kopf festgesetzt, das sie nicht mehr losließ. Ein Bild, auf dem sie sich selbst sah, mit gesenktem Kopf vor einem Mann kniend.
Jeden Morgen loggte Simone sich bei Love.Letters ein und wartete darauf, dass Lars online war. Ab neun Uhr war er im Büro, pünktlich um drei Minuten nach neun leuchtete sein Nickname grün. Er war da. Simone beantwortete außer seinen Mails auch viele andere, und sie fühlte sich dabei ein wenig wie in einem Schlaraffenland, in dem es zum Vernaschen statt Kuchen, Pudding und Würstchen eben Männer gab.
Schnell und routiniert sortierte sie nebenbei die Buchlieferungen, schrieb Rechnungen, gab Bestellungen auf und bediente Kunden. Vormittags war nie viel los.
Der Computer in der Buchhandlung lief den ganzen Tag. Die Flirtseite von Love.Letters war den ganzen Tag geöffnet. Nur wenn Kundschaft kam, minimierte Simone das Fenster.
Manchmal hatte sie ein schlechtes Gewissen, weil sie sich beinahe gestört fühlte, wenn sie einen netten Online-Flirt unterbrechen musste, um sich um einen Kunden zu kümmern.
Zu Hause organisierte sie ihren Haushalt wie immer. Das Häuschen am Bonner Stadtrand, der liebevoll gestaltete Garten, der Freundeskreis und die Familie forderten sie und füllten sie aus. Simone kümmerte sich um Jenny und Julia, die mit ihren dreizehn und fünfzehn Jahren allerdings offensichtlich weniger eine Mutter als eine Putz-, Koch- und Waschfrau brauchten. Simone ging nach Feierabend mit dem Hund Carlos spazieren, managte die gemeinsame Freizeit an den Wochenenden und schlief mittwochs und sonntags nach dem *Tatort* mit Gerald. Alles war eigentlich so wie immer.
Nur ihre Gedanken, die waren nicht mehr wie immer.
Lars nahm kein Blatt vor den Mund und schrieb ihr inzwischen sehr lüsterne E-Mails. Er schickte ihr elektronische, erotische Grußkarten und machte ihr Komplimente. Er erzählte ihr unbefangen von seinen sexuellen Vorlieben und Simone war wie im Fieber. Sie begannen ein virtuelles Spiel. Nun lernte

Simone, was mit dem Satz »Ich suche jemanden zum Spielen« gemeint war. Rollenspiele, natürlich.
Lars spielte mit ihr das Spiel von einem Herrn und seiner Sklavin. Er führte sie geschickt an sein Thema heran, ohne dass ihr klar war, dass sie geführt wurde. Er war ab sofort ihr virtueller Herr. Das Spiel funktionierte nur, weil Simone sich ausdrücklich einverstanden erklärt hatte.
Lars gab ihr einen Namen, mit dem sie künftig alle Mails an ihn unterschreiben sollte. Fortan hieß sie nicht mehr Lady Chatterley, sondern Angel, wenn sie mit Lars kommunizierte.
Angel - das sollte keineswegs heißen, dass Simone ein Engel war. Nein, ihr Herr war sehr kreativ.
A - wie abgefahrenes, n - wie niedriges, g - wie geiles, e - wie erbärmliches und l - wie Luder. Angel.
Ihre Korrespondenz erregte sie sehr. Nur virtuell, natürlich, denn real würde sie so etwas niemals tun. Zudem war es ein wenig übertrieben, einen Partner als Herrn oder als Sklavin zu bezeichnen, aber es war ja nur ein Spiel. Eine Art »geheimes Gesellschaftsspiel für Erwachsene«, dachte Simone.
Manches, von dem Lars schrieb, war ihr vertraut. Ein Schlag auf den Po beim Sex, ein fester Griff in die Haare, ein bestimmender Befehlston ihres Partners - das alles kannte sie aus der Zeit vor ihrer Ehe und ein wenig auch aus dem Leben mit Gerald. Damals. Dass sie nach so vielen Jahren kaum noch etwas empfand, ihre Routine jedoch als vertrauensvolle Nähe ansah, gestand sie sich nicht ein. Wozu auch?
Lars vergriff sich nie im Ton, er schrieb streng und bestimmt, aber immer höflich und oft sehr charmant.
Theoretisch und virtuell wagte sich Simone immer weiter in diese neue Welt hinein. Das, was sie plötzlich so sehr faszinierte, hieß SM: Sadomasochismus. Natürlich hörte sie nicht zum ersten Mal davon, aber bisher hatte sie von Leuten, die etwas mit SM zu tun hatten, nur in schrecklichen Schlagzeilen in der Zeitung gelesen. Große rote Überschriften wie: »Grafenschloss wird Sado-Tempel«, »Perverser Pfarrer peitschte Putzfrau«, oder »Ekelhafte Prügelspiele im Bordellkerker« hatte sie kopfschüttelnd überflogen. Sadisten waren also perverse, kranke Leute, die Spaß daran hatten, andere zu quälen. Und Masochisten waren ebenfalls psychisch gestört, denn normal konnte es nicht sein, sich foltern, demütigen oder schlagen zu lassen und das auch noch erotisch zu finden.
Simone erinnerte sich an eine Szene aus einem Simmel-Roman, den sie als Teenager gelesen und niemals vergessen hatte: Ein nackter Mann kroch auf allen vieren durch einen Raum, in seinem Hintern steckten bunte Hahnenfedern, und auf Anweisung einer dominanten Frau hin hatte er zu gackern und zu krähen. Sie schüttelte mitleidig lächelnd den Kopf, als sie an diese Szene dachte.
Lars nannte ihr Internetseiten, Foren und Chats, in denen es ausschließlich um Sadomasochismus ging. Simone studierte sie in jeder freien Minute. Sie fand zahllose Geschichten, in denen Herren ihre Dienerinnen mehr oder weniger hart anfassten, Geschichten, die von Frauen und Männern geschrieben worden waren, die aus dieser »Szene« kamen. Öffentliche Tagebücher waren es fast, Berichte von realen Erfahrungen anderer, die Simone versuchte, sich bildlich vorzustellen. Die Texte, die sie sich ausdruckte, versteckte sie in der Buchhandlung in einem unscheinbaren Aktenordner mit

der Aufschrift »alte Rechnungen«. Simone bestellte Bücher mit Titeln wie »Brennende Fesseln«, »Außer Atem«, »Mut zur Demut«, »Lust an der Unterwerfung« und »Die Lügen meines Meisters«. Sie handelten von Frauen, die es genossen, sich einem Mann geistig und körperlich zu unterwerfen. Simone las diese Bücher heimlich während der Arbeitszeit, wenn sie allein im Laden war. Sie versteckte sie in einem unauffälligen Karton, damit Karin Köhr sie nicht fand.
Und Simone pflegte ihren Kontakt zu Lars mit einer Leidenschaft, die sie selbst erstaunte. Er nahm einen Platz in ihrem Leben ein. Mittwochs- und Sonntagabends dachte sie oft an ihn und an ganz andere Dinge als an die, die Gerald dann mit ihr machte.
Jedes Mal, wenn Simone online war, hatte sie sich umgehend bei Lars zu melden. Er begann mit einer virtuellen »Erziehung«, die sie sehr erregte und ihr großen Spaß machte. Täglich wollte er zum Beispiel wissen, wie sie gekleidet war - vom Mantel bis zum Slip.
»Wie siehst du aus, Angel, was hast du an?«
Simone sah sich hinab. Blaue Jeans, bequeme Schuhe, praktischer Pullover. Sie dachte an ihre pastellfarbene, kochechte Baumwollunterwäsche, den praktischen Sport-BH, die rautengemusterten Kniestrümpfe. Sie antwortete: »Enge Jeans, enger Kaschmir-Rolli, Lederstiefel mit zehn Zentimeter Absatz, Perlenschmuck.«
»Wie bist du geschminkt?«
»Wimperntusche, Kajal und roter Lippenstift.«
»Welche Unterwäsche trägst du?«
»Schwarze halterlose Strümpfe mit breitem Spitzenrand, schwarzer String, BH.«
Lars war zufrieden. »Du hast Stil, meine kleine Schlampe«, sagte er, und Simone freute sich über ein Kompliment, das sie nicht verdiente. Ja, früher, bevor die Kinder da waren, hatte sie manchmal solche Kleidung getragen...
Lars fragte ihren Tagesablauf ab, und sie hatte ihm Bericht zu erstatten. Er interessierte sich wirklich für sie. Sie genoss die Aufmerksamkeit, die er ihr zukommen ließ, sehr. So viel Zeit hatte Gerald schon seit Jahren nicht mehr mit ihr verbracht. Simones Sehnsüchte wurden immer heftiger, ihre Fantasien blieben diffus.
Lars begann, ihr kleine Aufgaben zu geben. »Schmink dir die Brustwarzen, bevor du zur Arbeit fährst. Als Zeichen dafür, dass du mir gehörst.«
Das tat sie natürlich nicht, denn sie wollte sich die guten Mohairpullover nicht verderben. Dennoch erstattete sie ihm gehorsam Bericht über ihre theoretische Gehorsamkeit.
Lars befahl ihr, einen Latexslip zu kaufen. »Einen Slip, keinen String, Angel! Du sollst es genießen, wenn du spürst, wie es ist, wenn du dich aus diesem wunderbaren Gefängnis befreien darfst!«
»Nein, bitte verlang das nicht von mir! Ich kann unmöglich in einen Sex-Shop gehen und Latexwäsche kaufen. Wenn mich einer meiner Kunden sieht! Und außerdem: Wo soll ich denn so etwas verstecken, damit mein Mann es nicht findet?«
Von diesem virtuellen Verhältnis sollte Gerald nichts wissen. Sie wollte ihr kleines Geheimnis und ihre Fantasien für sich alleine haben. Es hätte ihn nur unnötig gekränkt oder eifersüchtig gemacht, denn real würde sie Lars sowieso niemals sehen.

Lars war ein verständnisvoller Herr. Das Argument »Ehemann« zog, denn auch er hatte Geheimnisse vor seiner Frau: Er war nur während seiner Arbeitszeit online, und sie durfte nichts von dem realen Doppelleben, das er führte, wissen. An den Wochenenden hörte Simone nie etwas von Lars. An diesen Tagen tauchte sie wieder in ihre Normalität ein - sehnsüchtig auf den Montag wartend.

»Okay, Angel, kleine Schlampe, ich bin tolerant. Dann verzichten wir vorerst auf Latex. Du wirst deinen süßen Hintern in Frischhaltefolie einwickeln, dir einen Slip daraus basteln. Du wirst ihn heute Mittag ab zwölf Uhr drei Stunden lang tragen. Und dann wirst du mir berichten, wie dein Unterleib darauf reagiert hat.«

Er schrieb nicht Unterleib, er benutzte ein anderes Wort.

»Jawohl, mein HERR«, schrieb sie zurück und sie lachte insgeheim.

Wozu sollte das gut sein? Ihr Hinterteil in Frischhaltefolie - was für ein Quatsch. Natürlich führte sie auch diesen Befehl nicht aus. Es war ja sowieso nur ein Spiel. Dennoch versuchte sie sich vorzustellen, ob es ein erregendes Gefühl sein könnte, schwitzend und eingeengt einige Stunden lang in einem Folienslip herumzulaufen. Sie fand den Gedanken lächerlich.

Lars schickte ihr aber auch Fantasien, die ihr sehr gefielen. »Stell dir vor, du stehst in der Mitte eines dunklen Raumes, nur Kerzenlicht. Es ist warm. Du stehst nackt in der Mitte des Zimmers, mit verbundenen Augen. Ich bin in deiner Nähe, du hörst mich. Ich greife dir in den Schritt. Du bist erregt, Schlampe, ich fühle es. Ich spiele mit dir, fasse an, lasse los, aber du darfst nicht kommen. Und du sagst keinen Ton. Ich will nichts hören. Wenn du stöhnst, dann wirst du die Peitsche spüren.«

Er schickte ihr viele solche Visionen und Simone las sie mindestens tausend Mal. Und sie erlebte sie jeden Abend, jede Nacht in ihren Träumen. Sie wusste nicht genau, was sie erregte, aber der Gedanke an Schläge mit der Peitsche war es ganz sicher nicht.

Die morgendlichen Fragen ihres Herrn nach ihrer Garderobe begannen, etwas zu bewirken: Simone färbte sich die Haare dunkelbraun, fast schwarz. Ihre hellen Augen leuchteten durch den Kontrast. Sie begann wieder, sich täglich zu schminken. Zuerst dezent, unsicher, dann routinierter. Dunkler Kajal, schwarze Wimpern, rote Lippen. Sie fuhr in die Stadt und kleidete sich neu ein. Strings, halterlose Strümpfe, hochhackige Pumps. Sie fühlte sich wunderbar. Jetzt wurde sie optisch zu der Frau, die sie sein wollte. Das Gesicht im Spiegel, jetzt war es ihr eigenes.

Simone ging durch die Straßen und blickte den Männern herausfordernd ins Gesicht. »Wenn du wüsstest, wie ich unter meiner Jeans aussehe!«, dachte sie dann.

Ihr Lächeln, ihre gerade und stolze Haltung und vielleicht auch die neue Ausstrahlung bescherten ihr zahlreiche bewundernde Augen-Blicke.

Gerald bemerkte ihre Veränderungen. »Toll siehst du aus, Schatz. Kannst du in den hohen Schuhen den ganzen Tag laufen? Verdirb dir bloß nicht den Rücken.«

Lars und Simone verabredeten sich zu einem ersten Telefonat. Sie hatte ihm ihre Handynummer gegeben. Sie wollte nicht, dass er in der Buchhandlung anrief und ihren wahren Namen kannte. Simone ging in der Mittagspause mit dem Hund spazieren, hielt ihr Handy mit zitternden Fingern und schnappte vor Aufregung nach Luft, als es klingelte.

»Ja?«, meldete sie sich und bemühte sich, ihre Stimme unaufgeregt und lässig klingen zu lassen.
»Nun, Angel, wie geht es dir?«
Er klang wirklich sehr nett. Irgendwie hatte sie sich seine Stimme tiefer vorgestellt.
»Ja, ähem, gut.«
»Hast du meinen Befehl ausgeführt und deine Brust mit Lippenstift markiert?«
Simone räusperte sich wieder. Natürlich hatte sie das nicht getan.
»Ja, habe ich.«
»Wie heißt das?«
Seine Stimme klang jetzt streng und herrisch. Simone bekam Gänsehaut.
»Wieso, wie heißt das denn?«, fragte sie forsch.
»Es heißt: Ja, mein HERR!«
»Ach so.«
»Angel, Schlampe! Rede angemessen mit mir!«
»Ja. Mein ... Also nein. Ich kann das nicht sagen!«
»Angel! Du sagst es!«
»Ich kann das nicht, bitte ...«
»Angel, diese Hürde musst du einfach nehmen. Es geht nicht anders. Sag es.«
Musste sie? War es nötig, so ein Wort auszusprechen, ihm einen solchen Titel zu geben, um den Weg zur Erfüllung einer großen Sehnsucht zu beschreiten? Einer diffusen Sehnsucht, die sie nicht mal exakt definieren konnte?
»Sag es, Angel.«
Sie sagte es ganz leise, kaum hörbar. »Herr.«
»Brav, Schlampe«, lobte er und Simone atmete erleichtert auf.
So schwer war das gar nicht gewesen, und es war ja sowieso nur ein Spiel.
Der Hund rannte weg. Sie brüllte hinter ihm her: »Carlos, hierher! Bei Fuß!«
»Wie bitte?«, sagte Herr Lars am Telefon mit gefährlicher Stimme.
»Entschuldige. Nicht du bist gemeint, der blöde Hund ist weggelaufen.«
»Nun, eines Tages werde ich dich bei Fuß befehlen, Angel. Und du wirst mir gehorchen.«
Simone lief ein Schauer über den Rücken.
»Ja.«
»Wie bitte?«
»Wie bitte - was?«
»Angel!«
»Ja, Herr.«
»Gut, Angel, meine kleine geile Schlampe. Du lernst schnell«, lobte Lars.
Später bat Simone ihren Spiel-Herrn per Mail, sich zu beschreiben. Ein Foto wollte er ihr nicht schicken. Noch nicht, wegen seiner Frau. Simone verstand das nur zu gut. Sie schickte ihm auch keins, wegen der Kunden und wegen Gerald und überhaupt.
»Ich bin einsneunzig groß, wiege vierundachtzig Kilo, habe dunkle kurze Haare und grüne Augen. Du wirst nicht enttäuscht sein, Schlampe, wenn wir uns eines Tages treffen.«
Wer sich selbst so selbstbewusst beschrieb, musste einfach gut aussehen. Sie stellte sich ihren Lars wie eine Kreuzung aus Tom Cruise und Michael

Douglas vor. Was hatte er geschrieben? »... wenn wir uns eines Tages treffen ...«
Bei dem Gedanken an Realität bekam Simone eiskalte Hände. Niemals. Nicht real. Das war nur ein Spiel, ein virtuelles Spiel, nur im Kopf. Lars sprach von einer Session, sie wusste inzwischen, dass man so die Begegnung, dieses Rollenspiel nannte, das sie sich so wunderbar vorstellte.
Eine Woche später telefonierten Lars und Simone wieder.
»Wo bist du jetzt, Angel?«, fragte Lars. Simone zitterte, als sie den Unterton in seiner Stimme bemerkte.
»In meinem Auto, auf dem Parkplatz am Supermarkt.«
»Gut. Was hast du an?«
»Jeans, schwarze Bluse und schwarze Stiefel mit hohen Absätzen.«
»Dann öffnest du jetzt deine Hose und fasst zwischen deine Beine!«
»Nein! Hier sind tausend Leute, die ihre Autos mit Einkäufen beladen, jeder kann mich sehen. Das geht nicht.«
»Wie bitte? Hast du nicht gehört, was ich gesagt habe? Angel!«
Simone sah sich hektisch um. Was er verlangte, war absolut unmöglich.
»Ich höre, Angel?«
»Mein Herr ...«, stammelte sie.
»Angel, hast du keine Jacke an?«
»Nein, sie liegt auf dem Beifahrersitz.« Lars lachte leise.
»Gut. Dann leg sie über deine Beine und tu, was dein Herr dir sagt. Und zwar sofort!«
Widerstrebend, aber mit klopfendem Herzen, legte Simone ihre Lederjacke über ihre Beine. Irgendwie war die Situation total verrückt und aufregend. Mit einer Hand hielt sie das Handy ans Ohr, mit der anderen Hand öffnete sie unter der Jacke die Knöpfe ihrer Jeans.
»Angel, ich weiß, dass du nass bist.«
»Ja.«
»Wie bitte?«
»Ja, Herr.«
»Du wirst es dir jetzt machen, Angel. Fang an.«
Seine Stimme klang sehr erregt, und Simone genoss die Situation. Während auf dem Parkplatz Männer in Jogginganzügen und genervte Mütter mit Kindern an der Hand Tüten und Taschen in die Kofferräume ihrer Autos luden, saß sie mit unbeteiligt wirkendem Gesicht in ihrem Wagen und befriedigte sich nach den Anweisungen eines Mannes, den sie noch nie gesehen hatte.
Lars stöhnte leise am Telefon.
»Angel, ich mache es mir auch. Beschreib mir genau, was du tust. Ich will es hören.«
Sie sagte es ihm. Simone atmete schnell. Sie genoss sein Stöhnen, und sie tat, was er verlangte. Zugleich bemühte sie sich, ihr Pokerface zu behalten, damit keiner der Passanten bemerkte, dass sie nicht nur telefonierte.
Lars keuchte jetzt und Simone dachte daran, dass irgendwo ein fremder Mann sich in diesem Moment am Telefon selbstbefriedigte und dabei an sie dachte.
»Wir kommen zusammen, Angel. Ich zähle bis fünf.«
Simone hatte die Leute draußen auf dem Parkplatz vergessen. Sie hörte Lars hecheln.
Sie konzentrierte sich.

Als Lars mit heiserer Stimme »Fünf!« sagte, stöhnte sie, schloss die Augen und legte den Kopf zurück.
Der Orgasmus auf Kommando hatte zwar nicht geklappt, aber sie empfand dieses Gespräch dennoch als sehr erotisch. Ihre Hand zitterte ein bisschen, als sie die Knöpfe der Hose unauffällig unter Jacke schloss.
»Du bist wunderbar, Angel«, hörte sie Lars sagen. Simone lächelte.
»Und du wirst dich jetzt bedanken!«
Simone schluckte. Auch das noch.
»Danke«, flüsterte sie.
»Angel!«
»Danke, Herr.«
»So ist es gut. Ich glaube, du wirst einmal eine gute Sklavin sein.«
»Ja. Das hoffe ich sehr, Herr.« Lars lachte. »Leg jetzt auf, Angel. Wir lesen uns bei Love.Letters.«
Simone rauchte mit zitternden Fingern eine Zigarette, bevor sie in den Supermarkt ging, um Gemüse und Fleisch für das Mittagessen einzukaufen. Ihre Feuchtigkeit wischte sie im Futter ihrer Lederjacke ab. Als sie an der Fleischtheke stand, sah sie Frau Dreier auf sich zukommen. Simone lächelte, als sie der Nachbarin zur Begrüßung die rechte Hand gab.

Simone kommunizierte auch mit anderen Männern, die sie auf ihrer Love.Letters-Seite besuchten. Es waren viele nette Typen dabei und manche sahen auch ganz gut aus.
Ralf zum Beispiel kam aus der Nachbarstadt, war zweiunddreißig, glücklich verlobt und suchte jemanden zum Spielen. Auf seiner Profilseite war das Foto einer Lederpeitsche abgebildet. Simone, inzwischen Vokabular und Werkzeug der Insider kennend, konnte entsprechend reagieren. Klar habe sie schon mal einen Herrn gehabt, antwortete sie ihm und über Sadomaso wisse sie genau Bescheid. Wie viele Tage und Wochen sie über ihren Büchern und vor dem Computer verbracht hatte, um die Theorie dieses Themas auch nur annähernd zu erforschen, sagte sie ihm nicht.
Einzelheiten über ihre Session würde sie ihm natürlich nicht erzählen, das sei ihre Privatangelegenheit. Ralf verstand. Er schrieb ihr deftige, ordinäre Mails, die sie erregten.
Er war überhaupt nicht charmant, nicht so wie Lars. Er wollte sie nackt in der Mitte eines Zimmers aufhängen und ihr mal ordentlich den Arsch versohlen. Und er wollte ihr einen Sklavenvertrag zuschicken. Darin sollten ihre Pflichten als Sklavin klar definiert sein.
»Damit du gleich weißt, was dich erwartet!«, schrieb Ralf.
Sie habe einzig und allein dafür da zu sein, ihn zu erregen und zu befriedigen. Wann, wo, und wie er es befehlen würde.
Simone lachte. Als würde eine selbstbewusste, attraktive Frau wie sie ständig willig und zu Diensten sein! Und einen Sklavenvertrag unterschreiben. Nie im Leben! Auf welche absurden, albernen Ideen dieser Typ kam. Sklavenvertrag. Lächerlich. Vor keinem Gericht der Welt hätte solch ein Vertrag Bestand.
Sie stellte sich vor, Eigentum eines Mannes zu sein. Besitz eines Beduinenfürsten vielleicht, davon hatte sie als kleines Mädchen manchmal geträumt. Den Traum hatte sie lange Jahre vergessen, jetzt war er plötzlich wieder da.

Immer saß sie in diesem Traum in irgendeiner heißen Wüste oder Steppe, und aus irgendwelchen Gründen ging es ihr nicht gut. Dann kam plötzlich aus dem Nichts ein großer Mann in einem dunklen Kaftan auf einem schwarzen Pferd herangestürmt. Er zügelte das Pferd, schaute Simone mit tiefgründigen Augen an, beugte sich zu ihr hinunter und hob sie zu sich in den Sattel. Und dann nahm er sie einfach mit, wortlos, erklärungslos, und ritt mit ihr in einem Höllentempo durch die Wüste und brachte sie in seinen Harem. Dort wurde sie gebadet und gefüttert und bekam die schönsten Kleider und wurde von ihm zur Oberharemsdame ernannt.
Der Mann, der sie an diesem Frühlingstag gern mitnehmen wollte, kam nicht auf einem schwarzen Pferd. Er fuhr in einem alten blauen Mercedes vor dem Café vor, in dem er mit Simone verabredet war. Es war Mittwochnachmittag, Simones freier Tag, Karin vertrat sie in der Buchhandlung. Jenny und Julia waren bei ihren Freundinnen, Gerald hatte noch lange der Spedition zu tun. Er würde spät heimkommen.
Sie hatte lange mit sich gerungen und sich mit ihrer Zusage, Ralf zu treffen, sehr viel Zeit gelassen.
Aber schließlich hatte sie gedacht: *Was ist schon dabei? Wo ist der Unterschied, ob ich mit einem Kunden oder einem Vertreter Kaffee trinken gehe oder mit einem Bekannten aus dem Internet? Ist ja nur so zum Spaß, ich will ja nicht wirklich was mit ihm anfangen. Nur mal gucken, wie so ein Herr sich real präsentiert. Und einfach nur mal gucken, wie ich auf ihn wirke.*
»Du wirst einen kurzen Rock, hohe Schuhe und eine Bluse anziehen. Und du trägst keine Unterwäsche«, hatte Ralf zuvor per Mail befohlen.
Simone war in Jeans, Shirt, Blazer und hochhackigen Stiefeln gekommen. Und Unterwäsche trug sie auch. Undenkbar, ohne Slip herumzulaufen. Außerdem wollte sie Ralf zeigen, dass sie nicht so einfach zu beherrschen war. Wenn überhaupt.
Simone war wirklich nervös. Eigentlich hatte sie niemals ein reales Treffen gewollt, aber sie war einfach zu neugierig. Was war schon dabei, sich mit einem Mann zum Kaffeetrinken zu treffen? Genauso gut hätte sie sich von jemandem am Nebentisch in ein Gespräch oder einen Flirt verwickeln lassen können. Der einzige Unterschied war doch, dass man sich im Internet zuvor schon ein wenig beschnuppert hatte.
Wenn uns jemand sieht, den ich kenne? Ach was, Ralf könnte ja ein alter Schulfreund sein. Werde ich mich verlieben? Werde ich Ralf überhaupt mögen? Ob er so aussieht wie auf dem Foto, das er mir geschickt hatte? Werde ich mit ihm eine Session haben wollen? Ist das überhaupt etwas, das ich real will? Oder will ich nur in meiner Fantasie beherrscht und geschlagen werden?
Simone verdrängte den Gedanken daran, dass sie einen Schritt auf einen Weg getan hatte, auf dem sie vielleicht nicht mehr würde umkehren können.
Ralf kam pünktlich, und da sie ein Foto von ihm im Computer gespeichert hatte, erkannte sie ihn sofort.
Mittelgroß, schlank, fast schlaksig, schüttere blonde Haare, rote Wangen, schwarz gekleidet.
So sieht ein Dom, ein Herr, ein Meister aus?
Sie hatte ihn sich anders vorgestellt.

Charismatischer vielleicht. Und größer. Und attraktiver. Mächtiger. Souverän und dominant eben.
Ralf erkannte sie auch und kam lächelnd auf sie zu. Er ging breitbeinig und mit forschen Schritten. Als er vor ihr stand, erhob Simone sich langsam, um ihn zu begrüßen.
Er war ein Stück kleiner als sie und reichte ihr eine kalte Hand.
»Warum hast du meinen Befehl nicht ausgeführt und einen Rock angezogen?« fragte er mit Falsettstimme. Sie bebte, diese Stimme.
Simone legte den Kopf zurück. Sie hatte sofort Oberwasser. Ihr Lächeln war süffisant. »Weil ich nicht wollte.«
»Dafür bekommst du einen Eintrag in dein Strafbuch.«
Sie lachte auf. »Strafbuch?«
»Ja. Ich führe eine Liste über deine Verfehlungen. Eines Tages werden wir sie abarbeiten und du wirst dafür büßen.«
»Ach so, ich verstehe. Möchtest du auch einen Cappuccino, Ralf?«
Seine Hand zitterte, als er ihr Feuer gab. Simone amüsierte sich sehr. Er fragte sie nach ihrer erlebten Session aus. Sie erzählte ihm detailreich eine Geschichte, die sie im Internet gelesen hatte. Er glaubte ihr offenbar jedes Wort und blickte sie streng und lüstern an. Simone sah, wie er leicht zusammenzuckte, als sie wie versehentlich ihre Hand auf sein Knie legte. Dieser Typ war ein Anfänger, ein Träumer. Sie spürte es.
Niemals würde sie mit diesem Hänfling etwas anfangen können. Aber das wollte sie ja auch gar nicht. Nur mal gucken, wie weit sie gehen könnte, wenn sie wollte.
Simone sah ihn entspannt und breit lächelnd an: »Welche Praktiken bevorzugst du konkret, Ralf?«
Er schluckte. Sein Adamsapfel hatte Gänsehaut. Er sagte: »Also.« Er atmete ein, verschränkte die Finger und ließ die Gelenke knacken. »Zum Beispiel eine Frau ans zu Bett fesseln, also das finde ich wirklich ganz toll.«
Nein, ich will keinen Dom. Nicht so einen. Eigentlich will ich lieber gar keinen fremden Mann näher kennen lernen. Ich will auch kein Spiel. Das ganze Theater ist wirklich nur im Internet interessant. In der Realität kommt das überhaupt nicht in Frage.
Simone war erleichtert, die Gefahr war vorüber.
Ralf schrieb ihr in den kommenden Tagen viele Mails. Darin fand er seinen üblichen dominanten Ton wieder. Simone antwortete ihm nicht mehr.
Ihr Kontakt zu Lars allerdings blieb bestehen und entwickelt sich zu einer innigen Brieffreundschaft. Sie telefonierten regelmäßig, spielten erotische Situationen im Chat. Sie konnte ihn alles fragen, was sie nicht wusste. Zum Beispiel: »Was ist ein Andreaskreuz?«
Lars schrieb: »Ein Andreaskreuz sieht aus wie ein großes X. Es gibt welche aus Holz oder aus Metall. An den Balkenenden gibt es Haken oder Ösen, an denen man Seile, Handschellen oder Ketten befestigen kann. Du würdest es sehr genießen, daran nackt und bewegungslos fixiert zu sein.«
Simone fand Fotos im Internet, die Frauen an solchen Kreuzen zeigten. Die Gefühle, die solche Bilder in ihr auslösten, konnte Simone nicht beschreiben.
Sie stieß immer wieder auf den Begriff »Safewort«.
Lars erklärte: »Das ist eine Art Signalwort. Man vereinbart es vor einer Session. Wenn du eine Session hast und dein Partner geht so weit, dass

du es nicht mehr aushältst, dann rufst du dieses Wort, und er muss sofort aufhören.«
»Tut er das dann auch?«
»Ja. Das ist ein Gesetz, an das sich jeder hält: Es ist die unbedingte Verpflichtung zum sofortigen Aufhören.«
Eigentlich eine sehr schöne Vorstellung, dachte Simone, wenn man sich bedingungslos darauf verlassen kann, dass Regeln und Absprachen eingehalten werden. Wo gibt's das im Leben schon?
Lars lehrte sie ein neues erotisches Vokabular.
»Deine Lust muss Worte finden, Angel«, sagt er.
Simone stimmte ihm zu und trainierte Dirtytalk. Sie lernte, Worte auszusprechen und in ihren E-Mails zu schreiben, an die sie noch vor Monaten nicht einmal in ihren schärfsten Träumen gedacht hatte.
Eines Abends sah sie sich bei Love.Letters wieder einmal die Fotogalerie der User an.
Ein dunkelhaariger Mann mit schulterlangen Locken faszinierte sie sofort. Er nannte sich Strike und sah fantastisch aus. Simone schrieb ihn an, und er antwortete sofort. Es entwickelte sich ein Flirt.
Noch nie hatte sie solch erotische Mailwechsel geführt.
Strike deutete mehr an, als er konkret formulierte, ließ Sätze wie »Ich werde dich in der Öffentlichkeit nicht vorführen. Noch nicht ...« mit drei Pünktchen enden und verursachte damit bei Simone heftige Adrenalinstöße.
Strike hieß in Wirklichkeit Boris, war 43 Jahre alt und hatte früher als Model für einen internationalen Herrendesigner gearbeitet. Er wohnte in München und arbeitete nun als Manager in der Versicherungsbranche. Als er Simone weitere Fotos von sich schickte, fiel sie fast um. Das war ein Traumtyp. Den wollte sie haben. Er war attraktiv, gebildet und intelligent.
Und er war ein dominanter Mann mit Erfahrung.
Er war ein echter Dom.
Das spürte sie.
Das wusste sie, und das schrieb er auch sehr deutlich in seinem Profil.
Sie telefonierten oft. Er rief sie auf dem Handy an, wenn sie auf dem Weg in die Buchhandlung war. Simone achtete sorgsam darauf, dass sie die Anruflisten immer sofort löschte. Gerald benutzte ihr Handy zwar nie, aber man konnte ja nicht wissen. Boris und Simone lachten viel zusammen, redeten über Alltäglichkeiten, über Mode und über ein mögliches Treffen. Kein Telefonsex, kaum Anzügliches. Aber in seinen E-Mails führte Boris die Unterhaltung immer wieder auf das Thema SM, und Simone ließ sich immer mehr faszinieren.
Auch Boris erzählte sie, dass sie als Sklavin bereits eine reale Erfahrung gemacht habe. Sie lernte erst später, dass eine solche Lüge ihr selbst am meisten schadete.
Sie lieh sich von einer Freundin eine Digitalkamera. Unter irgendeinem Vorwand bat sie Gerald, sie in ihrem neuen grauen Kostüm zu fotografieren. Sie trug die schwarzen Lederstiefel mit den hohen Absätzen zum taillierten Blazer und kurzen Rock und posierte am Gartenzaun.
Gerald hatte keine Ahnung und machte mehrere schöne Fotos, die Simone in ihrem Rechner speicherte.
Sie brauchte ein Foto für Boris. Er hatte es verlangt.

»Kein Blindflug, Simone! Ich will dich ansehen und nicht mit einem Phantom kommunizieren«, hatte er gesagt.
Sie hatte Angst, ihm ein Bild zu schicken. Er war ein sehr attraktiver Mann, er konnte sicher alle Frauen haben. Simone war vierzig. Was, wenn sie ihm nicht gefiel?
Er antwortete sofort. »Was für ein geiles Modell du doch bist! Du siehst fantastisch aus. Ich will dich, Simone. Und es wird mir ein Vergnügen sein!«
Sie war stolz. Wer weiß, wie oft ihr so was noch passieren würde. Irgendwann würde man ihr das Alter ansehen.
Boris wollte sie zu seiner Sklavin machen. Er würde sie schlagen, mit ihr spielen, mit ihr schlafen. Simone schaute in den Spiegel. Sie sah besser aus als je zuvor, trotz der vierzig Jahre. Das Alter spielte keine Rolle. Jetzt war ihre beste Zeit.
Boris wollte ein reales Treffen.
Simone überlegte fieberhaft, wie sie es organisieren konnte. Wohin mit den Kindern? Was sollte sie Gerald sagen? Konnte Karin die Buchhandlung ein paar Tage alleine schmeißen?
Wollte sie überhaupt ein Treffen?
Ja. Sie wollte es.
Wo sollten sie sich treffen?
In München? Hier? In einem Hotel? Woher sollte sie das Geld für eine Reise nehmen, ohne dass Gerald Verdacht schöpfte?
Boris schlug vor, sich in irgendeiner Stadt zu treffen.
Simone sollte sich eine Stadt aussuchen, eine, die einen Flughafen hat. Er würde dann mit dem Flieger kommen, nach Hamburg, Berlin, Köln, wohin sie wollte. Und um die Unterkunft würde er sich auch kümmern.
Es gab kein Zurück mehr.
Simone hatte eine Idee. Sie rief Britta an, eine alte Schulfreundin, die seit Jahren in Berlin lebte.
Simone und Britta kannten sich ein Leben lang, waren zusammen eingeschult worden, hatten in der Realschule nebeneinander gesessen, hatten in zahllosen Gesprächen die ersten Erlebnisse mit Jungs wieder und wieder besprochen, analysiert und darüber geweint und gekichert. Simone hatte ihre Lehre als Buchhändlerin gemacht, Britta war bis zum Abitur weiter zur Schule gegangen. Als Britta in Berlin ihr Studium aufgenommen hatte, hatte Simone sich elend und verlassen gefühlt.
Sie schrieben sich päckchendicke Briefe, telefonierten einmal in der Woche und sahen sich zu in den Semesterferien und zu Weihnachten, wenn Britta ihre Eltern in Bonn besuchte.
Simone fasste ihren Mut zusammen, spielte auf volles Risiko und weihte Britta ein. Dass sie eine Begegnung mit einem Dom plante, sagte sie ihr natürlich nicht. Sie erzählte nur von einem Lover, einem Seitensprung, den sie dort treffen wolle, und dass sie so etwas wie ein Alibi brauche. Britta hatte absolutes Verständnis.
»Klar, das kriegen wir hin! Ich schreibe dir einen Brief und lade dich ein, und diesen Brief zeigst du Gerald. Du bist sowie dran, mich zu besuchen. Immer haben wir uns nur in Bonn getroffen, du warst noch nie bei mir!«
Das Datum für den Besuch hatte Simone zuvor mit Boris abgesprochen. Freudestrahlend und mit heftig klopfendem Herzen zeigte sie Gerald die Einladung.

»Ach Liebes, das wird dir gut tun! Fahr nach Berlin, besuch deine Britta und macht es euch schön. Ihr habt sicher viel zu bequatschen. Um die Kinder kümmere ich mich. Ich nehme mir Urlaub und bleibe zu Hause. Die Lkws fahren auch mal drei Tage, wenn Hackmann die Touren verteilt und nicht ich. Und um die Buchhandlung wird Frau Köhr sich schon gut kümmern. Du hast dir wirklich mal eine Auszeit verdient.«

Simone schämte sich. Er war so lieb. Es war so unfair, so niederträchtig, dass sie ihn betrügen würde. Aber sie konnte nicht anders. Sie wollte Boris sehen.

Sie wollte die Gefahr, und sie wollte einmal, nur ein einziges Mal, dieses erotische Spiel spielen, dessen Möglichkeiten ihr Denken inzwischen beherrschten.

Boris hatte ebenfalls einen Freund in Berlin, einen Piloten. Er hatte Boris schon mehrmals sein Penthouse überlassen, wenn er auf Reisen war. Er würde es auch diesmal zur Verfügung stellen. Boris kümmerte sich um alles. Simone genoss das sehr. Noch vier Wochen bis zu diesem Treffen.

»Hast du ein Outfit, Simone?«, fragte Boris, als sie die Details besprachen.

»Outfit?«

»Ja, ein Outfit, Kleidung, die bei einer Session angemessen ist und mir gefallen wird.«

»Nein, Boris, nur meine Dessous. Strings und Push-ups, alles andere könnte ich hier nicht verstecken. Mein Mann, verstehst du?«

Boris verstand. Er war wunderbar. Sie dachte Tag und Nacht an ihn. Simone ging zum Friseur und ließ sich die Haare lackschwarz färben. Sie trug sie nun zum Pagenkopf geschnitten. Klassisch, markant, weiblich.

Sie ging fast täglich ins Solarium.

Sie begann ein Gymnastik-Programm, um ihren Körper attraktiv und jugendlich präsentieren zu können.

Sie ließ sich die Wimpern färben, damit sie abgeschminkt nicht so ungeschminkt aussehen würde.

Sie ging zur Maniküre und zur Pediküre und kaufte sich zwei neue schwarze String-Tangas und neue halterlose Strümpfe. Die Ausgaben rissen ein erhebliches Loch in die Haushaltskasse. Eigentlich lebte Simone über ihre finanziellen Verhältnisse, schließlich galt das »Sparprogramm« noch fast zehn Jahre. Erst dann würden das Haus und die Investitionen der Buchhandlung bezahlt sein. Es war ihr egal. Sie sparte die Ausgaben im Haushalt ein. Statt auf dem Wochenmarkt kaufte sie bei Aldi, kochte häufiger preiswerte Hausmannskost und versuchte, weniger zu rauchen. Sie gab kein Geld mehr für Blumen und Pflanzen aus. Ihre Garderobe, ihre Pflege, ihr Aussehen waren ihr wichtiger. Sie wollte perfekt sein. Perfekt für ihre Session mit Boris. Sie war bereit.

In einer Stunde werde ich ihn sehen. Welche Worte werden unsere ersten sein? Ob wir uns verstehen? So gut, wie in unseren Mails und während unserer Telefonate? Sieht er so toll aus wie auf den Fotos? Was ist, wenn der berühmte Funke nicht überspringt? Wenn ich ihn nicht mag? Wenn er mich nicht mag? Wenn wir uns nicht riechen können?

Vielleicht ist er gefährlich, ich kenne ihn schließlich gar nicht. Nicht wirklich. Vielleicht ist er ein brutaler Triebtäter, ein durchgeknallter Spinner, ein gefährlicher Sadist?

Niemand weiß, wohin er mit mir gehen wird. Wenn er mir was antut, wird mich keiner finden. Ich hätte mich an die Ratschläge im Forum halten und mich covern lassen sollen. Irgendjemandem hinterlassen, wo und mit wem ich unterwegs bin. Britta hätte ich es doch sagen können. Sie hält dicht, sie sagt Gerald nichts. Wir hätten einen Anruf mit bestimmtem Inhalt vereinbaren müssen. So ein Mist.
Warum sitze ich überhaupt in diesem Zug? Will ich das, was mich in Berlin erwartet, wirklich haben? Zwei Nächte mit einem Fremden, der es geil findet, Weiber zu schlagen? Bin ich eigentlich bescheuert?
Und wenn er Aids hat? Die Kondome, wo sind die Kondome? Ich habe extra welche besorgt, falls er es vergisst. Ohne Gummi mach ich es unter keinen Umständen. Und wenn er drauf besteht? Wenn er es mir befiehlt, ohne Gummi? Vielleicht will er ja auch gar nicht. Ich hab oft gelesen, dass es auf den Geschlechtsverkehr bei solchen Spielen gar nicht ankommt. Worauf kommt es an? Auf die Schmerzfähigkeit? Auf das Aussehen? Die Leidenschaft? Die Unterwürfigkeit? Ich weiß gar nichts mehr.
Noch eine knappe Stunde bis Berlin.
Er sieht bestimmt ganz anders aus, als ich es mir vorstelle. Vielleicht hat er Mundgeruch und schlechte Zähne. Dann kann ich es nicht mit ihm.
Was ist eigentlich, wenn ich gar keine Schläge aushalte? Wenn ich mir nur einbilde, so etwas geil zu finden?
Und wenn ich es doch gut finde und wenn Spuren, Striemen zurückbleiben, wie erkläre ich das Gerald? Ich kann mich doch zu Hause nicht im Dunklen ausziehen.
Mein Gott, worauf habe ich mich eingelassen?
Ob ich ihm hörig sein werde, wenn es mir gefällt?
Quatsch, nein. Es ist ja nur mal so. Fürs Selbstbewusstsein, für das Kribbeln im Bauch. Spüren, dass ich noch lebe nach achtzehn Jahren Ehe.
Boris ist keine Alternative zu Gerald. Niemals. Gerald liebe ich wirklich. Ich würde ihn nie verlassen. Auch der Kinder wegen.
In Boris bin ich vielleicht verknallt, aber nicht mehr. Verknallt ist was anderes als verliebt sein oder lieben.
Vorhin am Handy war Boris ganz toll. Gar nicht dominant irgendwie. Vielleicht hat er das ja auch alles noch nie getan, was er mit mir tun will? Was will er eigentlich mit mir tun?
»Ich freue mich auf dich«, hat er gesagt. Um neunzehn Uhr landet er in Berlin, eine halbe Stunde später ist er am Bahnhof Zoo. Ich soll im Café im Europa-Center warten. Er meldet sich.
Wo sind die Pfefferminzbonbons?
Noch eine halbe Stunde. Ich gehe noch mal zur Toilette. Make-up und Haare sind okay. Das Top sitzt gut. Ein Denkmal dem Erfinder des Push-ups ...
Das schwarze Leinenkostüm ist genau richtig. Die Pumps sind mir zu eng nach der langen Fahrt. Chanel, ich brauche noch mal ein paar Tropfen Chanel. Mein Parfum ist das einzige an mir, das wie immer ist. Es ist warm, vertraut, das bin ich.
Die Frau, die hier im Zug sitzt, bin nicht ich.
Noch zwanzig Minuten. Ob sich mein Leben nach diesem Date verändert? Nein, wie sollte es? Boris und ich werden unsere Session haben und uns dann nicht wieder sehen.
Ich rauche viel zu viel. Das ist schon mein zweites Päckchen heute.

Ich hab gar nichts gegessen. Hätte sowieso keinen Bissen runtergekriegt. Außerdem gehen wir heute Abend essen, hat Boris gesagt. Schön, darauf freue ich mich.
Und auf diese Aufwärmphase, in der wir uns beide entscheiden können, ob wir wollen oder nicht. Das ist so abgemacht.
Diese Option auf ein »Nein« musste sein.
Vielleicht will er mich ja auch gar nicht.
Eigentlich will ich nicht. Ich kenne ihn gar nicht. Ich hab doch nur ausgereizt, wie weit ich gehen kann. Eigentlich reicht es mir schon, dass ein Mann, der mich nicht real kennt, von München nach Berlin fliegt, um mich zu sehen. Das ist ein Erfolg. Das müsste reichen.
Genau. Ich sage nein. Ich mache es nicht.
Ich will es ja auch gar nicht wirklich, und wenn man es nicht wirklich will, dann hat keiner was davon. Er nicht und ich auch nicht.
Wir werden essen gehen, uns die Rechnung teilen und in diesem Penthouse seines Freundes übernachten. Ich schlafe freiwillig auf der Couch. Vielleicht betrinken wir uns gemeinsam.
Und morgen fahre ich zu Britta. Kein schlechtes Gewissen, wenn ich nach Hause komme. Keine Angst vor Aids. Und keine Spiele.
Ja, das ist das Beste.
Noch fünf Minuten. Ich stehe schon mal auf und nehme meine Reisetasche aus dem Netz, ziehe den leichten schwarzen Leinenmantel über. Die Männer im Großraumabteil schauen mich an. Ich genieße es, so groß und schlank zu sein. Ich weiß, dass ich gut aussehe.
Ich bin auf dem Weg zu einem Treffen mit einem Mann, den ich nicht kenne und dem ich eine Absage geben werde. Eine Absage, jawohl.
Ich habe die Macht.
Den Bahnhof Zoo haben sie umgebaut.
Ich war vor Jahren schon mal hier, damals sah alles sehr verdreckt aus. An Christiane F. erinnert kaum mehr etwas. Viele Leute, viel Security. Das Stück zum Europa-Center gehe ich zu Fuß.
Ich bestelle mir einen Prosecco und ein Stück Erdbeertorte. Irgendwas muss ich essen, sonst falle ich um.
Von hier aus kann ich den Platz an der Gedächtniskirche beobachten. Wenn Boris vom Bahnhof kommt, müsste ich ihn sehen können.
Ich esse nur die frischen Erdbeeren, den Tortenboden kriege ich nicht runter. Auch nicht mit dem zweiten Prosecco. Jetzt muss ich aber aufhören, sonst bin ich gleich blau. Ich nehme einen doppelten Espresso.
SMS von Boris: »Geh zum Tabakladen rechts neben der großen Treppe am Bahnhof. Stell dich mit dem Gesicht zum Schaufenster und schau die Pfeifen an. Warte auf weitere Anweisungen.«
Ich lache laut auf, die Leute im Café schauen mich verwundert an.
Das Spiel beginnt.
Ich werde es nicht tun. Ich werde nicht mitspielen. Ich fahre morgen zu Britta.
Zahlen, gehen, der Tabakladen ist gleich vorne. Irgendwo muss Boris sein. Er beobachtet mich, ich weiß es, ich spür das. Er will mich abchecken, will gucken, wie ich aussehe. Kein Problem.
Hinter mir eilen Leute vorbei. Niemand sieht aus wie Boris. Ich schaue auf mein Handy. Keine neue SMS.

Irgendwo muss der Kerl stecken. So unübersichtlich ist es hier doch nicht.
SMS: »Das Gesicht zur Scheibe, habe ich gesagt.«
Verflixt, wo ist er? Ich sehe mich wieder um. Kein Boris. Auch niemand, der so ähnlich aussieht. Ich schaue in die Scheibe. Okay, bis jetzt mache ich mit, aber gleich ist Schluss.
Ich schreie auf, als ich die Hand spüre, die sich blitzschnell unter meinen Mantel, unter meinen Rock schiebt. Eine zweite Hand liegt auf meiner Schulter.
»Ganz ruhig, Lady«, sagt jemand. »Ganz langsam umdrehen, ganz langsam.« Die Hand auf meinem Hintern.
Ich drehe mich langsam um. Neugierig, gespannt, ganz ruhig.
Vor mir steht der schönste Mann, den ich je gesehen habe.
Er gibt mir einen Kuss auf den Mund. Ich rieche sein Parfum.
Meine Gedanken fliegen, registrieren alles in Sekundenschnelle.
Viel besser als auf dem Foto. Groß. Schlank. Breite Schultern. Braun gebrannt. Pechschwarze, schulterlange Locken, mit Gel aus dem Gesicht gekämmt. Schneeweiße Zähne. Dreitagebart. Schwarzer Anzug, schwarzes Netz-Shirt. Und stahlblaue Augen. Lange Wimpern.
Der Mann ist unglaublich. Ein Traum, ein Model. Ich müsste völlig bescheuert sein, wenn ich jetzt »nein« sagen würde, so eine Schönheit wird nie wieder in meinem Bett landen. Meine Stimme ist heiser.
Mein Entschluss steht fest, ich habe keine Wahl.
Du hakst mich unter und nimmst mir meinen Koffer ab.
»Komm, wir rauchen erst mal eine zusammen, okay?«
»Ja.«
Wir stehen vor dem Bahnhof Zoo in Berlin und rauchen eine. Du trittst einen Schritt zurück und musterst mich frech von Kopf bis Fuß.
»Du siehst klasse aus.«
»Du auch.« Du lachst. Umwerfend.
Wir plaudern. Über deinen Flug, über meine Fahrt.
Wir gucken uns an, gucken weg, kichern ein wenig.
»Du weißt ja, dass sich innerhalb der ersten Sekunden einer Begegnung entscheidet, ob zwei Menschen sich mögen oder nicht. Wir stehen hier seit fünf Minuten.«
Ich lache zu laut, aber du hast ja so recht.
»Mein Koffer ist nicht da. Die Lufthansa schickt ihn später nach. So ein Mist. Gut, dass ich die Schlüssel für das Appartement im Sakko hatte«, sagst du.
Egal, du brauchst keinen Koffer, denke ich, ich gebe dir meine Zahnbürste, wenn du eine brauchst.
»Fahren wir? Dann kannst du dir erst das Penthouse ansehen.«
Wir fahren. Im Taxi legst du den Arm um mich, als würden wir uns ewig kennen. Ganz locker und unverkrampft. Ich fühle mich super und bin absolut scharf auf diesen Traumtypen neben mir. Ich kriege Gänsehaut, als du im Nacken ein wenig fester in meine Haare greifst.
Das Penthouse ist klasse. Du kennst dich hier aus, weißt, wo alles steht. Glänzende Granitböden, sie kosten ein Vermögen. Rotes Ledersofa, Glastische, weiße Bücherregale. Die Aussicht: atemberaubend. Im Bad Bruchsandstein auf dem Boden, die Wände nur sandfarben verputzt. Eine freistehende Badewanne. Alles puristisch, minimalistisch.

Das Schlafzimmer. Ein Bett, schwarz, schräg mitten im Raum stehend. Gelber Velours, Lampen, auf dem Boden liegend, die aussehen wie beleuchtete Steine. Butterfarbene Satinbettwäsche. Ein schwarzer Schrank, achttürig, Hochglanz. Ein Holzstuhl neben dem Bett, antik.
Wir gehen zu Fuß in den Supermarkt um die Ecke, kaufen Mineralwasser, Champagner und Schokolade. Niemand dreht sich nach uns um, obwohl wir ein schrilles Paar sind. Du, so schön, der Prototyp des Latinlover, ich, die Lady im schwarzen Kostüm und langem Mantel.
Du trägst die Plastiktüten, als wir zurückgehen. Wir verstauen die Sachen im Kühlschrank, stehen nebeneinander am Fenster und genießen kurz die Aussicht. Ich würde dich gerne küssen. Natürlich tue ich es nicht. Du bist der Dom, du bestimmst, wann geküsst und wann geschlagen wird.
Wir gehen essen. Dein Freund hat dir die Adresse des Ägypters gegeben.
Ich habe noch nie ägyptisch gegessen, du erklärst mir die einzelnen Gerichte, die der Kellner auf einem riesigen runden Tablett auf unseren Tisch gestellt hat. »Kichererbsenpüree, Lammfleisch ...« Ich höre dir zu und verstehe nicht, was du sagst. Wir essen kleine trockene Fladenbrote und trinken Bier dazu.
Deine Augen sind so blau, dass ich vor Begeisterung umfallen könnte. Du plauderst locker, witzig, unkompliziert.
Deine Hand auf meinem Bein, unter meinem Rock. Wir sitzen so, dass jeder, der im Restaurant sitzt, uns sehen kann. Es ist mir egal.
Wir sind in Berlin. Hier kennt mich niemand. Ich spüre, wie erregt ich bin, sehe dein frivoles Lächeln.
»Du küsst mich jetzt«, sagst du.
Ja, ich küsse dich. Fahre mit der Zunge über deine schönen weißen Zähne, deine schmalen Lippen, schließe die Augen.
Ich genieße. Das Kribbeln im Bauch, die Situation, deine ungeheure Schönheit, meine gestohlene Freiheit.
Ich gehe zur Toilette und weiß, dass du taxierend hinter mir herschaust. Alle schauen mich an. Alle können mir ansehen, dass ich erregt bin, dass ich gleich mit dir in diese Wohnung gehen werde und dass ...
Was? Was wird passieren?
Dieser Mann wird mich schlagen, vielleicht quälen, wir haben das so abgemacht. Deswegen sind wir hier. Er ist extra aus München deswegen nach Berlin gekommen. Ich habe ihn angelogen. Er weiß nicht, dass es meine erste Begegnung dieser Art ist. Oder doch? Spürt er es?
Ich gebe mich selbstbewusst, stolz. Was soll schon passieren. Wenn er mir ein paar Mal auf den Hintern haut, werde ich es schon überstehen. Hauptsache, wir haben danach Sex. Darum geht es mir. Ich will Sex. Mit dir. Unbedingt.
Zurück in der Wohnung, Herzklopfen, heftiges. Du küsst mich, kratzt mit deinen Fingernägeln unter der Bluse über meine Haut.
»Mein Koffer ist nicht da. Es kann Mitternacht sein, bis sie ihn bringen. Bis dahin müssen wir uns ohne Spielzeug behelfen.«
Ich verstehe nicht, wozu brauchst du Spielzeug - bei diesen Händen, diesen Augen, diesem Körper? Ein plötzlicher Schlag mit deiner Hand auf meinen Hintern, ich halte vor Schreck die Luft an, schaue dir erstaunt ins Gesicht. Du lächelst. Sanft.
»Zieh dich aus.«

Ich gehe zum Sofa, langsam, ziehe das Kleid aus, lasse es an den Schultern hinabgleiten und auf den Boden rutschen. Stehe in Pumps, Strümpfen, BH und String vor dir. Du kommst auf mich zu, siehst mich von oben bis unten an, fasst meinen Arm, drehst mich, schaust, wortlos.

Ein Schlag auf die Schenkel, mit der Hand, hart, schmerzhaft. Ich schreie auf, aber mehr vor Schreck als vor Schmerz. Noch ein Schlag. Wieder und noch einer. Ich halte den Atem an, will nichts sagen, nicht schreien, will dir zeigen, dass ich es aushalte.

Ich bin verwirrt, weil diese Schläge und der Schmerz mich erregen. Ich werfe den Kopf zurück und schaue dich herausfordernd an. »Mach doch. Schlag doch weiter!«, soll dieser Blick dir sagen.

Und du schlägst. Mit der flachen Hand auf meinen Hintern, meine Schenkel, meine Brust, meinen Rücken. Immer wieder, meine Haut brennt wie Feuer, ist heiß, ich kann es kaum aushalten, aber ich will es aushalten.

Du hältst kurz inne, setzt dich auf die Bettkante und winkst mich mit einer Handbewegung zu dir. Ich verstehe nicht, was ich tun soll. Du ziehst mich rigoros am Arm zu dir und legst mich einfach übers Knie. Ich spüre die Muskeln deiner starken Schenkel unter meinem Bauch, fühle die Kraft deiner Hände auf meinem Hintern. Und ich liebe diese Situation.

Irgendwann hörst du auf, schiebst mich aufs Bett, und ich beruhige mich langsam. Ich hechele wie eine Hündin.

Du streichelst mein Gesicht, meinen Bauch, meine Beine.

»Meine Güte, du bist hart im Nehmen. Ich habe dich mindestens hundert Mal geschlagen.«

Ich antworte nicht, ich kann nicht, mein Atem ist noch zu hektisch, zu unregelmäßig. Hundert Mal? Echt? Ich habe nicht mitgezählt, und ich habe kein Zeitgefühl.

Du bist zärtlich, sanft, verwöhnst mich mit deiner Zunge. Ich bin dir dankbar dafür, genieße die leichten Berührungen auf meiner brennenden Haut. Ich will mich revanchieren, mich bedanken für das Geschenk, das du mir gemacht hast. Es klingelt. Der Bote von der Lufthansa bringt dein Gepäck. Es ist ein Uhr nachts. Die kommenden vier Stunden werden mein Leben verändern, aber das weiß ich jetzt noch nicht.

Ich soll mich in den Sessel setzen. Du verbindest mir die Augen. Ich habe gelesen, dass verbundene Augen dazu gehören. Um einen der Sinne auszuschalten und die Konzentration auf die anderen zu reduzieren.

Dieses blöde Tuch wird natürlich mein Make-up ruinieren, so ein Mist.

Ich bin angespannt, nervös und erregt. Ich höre Geräusche, die ich nicht zuordnen kann.

»Setz dich weiter vorne hin, auf die Kante. Beine auseinander.«

Deine Stimme klingt jetzt anders als vorhin beim Essen. Leiser, bestimmter, gefährlicher.

Deine Hand zwischen meinen Beinen, ein Brummen, das ich kenne. Du schiebst mir einen Vibrator hinein, und ich stöhne leise auf.

Breite Manschetten an meinen Armen und Fußgelenken. Sie sind aus Leder und fühlen sich gut an. Das Vibrieren in mir wird schwächer. Oje. Die Batterien sind leer. Soll ich dir das sagen? Lieber nicht.

Nach einer Ewigkeit und vielen fremden Geräuschen sagst du: »Warum sagst du nicht, dass die Batterien leer sind? So blöde kannst du doch nicht sein, oder? Eine Sklavin muss mitarbeiten.«

Gott, ist mir das peinlich! Du ziehst mich an der Hand aus dem Sessel hoch und führst mich zum Bett.
»Hinlegen.«
Ich liege auf dem Rücken, mit verbundenen Augen. Ich höre Ketten rasseln. Mein Puls ist schnell, ich weiß nicht, was jetzt geschehen wird.
Klick. Klick. Viermal.
Du hast die Manschetten an meinen Armen und Beinen an den Ketten befestigt. Ich liege gespreizt wie ein Kreuz auf dem Bett.
Deine Stimme ist tief. »Sehr schön.«
Du nimmst mir die Augenbinde ab, ich blinzele einen Moment, weil mich das Licht blendet, obwohl es warm und gedämpft ist. Dann stockt mir der Atem, und ich muss mich bemühen, nicht laut zu lachen.
Dein Oberkörper ist nackt. Du trägst schwarze Chaps aus Leder. Sie sind vorn und hinten offen. Deine Erregung ist nicht zu übersehen. Hübsches, passables Ding, denke ich. Ein breiter silberner Reif umschließt deinen Hals, am Handgelenk trägst du einen passenden Armreif. An der linken Seite des Nietengürtels hängt eine Peitsche mit silbernem Griff und vielen kurzen Lederschnüren.
Wie einer aus einem SM-Comic. Ein Blick in deine Augen sagt mir allerdings schnell, dass die Situation nicht zum Lachen ist. Du stehst am Fußende des Bettes und musterst mich. Die Pupillen in deinen blauen Augen sind groß, dein Blick flackert.
Als du die Peitsche ganz langsam von deinem Gürtel nimmst, schließe ich die Augen. Ich sehe nicht, wie sie auf meinen Bauch niedersaust, auf meine Brust, meine Schenkel, meine Hüften.
Ich schreie, stöhne, winde mich in den Ketten, es gibt kein Entkommen.
Ich habe nicht geahnt, dass es so wehtun würde. Nicht in meinen deutlichsten Träumen habe ich mir einen solchen Schmerz vorstellen können.
Du hörst auf, greifst zwischen meine Beine, und ich sehe, dass du lächelst.
»Scheint dir zu gefallen.«
Ich bin verstört, kann meine Gefühle nicht ordnen und nicht zuordnen. Es gefällt mir? Unmöglich!
Deine Zunge, deine Hände, ganz sanft. Mein Atem beruhigt sich, mein Körper entspannt sich langsam. Ich denke alles durcheinander, weiß nicht, ob der brennende Schmerz auf meiner Haut oder die Erregung überwiegt. Du löst die Haken an den Manschetten. Die Ketten fallen auf den Boden.
»Umdrehen.«
Ich kann mich kaum bewegen. Du hilfst mir, ich liege auf dem Bauch, und du kettest mich wieder an.
Die Peitsche auf meinem Arsch, meinem Rücken, meinen Beinen. Deine Finger in mir, fordernd. Ich bin so nass, dass es sich anfühlt, als hätte ich ins Bett gemacht. Kurz vor meinem Orgasmus hörst du auf. Die Peitsche. Noch einmal. Du wiederholst das Spiel. Wieder deine Hand, Liebkosungen, sanft, Peitsche. Und wieder. Ich spüre den Schmerz nicht mehr. Meine Haut glüht, innen und außen. Keine Gedanken mehr, nur noch fühlen.
Noch nie hatte ich einen so intensiven Höhepunkt.
Ich zucke noch, als du mich losbindest. Ich rolle mich wie ein Embryo auf die Seite. Ich kann nicht mehr. Du gehst aus dem Zimmer, kommst zurück und legst Eisbeutel auf meinen Rücken und meinen Hintern. Das tut gut, ja. Ich danke dir dafür.

Du machst irgendwas, ich höre, dass du etwas abreißt, einen Streifen Papier oder eine Tüte. Du legst dich hinter mich. Löffelchenstellung.
Deine Haut ist warm und weich und beruhigt meine beißenden Striemen. Ich spüre deine Härte an meinem Hintern. Du hast ein Kondom übergezogen. Deine Hände streicheln sanft über meine Arme, meine Haare. Ich schließe die Augen wieder. Ich bin entspannt und ganz offen für dich.
Dein Rhythmus ist langsam, unsere Bewegungen sind harmonisch und gleichmäßig.
Es dauert nicht lange, bis deine Hände meine Hüften packen, du dich fest an mich drückst und laut stöhnst.

Obwohl sie sehr erschöpft war, konnte Simone nicht einschlafen in dieser Nacht. Sie lauschte auf die regelmäßigen Atemzüge des Mannes, der ihr vorhin so nah gewesen war. In der riesigen Wohnung war sonst nichts zu hören, Stille. Morgengrauen.
War es das, was sie gewollt hatte? Ein lädierter Körper, blaue Flecken überall, schmerzende Muskeln. Hatte sie diesen Akt gewollt, der ihr jetzt bizarr und unwirklich vorkam? Wollte sie wirklich so geschlagen und gepeitscht werden? War das Lust gewesen?
Tränen liefen über ihr Gesicht, und Simone bemühte sich, nicht zu schluchzen, um Boris nicht aufzuwecken.
Wie hatte sie das tun können? Sie hatte Gerald betrogen, sich einem Fremden ausgeliefert, in einer fremden Wohnung perverse Dinge mit sich geschehen lassen. Es hatte ihr gefallen. Das war das Schlimmste.
Unser ganzes Leben lang versuchen wir, Schmerz zu vermeiden und Lust zu bekommen, dachte Simone. *Und hier wollte ich Schmerz ertragen, um Lust zu erleben? Wie paradox das ist. Das ist doch krank, oder?*
Sie rutschte an den äußersten Rand des Bettes, um Boris' Körper nicht zu berühren. Sie wollte diese Nähe nicht.
Irgendwann schlief sie doch ein, traumlos und erschöpft.
Es war später Vormittag, als sie erwachte. Schlagartig wusste Simone, wo sie war. Wie in den rasch wechselnden Bildern eines Videoclips sah sie die Situationen der Nacht vor sich. Schmetterlinge im Bauch, Adrenalin.
Sie ließ ihre Augen geschlossen, stellte sich weiter schlafend, lauschte.
Irgendwo klang leise Musik, sie hörte Geschirr klappern.
Simone drehte sich um und öffnete die Augen.
Das Bett neben ihr war leer.
Sie setzte sich auf, legte ihr Kinn auf die angezogenen Knie und sah sich im Zimmer um. Auf dem dicken Teppichboden lagen Stahlketten, daneben die schwarzen Leder-Chaps. Ein schwarzer Vibrator wurde halb von einem der Hosenbeine verdeckt. Simone lächelte. So sah das Ding mit den leeren Batterien also aus.
Ihre Pumps, die Dessous, Ledermanschetten, Handschellen, die Peitsche lagen auf dem Boden verstreut. *Ein bizarres Stillleben*, dachte Simone.
Sie hörte Schritte. Boris stand in der Tür und lächelte. »Ausgeschlafen, Subby? Komm in die Küche, ich habe Kaffee gekocht.«
Er sah traumhaft aus. Das schwarze lange Haar war nass und glänzte, er lächelte umwerfend, sein braungebrannter nackter Körper sah sexy aus.
Sie frühstückten Kaffee und Gauloises.
»Was wollen wir machen? Uns Berlin ein wenig ansehen?«, fragte Boris.

»Ja. Ich möchte duschen, mich zurechtmachen und würde dann gerne in die Stadt gehen.«
Sie wollte nicht mit Boris in der Wohnung sein. Sie war erschöpft, und ihre Blessuren schmerzten. Eigentlich wollte sie alleine sein und über alles nachdenken.
Später im Bad erschrak Simone, als sie ihren Po und ihre Schenkel im Spiegel ansah. Ihre Haut glich einem abstrakten Aquarell: blaue, rote und violette Striemen und Flecken. Ihr Herz setzte einen Moment lang aus. *Gerald! Um Gottes willen.* So konnte sie nicht nach Hause fahren. Sie war einer Panik nahe. Es würde Tage dauern, bis diese Spuren nicht mehr zu sehen sein würden. Fieberhaft überlegte sie, wie sie ihrem Mann alles erklären sollte. Er durfte sie nicht nackt sehen, nicht so, unter keinen Umständen. Sie musste sich eine plausible Ausrede einfallen lassen. Aber was sollte sie sagen? Was? Was? Was?
Boris und Simone schlenderten durch Berlin, schauten sich Schaufenster an, plauderten über Belangloses. Boris war freundlich, unterhaltsam und unverbindlich, Simone gab sich zurückhaltend. Sie hatten noch kein Wort über die vergangene Nacht gesprochen.
Er erzählte von seinem Job, aus seinem Leben, von seiner Frau, mit der er in einer offenen Ehe lebte.
»Und das funktioniert?« Simone war ehrlich erstaunt. Über diese Form einer Ehe hatte sie noch nie nachgedacht.
Boris grinste. »Es funktioniert immer dann, wenn wir beide jemanden haben. Wenn ich eine Sklavin habe und meine Frau hat keinen Lover, gibt's Theater.«
»Und was machst du dann?«
»Ich bemühe mich, mit ihr im Gespräch zu bleiben und nehme mich in meinen Aktionen zurück. Ich liebe sie ja schließlich.«
»Wenn du sie liebst, warum vögelst du dann andere Frauen?«
Boris lachte. »Erstens ist sie weder maso noch devot, sie steht nur auf Neuneinhalb-Wochen-Sex. Das reicht mir nicht. Und sie hat von Anfang an gewusst, dass sie mich nie alleine haben kann. Das hat sie akzeptiert.«
»Wie lange seid ihr verheiratet?«
»Vier Jahre.«
»Und eure Ehe war immer so ... so offen?«
»Ja, von Anfang an. Ich könnte nicht anders leben und sie auch nicht.«
»Erzählst du ihr, mit wem du zusammen bist?«
»Klar. Sie weiß, dass ich jetzt mit dir hier bin. Sie hat mich schließlich zum Flughafen gebracht. Sie findet dich hübsch, ich habe ihr dein Bild gezeigt.«
Simone war verwirrt. Es war ihr unangenehm, dass seine Frau ihr Gesicht kannte.
So etwas funktionierte? Sie stellte sich vor, mit Gerald am Küchentisch zu sitzen und sich gegenseitig von außerehelichen Affären zu erzählen. Undenkbar. Allein der Gedanke daran, dass er mit einer anderen Frau schlafen würde, ließ nagende Eifersucht in ihr aufkommen.
Wie paradox, dachte Simone. *Ich sitze hier mit einem Kerl, mit dem ich eine Nacht verbracht habe, und bei dem Gedanken, dass Gerald eine andere hat, wird mir schlecht. Obwohl, es wäre schon toll, wenn ich mit ihm über dieses Erlebnis reden könnte. Wie einfach wäre dann alles ...*

Am Nachmittag tranken sie Cappuccino in einem Straßencafé.
Ihr Entschluss kam spontan. »Boris, ich werde heute bei meiner Freundin übernachten. Ich brauche Abstand. Du weißt, dass es meine erste Session war? Ich habe dich angelogen, als ich dir erzählte, dass ich Erfahrungen habe.«
Er lächelte. »Ja. Ich hab's gemerkt. Kein bisschen devot, eher maso, gelle?«
»Ich weiß nicht, was ich bin, Boris.«
»Devotessas wie du brauchen nur ab und zu eine ordentliche Tracht Prügel, sonst nix.«
»Eine Tracht Prügel?«
»Ja, das Spanking hast du doch genossen, oder?«
»Spanking?«
»Schläge mit der Hand nennt man Spanking.«
»Ja«, sagte Simone, »kann schon sein, dass ich das genossen habe, aber ich weiß nicht, ob es das ist, was ich brauche, Boris. Und ich weiß auch nicht, ob ich das noch mal haben muss.«
Seine Stimme klang kühl und sachlich: »Du wirst schon noch herausfinden, was du brauchst. Lass uns in die Wohnung fahren, damit du deine Sachen holen kannst.«
So einfach ließ er sie gehen? Wahrscheinlich hatte sie während der Session alles falsch gemacht. Es hatte ihm nicht gefallen. Sie wunderte sich, dass es ihr fast egal war. In der Wohnung packte sie ihren Koffer und kündigte sich telefonisch bei Britta an.

Die beiden Frauen fielen sich zur Begrüßung um den Hals. Obwohl sie einander lange nicht gesehen hatten, war Britta ihr immer noch vertraut.
»Du siehst klasse aus, Süße! Seit wann hast du die Haare so kurz und so hell? Sie sind ja fast weiß.«
Britta lachte und ihre Zähne bildeten einen schönen Kontrast zu den knallrot geschminkten Lippen. »Vielleicht nicht viel länger als du blauschwarz gefärbt bist? Hatten wir als Kinder nicht mal die fast dieselbe Haarfarbe?«
Simone hakte sich bei der Freundin ein und besichtigte die gemütliche Wohnung.
Später saßen sie in der Küche, hatten eine Flasche Pinot Grigio geöffnet und aßen Mozzarella und Tomaten.
»Nun erzähl schon, was gestern passiert ist. Ich sehe dir doch an, dass es dir beschissen geht«, sagte Britta.
Simone trank einen Schluck Wein und überlegte. Sie musste einfach mit jemandem reden - warum nicht mit Britta? Sie kannten sich lange genug.
»Ich habe mich mit einem Traumtypen getroffen.«
Britta lachte auf: »Ja, klasse, gratuliere. Das war ja der Sinn unserer Aktion mit der Einladung, nicht wahr? Und deswegen geht es dir nicht gut? Ist es nicht gut gelaufen?«
Simones Gedanken überschlugen sich. Wie um Himmels willen sollte sie Britta erklären, was passiert war?
»Wir hatten Sex.«
»Ich bin davon ausgegangen, dass es darauf hinausläuft«, bemerkte Britta trocken.
»Ja. Aber wir hatten eine besondere ... Art von Sex.«
»Besondere Art?«

Simone rutschte auf dem Küchenstuhl hin und her. Sie fand keine Worte, um zu beschreiben, was sie sagen wollte.
»Hat er dich vergewaltigt? Sag mir das, wenn es so ist!«
Simone hob abwehrend die Hände. »Nein, nein, keine Vergewaltigung. Eben eine andere Art von Sex, ich weiß bloß nicht, wie ich das erklären soll.«
Britta lachte wieder. »Erzähl es doch einfach! Gibt's irgendwas, das ich noch nicht kenne?«
Simone holte tief Luft. »Ich habe mich beim Sex von ihm verprügeln lassen.« So, nun war es gesagt.
»Oh«, sagte Britta. Sie schwieg einen Moment. »Was meinst du mit verprügeln?«
»Er hat mich geschlagen, mit den Händen und mit einer Peitsche.«
»Großer Gott. Und?«
»Wie - und?«
»Wirst du ihn wegen Vergewaltigung anzeigen?«
Simone sah ihre Freundin erstaunt an. »Anzeigen? Nein. Er hat mich doch nicht vergewaltigt. Wir hatten das vorher abgemacht.«
»Ihr habt abgemacht, dass er dich vermöbelt? Sadomaso-Scheiße, was? Gütiger Himmel, Simone, du tickst nicht ganz richtig!«
»Kann sein, dass du Recht hast. Ich weiß selbst nicht, ob ich noch normal bin. Alles ist anders geworden, aber nicht erst seit gestern.«
Simone erzählte Britta die ganze Geschichte, berichtete vom ersten Chat mit Lars, vom Treffen mit Ralf und davon, wie sie Boris kennen gelernt hatte. Britta hörte aufmerksam zu und unterbrach sie nicht.
»Und jetzt bin ich echt fertig, Britta, denn es hat mir gefallen ... und auch wieder nicht. Weil ... es kann eigentlich nicht sein, dass einem so was gefällt, oder?«
Britta runzelte die Stirn. »Pervers find ich das schon. Das hat mit Liebe und Zärtlichkeit weiß Gott nichts zu tun. Auch nicht mit Sex. Sag mal, so eine Peitsche tut doch höllisch weh, oder?«
Bei dem Gedanken daran schüttelte sie sich.
»Ja, klar tut es weh. Ich hatte nicht geahnt, wie sehr. Aber ich hab diesen Schmerz sehr genossen.«
»Jeder muss selbst wissen, was er tut. Du bist alt genug. Und wenn du meinst, dass du dich beim Vögeln vermöbeln lassen musst, dann tu es, Simone.«
»Sag das nicht so abfällig. Es steckt mehr dahinter, es ist keine Gewalt, keine Brutalität, es ist irgendwas anderes. Ich weiß nicht, was es ist. Es ist ein Spiel, ein Spiel, dessen Regeln zwischen erwachsenen Menschen vorher abgesprochen sind.«
»Du findest es nicht brutal, mit einer Peitsche geschlagen zu werden?«
»Nein, es hat mich erregt, obwohl es sehr schmerzhaft war. Es war einfach unglaublich geil.«
Britta zog nachdenklich an ihrer Zigarette. »Wenn du es gut fandest, wo liegt dann das Problem, Simone? Warum fühlst du dich schlecht heute?«
»Ich bin ... echt durcheinander, weil ich einfach meine Gedanken nicht sortiert bekomme. Und weil ich Gerald betrogen habe und weil ich mich in den nächsten Tagen vor ihm nicht ausziehen kann.«
»Warum nicht?«
»Weil ich Striemen und blaue Flecken habe.«

Britta drückte ihre erst halb gerauchte Zigarette abrupt im Aschenbecher aus. »Simone, das ist alles nicht wahr, oder? So sehr hat er dich geschlagen?«
»Ja, aber ich hätte ihn jederzeit stoppen können.«
»Und warum hast du nicht?«
»Weil es scharf war, Herrgott, versteh das doch!«
Britta schüttelte den Kopf.
»Nein, das kann ich nicht verstehen, muss ich auch nicht. Aber es ist deine Sache. Und warum du so durchhängst, wenn's doch so geil war, weiß ich immer noch nicht.«
»Hauptsächlich wegen Gerald. Das war schließlich mein erster Seitensprung in all den Jahren.«
»Na ja. Dass Ehepartner sich betrügen, kommt vor.«
»Nicht bei uns. Eigentlich. Bis jetzt, meine ich. Was ist, wenn Gerald mit mir schlafen will? Mein Hintern ist grün und blau und rot, und ich hab fette Striemen an den Beinen. Was mach ich, wenn Gerald das sieht?«
»Das hättest du dir vorher überlegen müssen, aber irgendwas wird dir schon einfallen. Sag doch, du hättest Zwischenblutungen oder Durchfall oder Kopfschmerzen.«
Simone runzelte die Stirn. Brittas Stimme klang spöttisch. »Mach dir keinen Kopf, das schaffst du schon.« Sie überlegte einen Moment. »Glaubst du eigentlich, dass er dir treu ist?«
»Wer, Gerald? Natürlich. Nie im Leben denkt der ans Fremdgehen!«
»Dasselbe wird er von dir auch sagen, oder? Mach dir nichts vor. Niemand besitzt jemanden für immer. Wie lange seid ihr zusammen?«
»Achtzehn Jahre.«
»Und wie oft habt ihr Sex?«
Simone überlegte nicht lange. »Zweimal die Woche.«
Britta pfiff anerkennend. »Du erfüllst deine Pflichten, alle Achtung. Damit liegt ihr über dem bundesdeutschen Durchschnitt. Und wie gefällt es dir?«
»Es ist immer noch sehr schön. Ich schlafe gerne mit Gerald. Er ist zärtlich und liebevoll.« Simone bemerkte den Trotz in ihrer eigenen Stimme.
Britta ließ nicht locker. »Wann war dein letzter Orgasmus? Mit Gerald, meine ich.«
Simone hatte das Gefühl, rot zu werden. Sie stocherte in den Tomaten auf ihrem Teller herum und ließ sich Zeit mit der Antwort. »Weiß nicht, ist schon eine Weile her.«
»Und bei deinem Prügelknaben hattest du einen Orgasmus?«
»Mehrere.« Simone lächelte, als sie an Boris dachte.
»Ich fasse mal zusammen, meine Süße: Du vögelst artig zweimal in der Woche mit deinem Mann. Du hast nicht viel davon und drehst dich wahrscheinlich nachher auf die Seite und heulst.«
»Nein, ich heule nicht.«
»Dein Mann ist superlieb und superzärtlich und superrücksichtsvoll und fragt nachher, ob es schön für dich war. Und gestern hast du dich von einem Kerl durchnehmen lassen, der überhaupt nicht sanft und kein bisschen lieb war, und du bist dabei ziemlich abgefahren. Stimmt's?«
Simone sprach leise: »Ja. Alles ja. Und deswegen weiß ich nicht, ob ich Gerald morgen in die Augen sehen kann. Er kennt mich so gut, dass er sofort wissen wird, was passiert ist.«

»Unterschätz dich nicht, Simone. Du wirst wunderbar lügen können, und er wird überhaupt nichts merken.«
»Wenn es doch nur das wäre, Britta. Ich krieg meine Gedanken nicht geordnet. Es ist ja nicht nur das schlechte Gewissen Gerald gegenüber. Es ist auch, weil die Nacht mit Boris so irre war. Das Verrückte ist, dass ich mich gut und schlecht zugleich fühle. Gut, weil es geil war und schlecht, weil es geil war. Ich will es vielleicht wieder tun.« Simone erschrak über ihre Worte, die sie aussprach, ohne sie zuvor bewusst gedacht zu haben.
»Du weißt, wie man Leute wie dich nennt?«
Simone sah sie fragend an.
»Du bist eine Masochistin«, stellte Britta sachlich fest.
»Ich bin keine Masochistin, so ein Quatsch«, empörte Simone sich.
»Ach nein? Und wie nennt man Leute, die sich gerne quälen lassen?«
»Also, quälen ist ein bisschen heftig ausgedrückt. Ich wollte es ja so. Jedenfalls hab ich es mir freiwillig gefallen lassen. Es war nicht nur der Schmerz, sondern diese ungewöhnliche Situation, das Verbotene. Und Boris. Weil er klasse aussieht. Genau mein Typ. Das war ein richtiges Fest für mein jahrelang angeschlagenes Selbstbewusstsein.«
Britta zog die Augenbrauen hoch. »Aha. Ein Fest. Man sieht es dir an. Willst du Boris wieder sehen?«
Simone seufzte. »Ich weiß es nicht, gar nichts weiß ich. Mal denke ich, es war eine tolle Nacht, dann wieder denke ich, es war ein Horror. Ich kann immer noch nicht richtig sitzen.«
Simone bemerkte nicht, dass sie bei dem Gedanken an die Nacht lächelte. Britta registrierte es sehr wohl. »Du bist doch eine Masochistin.«
»Nein!«
»Warum hast du ein Problem mit einem Wort?«
»Weil das pervers ist, abartig. Und ich will nicht pervers oder abartig sein«, sagte Simone eine Spur zu laut.
»Dafür kann keiner was, wenn einer so gepolt ist. Vielleicht ist Masochismus eine Art Krankheit? So, wie der Sadismus, den muss es ja auch geben, sonst funktioniert es nicht. Sehe ich doch richtig, dass dazu zwei gehören: einer, der gerne zuschlägt und einer, der sich gerne schlagen lässt? Solche Neigungen werden schon in der Kindheit geprägt.«
»Man kann nicht alles auf die Kindheit schieben, Britta. Meine Kindheit war völlig in Ordnung, genau wie deine auch. Ich wurde nicht missbraucht, und meine Eltern haben sich um mich gekümmert, du weißt das genau, du warst oft genug bei uns zu Hause. Natürlich machte man damals nicht einen solchen Aufstand mit den Kindern wie wir heute. Wenn ich daran denke, wie intensiv Gerald und ich uns um Jenny und Julia kümmern ... Wir waren als Kinder einfach da, wir hatten unsere Pflichten, und die haben wir erfüllt. Ich musste mein Zimmer in Ordnung halten, meine Kleidung schonen, meine Schule schaffen und sonntags mit den Eltern spazieren gehen. Ich hab auf meine Schwestern aufgepasst und meiner Mutter im Haushalt geholfen. Bei uns war alles ganz normal, und mir hat nichts geschadet. Nichts Dramatisches, kein Trauma, keine unverarbeiteten Erlebnisse.«
Britta überlegte und runzelte dabei wieder die Stirn. »Bist du sicher? Was fällt dir zum Thema Aufmerksamkeit ein?«
»Ach komm. Das ist doch Unsinn. Nichts weiter fällt mir ein. Wie kommst du darauf? Ich war ein anspruchsloses Kind. Ich brauchte keine besondere

Aufmerksamkeit von meinen Eltern, ich hatte Freundinnen. Und später waren eigentlich immer genügend Jungs um mich herum, die sehr aufmerksam waren.«
»Du hast dafür gesorgt, dass sie auf dich aufmerksam wurden.« Britta grinste. »Oder warum hattest du lange Haare, lange Fingernägel, trugst hohe Schuhe und kurze Röcke?«
»Weil das damals modern war.«
»Maxi-Röcke und Schlabberblusen waren auch modern, Simone. Nee, du wolltest auf dich aufmerksam machen, wolltest im Mittelpunkt stehen. Ist dir ja auch gelungen. Bei den Jungs jedenfalls.«
Britta zündete zwei Zigaretten an, behielt eine lässig im Mundwinkel und reichte Simone die andere über den Tisch.
»Worauf willst du hinaus, Britta?«
»Du hast dich durch dein Outfit in der Schule in den Mittelpunkt gestellt. Was hast du zu Hause getan, um im Mittelpunkt zu stehen?«
»Du meinst, um Aufmerksamkeit von meinen Eltern zu bekommen?«
»Ja. Oder anders gefragt: Wann standest du zu Hause im Mittelpunkt?«
Simones Antwort kam prompt: »Wenn ich was angestellt hatte natürlich. Wenn ich zu spät kam oder eine Arbeit verhauen hatte zum Beispiel.«
Britta verdrehte die Augen. »Und was passierte, wenn du was angestellt hattest?«
»Entweder bekam ich eine gescheuert oder Hausarrest. Oder ellenlange Vorträge darüber, wie Mädchen sich zu benehmen haben. Oder es ...«
»Stopp!«, unterbrach Britta. »Ohrfeigen und Schläge, da haben wir's doch!«
Simone wurde ärgerlich. »Ach, so ein Quatsch. Alle Kinder kriegten damals was an den Hals, du etwa nicht? Nein, deine Mutter war anders. Aber du warst ja auch nicht die Älteste von drei Mädchen. Die Ältesten haben es immer schwerer. Und wenn du meinst, dass die Backpfeifen meiner Mutter was damit zu tun haben, dass ich gestern ... So ein Blödsinn. Nimm›s mir nicht übel, Britta, aber das sind Stammtischweisheiten, Blödzeitungsniveau. Ich werde schon noch rausfinden, warum ich das wollte und warum ich es noch mal will.«

Als Simone aus dem Taxi stieg, sah sie Gerald auf einem Campinghocker vor dem Jägerzaun sitzen, zwischen seinen Füßen stand ein Farbeimer, in der Hand hielt er einen Pinsel. Er stand auf und kam mit breitem Lächeln auf sie zu. Er trug eine alte Jeans, seine Malerhose, wie er sie nannte, und ein blaues Sweatshirt. Sein Haar war zerzaust, sein Blick sonnig und ahnungslos.
Wie vertraut er mir ist, dachte Simone.
»Na, Liebes, wie schön, dass du wieder da bist!«
Er legte den Arm um sie und gab ihr ein Küsschen auf den Mund. Simone roch die Holzlasur, mit der er den Zaun gestrichen hatte. Aus dem geöffneten Fenster im Obergeschoss klang laute Musik, Robbie Williams.
Gerald folgte ihrem Blick.
»Ich hab Jenny schon ein paar Mal gesagt, sie soll das Gedudel leiser machen. Sie unterhält wieder die ganze Nachbarschaft. Kann nicht mehr lange dauern, bis sich einer beschwert.«
»Ist Julia auch zu Hause?«

Simone hatte Angst, ihren Töchtern in die Augen zu sehen. Würden sie spüren, was sie getan hatte?
»Nein, Julia ist in der Stadt. Zum Essen ist sie wieder da. Bevor wir reingehen, muss ich dir was zeigen. Lass den Koffer hier stehen, ich hab ne Überraschung für dich.«
Gerald hatte den Pinsel auf den Boden gelegt und hielt ihr mit den Händen die Augen zu. Sie atmete die Mischung aus dem Geruch von Holzlack und seinem Parfum ein. Antaeus von Chanel. Sie liebte diesen Duft an ihm, er benutzte ihn seit Jahren, obwohl er sündhaft teuer war und sie ihn sich eigentlich nicht leisten konnten.
»Überraschung? Ach Gerald, lass mich doch erst mal richtig ankommen«, lachte sie. In ihren Ohren klang das Lachen ein bisschen verkrampft und sie hoffte, dass er es nicht merken würde.
»Du kannst gleich reingehen und auspacken und duschen, was immer du willst, und dann trinken wir Kaffee, und du musst mir alles erzählen, was du mit Britta in Berlin angestellt hast, aber jetzt kommt erst meine Überraschung.«
Gerald schob sie ein paar Schritte nach vorn und drehte sie dann ein wenig. Er nahm die Hände vor ihren Augen weg: »Für dich, mein Schatz!«
Simone blickte in den Vorgarten. In die Mitte des gepflegten Rasens hatte Gerald eine niedrige Buchsbaumhecke gepflanzt. Sie hatte die Form eines Herzens. Sie war sprachlos. Die Situation war konfus. Sie kam von einem handfesten Seitensprung zurück, hatte den Hintern voller Striemen, ein schlechtes Gewissen und scheußliche Bauchschmerzen deswegen, und ihr Mann schenkte ihr ein Herz aus Buchsbaum.
Sie lächelte gequält. »Wie schön das ist. Danke, danke, Schatz.«
Als sie das Haus betrat, kam ihr alles fremd und klein vor. Den Koffer stellte sie in der Diele ab, automatisch zog sie die Schuhe aus und schlüpfte in ihre Birkenstock-Schlappen, die unter der Garderobe standen.
Sie ging in die Küche. Alles war aufgeräumt, nichts stand herum. Gerald und die Mädchen waren genauso ordnungsliebend wie sie selbst. Dieser Raum war Simones ganzer Stolz. Die glänzenden grauen Fronten, der italienische Granitboden, matte Metallarmaturen und die hellgelben Dekorationen boten ein Bild wie aus einer Wohnzeitschrift. Besonders das Arrangement aus echten Zitronen in einer edlen Schale, passend zu einem gerahmten Poster mit identischem Motiv über dem Küchentisch, fand immer wieder den bewundernden Beifall ihrer Besucher. Das Zitronenmuster wiederholte sich in den Raffrollos vor dem Fenster. Simone fühlte sich wie ihr eigener Beobachter, als sie routiniert Kaffeewasser aufsetzte, das zitronengelbe Geschirr aus dem Schrank nahm und den Tisch deckte.
Gerald kam rein, zog im Flur die Schuhe aus, wusch sich die Hände und setzte sich zu ihr.
Sie tranken Kaffee und aßen Kekse. *Als ob nichts passiert wäre,* dachte Simone und spürte, dass ihr Atem tiefer und ruhiger wurde.
Gerald redete die ganze Zeit. Während der drei Tage ihrer Abwesenheit den Haushalt zu schmeißen war kein Problem gewesen, Tante Trude und Mutter hatten angerufen, in der Firma gab es Probleme, weil ein LKW in einen schweren Unfall verwickelt war, der Hund hatte Julias neuen Bademantel zerbissen, die Buchsbaumpflanzen hatte er preiswert im neuen Baumarkt am Stadtrand gekauft, und heute Abend wollte er Spaghetti kochen.

Simone hörte ihm nur halb zu. Wie konnte es möglich sein, dass sie nach der aufrüttelnden Begegnung in Berlin sofort wieder mitten ihrem vertrauten Alltag war?
Sie bekam Gänsehaut, wenn sie an Boris dachte. Während der Heimfahrt im Zug hatte sie die Session immer wieder Revue passieren lassen, hatte versucht, ihre Gefühle zu analysieren, sich darüber klar zu werden, ob sie Schmerz, Sex und Schläge genossen oder verabscheut hatte. Sie wusste es noch immer nicht.
Sah Gerald ihr wirklich nichts an? Spürte er nicht, dass sie ihn betrogen hatte? Ob Britta Recht hatte mit ihrer Behauptung, dass Gerald sie bei passender Gelegenheit auch betrügen würde? Er mit einer anderen im Bett. Undenkbar.
Heute ist Sonntag, dachte Simone. *Er wird nach dem »Tatort« vögeln wollen.*
Sie zwang sich, ihm ins Gesicht zu sehen und auf seine Plaudereien zu antworten.
Später, beim gemeinsamen Abendessen, wunderte sich Simone, wie leicht ihr alles von den Lippen kam. Zuerst hatte sie es vermieden, Jenny und Julia in die Augen zu sehen. Sie fühlte sich schmutzig, als sie die beiden zur Begrüßung in die Arme geschlossen hatte.
Jennys Frage, wie es am Ku´damm aussehe, konnte sie schnell beantworten, denn sie hatte die Berliner Prachtmeile aus früheren Besuchen noch gut in Erinnerung.
»Hast du Punks gesehen?«, fragte Julia.
»Nur am Bahnhof, Kleines, in der Stadt nicht. Ich habe aber auch nicht drauf geachtet.«
»Schade, die Punks in Berlin haben die schrillsten Klamotten«, erklärte die 15-Jährige, die sich stets bemühte, mit ihrer Garderobe Aufsehen zu erregen.
»Kann ich nächstes Mal mitkommen, wenn du zu Britta fährst? Ich war noch nie in Berlin«, sagte Jenny.
Simone zuckte innerlich zusammen.
Nächstes Mal? Boris? Session? SM?
»Schauen wir mal, Liebes«, antwortete sie und begann, von ihrem Wochenende zu erzählen. Sie log nicht.
Ausschweifend berichtete sie vom Wiedersehen mit ihrer Freundin, schilderte Brittas Wohnung, erwähnte in allen Einzelheiten, was sie gegessen und getrunken hatten, vergaß nicht, die Veränderungen am Bahnhof zu beschreiben und dass sie im Europa-Center gewesen war.
Spät am Abend, nach dem Fernsehprogramm, ging sie ins Bad und schloss die Tür hinter sich ab. Sie duschte heiß, zog sich einen langärmeligen Schlafanzug an und ging demonstrativ gähnend ins Bett.
Als sie Geralds zärtliche Hand an ihrem Rücken spürte, sagte sie mit betont schlaftrunkener Stimme: »Heute nicht, Schatz. Ich krieg meine Tage und hab schlimme Kopfschmerzen, okay?«
Gerald nahm sie innig und verständnisvoll in den Arm, und ihr schlug vor Scham das Herz bis zum Hals. Nur schwer konnte sie ihre Tränen zurückhalten. Sie kuschelte sich in seinen Arm und bemühte sich, tief und ruhig zu atmen, um ihn glauben zu lassen, dass sie schnell eingeschlafen sei.

Die Spuren an Simones Körper verblassten nach wenigen Tagen, die Spuren, die ihr Berliner Erlebnis in ihrer Seele hinterlassen hatten, nicht.
Mehr als je zuvor las sie alles, was sie über BDSM finden konnte. Sie verbrachte etliche Stunden im Internet. Wenn ein Kunde ihren Laden betrat, fühlte sich gestört. Sie hatte kaum noch Kontakt zu Boris, er antwortete sowieso nur spröde und sporadisch auf ihre Mails. Gern wollte er sie wieder treffen, na klar, aber bei ihm zu Hause in München.
»Beim nächsten Mal kommst du zu mir. Wir sprechen einen Termin ab, wenn meine Frau nicht da ist, und dann kommst du. Basta.«
Simone war zuerst verzweifelt, sie wollte ihn wiedersehen, wollte wissen, welchen Eindruck eine zweite Session in ihr hinterlassen würde, aber nach München zu fahren war unmöglich. Sie hatte keine Zeit, kein Geld und vor allem keine Ausrede für eine solche Reise. Dann wunderte sie sich, dass sie Boris' Kaltschnäuzigkeit recht gelassen hinnahm. Er war zwar hübsch und nett und sicherlich ein guter Dom, aber mehr als ein Kribbeln im Bauch und diese unbändige Sehnsucht nach mehr provozierte er nicht mehr bei ihr. Nicht er, nicht Boris war wichtig. Er als Person war vielleicht ein Werkzeug, eine Art »Erfüller« gewesen. Die Sehnsucht war wichtig. Die Sehnsucht war da.
Und sie blieb.
Simone wachte oft aus diffusen Träumen auf, erinnerte sich an Szenen, die sie sich nicht im Detail eingeprägt hatte, die sie jedoch unendlich erregten. Was war es, das da mit ihr passierte? Warum veränderte sie sich? Sie sah sich selbst anders, weiblicher, erotischer, empfänglicher und plötzlich auch sehr begierig zu geben.
Was wollte sie geben? Und wem? Worauf wartete sie? Und warum wartete sie auf irgendwas oder irgendwen?
Sie war verheiratet, hatte Kinder, ein Haus, einen Job, ein Auskommen. Was fehlte? Fehlte etwas?
Warum hatten diese Schmerzen sie so erregt? War es eine Krankheit, eine Perversion, eine abartige Neigung, die sie faszinierte? Viele Fragen, die sie sich in schlaflosen Nächten stellte, aber sie suchte nicht wirklich nach Antworten. Sie hatte Angst, sie zu finden.

Simone surfte weiter durch das Männerangebot im Internet, knüpfte und pflegte virtuelle Kontakte, wurde versierter im Umgang mit Love.Letters und traf dort eines Tages auf Karel. Sie wurde auf ihn aufmerksam, als sie den Eingangstext in seinem Profil las: »Du weißt es und ich weiß es. Also reden wir nicht lange um den heißen Brei herum! Dominanter Mann, souverän, tageslichttauglich, 1,94 groß, 55 Jahre alt, sucht submissive Geliebte.«
Das klang gut.
Simone hinterließ eine Message in seinem virtuellen Postfach: »Es gibt Profile, an denen Frau nicht ohne Herzklopfen und eine Spur zu hinterlassen vorbeiklicken kann.«
Es dauerte ein paar Tage, bis sie Antwort erhielt - und er entschuldigte sich dafür, dass er sie hatte warten lassen.
»Ich reise viel und bin nicht täglich online«, erklärte er. Dann ging er Punkt für Punkt auf ihr Profil ein, fragte sie über ihre Interessen aus, interpretierte ihren geschliffenen Schreibstil als intellektuell und unterhaltsam, analysierte ihre Wünsche.

»Du suchst nicht nur eine nette Zeit im Chat. Du brauchst einen Dom«, konstatierte er nach kurzer Zeit.
Simone war nach dem Lesen dieser Worte sehr unruhig.
Er hatte Recht. Das war es, was sie suchte. Was sie sich vom Ergebnis dieser Suche versprach, wusste sie nicht.
Sie schrieben sich täglich. Karel war Holländer. Er suchte über Love.Letters Deutschland eine Geliebte, weil er auf seinen Reisen durch Europa oft in Deutschland Station machte. Er lebte in Amsterdam und betrieb dort ein Varieté, in dem Künstler aus aller Welt auftraten. Er kümmerte sich selbst darum, die Jongleure, Artisten und Akrobaten, Zauberer und Clowns zu engagieren. Deshalb reiste er in viele Länder, um sich dort die Shows der internationalen Konkurrenz anzusehen und Künstler, die ihm gefielen, für sein Haus in Amsterdam zu engagieren. Viel mehr erzählte er nicht von sich, außer, dass er geschieden war und erwachsene Söhne hatte. Er beschrieb sich als groß, grauhaarig und tageslichttauglich.
Simone war fasziniert, wieder einmal.
»In spätestens vier Wochen werden wir uns real gesehen haben - und dann wirst du mir gehören«, schrieb Karel.
Er wünschte sich ein Foto von Simone.
Sie wollte ihm ein besseres als das Kostümbild vom Gartenzaun schicken und bat ihre Mitarbeiterin Karin Köhr um Hilfe. »Ich habe überhaupt keine schönen Bilder von mir, kannst du mit deiner Digitalkamera ein paar Fotos schießen?«
Karin lächelte breit und fuhr sich dabei mit der Zunge über ihre großen Zähne.
»Naturellement, Chefin, wie hättest du dich gern präsentiert? Ein Abbild ladylike oder verwegen, scharf oder unscharf, portrait ou portrait en pied?«
Simone zuckte mit den Schultern.
»Ich weiß nicht. Ich möchte einfach ein attraktives Foto von mir haben.«
»Chefin, wofür brauchst du die Fotos?« Sie machte eine kleine Pause. »Etwa fürs Internet?« Karins Lächeln war nun noch breiter und sie zwinkerte vertraulich.
»Wie kommst du auf so etwas?« Simone versuchte, empört zu klingen, aber sie bemerkte das Zittern in ihrer Stimme.
Karin sagte: »Nun, zuweilen bin ich alleine im Geschäft, du verstehst, Madame? Und zuweilen surfe ich, wenn nichts zu tun ist. Und jüngst geschah es mir, dass ich den Verlauf im Explorer anklickte und ein entzückendes Damenprofil mit dem Namen ‚Lady Chatterley' bei Love.Letters fand.«
Simone spürte, dass sie knallrot wurde und nach Luft schnappen musste. *Scheiße. So ein verdammter Mist.* Daran hätte sie denken müssen, dass Karin vielleicht schnüffeln würde. Simone räusperte sich und suchte nach Worten. Dass Karin sich offensichtlich an ihrer Verlegenheit weidete, gefiel ihr überhaupt nicht. Schnell versuchte sie, zu erklären: »Jaja, ich war da schon mal, wenn ich hier nichts zu tun hatte. Aber dafür brauche ich die Bilder natürlich nicht.«
»Simone, ma chérie, wie lange kennen wir uns?« Karin wartete die Antwort gar nicht ab und redete weiter. »Es sind zwei Jahre, ma chérie, zwei Jahre. Du kannst mir vertrauen, ich weiß schon lange, dass du bei Love.Letters bist. Ich bin dort nämlich auch!«, sagte sie und beugte sich verschwörerisch vor.

»Was? Du auch?«, rief Simone und ärgerte sich im selben Moment, dass sie sich so schnell und leicht verraten hatte. Sie überlegte blitzschnell: Nein, Karin und Gerald trafen sich nur sehr selten hier im Laden. Die beiden kannten sich kaum. Egal, wie viel Karin wusste, sie würde ihm bestimmt nichts von ihrem heimlichen Vergnügen erzählen. Und außerdem, was konnte sie schon wissen? Über das Profil von Love.Letters konnte man sich schließlich alles und nichts zusammenreimen.
Karin setzte sich in den Bürostuhl und schlug ihre langen Beine lasziv übereinander. Ihr Rock war eine Idee zu kurz, der Rand ihrer halterlosen Strümpfe blitzte eine halbe Handbreit unter dem Saum hervor. Simone hatte noch nie bemerkt, dass Karin Strümpfe und keine Strumpfhosen trug.
»Simone, liebste Chefin, ich erzählte dir oft, dass ich gern online flirte. Und bei Love.Letters ist es besonders amüsant. Nous parlons. Wir parlieren, brillieren, amüsieren. Uns. Les messieurs et moi, verstehst du. Und manschmaal wir flirten in sogar der realen Welt. Dein Profil dort ist harmlos, Chefin chérie. Du suchst nur eine nette Zeit im Chat, du hast schließlich einen Ehemann. Wenn man real sucht, so wie ich, muss man schon ein wenig mehr bieten.«
»Mehr bieten?«
»Darf ich?«, fragte Karin und loggte sich nach Simones zustimmendem Nicken bei Love.Letters ein. Das Profil »Gräfin Mariza« erschien und Simone staunte, als sie dort das Original-Foto ihrer Mitarbeiterin sah. Es war ein wenig verschwommen und in milchigen Blautönen bearbeitet, aber Karin war deutlich zu erkennen. Der kühle Farbstich kaschierte ihre spärlichen blonden Locken, die ihr großer Kummer waren, und ließ sie recht elegant aussehen.
»Lass mich mal lesen!«, sagte Simone. Karin kicherte und rückte ein wenig zur Seite. Simone las laut vor.
»Langbeinige Blondine, 36 - Karin, das ist aber geschwindelt!«
»Na und?«, sagte Karin und grinste spitzbübisch.
Simone fuhr fort: »Ja, ich weiß, woher ich stamme:
Ungesättigt gleich der Flamme,
glühe und verzehr ich mich.
Licht wird alles, was ich fasse,
Kohle, alles, was ich lasse
Flamme bin ich - sicherlich. Oh, du hast Nietzsche zitiert, warum?«
»Weil ich ihn enorm schätze und weil es très bien ist, einen Philosophen zu zitieren, ma chérie.«
Simone kannte Karins Faible für kluge Sprüche. Ebenso wie ihre gestelzte Ausdrucksweise war ihre Zitierwut schon oft Anlass für Gelächter gewesen. Karin hatte sich davon nie beirren lassen: »Mein linguistischer Code ist mein individuelles Markenzeichen und meine Hinneigung zur Lyrik ebenso«, hatte sie selbstbewusst erklärt.
Karin wandte sich wieder dem Bildschirm zu, loggte sich aus, klickte auf »Verlauf« und dann auf eine Zeile - und es erschien Simones Flirtprofil.
»Wow! Wie machst du das? Eigentlich sieht man doch die Besucher rechts in der Liste? Du bist auf meiner Seite und man sieht dich nicht?«
Simone zog sich einen zweiten Stuhl heran und setzte sich neben Karin.
»Das, meine Liebe, nennt man blind surfen. Ich bin schon lange bei Love.Letters, Frau lernt naturellement diverse Finessen.«

»Und wozu sind die gut, diese Finessen?«
Karin grinste. »Wenn du einen Flirt hast, kannst du beobachten, mit welchen Damen dieser Herr außerdem flirtet. Niemand sieht, dass du ein kleines bisschen neugierig bist, und du weißt einfach Bescheid. Solches Wissen schadet nienicht, chérie.«
Neugierig sah Simone auf den Bildschirm. Karels Nickname leuchtete grün in ihrer Besucherliste. Karin zeigte mit dem Finger darauf.
»Dieser Herr zum Beispiel, ich kenne ihn, meine Liebe. Er ist ein sehr großzügiger Grandseigneur.«
Simone war sprachlos. Karin blieb bis zum Feierabend im Geschäft. Es war ein ruhiger Nachmittag, und es kamen kaum Kunden, sodass die beiden Frauen sich über ihre neu entdeckte Gemeinsamkeit austauschen konnten. Sie surften gemeinsam über die Love.Letters-Seiten, lachten über platte »Entrees«, wie Karin die Selbstdarstellungen nannte, sie stießen anerkennende Pfiffe aus und begannen zu kichern wie die Teenager, wenn ihnen ein Foto eines Mannes gefiel.
Simone war glücklich, jemanden zum Reden zu haben, dennoch war sie vorsichtig. Sie erzählte Karin nichts von Boris und versuchte ihr glaubhaft zu machen, dass sie nur an virtuellen Flirts interessiert sei.
Obwohl sie sich schon eine Weile kannten, war ihr Verhältnis nie mehr als eine freundschaftliche Zusammenarbeit gewesen. Karins seltsame Art zu reden, ihr exaltiertes Gehabe waren nicht Simones Geschmack, ebenso wenig wie ihr provozierender Kleidungsstil. Sie wusste eigentlich nicht viel über ihre Mitarbeiterin, wenn man von den Familienverhältnissen, die Simone als sehr chaotisch empfand, einmal absah.
In ihrer ersten Ehe hatte Karin »Freifrau von den Bänken« geheißen - ein Titel, den sie bei der zweiten Heirat nur äußerst ungern wieder abgegeben hatte.
»Indes, es ist ja so, adlig sind die Menschen nicht des Titels wegen, nicht wahr?«, hatte sie einmal, sich beinahe selbst durch diese Worte tröstend, kommentiert.
Karin hatte die Schule kurz vor dem Abitur abgebrochen, als sie mit dem ersten Kind schwanger war. Es war während der Klassenfahrt nach Arnsberg im Sauerland passiert, nach einem romantischen geselligen Abend mit Gitarrenmusik am Lagerfeuer. Das Kind war im Etagenbett der Jugendherberge gezeugt worden, ein kurzer, schmerzloser Akt mit langen, schmerzhaften Folgen. Karins Eltern waren entsetzt, dass dieser Halbstarke ihr anständiges Mädchen verführt hatte. Schließlich hatten sie in ihrer kleinen Bäckerei in Brühl Tag und Nacht geschuftet, um dem einzigen Kind eine gute Schulbildung zu ermöglichen. Karin war in den Augen ihrer Eltern etwas ganz Besonderes und zu Höherem berufen.
Die Leute redeten und tuschelten, als Karins Bauch immer dicker wurde, und Karins Mutter begann, ab und zu ein Schnäpschen zu trinken, damit ihr das Gerede der Leute nicht mehr so zusetzte. Volker, so hieß der Halbstarke, der das anständige Töchterchen geschwängert hatte, war der Schwarm aller Mädchen in der elften Klasse, und Karin war nicht die Erste, die sich von seinen sexuellen Qualitäten überzeugen durfte. Aber sie war die Einzige, die von ihm schwanger wurde.
Volker übernahm die Verantwortung und seine Eltern die Unterhaltszahlungen für das Baby; sie hatten Geld genug und sorgten dafür, dass der

Sohnemann nicht unnötig mit diesem Fehltritt belastet wurde. Karin bekam ihr Baby und nannte es Nadine.
Auf der Entbindungsstation im Krankenhaus lernte sie einen Pfleger kennen, den es nicht störte, dass sie erst achtzehn Jahre alt war und gerade ein uneheliches Kind bekommen hatte. Cornelius Freiherr von den Bänken kümmerte sich so rührend um Karin, dass sie ziemlich genau ein Jahr nach Nadines Geburt wieder schwanger war. Cornelius war sich seiner Verantwortung anders bewusst als Volker; er heiratete Karin, kurz bevor die Zwillinge Verena und Vanessa geboren wurden. Freifrau Karin von den Bänken war noch keine zwanzig, hatte einen Adelstitel, drei Kinder, jede Menge Arbeit und kein Geld. Cornelius nahm jede Überstunde an, die sich anbot, und davon gab es im Krankenhaus genug. Trotzdem kam das junge Paar auf keinen grünen Zweig und nicht aus der engen Dreizimmerwohnung in Köln Porz hinaus. Die Ehe hielt fünf Jahre, die Scheidung war anstrengend, schmutzig und für Karin finanziell unbefriedigend.
Sie blieb eine Weile mit den Kindern allein. Es war Zufall, dass sie bei einem Spaziergang Thomas Köhr kennen lernte. Thomas war selbstständig, fünfundvierzig, hatte weiche Lippen und schütteres Haar. Er war unverheiratet und hatte von seinen Eltern ein Einfamilienhaus geerbt, in dem er ganz allein wohnte. Thomas Köhr verliebte sich sofort in die große Blondine, die auf ihn wirkte wie ein scheues, verletzliches Reh. Unter Karins dünner weißer Haut hatte sich jedoch im Laufe der Jahre ein dickes Fell gebildet, sie war weder scheu noch schnell verletzlich, und sie war nicht dumm. Jedenfalls erkannte sie die Chance, die sich durch Thomas bot, denn er verdiente als Taxiunternehmer genug, um Karin und die drei Mädchen zu ernähren. Sie bekam zwar Unterhalt und Kindergeld, aber das reichte nicht für den Lebensstil, den die Fünfundzwanzigjährige sich immer erträumt hatte, es reichte kaum zum Leben.
Thomas machte ihr einen Heiratsantrag, nachdem sie ein paar Monate in wilder Ehe zusammengelebt hatten. Karin nahm ihn an, natürlich. Sie wäre schön blöd gewesen, es nicht zu tun, denn wer nahm schon eine Frau, die drei Kinder von zwei Männern hatte.
Fünf Jahre später hatte sie vier Kinder von drei Männern. Thomas war überglücklich, dass sein Rehchen ihm an seinem fünfzigsten Geburtstag einen Sohn schenkte. Fabian war das Nesthäkchen, das Karins Pläne endgültig durchkreuzte. Hatte sie zuvor noch gehofft, ihr Abitur nachzuholen, wenn die Mädchen größer wurden, so war der Traum nun endgültig ausgeträumt. Es war zu spät für eine Karriere, zu spät für einen Neuanfang, es war einfach für alles zu spät.
Der verbitterte Zug um Karins Mund verstärkte sich immer mehr, sodass ihre Mundwinkel bald ständig nach unten zeigten. Sie war einunddreißig, hatte einen zwanzig Jahre älteren Mann, der nach der Arbeit nur noch seine Ruhe wollte und sonst nichts. Und sie hatte vier Kinder und keine Ausbildung.
Thomas verließ sie wegen einer vierzigjährigen Taxifahrerin, als Fabian acht Jahre alt war, ein Jahr später war Karin zum zweiten Mal geschieden. Sie zog mit den vier Kindern in eine Dreizimmerwohnung nach Bonn Auerberg und hoffte auf ein Wunder.
Unglücklich über ihr Los und ihr bisheriges Leben hatte sie sich der Literatur verschrieben, las in jeder freien Minute, kannte Klassiker und moderne Autoren. Sie zitierte Prosa und deklamierte Verse, wo immer sie es für ange-

bracht hielt. Sie sprach immer noch fließend englisch, hatte ihre Schwäche für die französische Sprache in etlichen Volkshochschulkursen ausgelebt und demonstrierte ihr Vokabular gern häppchenweise. In Online-Kursen im Internet hatte sie ihre kargen Lateinkenntnisse wieder reaktiviert - für ein paar beeindruckende Zitate reichte es immer.

Für Karin war es wie ein Sechser im Lotto, als Simone sie zur Aushilfe in der Buchhandlung einstellte, so konnte sie lesen, musste es sogar, kam mit Menschen zusammen und konnte ihrem ausgeprägten Bildungsexibitionismus frönen.

Als Simone ihren Laden eröffnet hatte, musste sie lernen, mit dem Computer umzugehen, um Bestellungen, Buchführung und Kundenkarteien zu verwalten. Der Rechner wurde geliefert, und sie wusste kaum, wie man ihn anschaltete. Ein Kurs im Frauenbildungswerk hatte nicht viel gebracht, aber dann hatte Karin ihr geholfen. Sie kannte sich aus, denn Computer und Internet waren neben Büchern und Sprachen ihre liebste Freizeitbeschäftigung. »Wenn man es genau nimmt, bin ich internetsüchtig«, hatte sie Simone einmal gestanden und von einer Flirtline erzählt, in der sie virtuelle Brieffreundschaften und Online-Flirts pflegte. Simone verstand damals nicht, worum es dabei ging und konzentrierte sich darauf, das »Computerding« für ihre Arbeit benutzen zu können.

»Du sagtest vorhin, du kennst den Grandseigneur«, sagte Simone. Sie hatte schon den ganzen Nachmittag fragen wollen und tat es nun recht beiläufig, um nicht zu interessiert zu wirken.

Karin grinste. »Monsieur Karel. Ja, ich hatte das unzweifelhafte Vergnügen, diesem homme de plaisir zu begegnen.«

Einen Moment lang wirkte ihr hartes Gesicht weich und versonnen. »Er wird einer der Besten sein, die dir im Moment passieren können.«

Dann änderte sich ihre Mimik urplötzlich, das Dauerlächeln war wieder da, und sie sprang auf. »Ich muss los, Fabian ist sicher schon zu Hause. Mein Söhnlein brillant will unbedingt zur Waldorfschule wechseln; wir werden das heute ein Stück weit ausdiskutieren müssen.«

Sie zupfte zuerst an ihrem karierten Minirock, dann an ihrer Hochsteckfrisur, griff nach ihrer überdimensionalen Handtasche und ging eilig zur Tür. Dort dreht sie sich noch einmal um, deutete einen Knicks an und warf Simone eine Kusshand zu. »Bye, ma chérie, es war sehr schön, mit dir zu reden, meine Liebste! Mach dich morgen besonders hübsch, ich bringe meine Digitalkamera mit.« Und dann war sie draußen.

Simone schüttelte den Kopf. Komische Person. Ihr affiges Getue nervte, aber sonst war sie eigentlich nett. Und sie war eine zuverlässige Mitarbeiterin, die sich in moderner und klassischer Literatur auskannte. Was hatte sie damit gemeint, Karel würde das Beste sein, das ihr im Moment passieren könnte?

Simone schaute auf die Uhr: gleich sechs, noch eine Stunde bis zum Feierabend. Sie sah sich im Laden um. Es war alles aufgeräumt, keine Kunden in Sicht, es gab nichts, was sie unbedingt hätte tun müssen.

Sie griff nach der Computermaus und lenkte den Cursor auf den Verlauf. So, wie Karin es ihr vorhin gezeigt hatte. Tatsächlich, dort waren alle Love.Letters-Adressen aufgelistet, die sie in den letzten Stunden angeschaut hatten. Simone klickte die Zahlen- und Ziffernkombination an, die den Namen »Gräfin Mariza« enthielt. Karins Seite erschien.

Sie fühlte sich wie ein Spanner, als sie das Gästebuch aufrief und darin zu stöbern begann. Karin hatte laut Besucherzähler schon mehr als 8000 Klicks auf ihrer Seite gehabt, in ihrem Gästebuch waren 1662 Einträge. Simone las Grüße, Gedichte, Liebesbeteuerungen, dumme Texte und klug klingende lateinische Zitate. Karin hatte jeden einzelnen Eintrag witzig und clever kommentiert.
Simone lachte auf, als sie manchen Vers las, den sie als »Reim dich oder ich fress dich«-Lyrik einordnete. Allein durch Karins Kommentare bekam Simone einen neuen Eindruck von ihr: Im Internet wirkte sie nicht so forsch wie in der Realität, man sah diesen verbitterten Zug um die vollen Lippen nicht. Als Gräfin Mariza gab Karin sich kosmopolitisch, locker flirtend, ernsthaft philosophierend und schlagfertig.
Nun gut, dachte Simone, *jeder stellt sich im Netz so dar, wie er sich selbst sehen will, ich bin ja nicht besser.* Sie wollte den Streifzug durch Karins Gästebuch eben abbrechen, als ihr ein Nick über einem Eintrag ins Auge fiel: Dompteur. Das war Karel. Der Eintrag war ein halbes Jahr alt. Er hatte ein Gedicht von Rilke, leicht abgewandelt, hinterlassen: »Sie muss immer sinnen: Ich bin ... ich bin ... Wer bist du denn, Marie? Eine Königin, eine Königin? In die Knie vor mir, in die Knie!«
Und Karin hatte kommentiert: »Lächeln sehrsehrsehr. Jawohl, Milord.« Das war eindeutig.
Simone atmete tief durch und zündete sich mit zitternden Fingern eine Zigarette an. Karin war auch »so eine«. Sie war eine Sub. Und sie hatte offensichtlich eine Affäre mit Karel gehabt. Oder hatte sie sie noch ...?
Es war unglaublich. Das Internet als anonyme Plattform, Love.Letters mit etlichen Tausend Usern, und sie traf dort ausgerechnet ihre Mitarbeiterin Karin als Verbündete und zugleich als Konkurrentin. Oder war sie keine Konkurrenz, sondern nur eine Ex? Simone loggte sich ein. Karel hatte eine Nachricht hinterlassen. Er wollte mit ihr telefonieren.
Sie sollte ihm im Laufe des Abends eine SMS schreiben, er würde dann zurückrufen. Sie musste ihn nach Karin fragen.
Simone beeilte sich, das Geschäft abzuschließen und heimzufahren. Es gab eine Menge im Haushalt zu tun, bevor sie den Hund als Ausrede für einen Spaziergang nehmen würde, um währenddessen mit Karel zu telefonieren.
Zwar hielten Julia und Jenny ihre Zimmer selbst in Ordnung, aber das war's dann auch. Schon oft hatte Simone sich eine Putzhilfe gewünscht, aber das Familienbudget gab solchen Luxus zurzeit nicht her. Sie würde heute Pizzen in den Backofen schieben und einen Salat dazu machen, es musste ja nicht jeden Tag Gesundes auf den Tisch kommen.
Wie oft hatte sie sich nach der Arbeit noch abgehetzt, um einzukaufen und später zu kochen - und dann kam Gerald spät und die Mädchen hatten keinen Hunger oder ihr »Gesundfutter« schmeckte niemandem. Irgendwann verlor sie eben auch mal die Lust.
Simone wunderte sich, als sie in die Neubausiedlung einbog und Geralds Auto in der Einfahrt stehen sah.
Er ist schon zu Hause, so ein Mist, dachte sie. Sie musste Karel eine SMS schreiben, um Bescheid zu geben, dass es mit dem Anruf nichts werden würde. Schlecht gelaunt schloss Simone die Haustür auf. Sie gab Gerald einen spitzen Kuss auf den Mund und vermied es, ihn anzusehen. Warum war er schon zu Hause? Ahnte er etwas? Hatte Karin was erzählt? Aber nein, wie

denn, wann denn, wo hätte er sie treffen können? Hatte Britta aus Berlin angerufen und sich irgendwie verplappert?
Nein. Gerald ahnte nichts. Er feierte Überstunden ab, von denen er reichlich angesammelt hatte. Und er hatte den Tisch gedeckt und Simones Lieblingsgericht gekocht: gedünsteten Lachs auf Blattspinat mit Reibekuchen.
Sie fühlte sich schlecht. Weil sie dauernd ein schlechtes Gewissen hatte. Weil sie keine Lust auf ein schlechtes Gewissen hatte, denn es war schließlich kein Betrug, nichts Verbotenes, ein wenig im Netz zu chatten, oder? Und die Geschichte mit Boris war ja längst vorbei und lag Monate zurück. Sie zählte nicht.
Simone schloss sich mit ihrem Handy im Bad ein und schrieb an Karel: »Kann leider nicht telefonieren. Ehemann. Melde mich wieder.« Karel würde es verstehen.
Der Abend schien unendlich lang, und Simone hörte den Gesprächen am Tisch nur unkonzentriert zu. Julia schnatterte ununterbrochen, erzählte von der Schule und schwärmte von irgendwelcher Musik, die Simone nicht kannte. Jenny stocherte mit dem Gesichtsausdruck »Ich mag eben keinen Fisch« in ihrem Essen herum und kaute dabei auf einer Haarsträhne. Gerald schien beleidigt, weil niemand sein Essen würdigte. Die Stimmung war verkrampft, und Simone fühlte sich schuldig daran.
Später, nach der Talkshow im Fernsehen, räkelte Gerald sich in seinem Sessel und sagte mit verschwörerischer Stimme: »Zaubermaus. Wie wär's, wenn wir ins Bett gehen und es uns gemütlich machen würden?«
Simone schluckte. »Ach Gerald, es ist schon so spät, und ich muss morgen früher in den Laden. Heute bitte nicht.«
»Verstehe«, sagte Gerald und stand auf. Seine Miene sprach Bände. In der Tür drehte er sich noch mal um. »Wir müssen darüber reden, Simone.«
»Wie meinst du das?« Sie hörte den bestürzten Ton in ihrer eigenen Stimme. Ahnte er doch etwas? Wusste er von ihren Flirts?
»Ich bin auch nur ein Mann, Simone. Und ich hab Sehnsucht nach dir.«
Erleichtert atmete sie auf. Ach so. Es war Mittwoch. Er wusste nichts, er wollte nur die obligatorische Nummer. Okay, dann sollte er sie haben. Simone hatte inzwischen gelernt, ihre wilden Fantasien für den ehelichen Beischlaf zu nutzen. Und solange Gerald das Gefühl hatte, sie sei seinetwegen so leidenschaftlich, hatten schließlich beide was davon.
Nein, nicht wirklich. Fast jedes Mal, wenn sie mit Gerald geschlafen hatte, hätte sie anschließend weinen oder schreien mögen. »Mehr! Anders!« Aber das tat sie nicht, sondern sie drehte sich zur Wand und weinte lautlos, weil diese Sehnsucht nach irgendwas, nach Schmerz, nach Unterwerfung sie nicht mehr losließ.
Simone hasste die schlaflosen Nächte, die solchen Abenden meist folgten. Stundenlang lag sie wach und die Gedanken stürmten auf sie ein. Ungeordnet tauchten Bilder vor ihr auf, Momentaufnahmen wie aus einem Film, bei dem sie nicht aufgepasst hatte. Es waren Szenen, die sie nie zuvor gesehen hatte. Oder nicht hatte sehen wollen? Sie wälzte sich hin und her, versuchte, sich auf etwas zu konzentrieren, sie wollte denken, was sie wollte und nicht denken, was sie musste. Es gelang ihr nicht.

»Nein, du solltest jenes nehmen, ma chérie. Wir werden dein Konterfei in Sepia arrangieren, dann wirkst du sehr rätselhaft, warm und mystisch.«

Simone hörte auf Karins Rat und entschied sich für ein Foto, auf dem sie die Augen niedergeschlagen und den Kopf leicht gesenkt hatte. Mit zahlreichen Klicks hatte Karin das Porträtfoto in ein Kunstwerk verwandelt: Simones Gesicht war verwischt vor dem Hintergrund eines Spinnennetzes zu erkennen. Den Mund hatte Karin kirschrot bearbeitet, und so wirkte Simones Antlitz wie ein abstraktes Aquarell.
»Was wirst du mit dem entzückenden Foto tun? Willst du es auf deiner Love.Letters-Seite placieren?« Sie sprach das Wort gespreizt und sehr französisch aus.
»Um Himmels willen! Damit mein Mann und meine Kunden mich erkennen? Nein, Karin, das geht natürlich nicht. Vielleicht verschicke ich es mal, wenn ich mit jemandem flirte, ja, vielleicht, du weißt doch, dass ich mich nur virtuell amüsieren will.«
Karin grinste. »Naturellement. Wirst du es Karel le Dompteur pour amusement schicken?«
Simone ignorierte die Frage. »Kennst du ihn eigentlich persönlich?«, fragte sie beiläufig.
»In der Tat. Wir trafen uns vor ein paar Monaten. An frühlingsfrischen Sommertagen. Ein extraordinäres Rendezvous. Monsieur Karel le Dompteur ist ein Gentleman, ma chérie, genieße ihn.«
»War es eine Affäre? Siehst du ihn noch?«
Karin leckte sich mit der Zunge über die großen Zähne und lehnte sich lasziv in Simones Bürostuhl zurück. »Es ist alles anders, als du es dir denkst, als ich es mir denke. Die Fahne weht noch, die kleinen Geheimnisse sind noch bei sich, sie werfen noch Schatten, davon lebst du, leb ich, leben wir.«
»Wie bitte?«
»Paul Celan, meine Liebste, Paul Celan.«
Simone verdrehte die Augen. »Und was willst du mir damit sagen, Karin? Sprich doch mal in klaren Worten.«
»Ach, lass mir doch meine stimmungsevozierenden Lyrismen. Du bist très interessiert. An ihm. Nun. Ich sah Monsieur Karel le Dompteur, in einem wunderbaren Hotel, und wir hatten wunderbare Stunden.«
»Er ist ein ... ein besonderer Mann, nicht wahr?«
Karins Augen verengten sich, und Simone dachte spontan an einen Fuchs. Karin beugte sich verschwörerisch vor: »Du weißt, dass er ein Dom ist. Und ich weiß es auch.«
Simone wurde heiß und kalt, sie fühlte sich ertappt, auch wenn sie wusste, dass Karin sie schon längst, nicht erst heute, durchschaut hatte.
Sie dachte in schnellen Sätzen.
Wir sind beide gleich gepolt.
Sie hatte was mit einem dominanten Mann.
Also tickt sie wie ich.
Sie ist auch so eine, ist sie eine Sklavin?
Mag sie Schmerzen?
Braucht sie Schmerzen?
Ist sie der dienende Typ oder der leidende?
Oder beides? Ist sie genauso pervers wie ich?
Warum soll ich ihr nicht vertrauen?
Simone entschloss sich zur Offenheit. »Kannst du mir was über Karel erzählen?«

Sie war nicht wirklich überrascht, als Karin sehr freimütig aus dem Nähkästchen zu plaudern begann.
Ja, sie hatte sich mit Karel getroffen, in einem eleganten Hotel in Nürnberg. Sie schwärmte vom noblen Ambiente der Luxusherberge, sie lobte Karels exzellente Manieren und seine erotische Souveränität. Von Dominanz und Unterwürfigkeit, von einer Session erwähnte sie nichts.
»Seid ihr noch zusammen?«
Karin wich aus. »Monsieur ist eben besonders in seiner Art. Er war ein wenig eifersüchtig, weil ich im Netz noch andere Kontakte hatte. Hm. Das missfiel ihm sozusagen sehrsehr.«
»Warum hattest du denn noch andere Kontakte, obwohl du mit ihm zusammen warst? Es könnte doch was werden können mit ihm und dir - er ist Single, genau wie du.«
Karins Miene nahm einen harten und zugleich verträumten Ausdruck an. Ihre Nasenflügel blähten sich ein wenig, wenn sie atmete. »Erklär mir, Liebe, was ich nicht erklären kann: Sollt ich die schauerliche Zeit nur mit Gedanken Umgang haben und allein nichts Liebes kennen und nichts Liebes tun?«, rezitierte sie versonnen.
»Ingeborg Bachmann, nicht wahr?«
Karin nickte. Nachdenklich wandte Simone sich ab und ordnete mechanisch einige Bücher, die auf dem Ladentisch gestapelt waren. Was war das für bloß eine Frau? Sie war keine Schönheit, ganz gewiss nicht, dafür waren ihre Haare zu dünn, die Zähne zu dominant und die Füße zu groß. Karin trug Schuhgröße 43, das war selbst bei ihrem Gardemaß unproportional.
Sie fiel durch ihre kräftige Stimme und ihre ausgeprägte Körpersprache auf. Und ihre stets zu kurzen Röcke und zu hohen Schuhe waren ein für sie typischer Blickfang. Karin war allein, sie suchte einen Mann, tat das im Internet mit einem enormen Engagement, fand offensichtlich gelegentlich jemanden und suchte dennoch weiter.
Simone überlegte. *Viel anders bin ich auch nicht. Ich habe einen Ehemann, den ich sehr liebe und nie verlassen würde. Ich hatte einen One-Night-Stand mit Boris. Ich suche weiter. Was und wen? Warum?*
Karin unterbrach ihre Gedanken: »Was du wissen willst, ma chérie, ist doch, ob Karel diskret ist und wie er im Bett ist, oder?«
»Karin!« Simone tat entrüstet, musste aber sofort über sich selbst lachen. »Warum reden wir beide eigentlich die ganze Zeit so verzweifelt um den heißen Brei herum?«
»Weil du Angst um deine Ehe hast, meine Liebste. Aber sorge dich doch nicht, lebe, carpe diem. Nur das Heute zählt. Erinnerst du dich an das Bonmot von Ernst Bloch? Das mit dem Pferd und dem Hund?«
Simone schüttelte den Kopf und Karin sagte: »Ein Hund und ein Pferd waren befreundet. Der Hund sparte für das Pferd die besten Knochen auf. Und das Pferd legte dem Hund die besten Heubündel vor. Jeder wollte dem anderen was Gutes tun und am Ende war keiner von beiden satt. Verstehst du nicht, meine liebste Simone? Mach dir keine Sorgen über dein exquisites kleines Geheimnis: Ich bin verschwiegen wie ein Grab.«
Am Abend, als die Buchhandlung geschlossen und Karin längst gegangen war, telefonierte Simone mit Karel. Sie redete gerne mit ihm, mochte seinen charmanten Akzent, die sonore Stimme, und sie mochte die Art, mit der er einem Smalltalk eine überraschende und deutliche Wendung geben konnte.

»Soso, du kennst Gräfin Mariza, und die beiden Damen haben miteinander geplaudert.« Seine Stimme klang spöttisch.
»Nicht im Detail, Karel, sie erzählte nur, dass sie dich kennt und dass ihr euch getroffen habt.«
»Ja, das ist richtig.«
Mehr sagte Karel nicht zu diesem Thema, und Simone registrierte erleichtert seine Diskretion.
»Wann hast du es dir zuletzt selbst gemacht?«
Simones Pulsschlag beschleunigte sich abrupt, als Karel diese unerwartete Frage stellte. Sie suchte nach einer schnellen Antwort.
»Nun? Ich höre?«
»Das ist lange her, Karel.«
»Das ist keine Antwort auf meine Frage. Ab heute wirst du es jeden Tag tun, hast du das verstanden? Ich erwarte täglich eine Mail, in der du mir beschreibst, wie du es getan hast, wo du es getan hast und woran du dabei gedacht hast.« Simone schluckte.
»Das wird nicht möglich sein, Karel. Ich schlafe mit meinem Mann in einem Bett. Ich kann es mir doch nicht selbst machen, wenn er neben mir liegt.«
»Du kannst. Und du wirst einen Weg finden, nicht wahr?«
»Ja, Herr«, antwortete Simone automatisch - und erschrak über diese Anrede. Karel lachte auf.
»Nein, Simone, ich bin nicht dein Herr. Aber ich werde es in wenigen Wochen sein. Bis dahin verzichte ich auf diese Anrede. Du wirst tun, was ich dir gesagt habe: Du machst es dir jeden Tag und schreibst mir jeden Tag eine Mail. Auch wenn ich nicht antworte, weil ich geschäftlich unterwegs bin, so wirst du es dennoch gewissenhaft tun. Ich will dich animiert und lustvoll, wenn ich dich bei mir habe. Ich glaube, ich schätze dich richtig ein, wenn ich sage, dass du dein Lustpotential trainieren musst, nicht wahr?«
Simone überlegte. Karel hatte sicher Recht. Ihr Sexualleben war von Gewohnheit und Pflichtbewusstsein geprägt und ihre wahre Lust fand nur in ihren Träumen und Visionen statt. Wie oft hatte sie sich schon gefragt, ob sie frigide sei, wenn sie mit Gerald schlief und nicht viel mehr als Zuneigung empfand. Lust, Geilheit, Hemmungslosigkeit ... das war lange her. Zuletzt hatte sie das mit Boris real erlebt.
Sie war glücklich, dass Karel sich solche Gedanken um sie machte und fühlte sich umsorgt.
»Was auch immer geschehen wird mit uns beiden - deine Lust steht immer im Mittelpunkt. Vergiss das nie!«, hatte er ihr zu Beginn ihres Kontaktes geschrieben.
Simone dachte lächelnd daran und versprach ihm, gehorsam zu sein und ihre Berichte pünktlich und authentisch abzuliefern. Gleich heute Abend würde sie beginnen, ihre Lust zu schulen, wie Karel es genannt hatte - und niemandem würde sie damit schaden.

In zwei Wochen würde sie Karel treffen. Diesmal war es einfach gewesen, eine Ausrede zu finden: Simone hatte eine Einladung zu einem Literaturfestival in Frankfurt bekommen. Lesungen, Autorengespräche und literaturwissenschaftliche Vorträge standen auf dem Programm. Nachdem sie Karel den Termin vorgeschlagen hatte und der einverstanden war, hatte Simone die Einladung angenommen. Gerald zeigte Verständnis für die dreitägige

Reise. Fortbildung und Information gehöre zum Geschäft, meinte er. Simone würde sich kurz bei einem Event des Festivals blicken lassen, mit so vielen Leuten wie möglich plaudern und ihre Visitenkarten großzügig verteilen. Später am Abend wollte Karel sie im Hotel Frankfurter Hof treffen, er hatte dort zwei Zimmer reserviert. Karel bereitete Simone gründlich auf das Treffen vor. Er schrieb ihr jeden Tag eine Mail, die mit den Worten begann: »In wenigen Tagen gehörst du mir.«

Simone las diese Zeile mit wohligem Gefühl und neugieriger Vorfreude. Täglich folgte eine genaue Anweisung, die sie zu erfüllen hatte: Sie sollte sich zum Beispiel auf eine vorgeschriebene Art befriedigen und Karel bis zu einer bestimmten Uhrzeit Bericht erstatten, oder er verlangte eine genaue Beschreibung ihrer erotischen Erfahrungen: »Welcher Mann hat es wie mit dir getrieben?«

Simone berichtete detailliert. Es machte ihr Freude, so sehr über sich nachdenken zu müssen und Karels Interesse schmeichelte ihr sehr. Er hatte sogar eine Liste mit ihren exakten Körpermaßen angefordert: Vom Hals bis zu den Füßen vermaß Simone brav Hals, Brustumfang, Beinlänge, Fußlänge und Hüftweite und fragte sich, was Karel mit diesen Maßen anfangen wollte.

Karel schickte ihr einen Fragebogen, in dem sie von ihrem Lieblingsessen bis hin zu ihren Lieblingssängern, -blumen, -filmen, -farben nennen musste, was ihr gefiel. Er forderte sie auf, eine Liste mit Sexualpraktiken und Begriffen ehrlich zu kommentieren: Hinter jeder Frage gab es Kästchen, in denen sie ankreuzen sollte, ob sie diese Praktik kannte, mochte, nicht mochte oder nicht kannte.

Simone las mit feuchten Händen und fliegenden Gedanken von Natursektspielen, Anal- und Vaginalfisting, Zofendiensten und Sex mit einem, zwei, drei und mehr Männern gleichzeitig und kreuzte überall »nein« an. Auch hinter den Worten Gerte, Peitsche, Paddel, Wachs, Klammern, Masken, Folien, Clubbesuche, Parkplatzsex und Spielen mit Frauen kreuzte sie energisch »Nein« an. Sie ekelte sich bei dem Gedanken, eine Frau anzufassen - mehr erschien ihr sowieso völlig absurd.

Ihr gefiel es, dass Karel sich offenbar sehr genau auf ihr Treffen vorbereitete. Sie versuchte sich vorzustellen, wie ihre zweite Session ablaufen würde. Ob er es ähnlich wie Boris aufziehen würde? War jeder Dom anders? Oder hatte jede Session einen bestimmten Ablauf? Würde sie mehr genießen können, bewusster erleben als mit Boris?

Angst, Aufregung und Vorfreude mischten sich zu einem Gefühlschaos, das Simone im Alltag kaum überspielen konnte. Sie passte auf, sich bei Karin nicht zu verraten, sie sollte nichts von diesem Date wissen.

Aber der agilen Blondine blieb nichts verborgen. »Literaturfestival, ma chérie, soso. Wirst du in Frankfurt auch den Dom besichtigen?«

Karins Lächeln ärgerte Simone zwar, aber der Scherz brachte sie zum Lachen. »Ein Dom in Frankfurt? Ich dachte, die haben dort nur Wolkenkratzer?«

»Vielleicht gibt es Doms, die an den Wolken kratzen?«, grinste Karin.

Simone ging nicht weiter auf das Thema ein und vertiefte sich in ihre Buchhaltung.

Gerald arbeitete zurzeit sehr viel, in der Spedition gab es fast täglich Überstunden, und am Abend schlief er vor dem Fernseher ein. Simone war ihm nicht böse, im Gegenteil, sie war froh, nicht mit ihm schlafen zu müssen,

denn ihre Gedanken kreisten nur noch um das Treffen mit Karel. Übermorgen würde sie fahren.
Bis jetzt hatte sie noch kein Foto von Karel gesehen. Sie hatte keine Ahnung, wie der Mann aussah, dem sie für zwei Nächte gehören wollte. Täglich hatte sie um ein Foto gebettelt, aber Karel hatte geschrieben: »Nein. Du wirst eine Aufgabe bekommen und sie, bevor du nach Frankfurt fährst, erfüllen. Wenn du das getan hast, gibt es ein Foto.«
Wenn Karel hässlich war, würde sie absagen, klarer Fall. Sie konnte schließlich Schönlinge wie Boris haben - mit einem Hässlichen brauchte sie sich nicht abzugeben.
Karel konnte gar nicht hässlich sein. Ein Mann, der sich so charmant und souverän um sie bemühte, musste etwas Besonderes sein.
Am Abend erhielt sie eine Mail: »Du wirst dich morgen zwischen den Beinen rasieren. Ich will dich glatt und sauber und ohne ein einziges Härchen. Ich werde es kontrollieren, du weißt das. Wenn du mir morgen berichtest, wie du aussiehst, bekommst du ein Foto.«
Simone war entsetzt. Sie sollte ihre Schamhaare abrasierten? Um Himmels willen. Unmöglich. Wie sollte sie es Gerald erklären, wenn er das sah? Ausgeschlossen. Unmöglich. Nein.
Sie schrieb eine SMS: »Bitte ruf mich an!«
Karel schrieb eine SMS zurück: »Ich wünsche keine Diskussionen. Und keinen Kontakt bis zu deinem Bericht.«
Das war unmissverständlich. Simone war wütend und verzweifelt. Aber: Das hatte sie doch gewollt, oder? Dass ihr jemand deutlich sagte, was sie tun sollte, dass sie keinen Widerspruch wagte.
Am nächsten Morgen schloss sie sich im Bad ein und führte den Befehl aus. Sie war entsetzt, als sie sich das Ergebnis ansah: So hatte sie sich dort noch nie gesehen. Sie fühlte sich nackt und hässlich und würde sich so niemals einem Mann zeigen können. Sie weinte.
Als sie Karel per Mail Bericht erstattete, war sie ehrlich. Sie schrieb ihm, wie unglücklich sie war, wie hässlich sie sich fand und wie sehr sie sich schämte.
»Ich sehe aus wie eine gerupfte Ente«, jammerte sie.
Er antwortete mit ruhiger, tiefer Stimme: »Ich bin sicher, dass du ganz wunderbar aussiehst. Du hast deine Aufgabe erfüllt, und ich bin stolz auf dich. Und nun bekommst du dein Bild. Öffne den Anhang.«
Mit nervösen Fingern klickte Simone auf den Anhang der eintreffenden Mail. Der Mann auf dem Foto war alles andere als eine Schönheit. Er sah völlig anders aus, als Simone ihn sich vorgestellt hatte. Das Bild zeigte ihn im Halbprofil: Brille, dichte graue Haare, ein gerader Scheitel, Doppelkinn. Seine rechte Hand war halb im Bild und hielt eine Zigarette zwischen den Fingern.
Der ist nicht schlank!, dachte Simone, als sie das Handgelenk betrachtete. Er war nicht hässlich, das nicht. Aber auf der Straße wäre er ihr nicht aufgefallen. Ein ganz normaler Typ um die fünfzig, nichts Besonderes.
Doch. Er war etwas Besonderes: Er war ein Dom.
Dass Karel souverän, erfahren und dominant war, hatte er ihr in den Mails und Telefonaten der vergangenen Wochen bewiesen. Sie würde fahren, beschloss Simone.

Rule

Simones Hintern brannte noch immer von den zehn Peitschenhieben. Sie blinzelte mit halb geschlossenen Augen durch ihre Wimpern. Die Kerzen waren nicht viel weiter heruntergebrannt als beim letzten Hinsehen.
Rule war nicht zu sehen. Wo steckte er? Was hatte er vor? Wer war er? War er ein Anfänger, ein Spinner, an den sie geraten war? Diese Peitschenhiebe aus heiterem Himmel, ohne eine Aufwärmphase, waren jedenfalls mehr als dilettantisch gewesen.
Plötzlich wurde ihr kalt vor Angst.
Was sollte sie tun? Um Hilfe schreien und ihn damit provozieren? War das keine Session, war es kein Spiel? War sie an einen Verrückten geraten?
Fieberhaft überlegte sie, ob es einen Ausweg gab. Sie musste die Fesseln loswerden und am Fenster um Hilfe schreien.
Sie bewegte die Handgelenke, riss an den Ketten, aber natürlich kam sie aus den Manschetten nicht heraus. Er hatte sie zumindest gekonnt gefesselt, wenn er auch nicht gekonnt geschlagen hatte.
Ruhig bleiben, ich muss ruhig bleiben, ich darf keine Panik bekommen. Ich muss hier raus. Ich muss hier raus. Wie?
Die Tür öffnete sich fast lautlos. Sie begann sofort zu schreien: »Lass mich hier raus! Bitte, Rule, bitte lass mich raus!«
Er kam bedächtig auf sie zu. Simone hielt die Luft an, als er sich vor sie stellte und seine Hände sanft unter ihre Achseln legte. Sie verkrampfte sich, atmete hektisch, Schweiß lief in einem Rinnsal ihren Rücken hinunter.
Rule strich unendlich langsam mit flachen Händen über ihren Körper.
Die Rippen entlang, über die Taille, die Hüften, die Oberschenkel.
Er trat ein, zwei Schritte zurück und starrte sie an.
Er atmete ruhig und langsam, Simone sah es daran, wie sich seine Brust unter der hochgeschlossenen Lederjacke leicht hob und senkte. Sie öffnete den Mund, um ihn noch einmal zu bitten, sie gehen zu lassen, aber er legte den Zeigefinger senkrecht über seinen. Sie sollte ruhig sein. Ja. Sie sagte nichts mehr.
War das seine Aufwärmphase gewesen? Gab es doch eine Session? Sie wollte gar keine mehr. Jetzt nicht. Ihr war die Lust vergangen.
»Rule, bitte ...«
Mit einem Satz war er wieder bei ihr und drückte ihr fest die behandschuhte Hand auf den Mund. Simone senkte den Kopf. Er hob ihr Kinn mit einem Finger wieder an, sie blickte ihm in die Augen. Blau ...
Sie liebte blaue Augen. Diese waren klar und reglos. Oder schienen sie nur so, weil die Maske jegliche Mimik verbarg? Kommunizierte er mit ihr? Sagte der Blick etwas? Sie verstand ihn nicht, Scheiße, Scheiße, sie verstand ihn nicht. Wer war das, der hier vor ihr stand?
Sie dachte wieder an Mark, an diesen Mann, den sie zu lieben geglaubt hatte und der sie stundenlang in seiner Wohnung gequält hatte. Danach hatte sie nie wieder etwas mit BDSM zu tun haben wollen ... und doch war danach so unendlich viel passiert.
Sie versuchte, sich an Marks Statur, an seinen Gang und die Form seiner Augen zu erinnern. Nein, dieser Mann hier war schmaler, nicht so kräftig wie Mark, wenn auch etwa genauso groß. Aber seine Augen, sie erinnerten Simone – an wen, an wen, an wen?

Sie spürte Panik aufkommen und bemühte sich, wieder ruhig zu atmen. Das hatte sie gelernt in den Sessions: ihren Atem zu kontrollieren, um den Schmerz aushalten zu können. Und um zu genießen, wenn ihre Haut glühte, sie nicht mehr denken konnte, nur noch spürte ...
Sie hatte die Augen wieder geschlossen und nicht gesehen, dass Rule einen langen, dünnen Stock aus dem Schaft seines Stiefels gezogen hatte. Sie schrie, als er ihr mit dem Rohrstock auf die Brüste schlug. Immer wieder, zwanzig Mal, rechts, links, rechts, links, dreißig Mal, sie zählte nicht wirklich mit, sie heulte bei jedem Schlag laut auf, bis sie zum Schreien keine Kraft mehr hatte und still wurde.
Er war ganz nah an ihrem Gesicht, als wollte er lauschen, ob sie noch atmete.
Der Geruch! Sie konnte ihn riechen, intensiv, vertraut. Was war das? Sie kannte den Geruch, sie kannte ihn, er roch wie ... Sie wusste es nicht, verdammt, sie wusste es nicht.

Alles oder nichts

Stattlich siehst du aus, groß, graue Haare, dunkle Augen hinter der Brille. Ein Grandseigneur mit exzellenten Manieren und dunklem Kaschmirmantel. Du lächelst anerkennend, als ich auf dich zukomme.
Ich weiß, dass ich deinen Erwartungen entspreche: enges Kostüm mit kurzem Rock, hochhackige Lederstiefel, schwarzer wehender Mantel. Meine Haare trage ich offen, meine Augen sind dunkel, mein Mund rot geschminkt, so, wie du es gewünscht hast. Du wolltest die Lady, du sollst sie bekommen. Und auch die Frau hinter der Fassade.
Ich bin nervös. Ein langer Tag liegt hinter mir, der Abschied von Gerald und den Kindern heute Morgen, die lange Bahnfahrt, die Lesung und eine langweilige Diskussionsrunde beim Literaturfestival.
Mein Gepäck habe ich bei meiner Ankunft im Schließfach deponiert, dann mit dem Taxi zum Festival, Smalltalk, viel hören, nichts verstehen, viel reden, nichts sagen. Immer waren meine Gedanken bei diesem Moment.
Ein leichter Kuss auf den Mund, du bietest mir deinen Arm, nimmst mein Gepäck und ich hake mich unter. Ich kann dich gut riechen, und ich mag, dass du so groß bist.
Im Café trinken wir Grappa und Espresso, Aufwärmphase, wir plaudern belanglos.
Ich weiß, dass du mir gleich diese eine Frage stellen wirst. Wenn ich sie mit »ja« beantworte, übergebe ich dir meinen Alltag, meine übliche Dominanz, meinen Körper und vielleicht für einige Stunden meine Seele. So ist es abgesprochen.
Ich sehe die Vorfreude in deinen Augen, als ich »ja« sage.
»Schön«, sagst du mit deiner tiefen, festen Stimme.
Ich mag dieses Gefühl, gewollt zu werden, ich mag es so sehr.
Wir fahren zum Frankfurter Hof. Die Halle des Hotels haut mich fast um: alles in Weiß und Cremefarben, alles glänzt, ist leise, aber lebendig, Eleganz wie im Film.
Die Suite ist sehr vornehm, du hast für mich ein eigenes Zimmer gebucht. Es gibt eine Verbindungstür zwischen deinem und meinem Zimmer, jeder hat ein eigenes Bad.
»Du wirst dich irgendwann zurückziehen wollen. Und müssen«, sagst du.
Wir trinken Champagner, er steht neben den roten Rosen an meinem Bett. Ein angemessener Rahmen für unser Spiel, ich habe es irgendwie nicht anders erwartet. Es ist ein Zeichen deiner Lebensart und deiner Wertschätzung.
»In zehn Minuten klopfst du an meine Tür. Du wirst nichts tragen außer diesen Pumps.«
Du zeigst auf das Bett: Dort finde ich traumhafte schwarze Schuhe. Sergio Rossi, ich kenne die Marke. Du siehst die Freude darüber in meinem Gesicht und lächelst.
Ich mache mich frisch, schlüpfe in die zwölf Zentimeter hohen Lackschuhe. Ich habe noch Zeit, zünde mir eine Zigarette an, sitze nackt im Sessel, die Uhr in der Hand. Ich habe keine Angst vor dir, ich weiß, dass alles, was du tun wirst, meiner Lust gilt.
»Du stehst immer im Mittelpunkt«, hast du zu Beginn unserer Bekanntschaft gesagt, ich habe das nicht vergessen.

Als du die Tür öffnest, sehe ich das Verlangen in deinen Augen. Du trägst schwarzes Leder.
Groß und mächtig stehst du vor mir.
»Knie dich hin.«
Ich gehe vor dir in die Knie, und ich genieße es, zu dir aufzuschauen. Du gibst mir einen großen Zettel.
»Deine Sklavinnenregeln. Lies sie laut vor, Schlampe.«
Großer Gott, das fängt ja gut an. Ich habe meine Brille in der Handtasche und ohne kann ich keinen einzigen Buchstaben lesen. Wenn ich jetzt sage, dass ich erst die Brille holen muss, muss ich lachen. Also anders. Ich überfliege den Text, gebe dir das Blatt zurück, schaue dir in die Augen.
»Nein.«
Du lächelst, fasst mit einer Hand unter mein Kinn, hältst meinen Kopf fest und schlägst mir fest ins Gesicht.
»Lies.«
»Nein.«
Wieder ein Schlag, ich spüre das heiße Gefühl zwischen meinen Beinen. Es macht mich verrückt.
»Lies es vor.«
»Nein.«
Noch ein Schlag, und ich stöhne laut auf. Du drehst dich um, gehst in den Nebenraum und kommst mit einer ledernen Augenbinde zurück.
Sanft legst du sie mir um, bindest sie im Nacken fest. Ich habe Gänsehaut, als du behutsam meine Haare hochnimmst, um den Knoten zu binden. Deine Hand greift nach meiner, zieht mich hoch.
»Keine Angst, ich halte dich.«
Ich weiß, dass du mich halten wirst. Und ich habe keine Angst.
Du führst mich ein paar Schritte, drehst mich leicht, nimmst meine linke Hand, bindest sie vor mir an irgendetwas fest. Dann die andere Hand. Ich spüre, dass du hinter mir stehst, fühle deinen Atem in meinem Nacken, als du leise sagst: »So. Du hast es nicht vorgelesen, du widerspenstige kleine Schlampe.«
Ich schreie auf, als ich die Peitsche auf meinen Schenkeln spüre, zweimal, dreimal, viermal. Ich senke den Kopf, atme schwer.
Deine Hand zwischen meinen Beinen, Besitz ergreifend, fordernd. Ich bin gierig. Du kannst es fühlen. Ich will sie, diese Qual, ich will mehr davon, ich will, dass der scharfe Schmerz sich langsam in glühende Hitze verwandelt.
Die Peitsche knallt auf meinen Hintern, meine Beine, vier, fünfmal, ich zähle nicht, gebe mich dem Rhythmus hin.
Meine Haut brennt, mein Verstand ist ausgeschaltet, ich fühle, ich fühle, ich fühle nur noch.
Als du mich losbindest, zittern meine Knie, und ich falle fast in deine Arme. Du fängst mich auf, stark und sicher. Führst mich ein Stück. »Stopp, leg dich hin, meine Schöne.« Deine Stimme ist rau, tief, erregt. »Du hast einen wunderbaren Körper.«
Ich fühle mich wohl.
Ich liege auf dem Rücken. Jetzt, jetzt ist es so weit. Du legst mir ein Lederhalsband um. Ich liebe es. Es ist ein Zeichen, ein Symbol, es gibt mir Sicherheit, wie ein Anker. Dann Ledermanschetten an Armen und Beinen.

Gleich, gleich werde ich das kalte Metall der Ketten spüren. Entspannt und völlig offen liege ich vor dir. Es ist mir egal, dass ich rasiert bin, dass ich es hässlich finde, zwischen den Beinen so nackt zu sein, so auszusehen. Ich sehe dich nicht, höre deinen Atem, das wunderbare Geräusch der Ketten, die du an den Manschetten befestigst.
Meine Arme und Beine sind gerade, gestreckt, wie ein Kreuz, mein Schritt offen, voller Erwartung. Deine Finger, fest und tief. Sie prüfen, ob ich bereit für dich bin.
»Du bist sehr geil, meine schöne Schlampe.«
Deine Finger gleiten in meinen Arsch. Zwei oder drei, ich weiß es nicht.
»Ich höre nichts!« Dein Ton ist scharf und fordernd.
»Ja, ich bin geil«, flüstere ich.
Ich schreie laut auf, als du die Klammern befestigst.
»Ruhig!«, sagst du leise.
Ich unterdrücke den Schrei, als du die anderen Klammern festklemmst, atme tief ein und aus, ich will es aushalten, den Schmerz genießen, mich ihm hingeben. Es ist ganz still, nur unser Atmen ist zu hören.
Deine Hände an meinen Schenkeln und jetzt ... deine Zunge, dein Mund, deine Zähne. Deine Finger in mir, deine Zunge in mir, ich will mich winden, drehen, es geht nicht, deine Arme halten meine Beine mit festem Druck ruhig, deine Zunge kreist immer weiter, die Ketten sind straff gezogen.
Wenn ich mich bewege, wird der Schmerz durch die Klammern beißend, also liege ich ganz ruhig, atme tief, tief, tief, versuche, mich zu entspannen.
Ich fühle, wie mein Blut in meinen Schenkeln pulsiert, mein Unterleib explodiert, ich presse mein Inneres nach außen, und deine Zunge und deine Hände sind überall. Ich schreie, keuche, stöhne, ringe um Atem.
Nein, du lässt nicht von mir ab, machst weiter, während ich noch zucke, und bringst mich wieder zum Orgasmus. Und wieder.
»Geht es dir gut?«
Du streichelst über meine Haare. Ich kann nur nicken, meine Stimme versagt. Du hebst meinen Kopf an, ich spüre ein Glas an den Lippen, kalter Champagner; ich trinke zitternd, so, dass mir ein wenig wieder aus Mund läuft.
Du leckst es zärtlich weg. Streichst mit warmer Hand über meinen Bauch, meine Beine, ziehst leicht an der Kette, die an meinem Halsband befestigt ist und sich nun warm und wunderbar über meinen Bauch und zwischen meine Beine gelegt hat.
Du stehst auf, ich höre Geräusche, spüre, dass du dich neben mich setzt und sofort darauf den kalten Stahl des Dildos in mir. Und noch einer. Hinten. Es macht mich fast wahnsinnig, gleichzeitig fühle ich deine Hände, den Zug an den Ketten, den Schmerz, scharf und schneidend unter den Klammern.
Als du sie später löst, schreie ich laut. Du ziehst mich an der Kette des Halsbandes hoch, setzt mich auf die Bettkante. Mit den Fingern öffnest du meinen Mund, ich schmecke mich selbst, deine Hände sind feucht von mir. Ich bin glücklich, als du meinen Kopf nach vorne ziehst und ich dich in meinem Mund spüre. Hart, wunderbar, ich kann deinen Puls an meiner Zunge fühlen. Meine Hand liegt auf deinem Bauch. Deine Muskeln spannen sich an, ich höre dein Stöhnen. Ich wünsche mir in diesem Moment nichts mehr,

als dass es dir gut geht. Du hast mir wunderbare Gefühle gegeben, eben vorhin, immer wieder. Aufmerksamkeit, ungeteilte Aufmerksamkeit, ich war für eine Weile der Mittelpunkt der Welt.
Meine Zunge ist wie ein Schmetterling. Leicht, bleibt, wandert weiter, bis zu deinen Schenkeln und wieder zurück, kreist, leckt, saugt an dir.
Deine Hände greifen fest in meine Haare, ziehen meinen Kopf zurück. Tiefer kann ich dich nicht aufnehmen, aber du bist wild und fordernd, benutzt meinen Mund so, wie es dir gefällt. Und das ist gut so.
Ich passe meine Bewegungen deinem Rhythmus an.
In diesem Moment genieße ich sie, deine pralle Kraft, deinen Pulsschlag, genau dort, dein Stöhnen, deine Hände, die meinen Kopf vor und zurückbefehlen. Und ich genieße den Moment, in dem du dich nicht mehr beherrschen kannst und ich dich heiß und üppig schmecke.
Die Anspannung deines Körpers lässt nach.
Du streichelst über meine Haare, hilfst mir, aufzustehen, drückst mich aufs Bett.
Ganz zärtlich küsst du mich, nun kannst du dich in meinem Mund schmecken, stöhnst leise, das erregt mich wieder.
Du nimmst mir die Augenbinde ab.
Wir liegen nebeneinander, rauchen eine Zigarette, trinken einen Schluck Champagner.
»Du bist so wunderbar«, sagst du und so fühle ich mich auch. Wunderbar.
Ich weiß nicht, wie viel Zeit vergangen ist. Du setzt dich auf, betrachtest mich von Kopf bis Fuß.
»Steh auf. Stell dich ans Fenster.«
Ich gehorche erstaunt. Die Kette rasselt laut, als ich aufstehe. Die zur Straße hin gelegene Wand des Zimmers besteht aus einer riesigen Fensterscheibe.
»Stell dich breitbeinig hin. Siehst du die Leute dort unten?«
Ich schlucke. »Ja.«
Es sind nicht viele, die um diese Zeit noch vor dem Hotel unterwegs sind. Aber ich habe das Gefühl, dass mich tausend Augen anstarren. Adrenalin.
»Sie sehen dich auch alle. Jeder, der draußen entlang geht, sieht diese ordinäre, geile Schlampe nackt am Fenster stehen.«
Ich sehe in der Scheibe, dass du aufgestanden bist und hinter mich trittst.
»Schließ deine Augen.«
Ich schließe sie und zucke zusammen, als du mich heftig mit der flachen Hand auf den Hintern schlägst.
Das tust du für mich, ich weiß es. Ich habe dir in meinen Briefen erzählt, wie sehr ich in Berlin die Schläge mit der Hand genossen habe.
Haut auf Haut, Hitze und Schmerz, zugleich, nacheinander. Immer wieder trifft deine starke Hand auf meine Schenkel, meinen Arsch, meine Hüften. Wieder und noch einmal, schneller, ich kann kaum atmen, keuchend stehe ich breitbeinig am Fenster, die Augen geschlossen, die Kette fließt zwischen meinen Brüsten, meinen Beinen herunter bis auf den Boden. Ich bin regungslos. Nur unter deinen Schlägen zucke ich zusammen.
Ich halte es aus, ich halte es aus. Ich will es ertragen können. Später wird es wunderbar sein, wenn das Brennen, wenn der Schmerz nachlässt. Wieder. Und noch einmal.
»Zähl jetzt mit, Schlampe.«

Meine Stimme klingt tonlos. »Eins. Zwei. Drei.«
Bei acht verzähle ich mich absichtlich.
Ich habe noch die Kraft, dich provozieren zu wollen. Du reagierst nicht darauf. Ich bin froh, dass du dich nicht provozieren lässt, dass du mit mir machen kannst, was du willst, was du für richtig hältst. Du bist souverän genug, um zu wissen, was du tust. Du wirst nichts tun, das mich nicht erregt, nichts mit mir tun, das mir schadet.
Wir haben kein Code-Wort vereinbart. Ich weiß, dass ich es nicht brauchen werde.
Nach dem zehnten Schlag befiehlst du mich aufs Bett. Ich bin erschöpft und du siehst es.
»Bist du, okay?« Ich nicke stumm. Du gibst mir eine Zigarette und wir rauchen schweigend.
Ich kann nicht denken, will es gar nicht. Ich genieße die Stille, deine Wärme neben mir, das nachlassende Schmerzen meiner Haut, die tiefen Züge aus der Gauloises, den Champagner. Er hat jetzt Zimmertemperatur. Wenn mich bewege, rasselt die Kette. Du schiebst sie zur Seite, deine Hand gleitet in meinen Schritt. Ich bin bereit. Schon wieder. Nein, immer noch, meine Gier hat nicht aufgehört, seit wir vor Stunden begonnen haben, unser Spiel zu spielen.
Ich wünsche mir sehr, dich jetzt ganz zu spüren, auf mir und in mir.
»Bitte tu es mit mir!«, flüstere ich und schlage dabei die Augen nieder. Ich kann andere Worte schlecht sagen.
Du lächelst süffisant. »Wie bitte? Ich habe dich nicht verstanden.«
Flehend schaue ich dich an.
»Bitte lass uns ... mach bitte ... kannst du ...«, sage ich ein wenig lauter.
Du schüttelst verständnislos den Kopf und hältst eine Hand hinter dein Ohr.
Ich muss es sagen, dieses ordinäre Wort, ich drehe und winde mich dabei.
»Aha. Du möchtest gefickt werden?« Ich nicke.
Ich möchte es so gerne, aber ich mag nicht darum betteln. Du siehst mich an, kalt, eine Augenbraue hochgezogen.
Dann tue ich es doch. Ich flehe dich an, bitte, bettele inständig darum, dass du es tust. Und dann nimmst du mich.
Langsam, lasziv, schnell, härter, weich.

Später gingen sie im Hotelrestaurant essen. Simone fühlte sich fabelhaft. Jedes Mal, wenn sie die vergangenen Stunden Revue passieren ließ, liefen heiße Schauer durch ihren Körper. Sie hatte jede unvergessliche Sekunde in ihrem Gedächtnis gespeichert und wollte sie bis an ihr Lebensende bewahren.
Karel war ein charmanter Gesellschafter, erzählte von seinem Job, seinen Reisen, von Künstlern, die in seinem Varieté auftraten, und er gab kleine Anekdoten aus dem Theater zum Besten. Simone genoss das luxuriöse Ambiente des Hotels, das so gar nichts mit den Hotels gemeinsam hatte, die sie aus den Familienurlauben mit Gerald und den Kindern kannte.
Simone wartete nicht lange auf eine Gelegenheit, um Karel nach Karin zu fragen.
»Sie ist eine, sagen wir, merkwürdige Person«, sagte Karel vorsichtig. »Ein bisschen verrückt, ein bisschen zu groß, ein bisschen zu extrovertiert für meinen Geschmack.«

»Und wie war die Session mit ihr?«, fragte Simone neugierig und unüberlegt. Karel sah sie mit leicht zusammengekniffenen Augen und süffisantem Blick an.
»Wenn sie mich danach fragt, soll ich dir dann sagen, wie die Session mit dir war?«, fragte er.
Simone schüttelte den Kopf. Sie schämte sich wegen ihrer Neugier und war zugleich beeindruckt wegen Karels Diskretion. Sie versuchte, wieder Oberwasser zu bekommen und fragte keck: »Wie war denn die Session mit mir?«
Karel beugte sich vor, strich ihr über die Hand und sagte: »Du wirst einmal eine sehr gute Sklavin sein. Nicht sofort, das dauert noch. Deine Geilheit ist viel zu vordergründig.«
Ihr stockte der Atem. Was sagte er da? War das etwa eine Abfuhr? Er wollte keine weiteren Treffen?
Sie reagierte instinktiv: Sie nahm eine leicht gebeugte Körperhaltung ein, senkte den Kopf und den Blick und schaute Karel aus bittenden blauen Augen an. »Wie meinst du das?«, hauchte sie - und freute sich, dass sie einen devoten Ton getroffen hatte.
»Keine Sorge, meine Kleine. Ich will dich wiedersehen. Du bist eine lohnenswerte Novizin. Ich werde dich schon dorthin bekommen, wohin ich dich haben will.«
»Und wohin soll das sein?« Simone hatte sich aufgerichtet.
»Dein Ton!« Karels Stimme klang scharf und schneidend.
Sofort fiel Simone in ihre Rolle zurück. »Entschuldige bitte.«
»Du machst es dir leicht, Simone. Ist das ein angemessener Umgangston mir gegenüber? Du wirst die Konsequenzen spüren, glaub mir.«
Simone holte tief Luft. Seine Art, diese Art, zu reden gefiel ihr und erregte sie.
»Möchtest du ein Dessert, meine Liebe?«, fügte Karel samtweich hinzu. Sie schüttelte den Kopf.
»Es hätte auch keins gegeben. Steh auf, geh in die Suite und zieh dich aus. Du wartest nackt, sitzend vor dem Bett, bis ich komme.«
»Du hast mich verstanden, oder?«, fragte er, als er Simones erstaunten Blick sah. Sie nickte.
»Und warum sitzt du noch hier und guckst mich an wie eine dämliche Hündin?«, fragte Karel so laut, dass einige Leute im Restaurant zu ihnen herübersahen.
Simone fühlte ihr Gesicht heiß und rot werden. Der Typ fing an zu spinnen! Wie redete er denn mit ihr?
Dennoch stand sie stumm auf, strich ihren Rock glatt, warf mit einem Schwung die Haare zurück und stöckelte kerzengerade in Richtung Aufzug. Ihre Hand zitterte ein wenig, als sie die Zimmertür öffnete - und sie ärgerte sich darüber. Wie ferngesteuert zog sie sich aus, legte ihre Kleider ordentlich auf die Stuhllehne, streifte Pumps und Halterlose ab und setzte sich vor dem Bett hin. Sie wechselte ein paar Mal die Stellung, um ein möglichst gutes Bild abzugeben, schließlich legte sie sich auf die Seite und winkelte ein Bein lässig an. Ihr Gesicht stützte sie mit der Hand ab.
So lag sie da wie hingegossen und wartete. Ihr Kopf war leer und voll zugleich. Was kam jetzt auf sie zu? Was hatte er vor? Würde er sie bestrafen, weil sie frech gewesen war?

War das das System einer Session? Provokation, auch unbewusste, und Reaktion?
Die Tür im Vorraum der Suite öffnete sich, und Sekunden später stand Karel vor ihr. Sie lächelte ihn an, als er auf sie herab sah.
Und sie schrie laut auf, als er unvermittelt ins Gesicht schlug. Sie konnte nicht reagieren, denn Karel zog sie an den Haaren hoch und schlug ihr erneut ins Gesicht. Seine Augen waren nur wenige Zentimeter von ihren entfernt, als er mit eisenharter Hand ihr Kinn umschloss und gefährlich leise sagte: »Nie wieder, hörst du? Nie wieder wirst du einen Befehl missachten, den ich dir gegeben habe, du kleine verhurte Drecksau!«
Simone sah das Blitzen in seinen dunklen Augen und das kaum wahrnehmbare Zucken in seinem linken Mundwinkel.
Sie verstand. Nicht nur seine Worte, sondern auch sein Ziel. Demütigung als Aphrodisiakum. Der Ton gefiel ihr. Sie wollte mehr.
»Aber ich habe mich doch ausgezogen? Das wolltest du doch?«, fragte sie und ließ ihre Stimme ein wenig zittern.
Die Ohrfeige warf sie aufs Bett.
»Was genau habe ich zu dir gesagt?«
»Dass ich mich ausziehen und auf dich warten soll!«
Sie wollte es wissen, jetzt.
Karels Gesichtsausdruck war kalt, nur seine Augen blitzten. Er flüsterte. »Ich habe gesagt, du sollst dich ausziehen und sitzend vor dem Bett auf mich warten. Hältst du es nicht für nötig, zu tun, was ich dir sage?«
Simone senkte den Kopf und die Schultern so tief, dass ihr Kinn fast die Brust berührte. »Doch.« Sie hauchte das Wort fast tonlos.
»Setz dich.«
Sie gehorchte sofort, automatisch.
»Im Schneidersitz.«
Sie nahm den Schneidersitz ein.
»Die Hände auf die Knie, mit den Handflächen nach außen.«
Sie tat, was Karel sagte. Fehlt nur noch, dass ich »Ommm« sagen muss, dachte sie.
»Die Augen sind zu, dein Kopf ist gesenkt.«
Simone senkte den Kopf und schloss die Augen. *Hilfe*, dachte sie, *wenn das länger dauert, krieg ich nen Krampf im Bein.*
»Du bleibst so.«
Sie blieb so. Eine Ewigkeit blieb sie so, wagte nicht, die Augen zu öffnen. Tausend Gedanken jagten ihr durch den Kopf. Er will mich mürbe machen, er will erziehen, er will mir zeigen, dass er der Dom ist. Er soll es haben, okay. Wenn ich mache, was er sagt, wird er mich nachher vielleicht noch mal so vögeln wie vorhin. Sie spürte, dass sie nass wurde - und sie wusste, dass Karel ihre Geilheit zwischen den gespreizten Schenkeln deutlich sehen würde.
Er war in ihrer Nähe, sie hörte ihn atmen, und sie hörte Geräusche, die sie nicht zuordnen konnte. Seine Hand an ihrem Nacken, seine Stimme an ihrem Ohr.
»Du bist doch eine selten geile Schlampe.«
Seine Finger in ihr, sie hörte sich stöhnen. Er stieß in sie hinein, drückte dabei ihren Kopf mit der anderen Hand unerbittlich nach unten. Simone war völlig wehrlos, ohne dass er sie gefesselt hatte.

»Beweg dich nicht, du versautes Dreckstück. Du läufst aus. Du bist geil. Beweg dich nicht, bleib so sitzen. Das ist eine Sklavinnenposition, die du im Schlaf beherrschen wirst. So habe ich uneingeschränkten Zugriff.«
Er machte weiter, und sie spürte die vertraute Hitze in ihren Schenkeln.
Sie dachte jetzt nicht mehr, sie ließ ihn gewähren, genoss, dass sie einfach geschehen ließ, was er wollte, und schrie vor Lust, als sie zu zucken begann und ihre Muskeln seine Finger rhythmisch fest umschlossen.
Er ließ sie nur kurz zur Ruhe kommen. Sie nahm seine Hand, die er ihr entgegenstreckte, und zog sich daran hoch. Ihre Knie zitterten. Karel nahm sie in den Arm, legte einen Arm fest um ihre Schulter, sie schmiegte sich bebend an ihn. Sie erschrak, als er brutal die Finger in den Mund bohrte, die eben noch in ihr gesteckt hatten. Er drückte auf ihre Zunge und damit den Kiefer hinunter. Sie schmeckte sich. »Bedank dich!«
Sie wollte die Finger mit der Zunge aus dem Mund stoßen, um sprechen zu können, aber er ließ es nicht zu.
»Bedank dich!«
Die Laute, die sie ausstieß, waren nicht als Wort zu verstehen. Den Mund weit geöffnet, Karels Finger fest auf ihre Zunge gepresst, versuchte sie ein paar Mal, artikuliert »danke« zu sagen.
Die Laute, die sie von sich gab, klangen albern und tumb, und sie fühlte sich unglaublich erniedrigt.
Karel warf sie aufs Bett, warf sich auf sie, drückte mit dem Knie ihre Beine auseinander und nahm sie einfach.

Dieses Mal war es anders, nach Hause zu kommen. Simone fürchtete sich während der langen Heimfahrt vor der Begegnung mit Gerald und den Kindern. Sie fühlte sich schmutzig - obwohl die Tage mit Karel wunderbar gewesen waren. Ihr war, als könnte man in ihrem Gesicht lesen, dass sie geschlagen und benutzt worden war. Und dass es ihr - wieder und wieder - gefallen hatte.
Obwohl Karel sie nicht geschont hatte, gab es keine sichtbaren Spuren an ihrem Körper. *Er ist eben ein erfahrener Könner*, dachte sie lächelnd.
Als sie vor dem Haus aus dem Taxi stieg, kam ihr wieder alles klein und eng vor. *Mein Gott, ist das alles spießig*, dachte sie, als sie das Buchsbaumherz im Vorgarten und die ordentlichen Gardinen vor den Fenstern der benachbarten Neubauten sah.
Es war niemand zu Hause. Nur Carlos stand träge aus seinem Körbchen auf, streckte sich genüsslich, kam schwanzwedelnd auf sie zu und leckte voller Hingabe ihre Hände ab. Auf dem Küchentisch lag ein Zettel: »Hallo Liebes, gut angekommen? Bin in der Firma, Mädchen sind im Kino. Komme gegen zehn. Kuss, G.«
Simone atmete tief durch und bekämpfte die aufsteigenden Tränen. Sie war traurig und erleichtert zugleich, weil niemand daheim war.
Sie packte ihren Koffer aus, steckte Wäsche, Strümpfe und Blusen in die Waschmaschine und duschte ewig lange. Immer wieder seifte sie sich ein, schrubbte ihren Körper ab, bis die Haut rot wurde.
Sie schlüpfte in einen weichen Hausanzug, ging in die Küche und kümmerte sich um das Abendessen. Die vertrauten Dinge des Haushalts, die alltäglichen Geräusche, die üblichen Handgriffe erschienen ihr unwirklich und fremd. *Gehöre ich wirklich hierher?*, fragte sie sich.

Am Abend war alles wie immer. Die Mädchen herzten und küssten sie und Gerald war gelassen und ausgeglichen wie immer. Er sah sie zärtlich an, freute sich, dass sie wieder da war und dass sie ihren »geschäftlichen« Termin so erfolgreich erledigt hatte.
Später zwang Simone sich, mit ihm zu schlafen. Er war liebevoll wie immer, und sie spielte ihm einen Orgasmus vor.

Am nächsten Tag im Geschäft war Simones erste Handlung, den Computer zu starten, sich bei Love.Letters einzuloggen und ihre Mails zu lesen.
Von Karel konnte sie in den kommenden Wochen keine Nachrichten erwarten, er hatte sich wegen einer Reise in die USA für vier Wochen verabschiedet. Sie dachte gern an ihn, nahm ihn aber in der Erinnerung kaum als Person wahr. Ein sehr angenehmes Gefühl hatte sie beim Gedanken an ihn, aber mehr nicht.
War das Treffen ein Irrtum gewesen?
Nein, es war klasse gewesen. Er hatte sie gelehrt, sich gehen zu lassen und zu vertrauen. Er hatte ihr das Gefühl gegeben, die begehrenswerteste, attraktivste und wichtigste Frau der Welt zu sein. Sie hatte wunderbare Höhepunkte mit ihm erlebt. Aber die großen Emotionen hatten nur für dieses Treffen gereicht, jetzt waren sie weg. *Es war eine Momentliebe*, dachte Simone.
Sie hatte reichlich Post, aber noch bevor sie alles gelesen und auf den Profilseiten geschaut hatte, wer sie angeschrieben hatte, betrat Karin den Laden. Ihr breites Grinsen sprach Bände.
»Hallo, ma chérie, hattest du ein himmlisches Wochenende? Du siehst so entzückend entspannt aus, aber sehrsehr. «
»So entspannt, wie man nach so vielen Terminen bei einem Literaturfestival eben sein kann«, versuchte Simone auszuweichen.
Sie traute sich nicht, auf Karins Vertraulichkeiten einzugehen.
Heute Abend würde sie Britta in Berlin anrufen. Sie musste mit jemandem über die Begegnung mit Karel sprechen, dringend und unbedingt. Aber nicht mit Karin. Die lächelte wieder und zupfte mit spitzen Fingern an ihren toupierten, hochgesteckten Haaren. Neuerdings trug sie stets dünne Handschuhe aus Spitze, und Simone fragte sich, wo man so etwas kaufen konnte.
»Meine Liebste, warum willst du mir was vormachen? Ich bin verschwiegen wie ein Grab - und das weißt du naturellement. Du hast Karel getroffen, stimmt's?«
Als Simone nicht antwortete, fuhr sie unbeirrt fort: »Ich habe euch beide in den letzten Tagen nicht online gesehen.«
»Du spionierst mir nach?«
»Aber nein, meine Liebste, ich nehme Anteil an deinem Leben!«
»Karin, wenn ich dir was erzählen möchte, dann werde ich das tun, okay? Und jetzt habe ich zu arbeiten. Du kannst die neuen Lieferungen auspacken und auszeichnen, sie stehen im drüben Lager.«
»Im Lager stehen viele nette Dinge. Auch Ordner mit Literatur über gewisse Arten der Erotik. Ich habe sie neulich zufällig gefunden, als ich die alten Rechnungen sortieren wollte.«
Simone spürte, dass sie rot wurde. Oh nein, Karin hatte ihren geheimen Ordner gefunden.

»Wir haben schon mal locker darüber geredet, dass mich solche Literatur interessiert, Karin. Mehr nicht. Ich lese auch Krimis und bin deshalb keine Mörderin. Also. Schluss jetzt.«
Karin hatte sich gesetzt, die Beine so übereinander geschlagen, dass man den Ansatz ihrer schwarzen Strümpfe unter dem Schottenrock sah. Sie senkte den Kopf und sah Simone mit einem unschuldigen Augenaufschlag an.
»Ma chère Simone. Findest du nicht, dass Frauen, besonders Frauen wie wir, zusammenhalten sollten? Unsere Passion ist so ungefährlich nicht. Sie ist gefährlich, sehrsehr sogar. Und ich weiß, dass die Seele weint, wenn sie nicht reden kann, glaube mir. Ich las ein Gedicht, gerade kürzlich«, und sie begann mit theatralischer Stimme zu deklamieren: »Sehnsüchte irren, wenn sie weinen, um irgendein verlornes Ziel, weil sie doch immer Märchen meinen und Kronen mit den reinen Steinen, aus denen keine Perle fiel. Sehnsüchte wollen nicht gestillt sein mit einem Trunk aus schlechtem Glas; sie wollen deiner Dinge Bild sein in deiner Wünsche Ebenmaß.«
Simone war ein bisschen gerührt. »Schön, das ist wirklich schön. Von wem ist das?«
»Keine Ahnung, ich habe es im Internet gelesen und ausgedruckt. Es stand irgendwo bei Love.Letters auf einer Frauenseite.«
»Ja, Sehnsüchte irren um verlorene Ziele ...« sinnierte Simone laut und fragte sich einen Moment lang, wie ihre Sehnsucht hieß, welches ihr Ziel war und welchen Weg sie gehen würde, um es zu erreichen. Sie wusste es nicht.
»Rede mit mir, Simone. Du brauchst es, das Gespräch, das weiß ich, und es wird dir gut tun. Ich möchte deine Freundin sein, begreife das endlich. Bitte!«
»Ich weiß das zu schätzen, Karin, danke dafür. Aber im Moment möchte ich über gar nichts reden. Es geht mir gut, und ich habe zu arbeiten.«
Simone wunderte sich selbst über ihren rüden Ton, so aggressiv hatten ihre Worte gar nicht klingen sollen.
Karins Mundwinkel verzogen sich jäh nach unten und ihr Kinn zitterte ein wenig, als sie im Hinausgehen sagte: »Ich hab's gut gemeint. Hilfe ist eine Holschuld, keine Bringschuld. Du kannst sie dir bei mir holen, wenn du sie brauchst. Anbieten werde ich sie dir nicht mehr.«
»Hey, bitte nicht so pathetisch«, rief Simone, aber Karin hatte die Ladentür bereits mit einem Knall hinter sich geschlossen und hörte es nicht mehr.
Simone widmete sich halbherzig und unkonzentriert ihrer Arbeit. Wenn keine Kunden im Geschäft waren, unterbrach sie immer wieder Buchführung oder Bestellungen und rief die Love.Letters-Seiten auf. Sie las hier, antwortete dort, flirtete, diskutierte und philosophierte mit Menschen, deren echte Namen sie nicht kannte, deren Gesichter sie nie gesehen hatte und die sie als ihre Freunde ansah. Sie saß bis spät abends am Computer.
Gerald rief an: »Liebes, wann kommst du denn? Es ist halb acht!«
»Noch eine halbe Stunde, dann bin ich da, ich muss noch ein paar Rechnungen schreiben, okay?«
Und sie loggte sich noch einmal ein. Ein männlicher Nickname war in ihrer Besucherliste aufgeführt: Your Top. Neugierig klickte Simone sein Profil an. Kurz und knapp beschrieb er sich dort als großen, blonden, blauäugigen und dominanten Mann. Der Name sprach ja sowieso Bände. Irgendetwas an seiner Wortwahl, an seinem Schreibstil faszinierte sie.

Simone schrieb ihm: »Guten Abend. Es gibt Profile, an denen kann man nicht vorbeiziehen, ohne eine Spur zu hinterlassen.«
Ihr Standardspruch funktionierte immer, alle Männer antworteten darauf.
Your Top antworte auch, schon ein paar Minuten später: »Danke für deine Zeilen. Tut mir leid, du bist nicht das, was ich suche.«
Wie bitte? Sie schrieb zurück: »Woher willst Du das wissen?«
Er antwortete nicht mehr.
Simone war wütend. Und enttäuscht. Irgendwie.
Dieses Profil gefiel ihr. Der Mann hatte ein Bild seiner Augen auf seiner Seite: blaue Augen, deren süffisanter Ausdruck sie beinahe hypnotisierte. Sie träumte während dieser unruhigen Nacht von den Augen.
Sie wusste, dass sie es mit einem Dom zu tun hatte. Ihr Jagdinstinkt war geweckt. Und am nächsten Morgen wusste sie, wie sie diesen Mann ködern wollte.

Obwohl Karin Dienst hatte, ging Simone vormittags ins Geschäft. Ihren Friseurtermin wollte sie verschieben, das hatte Zeit. Sie hatte Wichtigeres zu tun. Sie wollte ihren Plan umsetzen. Karin saß vor dem Computer und klickte blitzschnell die Love.Letters-Seite weg, als Simone hereinkam, aber Simone hatte schon durch die Schaufensterscheibe gesehen, dass Karin nicht arbeitete, sondern chattete. Eine Kundin stand vor einem der Regale, Karin schien sie gar nicht bemerkt zu haben.
»Du verzeihst mir, nicht wahr, ma chérie?«, säuselte Karin und reagierte sofort auf Simones energische Kopfbewegung in Richtung der Kundin. Sie stand rasch auf und stöckelte über den Sisalboden des Buchladens, um die stumme Anweisung auszuführen.
Simone begann eifrig, in Ordnern und Büchern zu blättern, so, als suchte sie etwas Wichtiges.
Die Kundin verließ den Laden, ohne etwas gekauft zu haben. Verlegen grinsend stand Karin vor dem Ladentisch, mit ihren hohen Absätzen war sie mindestens einsfünfundneunzig lang. Sie trug ein türkisfarbenes Chiffonkleidchen und schwarze Nylons in den offenen Sandalen.
»Musst du eigentlich so aufgetakelt rumlaufen? Weißt du nicht, wie bescheuert es aussieht, wenn man vorne in den Schuhen die verstärkte Spitze der Strümpfe sieht? Und was soll neuerdings dein Spleen mit den Handschuhen? Kein Wunder, dass du nichts verkaufst!«
Karin schnappte nach Luft.
»Was ist mit dir los, Simone? Hast du Kummer, oder warum bist du so aggressiv? Ich habe dir nichts getan!«
In ihren Augen schimmerten Tränen, die Simone jedoch nicht im geringsten beeindruckten.
»Ich habe keinen Kummer, sondern ein Geschäft, das vom Verkauf lebt. Und ich habe eine Verkäuferin, die sich lieber um ihre virtuellen Liebschaften kümmert als um die Kunden und die hier rumläuft, als sei das keine Buchhandlung, sondern ein Ball der einsamen Herzen.« Simone wusste selbst nicht, warum sie so angriffslustig war. Zwei dicke Tränen kullerten über die helle Make-up-Schicht in Karins blassem Gesicht.
»Was ist nur los? Immer hackst du auf mir herum! Dabei biete ich dir meine ehrliche und aufrichtige Freundschaft an, und du kränkst mich dauernd so sehr.«

»Tut mir leid. Ich weiß auch nicht, was mit mir los ist. Ich ärgere mich, wenn du chattest, statt zu arbeiten. Ich kann es mir nicht leisten, deine Online-Sucht zu finanzieren.«
»Du bist doch selbst nicht besser!«, rief Karin empört.
Simone sah sie an. Sie wusste, dass Karin Recht hatte.
Und sie sagte kalt: »Es ist mein Laden. Und ich bezahle dich von meinem Geld. Es ist mein Computer, und den hast du künftig nur noch für deine Arbeit zu benutzen und sonst nicht mehr. Ist das klar?«
Karin schlug die Hände vors Gesicht und schniefte herzerweichend. Ihre knochigen Schultern zuckten unter dem dünnen Chiffon und ihre riesigen Ohrringe schaukelten in diesem Rhythmus mit.
Nach dem Streit mit Karin fuhr Simone in die Stadt, den Termin beim Friseur verschob sie nun doch nicht. Sie war ziemlich gereizt, behandelte ihre Friseurin ungerecht, war mit der Frisur überhaupt nicht zufrieden und explodierte fast, als Julia sich mittags darüber beschwerte, dass es schon wieder nur Salat und Toast gab.
Gegen Abend fuhr sie noch einmal in die Buchhandlung, sie musste an ihren Rechner. Sie wollte diesen Typen Your Top kennen lernen. Auf dem Weg dorthin gingen ihr viele Gedanken durch den Kopf.
Warum denke ich kaum an Karel, obwohl die Session klasse war? Müsste ich nicht in ihn verliebt sein? Warum bin ich ständig weiter auf der Suche, obwohl ich mit Karel ein unkompliziertes Verhältnis führen könnte, von dem niemand etwas mitkriegt? Warum denke ich den ganzen Tag an Sex - und warum habe ich mit Gerald keine Lust dazu? Warum erzähle ich Gerald nichts von meiner neu entdeckten erotischen Passion - oder führe ihn zumindest in die Richtung? Vielleicht ginge es ja auch mit uns beiden?
Simone musste lachen, als sie sich Gerald in Leder und als Dom vorstellte. Nein, das war absurd. Ihr Mann war zärtlich, sanft und schnell mit allem fertig.
Und irgendwie wollte sie diese Erlebnisse auch gar nicht in ihrer Ehe haben. Warum eigentlich nicht? War es das Fremde, die Begegnungen mit fremden Männern, die das Ganze so prickeln ließen?
War es Jagdfieber oder Torschlusspanik?
Als sie ihren Buchladen betrat, dachte sie nicht weiter nach. Sie sah Karin vor dem Computer sitzen und blitzschnell die Love.Letters-Seite wegklicken, als sie hereinkam. Kalte Wut stieg in Simone auf.
»Du bist morgen früh um neun Uhr hier. Wir haben zu reden, Karin. Für heute hast du Feierabend«, sagte Simone in unmissverständlichem Ton.
Karin warf trotzig den Kopf zurück, dabei klimperten ihre riesigen Ohrringe. Sie riss ihre Handtasche vom Schreibtisch, presste sie vor den Bauch und stöckelte wortlos hinaus.
Sofort nahm Simone den Platz am Rechner ein und sah im Verlauf nach, wo Karin sich virtuell rumgetrieben hatte. Sie hatte den ganzen Tag offensichtlich nichts anderes getan, als zu chatten.
Simone surfte blind auf die Seite von Your Top. Sie hatte Recht. Sie hatte es geahnt, und sie hatte Recht. Der Name Gräfin Mariza stand ganz oben auf seiner Besucherliste. Und der letzte Eintrag in seinem Gästebuch war von ihr und lautete: »Wie Sie es wünschen, Sire.«
Obwohl Simone den Mann hinter dem Nick überhaupt nicht kannte und bereits eine Abfuhr von ihm bekommen hatte, war sie wütend, dass Karin

mit ihm offensichtlich Kontakt hatte. Simone überlegte nicht lange. Sie registrierte sich neu bei Love.Letters, loggte sich einfach unter einem neuen Namen ein und bastelte sich eine neue Homepage, von der sie glaubte, sie würde Your Top gefallen.
Inkognito nannte sie sich und sie achtete bei der Formulierung ihrer Personenbeschreibung besonders auf einen devoten, fast unterwürfigen Ton.
Und sie setzte ein nur leicht bearbeitetes schwarz-weißes Porträtfoto auf ihre Seite, auf der ihr Gesicht deutlich zu erkennen war. An Vorsicht wegen ihrer Familie und ihrer Kunden dachte Simone nicht mehr.
Es dauerte nicht lange, bis Your Top auf ihr neues Anschreiben unter dem neuen Namen reagierte.
Simone schrieb nicht so wie sonst, spontan und locker, sondern so, wie sie glaubte, dass er es lesen wollte. Mit Erfolg, denn es entwickelte sich eine zwar etwas hölzerne, aber rege Korrespondenz.
Your Top hieß in Wirklichkeit Mark, war 44 Jahre alt und hatte sich als Internist mit eigener Praxis in der Nähe von Bielefeld niedergelassen. Er war geschieden, seine siebenjährige Tochter lebte bei seiner Ex-Frau. Er war erst seit kurzem bei Love.Letters und dort auf der Suche nach einer Frau, die ihm absolute Demut beweisen sollte. Das schrieb er Simone schon nach kurzer Zeit, mit der Aufforderung, ihm ihre Definition von Demut und den Grund ihres Daseins bei Love.Letters zu erklären.
Simone antwortete nicht sofort, sie loggte sich mit der Erklärung aus, sich um die Familie kümmern zu müssen. Dann fuhr sie den Rechner herunter, löschte die Lichter, schloss ihren Laden ab und fuhr nach Hause.
Sie wusste, dass ihr wieder eine schlaflose Nacht bevorstand.
Demut, was war das überhaupt? Und: Konnte ein Mann sie einfach so fordern? War Demut nicht etwas, das man sich verdiente? Verdiente ein Mensch überhaupt die Demut eines anderen? Simone überlegte, wann und ob sie je Demut empfunden hatte.
Ja, beim Anblick der Rubensbilder in der Münchner Pinakothek, hatte sie ein tiefes Gefühl gehabt, das Demut nahe kam. Demut als Verehrung des Höheren? War das die Erklärung? Sich der Grenzen seiner Persönlichkeit bewusst sein, war das Demut? Wenn es das war, was hatte Demut dann in der Erotik zu suchen? Grenzen überschreiten wollen, das Credo der Sadomasochisten, die Forderung, die sie schon so oft gelesen hatte, kam das alles der Demut nahe?
Aber Demut zeigen in der Erotik, einem Fremden gegenüber? Undenkbar.
Stundenlang wälzte sie sich hin und her, um genau die Formulierungen zu finden, von denen sie glaubte, dass sie Mark beeindrucken würden. Simone war am nächsten Morgen schon um acht Uhr im Geschäft. Sofort schrieb sie an Mark: »Ich bin weiß Gott niemand, der auf der dranghaften Suche nach der nächsten Session irgendeine Rolle spielt. Eine Rolle, die nicht echt ist, die nur als Mittel zum Zweck dient, den Akt zu erreichen. Ich will überhaupt keine Rolle spielen - ich möchte diese Hingabe ehrlich und wahrhaftig. Alles andere ist Lüge und führt letztendlich vom Ziel weg anstatt dorthin.
Ich weiß, was du von mir erwartest, Mark. Demut würde ich »bedingungsloses lernen wollen« nennen. Nun, wenn dies der einzige Weg ist, dann werde ich lernen, ihn zu gehen.
Aber ich werde mir dennoch selbst treu bleiben.
Ich weiß genau, dass du all das längst wusstest...«

Dann wechselte sie das Foto auf ihrer Homepage wieder gegen ein unverfängliches Bild bestrumpfter Beine aus, denn es war ihr siedendheiß eingefallen, dass Karin sicherlich die Besucherinnen auf Marks Seite »blind« überprüfen würde. Von ihr auf Marks Seite erkannt zu werden, wollte sie nicht riskieren.
Karin kam pünktlich um neun.
»Worüber willst du reden?«
»Der schnippische Ton ist fehl am Platz, Karin. Du bist hier angestellt, weil du arbeiten sollst, und nicht um deine Liebschaften zu pflegen und den ganzen Tag zu chatten. Ich habe im Verlauf nachgesehen, wie lange du in den letzten Tagen gechattet hast. Hätte ich nachvollziehen können, wie lange du gearbeitet hast, wäre das schneller gegangen. Hast du nichts anderes mehr im Kopf als Männer und Internet?«
Karin sah sie mit ihren wasserblauen Augen kalt an und schlug betont lässig die Beine übereinander. Sie trug feuerrote Pumps mit mindestens zwölf Zentimeter hohen Absätzen. Simone schluckte, als sie die roten Schuhe sah. Als kleines Mädchen hatte sie sich immer rote Schuhe gewünscht. Warum hatte sie als erwachsene Frau eigentlich nie welche besessen?
»Meine Liebe. Hermann Hesse schrieb einmal sinngemäß, dass wir an anderen stets das am meisten verabscheuen, was wir an uns selbst hassen.«
»Das geht zu weit, Karin. Du kannst ab sofort zu Hause bleiben. Ich brauche dich nicht mehr, du arbeitest sowieso nicht. Deinen restlichen Aushilfslohn werde ich dir noch heute überweisen.«
Sie vermied es, Karin ins Gesicht zu sehen, stattdessen ging sie an ein Regal und begann, wahllos irgendwelche Bücher herauszuziehen und auf dem Ladentisch zu stapeln.
Karin stand auf und zischte: »Ich hoffe, dass du weißt, was du tust, ma chérie.«
Mit weit ausholenden Schritten und den wie immer leicht hängenden Schultern verließ sie den kleinen Buchladen.
Simone verdrängte das Hesse-Zitat und dessen zweifellosen Wahrheitsgehalt, als sie sich bei Love.Letters einklickte und nachsah, ob Mark ihre Mail schon beantwortet hatte.
Er hatte die elektronische Post noch nicht gelesen, Simone erkannte es an einem kleinen Symbol in ihrem Ausgangsordner.
Weiter zu surfen, hatte sie keine Lust, also begann sie halbherzig zu arbeiten. Sie wischte die Regale aus, sortierte neue Bücher ein, heftete Rechnungen ab und rief beim Arbeitsamt an. Sie brauchte Ersatz für Karin. Wer sollte sonst den Laden schmeißen, wenn sie auf Reisen war und Dates hatte? Daran hatte sie nämlich bei ihrer vorschnellen Kündigung nicht gedacht.
Nach drei endlosen Stunden hatte Mark ihre Mail beantwortet. Ein paar Zeilen nur, aber Simone las sie mit klopfendem Herzen. Mark hatte tagsüber nur wenig Zeit, seine Praxis war gut besucht und er schien in seinem Beruf aufzugehen.
Sein Ton war unmissverständlich: »Sorge dafür, dass wir heute Abend telefonieren können. Ich erwarte deinen Anruf um Punkt zwanzig Uhr.«
Es folgte seine Handynummer, die Simone unter dem Namen »Susi Markant« in ihrer Kundenkartei notierte.
Sie war froh, als eine Frau namens Adele Fuchsberg anrief und fragte, ob sie sich wegen der Aushilfsposition am Nachmittag vorstellen dürfe.

Sie durfte, denn das würde Simone ablenken und helfen, das Warten bis zu ihrem Telefonat mit Mark zu verkürzen.
Adele Fuchsberg stellte sich am selben Tag vor. Sie war eine etwa 55-jährige Frau mit schulterlangen roten Haaren und schwarz lackierten Fingernägeln. Ihre burschikose Kleidung wirkte nachlässig, aber Simone übersah es.
Ihre Fachkenntnis stand außer Frage: Adele hatte vor Jahren ein Buch geschrieben und in ihrem eigenen Verlag veröffentlicht, weil die renommierten Häuser ihr Werk nicht publizieren wollten.
»Ist schon ein Problem, dass die großen Verlage keine neuen Autoren mehr aufnehmen. Habe damals mein Geschäft verkauft, Adeles Kotelettschmiede am Kaiser-Karl-Ring, vielleicht kennen Sie es noch? Lief gut, hatte viele Stammkunden. Von dem Geld habe ich den Verlag gegründet: den Adele-Bücher-Verlag.«
Simone hörte ihr unaufmerksam zu. Eigentlich war ihr egal, was Adele vorher gemacht hatte, Hauptsache war, dass sie sich mit Literatur ein wenig auskannte und verkaufen konnte, wenn Simone ihre Session-Reisen unternahm.
»... habe dann einige Anthologien herausgebracht, in der unbekannte Autoren mit Kurzgeschichten vertreten waren, aber außer den beteiligten Schriftstellern kaufte keiner diese Bücher«, erzählte Adele. Der Kleinverlag sei pleite und sie habe auf der Straße gestanden.
»... kein Arbeitslosengeld, weil ich während meiner Selbstständigkeit natürlich auch nicht eingezahlt hatte, verstehen Sie?«
Simone nickte, als Adele eine Pause machte, obwohl sie nicht zugehört hatte.
Nun stand Adele kurz vor der Rente, ging abends in einem Großraumbüro putzen und brauchte dringend einen weiteren Job, um überleben zu können. Simone stellte sie sofort ein, damit sie rechtzeitig zum nächsten Date fit genug war, um sie im Laden zu vertreten. »Sie können morgen Vormittag zum Einarbeiten kommen. Und ziehen Sie sich bitte nicht so sportlich an, das ist nicht gut fürs Geschäft.«
Per Handschlag besiegelten die Frauen das neue Arbeitsverhältnis, Simone war froh, als Adele gegen neunzehn Uhr den Laden verließ. Sie rief zu Hause an, um Bescheid zu sagen, dass sie eine Stunde länger arbeiten müsse, die Mädchen sollten sich Brote zum Abendessen schmieren. Noch eine Stunde bis zum Telefonat mit Mark.
Das Gespräch mit ihm war kurz und relativ langweilig. Er hatte eine angenehme Stimme und war freundlich, aber sehr unverbindlich. Sie unterhielten sich über Love.Letters, über das Medium Internet als Kontaktbörse und über die Chancen, dort einen SM-Partner zu finden.
Dennoch war Simone sehr aufgeregt - und vielleicht gerade deswegen ein wenig forsch. Sie gab sich große Mühe, ihn durch Sprachwitz und gekonnte Formulierungen zu beeindrucken, aber Mark reagierte neutral. Simone bat ihn, ihr von seinen Erfahrungen zu erzählen, damit sie sich sicher sein konnte, dass sie an einen echten Dom und nicht an einen der vielen virtuellen »Herrn« geraten war.
»Warte auf eine Nachricht von mir«, sagte Mark, dann legte er auf. Simone starrte perplex den Hörer an, bevor sie ihn langsam auf die Gabel legte.
Das war ein Mann nach ihrem Geschmack - wieder einmal. Dieser schien eine harte Nuss und nicht so leicht zu beeindrucken zu sein wie Boris und

Karel. Und gerade das reizte sie, sie würde ihn schon überzeugen, diesen wählerischen Doktor.
War es nicht so, dass die Frau eigentlich immer die Macht hatte? Bei Boris hatte sie bestimmt, wie weit es ging, bei Karel hatte sie ebenso die Weichen gestellt. Nichts, was sie nicht wirklich gewollt hatte, war geschehen. Sie hätte jederzeit abbrechen können.
Also hatte der submissive Partner die Macht - und nicht der dominante. Der konnte doch nur das tun, was man ihn tun ließ, oder?
Simone fand keine Antwort auf diese Fragen.
Sie bemerkte am Abend nicht, dass Gerald sie fast ununterbrochen beobachtete. Eigentlich wollte er sich eine Reportage im Ersten ansehen, aber seine Augen streiften immer wieder über Simones Gesicht und suchten ihren Blick.
Sie versuchte zu lesen, es gelang ihr jedoch nicht. Immer wieder wanderten ihre Gedanken zu Love.Letters, zu Mark, Karel und den vielen Männern, die sie sich dort offenbar aussuchen konnte wie Schuhe im Regal.

Marks Bild gefiel ihr nicht. Er hatte zu schmale Lippen und war blond. Er trug auf dem Foto zwar eine graue Anzughose und ein weißes Hemd, aber er wirkte bieder wie ein Sachbearbeiter. Boris hatte ihr mal gesagt: »Bei SM spielt das Aussehen überhaupt keine Rolle. Die Neigung allein ist wichtig.« Stimmte das? Sie hatte oft darüber nachgedacht. Hieß das, dass Doms jede Frau nahmen, egal, wie sie aussah, Hauptsache sie war devot genug und gab ihm das Gefühl, mächtig und dominant zu sein?
Als Simone das zweite Foto aufrief, stockte ihr der Atem. Mark hatte seine rechte Hand fotografiert. Eine schöne, offenbar kräftige Hand, an deren kleinem Finger er einen goldenen Ring mit einem funkelnden Brillanten trug. »Das ist die Hand, die du zu spüren bekommen wirst«, stand unter dem Bild.
Sie antwortete: »Es wäre eine besonders große Ehre und eine Auszeichnung für mich!«
Sie schickte ihm ein Foto von sich.
»Ich sehe eine attraktive Frau, Kompliment, meine Liebe. Es wird mir ein Vergnügen sein, dir zu zeigen, wo es lang geht und dir diesen frechen Blick abzugewöhnen.«
Simone wurde heiß und kalt. Würde dieser Mann es schaffen, ihren Kopf, ihren Verstand, bei der Session ganz auszuschalten?
Mark verlangte, dass sie ihm in deutlichen Worten ihre intimsten Wünsche und Träume schilderte.
»Ich muss wissen, wie du tickst, beziehungsweise ticken könntest«, schrieb er.
Sie antwortete ehrlich und mit den deutlichsten Worten, die sie kannte. Eine Woche lang schrieben Mark und Simone sich täglich. Und täglich war Simone mehr von diesem Menschen fasziniert. Seine Unnahbarkeit, seine unverbindliche und harte Art waren für sie neu und aufregend.
Mark erzählte emotionslos aus seinem Privatleben, als Simone ihn nach seinen Familienverhältnissen fragte: Seine Frau hatte ihn wegen eines anderen nach zehn Jahren Ehe verlassen, seine Tochter liebte er sehr und tat alles für sie. Bis zum Abitur hatte er ein Jungengymnasium besucht und war daher lange Zeit Frauen gegenüber sehr gehemmt gewesen.

»Das war die prägende Zeit, in der man sich dem anderen Geschlecht nähert. Noch heute kann ich in der Realität nicht auf eine Frau zugehen, es ist nicht möglich. Wenn der Kontakt über das Internet geknüpft wurde, ist es kein Problem, dann läuft es wie von selbst. Aber real ist der erste Schritt von meiner Seite aus undenkbar.«
Simone las zwischen den Zeilen von einer enttäuschten großen Liebe, von einem hingebungsvollen Vater und einem Mann mit leichten Komplexen. Sie würde ihm schon zeigen, dass sie anders war als die Frau, die ihn enttäuscht hatte. Simone begann, sich in Mark zu verlieben, aber sie merkte es nicht.
Als Gerald ankündigte, dass er in einer Woche mit einem Kumpel zum David-Bowie-Konzert in Hannover fahren und dort anschließend übernachten wollte, war sie überglücklich. Sofort dachte sie an ein Treffen mit Mark - der war allerdings in Bielefeld und sie in Bonn, wie sollte sie das organisieren? Es musste gehen, sie würde es hinkriegen, irgendwie. Wenn er sie überhaupt sehen wollte, das musste sie noch klären, denn bisher hatte Mark von einer realen Session nie deutlich gesprochen.
»Gerald, das ist eine super Idee! Dann könnt ihr nachher noch durch die Stadt ziehen und einen richtigen Herrenabend veranstalten - das hattest du so lange nicht und ich gönne es dir! Vielleicht fahre ich dann mal mit meiner neuen Mitarbeiterin Adele nach Köln. Die Ärmste hat kein Geld und muss dringend mal vor die Tür. Wir können in der Altstadt um die Häuser ziehen und mit dem Nachtzug zurück nach Bonn fahren.«
»Klar«, sagte Gerald, »die Kinder sind groß genug, um am Wochenende alleine bleiben zu können. Du bist tagsüber ja auch nie da, da fällt es ihnen sicher kaum auf.«
Simone schluckte, reagierte aber nicht auf diese Bemerkung.
Sie schrieb an Mark.
»Du bist nicht zufällig am nächsten Wochenende in Köln? Mein Mann ist nicht da und ich könnte mich ein paar Stunden frei machen. Es wäre doch sehr schön, wenn wir uns mal ganz unverbindlich treffen könnten, oder?«
Mark antwortete:
»Nein, *zufällig* bin ich nicht da. Aber ich kann es vielleicht einrichten. Warte auf meine Nachricht. Bis dahin kein Kontakt.«
Simone wartete drei Tage, in denen sie fast verrückt wurde. Nach dem ersten Tag ohne ein Lebenszeichen von Mark schrieb sie ihm eine Mail.
Er antwortete nicht. Sie beobachtete offline sein Profil - und sah, dass Gräfin Mariza ihm fast täglich ins Gästebuch schrieb. Simone beobachtete auch Karins Gräfinnenprofil: Mark tauchte nie in ihrer Besucherliste auf. Sicher hatten sie über eine andere Mailadresse Kontakt. Simone platzte fast vor Eifersucht und Unsicherheit. Sie schickte Mark eine SMS. Er beantwortete sie nicht.
Am Donnerstag bekam sie endlich Antwort. »Ich war auf einer Fortbildung. Wie und wo ist ein Treffen in Köln möglich?«
Als Simone diese Worte las, stieß sie einen Freudenschrei aus. Er würde kommen! Er wollte sie sehen, sie hatte ihn!
Sie schlug als Treffpunkt die Livin' Lounge im Belgischen Viertel vor. Sie hatte die Adresse dieser exklusiven Bar aus dem Gastronomieführer, den sie in ihrem Buchladen verkaufte.
Mark schrieb: »Sei am Samstag ab 23 Uhr dort. Und dann lass dich überraschen. Vielleicht werde ich da sein.«

Simone begann schon am Nachmittag, sich für den Abend herzurichten. Gerald war mittags nach Hannover gefahren, Jenny und Julia waren bei Freundinnen. Simone hatte Eintopf gekocht, sie brauchten ihn abends nur in der Mikrowelle aufzuwärmen.
Sie hatte Gerald und den Mädchen gesagt, dass sie mit Adele Fuchsberg einen feuchtfröhlichen Frauenabend in der Kölner Altstadt verbringen wollte. Sie würde Adele bei Gelegenheit um den Gefallen eines Alibis bitten, im Moment bestand dazu kein Anlass, denn ihre Familie kannte die neue Verkäuferin noch gar nicht.
Simone legte eine CD von Chris Rea ein und drehte die Musik laut auf. Sie vergoss großzügig Chanel Badeöl in der Wanne und entspannte sich fast eine Stunde in dem duftenden Wasser.
Sie rasierte sich sorgfältig. Sie drehte sich die Haare auf dicke Wickler und trug eine Maske gegen müde Haut auf. Sie lackierte sich Finger- und Fußnägel in leuchtendem Rot. Sie cremte sich sorgfältig ein und wählte ihre Garderobe aus: schwarze Dessous, halterlose Strümpfe, ein knielanges Etuikleid aus Seide, eine taillierte Samtjacke und hochhackige Pumps, alles in Schwarz. Mark hatte sie angewiesen, ein Kleid zu tragen. Er wollte Beine sehen.
Die Augen betonte sie mit dunkelgrauem Puder, den sie mit einem breiten Pinsel gekonnt verteilte. Sie nahm reichlich Wimperntusche, wasserfeste, die nicht verschmieren konnte.
Langsam, schalt sie sich, *wir machen doch keine Session, wir wollen uns nur mal sehen. Mark hat es nicht nötig, sofort eine Session zu verlangen, der hat sich im Griff. Und wenn er gar nicht kommt? Nein. Er wird da sein.* Sie wusste es einfach.
Ein Hauch Puderrouge auf die Wangen, schlichte Perlenohrringe und knallroten Lippenstift: Rouge Flamboyant von Chanel, er hatte ein Vermögen gekostet und ihr Wochenbudget empfindlich geschmälert. Simone prüfte ihr Outfit vor dem großen Spiegel im Schlafzimmer. Ja, sie war sehr zufrieden. So konnte sie Mark gegenübertreten. Sie würde ihm gefallen, natürlich, und er würde sie haben wollen. Und dann hatte sie ihn.
Sie fuhr mit dem Zug um halb zehn nach Köln West. Immer wieder prüfte sie ihr Spiegelbild in den Scheiben des Abteils. Eine gute halbe Stunde später stieg sie in die U-Bahn und fuhr bis zum Friesenplatz. Gleich um die Ecke, in der Limburger Straße, ging sie schnurstracks auf das Lokal zu.
Rote Seile und ein roter Teppich vor der Tür begrenzten den Eingangsbereich, ein gelangweilt blickender Türsteher musterte Simone und winkte sie herein. Selbstbewusst und mit geradem Rücken ging sie zur Garderobe, gab ihren Mantel ab und suchte sich einen Platz an der langen Bar, von dem aus sie den Eingang im Auge hatte. Es war Viertel nach zehn, noch reichlich Zeit, bis er kommen würde. Simone trank einen Espresso, einen Grappa und bestellte sich dann einen Prosecco.
Die Lounge füllte sich schnell, um kurz vor elf war jeder Platz besetzt. Moderne Musik, elegante Gäste, antikes Mobiliar und barocke Dekorationen - das war ein toller Rahmen für ihr Treffen mit Mark.
Simone ließ die Tür nicht aus den Augen. Nur einen Moment lang sah sie nicht hin, als der Barmann ihr den zweiten Prosecco servierte und irgendeinen Spruch losließ, den sie mit einem zauberhaften Lächeln quittierte. Fünf nach elf.

Sie ließ den Blick durch das fast schon überfüllte Lokal schweifen. Kein Mark. Ein Mann fiel ihr auf, sie sah ihn in dem riesigen Spiegel hinter dem Tresen. Er war sehr groß, braun gebrannt, breitschultrig, trug einen schwarzen Anzug und darunter ein weißes Hemd ohne Krawatte. Sein dunkelblondes Haar hing ihm ein wenig jungenhaft frech in die Stirn. Simone drehte sich langsam um und blickte ihm ins Gesicht. Der Mann hatte helle Augen und lächelte sie süffisant an. Seine Hände steckten lässig in den Hosentaschen. Mark?

Ihr wurde eiskalt. Ihr wurde heiß. Dann wieder kalt.

Der Mann hatte ein Charisma, das den ganzen Raum erfüllte. Die Musik schien leiser zu werden, Simone hörte sie wie durch eine Wattewand. Sie sah dem Mann in die Augen und lächelte zurück. Und blieb wie angewurzelt auf ihrem Barhocker sitzen. Sie konnte sich nicht rühren. Der Mann zog wie fragend eine Augenbraue hoch und lächelte ein wenig breiter. Er hatte ein Grübchen im Kinn. *Alle guten Männer haben dieses Grübchen, das besonders unter einem Zweitagebart umwerfend aussieht*, dachte Simone. Sie schlug devot die Augen nieder. War er das nun oder war er das nicht?

Als sie wieder hochguckte, war er weg.

Unwillkürlich atmete sie scharf ein, sah sich hektisch in der Bar um, wo war, wo war er? Er stand an der Stirnseite des Tresens, etwa zehn Meter von ihr entfernt. Sie sah ihn wieder im Spiegel. Er grinste jetzt breit. Hatte er gesehen, wie hektisch sie nach ihm geschaut hatte? Simone lächelte ihr schönstes Lächeln und sah ihn fragend an.

»Bist du es?«, hieß ihr Blick.

Der Mann nickte kaum merklich. *Scheiße*, dachte Simone. *Er ist es. Es ist Mark. Er sieht zum Umfallen klasse aus*. Ihr Magen rebellierte. Etwas in ihr rief: *Nein! Nicht der! Dieser Mann ist dein Untergang*. Etwas anderes rief lauter: *Ja. Endlich!*

Sie wollte aufstehen, zu ihm gehen.

Gehörte sich das? Dass die Sklavenanwärterin aufsteht und hingeht, ohne dass der Herr sie aufgefordert hatte?

Simone dachte an die Mails, in denen Mark die totale Demut gefordert hatte. Unschlüssig blieb sie sitzen, suchte wieder seinen Blick. Er war weg.

Sie suchte das Lokal mit den Augen ab, stand auf, reckte sich, um über die Köpfe der anderen spähen zu können.

Nein, er war nirgends. Vielleicht war er auf dem Klo.

Von Bielefeld bis Köln waren es mindestens zwei Stunden Fahrt gewesen. Er musste sicher pinkeln. Sie ließ den Weg zur Herrentoilette nicht aus den Augen, soweit das bei dem Betrieb möglich war.

Nach zwanzig Minuten sah sie ihn immer noch nicht.

War er wirklich gegangen? Hatte sie was falsch gemacht? Hätte sie zu ihm gehen sollen? Hatte sie ihm nicht gefallen? Scheiße, Scheiße, Scheiße.

Simone bemühte sich, nicht zu heulen.

Sie verlangte die Rechnung, öffnete ihre Handtasche, um die Geldbörse heraus zunehmen. Licht am Handy! Das Display leuchtete. Sie sah nach: »Sie haben zwei neue Nachrichten.«

»Oh nein!«, rief sie laut aus.

»Was nicht in Ordnung, Lady?«, fragte jemand neben ihr.

Sie antwortete nicht, nestelte ihre Brille aus dem Etui, setzte sie nervös auf und rief die Messages mit zitternden Fingern auf. Mark schrieb: »Nette

Location. Bin schon wieder auf der Autobahn. Hast mir zu wenig Bein gezeigt, meine Liebe.«
Das kann doch wohl nicht wahr sein, so ein Arschloch!, dachte Simone. Sie war hin- und hergerissen zwischen Wut über seine Arroganz und Faszination wegen seiner Konsequenz. Sie schrieb eine SMS zurück: »Bitte nicht! Tut mir leid, wenn ich was falsch gemacht habe. Bitte, bitte, ich möchte dich sehen.« Sie hoffte sehr, den richtigen Ton getroffen zu haben. Dass sie begann, sich selbst zu verraten, merkte sie nicht.
Mark antwortete: »Okay. Ich drehe um. Du stehst in fünf Minuten vor der Tür.«
»Ja, Mark.«
Sie drängelte sich in Richtung Ausgang. Nervös und von einem Fuß auf den anderen tretend reihte sie sich in die Warteschlange vor der Garderobe ein, um ihren Mantel zu holen. Alle paar Sekunden schaute sie auf die Uhr.
Noch zwei Minuten. Rasch fuhr sie sich mit den Fingern noch einmal ordnend durch das Haar, sprayte sich eine Portion Odol in den Mund, zog vor dem Taschenspiegel die Lippen nach.
Noch eine Minute. Sie griff nach ihrem Mantel und stürmte zur Tür. Dort blieb sie einen Moment stehen, holte tief Luft und verließ dann, ganz Dame und ganz cool, die Bar.
Direkt vor der Tür parkte ein schwarzer Porsche. Lässig, mit verschränkten Armen, lehnte Mark an der Fahrerseite. Simones Herz schlug bis zum Hals, als sie ihn sah. Beeindruckend und mächtig wirkte er.
Sie wartete einen Moment, ob er um den Wagen herumgehen und ihr die Beifahrertür aufmachen würde. Er tat es nicht, sah sie nur spöttisch lächelnd an, stieg ein und öffnete die Tür von innen. Ihre Stimme klang fest, als sie betont forsch »Guten Abend, Mark«, sagte.
Er grinste. Es war ein besonderes Grinsen: Er zog nur den Mundwinkel ein wenig hoch, dadurch verstärkten sich die feinen Fältchen um seine Augen. Zeitgleich hob er eine Augenbraue an. Blau. *Graublau und kalt sind die Augen*, dachte Simone.
»Und?« Seine Stimme klang herablassend, gelangweilt.
»Wie - und?«
»Starker Auftritt für eine Schlampe, findest du nicht?«
»Mark, ich bitte dich, ich wusste nicht, was ich tun sollte. Ich wusste nicht, ob du erwartest, dass ich zu dir komme oder dass ich warte, bis du mich zu dir rufst.« Er sah sie unverwandt an. Simone senkte den Kopf und starrte auf ihre Knie. »Scheiße, ich hab ne Laufmasche«, entfuhr es ihr.
Mark lachte höhnisch. »Von einer Schlampe habe ich nichts anderes erwartet.«
Simone erkannte sich selbst nicht, als sie sich leise »Entschuldigung« murmeln hörte.
»Trinken wir irgendwo was?«, fragte er, aber es klang nicht wie eine Frage sondern wie ein Befehl.
»Gerne, wohin möchtest du?«
»Das ist dein Heimvorteil, sag mir, wohin ich fahren muss.«
Simone dirigierte ihn in die Dürener Straße. Das »Melody« war ein Lokal, in dem sie schon mal mit Gerald gewesen war, sie hatte es in guter Erinnerung. Sie setzten sich nebeneinander an einen Tisch vor der verspiegelten Wand. Mark bestellte Kaffee. »Kein Alkohol, ich muss gleich noch zurückfahren.«

Simone versuchte, sich ihre Enttäuschung nicht anmerken zu lassen und schalt sich im selben Moment wegen ihrer Dummheit. Es war schließlich nur ein unverbindliches Treffen geplant, und natürlich musste er zurück nach Bielefeld. Hatte sie wirklich insgeheim gehofft, er würde im Hotel übernachten und sie bitten, nein, ihr befehlen, mitzukommen?
Fieberhaft überlegte sie, wie sie ein Gespräch in Gang bringen könnte.
»Wie war die Fahrt?«
»Gut.«
»Wie lange bist du gefahren von Bielefeld aus?«
»Keine zwei Stunden.«
»Hm. Und die Livin' Lounge hast du gleich gefunden?«
»Ich hab ein Navigationssystem.«
»Aha. Ja.« Stille.
Verdammt, worüber sollte sie mit ihm reden? Mark bemerkte ihre Unsicherheit und sah sie amüsiert an. Er drückte seine Zigarette im Aschenbecher aus und nahm ein Zigarillo aus der Packung.
»Du rauchst beides? Zigaretten und Zigarillos?«
»Ja.«
Stille. Simone begann zu schwitzen. Der Typ war ein echtes Arschloch. Der ließ sie ganz fies zappeln und lachte sich ins Fäustchen, weil er merkte, dass sie nicht gegen ihn ankam.
»Schieb deinen Rock hoch, Simone.«
»Wie bitte?«
Seine Stimme wurde leise. »Ich wiederhole mich nicht gerne!«
Sie schob den Rock hoch. Ein Stück nur, denn die anderen Gäste der Bar konnten sie sehen. Mark schüttelte ungeduldig den Kopf und schob ihren Rocksaum rigoros so hoch, dass jeder die Spitze der Nylons und die Strapse sehen konnte.
»Mark, bitte!«
»Bitte was? Hab ich dir gesagt, ich will Bein sehen? Hab ich es gesagt oder nicht?«
»Ja, hast du.«
»Und? Warum tust du nicht, was dir gesagt wird?«
Simone begann zu stammeln: »Ich weiß nicht, ich wollte ... ich mach's ja, aber die Leute hier...« Sie hasste sich für ihre Unfähigkeit, einen normalen Satz zu sagen. Mark lehnte sich lässig zurück, zog an seinem Zigarillo und beobachtete den Rauch, den er langsam ausstieß.
Er sah sie nicht an, als er leise sagte: »Geh und zieh deinen Slip aus.«
»Hier?«
»Sag mal, so dämlich kann man doch gar nicht sein, oder? Geh aufs Klo - und zwar sofort!«
Das letzte Wort sprach er so laut, dass einige Gäste des Lokals neugierig zu ihnen hinüber schauten. Simone ging zur Toilette, zog den String aus und kehrte an den Tisch zurück. Mark hielt ihr die offene Hand hin und machte eine Bewegung mit den Fingern. Sie verstand und gab ihm unauffällig ihren String, den sie unter dem Tisch aus der Handtasche zog. Er steckte ihn in die Tasche seines Sakkos.
»Erzähl mir von deinem Job, Simone.«
Fast euphorisch vor Erleichterung über den nun normalen Tonfall seiner Stimme begann Simone zu plappern. Sie erzählte von ihren Lieblingsbü-

chern, ihren Kunden, beschrieb die Einrichtung des Geschäftes und berichtete von ihrer onlinesüchtigen Ex-Mitarbeiterin Karin. Aus dem Augenwinkel versuchte sie bei der Erwähnung des Namens eine Reaktion in Marks Gesicht zu erkennen, immerhin wusste sie, dass Karin als Gräfin Mariza mit ihm kommunizierte. Mark reagierte nicht, er sah sie nur unverwandt und mit diesem spöttischen Ausdruck an. Mein Gott, was war das für ein Typ? Simone wusste ihn nicht einzuschätzen.
Sie hielt den Atem an, als er eine Hand unter ihren Rock schob und sie fest und schmerzhaft in den Oberschenkel kniff - so lange, dass ihr Tränen in die Augen schossen. Sie sagte nichts. Sie bemühte sich um ein unbeteiligtes Gesicht, als der harte Griff nachließ, die Hand unter ihrem Rock zwischen die Schenkel wanderte und zwei Finger sich hart in sie bohrten.
»Du bist doch wirklich eine dreckige Schlampe!« Er zog seine Hand zurück und wischte sie am Polster der Bank ab, auf der sie saßen. »Du bist nass.«
Simone schämte sich in Grund und Boden, und sie war sicher, dass sie rot wurde. Verlegen senkte sie den Kopf. Tausend Gedanken jagten ihr durch den Kopf, sie registrierte die Situation sehr wohl, begriff ihr unglaubliches Verhalten und konnte doch nichts dagegen tun.
»Wie kommst du nach Hause?«
»Mit der Bahn«, antwortete sie verwundert.
Wollte er gehen? Jetzt? Das war für heute alles? Dafür war er nach Köln gekommen? Sie wagte ihre Fragen nicht auszusprechen.
Mark winkte den Kellner heran und zahlte. Er half ihr nicht in den Mantel, als sie gingen. Vor der Tür blieb Simone unschlüssig stehen.
»Komm gut heim«, sagte Mark und grinste.
»Danke«, murmelte sie und wollte gehen, die Tränen der Wut und der Enttäuschung unterdrückte sie krampfhaft.
Er hielt sie am Arm fest, lächelte sie spöttisch an. Nach einer Ewigkeit sagte er: »Komm schon.«
Klang das herablassend?
Er zog sie hinter sich her, sie konnte in den hohen Schuhen kaum mithalten und stolperte ein paar Mal. Mark hielt ihren Arm noch immer fest, erst als sie am Parkplatz ankamen, er den Porsche aufgeschlossen und die Beifahrertür geöffnet hatte, ließ er sie los.
Simone versuchte, sich zu entspannen, lehnte sich möglichst lässig in den schwarzen Lederpolstern zurück. Mist, ihre Laufmasche war inzwischen fast einen Zentimeter breit.
Mark strich sich mit beiden Händen die Haare aus dem Gesicht und wandte sich ihr zu. Sein Gesicht zeigte kaum Mimik. Sie hielt seinem Blick stand. Langsam, ganz langsam, näherte sich seine Hand ihrem Gesicht, griff in ihr Haar und nahm es hinten zu einem Pferdeschwanz zusammen. Einen Moment verharrte er so. Simone schloss die Augen und genoss die Zärtlichkeit dieses Momentes. *Er ist kein harter Hund*, dachte sie. *Er ist besonders sensibel und misstrauisch, weil ihn eine Frau einmal sehr enttäuscht hat. Er hat was, was ganz Besonderes. Und er ist mächtig, ich will diesen Mann haben*. Sie lächelte.
Hart und brutal traf der Schlag sie ins Gesicht.
Sie schrie auf und sah ihn entsetzt an. Die Hand in ihrem Haar packte noch fester zu, fixierte ihren Kopf. Die nächste Ohrfeige war noch heftiger. Sie versuchte instinktiv auszuweichen, aber Marks Griff glich einer Eisenklam-

mer. Er lächelte, mit hochgezogener Augenbraue. Simone starrte ihn stumm an, sie war unfähig, etwas zu sagen, unfähig, zu denken.
»Mund auf!« Sie gehorchte. »Zunge raus.«
Sie streckte ihm die Zunge heraus. Sein Finger in ihrem Hals, so tief, dass sie fast würgen musste.
Er grinste. »Du siehst lächerlich aus, weißt du das?«
Simone war stocksteif und rührte sich nicht. Sie schämte sich. Weil er Recht hatte, sie sah lächerlich aus - und das Schlimmste war nicht, dass sie sich auch lächerlich benahm, sondern dass sie es wusste.
»Du hast es nicht nötig, mir zu antworten?«
Die nächste Ohrfeige. Simone sah Sterne, ihr Kiefer knackte, und sie schrie wieder laut auf. Er ließ sie los, zündete ein Zigarillo an und rauchte schweigend. Simone zitterte. *Warum steige ich nicht aus? Warum bleibe ich neben diesem verdammten Arschloch sitzen?* Ihr Kiefer tat höllisch weh, sie schob ihn mit der Hand hin und her.
»Ist was?«
»Nein, alles in Ordnung.«
»Du wohnst direkt in Bonn?«, fragte Mark.
»Nein, etwas außerhalb.«
Er antwortete nicht und startete den Porsche. Er brachte sie nach Hause? Simone wurde nicht schlau aus ihm. Er wirkte total entspannt, und die brutalen Ohrfeigen von eben schien sie nur geträumt zu haben. Sie beschrieb ihm den Weg zur Autobahn.
Die Stille im Auto war unheimlich. Mark konzentrierte sich auf den Verkehr und Simone beobachtete ihn unauffällig. Er sah wirklich sehr gut aus. Schönes Profil, energisches Kinn und diese unglaublichen Augen ...
Sie dachte: *Ich muss jetzt irgendwas sagen, wir müssen uns unterhalten, diese Stille ist ja fürchterlich. Ich sag ihm, dass er mich am Bahnhof in Bonn rauslassen soll, dann fahre ich mit dem Taxi von da aus nach Hause. Er mag mich nicht leiden, sonst würde er über Nacht bleiben, oder? Er findet mich unattraktiv, da kann man nichts machen.*
Sie hatten die Autobahn erreicht, auch um diese Zeit war noch ziemlich viel Verkehr. Mark lehnte sich ein wenig zurück und öffnete mit der rechten Hand seinen Gürtel und den Reißverschluss seiner Hose. Wortlos griff er Simones Kopf, zog ihn zu sich und drückte ihn herunter.
Sie verstand. Er war gut bestückt und roch nach teurer Bodylotion. Sie gab sich Mühe, wollte es ihm recht machen, unbedingt. Die Situation erregte sie und machte ihr zugleich Angst. Mark fuhr ziemlich schnell. Wenn er jetzt die Kontrolle über das Auto verlor ... Simone malte sich einen Unfall aus, dachte an die Konsequenzen, wenn sie verletzt aus einem fremden Wagen mit einem fremden Kerl geborgen werden musste ... mein Gott, Gerald ... die Kinder ...
Sie hob kurz den Kopf, wollte Mark bitten, lieber rechts ranzufahren, aber er drückte sie rigoros wieder runter und sie widmete sich ihm gehorsam.
Sie wusste nicht, wie lange sie mit geschlossenen Augen und halbherziger Konzentration über ihn gebeugt war. Mark war auf einen Parkplatz gefahren und hatte den Wagen gestoppt. Sie wagte nicht, mit ihrer Beschäftigung aufzuhören. Ihr Kiefer schmerzte von den Schlägen vorhin, sie konnte kaum den Mund weit genug öffnen. Er zog sie an den Haaren von sich weg, schubste sie auf ihren Sitz zurück und sagte: »Aussteigen.«

Verwirrt öffnete sie die Autotür und stieg aus. Wollte er sie jetzt hier aussetzen? Oder wollte er sie vögeln?
Unschlüssig stand sie neben dem Porsche. Mark ging um den Wagen herum und griff ihr in den Nacken. Er schob sie vor sich her und steuerte auf ein paar Büsche am Rande des Parkplatzes zu. Ein paar Meter entfernt rauschten die Autos über die Autobahn. Simone hatte Angst. Was hatte er vor?
»Umdrehen, Rock hoch!«
Er wollte sie vögeln! Sie war einen Moment lang froh, weil sie ihn offenbar mit ihrem Mund auf Touren gebracht hatte. Sie bückte sich, schob den Rock hoch und präsentierte ihm ihren nackten Hintern. Den String hatte Mark noch in der Jackentasche.
Simone verharrte in der Stellung und stütze sich mit den Händen auf ihren Schenkeln ab. Ihre Gedanken waren wirr. Ihr war kalt. Sie war unsicher. Zitternd wartete sie darauf, dass er sie nahm. Etwas Warmes traf ihren Hintern. Sie hielt die Luft an und biss sich auf die Lippen.
Nein! Er pisste sie an! Dieser verdammte Scheißkerl pinkelte ihr in den Schritt, das heiße Zeug lief an ihren Beinen herunter, rann in ihre Pumps und bildete kleine Pfützen neben ihren Schuhen. Simone zitterte. Und sie war entsetzt darüber, dass sie wie festgeklebt stehen blieb.
Sie stand noch in dieser Position, als Mark längst seine Hose wieder geschlossen hatte und zynisch sagte: »Willst du hier Wurzeln schlagen, Drecksau?«
Simone richtete sich auf und zog ihr Kleid glatt. Sie hatte Gänsehaut und fror, denn die Pisse in ihren Strümpfen und Schuhen war jetzt kalt. Das Gefühl war widerlich. Als sie zum Auto zurückgingen, konnte sie nur mühsam gehen, sie rutschte in den klatschnassen Pumps hin und her.
»Warte!«, befahl Mark, als sie einsteigen wollte. Er nahm ein Päckchen Taschentücher aus dem Handschuhfach und warf es zu ihr herüber. »Mach dich sauber, bevor du dich in mein Auto setzt.«
»Ja, Mark.«
Zitternd wischte sie sich den Hintern und die Beine ab, zog die Schuhe aus und versuchte, die Pfützen darin mit dem Papiertaschentuch aufzusaugen.
Ich will nach Hause. Was macht dieses Schwein mit mir? Wie soll ich Gerald und den Kindern morgen unter die Augen treten, so verdreckt, so beschmutzt?
Mark war noch nicht fertig mit ihr. Er fuhr nicht los, sondern schaltete die Standheizung ein und befahl ihr, ihm einen zu blasen. »Aber diesmal vernünftig!«
Als er kam, war sie froh, dass er fertig war.
»Komm gut ins Bett und träum was Schönes«, rief er spöttisch hinter ihr her, nachdem er sie am Bahnhof abgesetzt hatte. Simone nahm ein Taxi und fuhr nach Hause.
Es war zwei Uhr morgens, und sie duschte eine Stunde lang. Dann putzte sie sich die Zähne, bis ihr Zahnfleisch blutete. Erst danach ging sie in die Kinderzimmer. Julia und Jenny schliefen. Simone sah ihre Töchter verzweifelt und zärtlich zugleich an. *Eure Mutter ist eine Schlampe, eine perverse Drecksau, beschmutzt, angepinkelt und total krank im Kopf.* Jeder dieser Gedanken schmerzte mehr als Marks Ohrfeigen.
Simone strich ihnen nicht wie sonst sanft übers Haar. Sie war viel zu schmutzig, um ihre Kinder anfassen zu dürfen.

Rule

Simone atmete wieder ruhig, aber ihre Haut brannte wie Feuer von den Schlägen mit dem Rohrstock. Rule stand mit verschränkten Armen an der gegenüberliegenden Wand.
Sie wusste nicht, wie lange er sie so angestarrt hatte. Als er auf sie zukam, wand sie sich in den Ketten, als wollte sie den albernen Versuch einer Flucht wagen.
Es gab kein Entkommen, sie wusste es ja.
Ihre Finger und Hände fühlten sich taub an, blutarm nach der langen Zeit, die sie nun die Arme halb angewinkelt über dem Kopf gehalten hatte. Die Schuhe drückten, die Füße waren geschwollen und die Ellenbogen- und Schultergelenke taten ihr weh.
Mit weit aufgerissenen Augen sah Simone, dass Rule den Rohrstock erneut aus dem Stiefel zog, aus der Jackentasche hingen die Lederriemen der Peitsche und schaukelten harmlos bei seinen Bewegungen.
Er stand wieder vor ihr, sehr dicht, sie wagte nicht zu schreien, traute sich keinen hörbaren Atemzug. Flach und leise sog sie die Luft durch die Nase ein, ihre Augen suchten verzweifelt in seinen nach einem Signal, einer Regung.
Er stellte sich hinter sie. Sie wusste genau, was jetzt kam, instinktiv.
Simone straffte ihre Haltung, atmete tief ein, wusste, dass sie sich entspannen musste, um den Schmerz, der kommen würde, zulassen zu können, wusste, dass sie eins mit ihm werden musste, sonst würde sie ihn nicht ertragen können.
Rule hielt ihr von hinten den Mund zu und einen Moment war sie in Versuchung, ihn in die Hand zu beißen.
Es war seine Linke, die sich fest auf ihre Lippen presste, seine Rechte ließ den Rohrstock auf ihrem Hintern tanzen. Kurze, harte, schnell aufeinander folgende Schläge, ein Stakkato heftiger Hiebe, auf die Backen, die Schenkel, die Kniekehlen. Und wieder hinauf und wieder von vorn und wieder und wieder.
Simone keuchte, heulte, trampelte mit den Füßen, soweit die Spreizstange und die Fußfesseln das zuließen, sie atmete zu schnell, zu hektisch, konnte nicht schreien, den Kopf nicht bewegen, weil er sie mit eisenhartem Griff hielt und schlug und schlug.
Sie wünschte sich, ohnmächtig zu werden, als er das Instrument wechselte, als sie die Riemen der Peitsche auf ihren wunden Striemen spürte und die Spitzen der Lederschnüre gnadenlos um ihre Hüften strudelten und hart, wie spitze Steine, auf ihre Beckenknochen prasselten.
Nichts, nichts konnte sie tun, außer aushalten, durchhalten, es schaffen, ihn müder werden lassen vom Schlagen, warten, ob es eine Gelegenheit geben würde, die sie wieder denken ließ, um einen Weg, einen Ausweg zu finden aus dieser Hölle.

Sack oder Asche

Simone wusste später nicht mehr, wie sie die Wochen nach der Begegnung mit Mark überstanden hatte. Sie verachtete sich für ihr unterwürfiges Verhalten - und suchte gleichzeitig den Kontakt zu ihm.
Er meldete sich nicht. Obwohl sie sah, dass er bei Love.Letters online war, schrieb er ihr nicht. Sie schickte ihm höfliche, schmeichelnde und traurige Mails, und sie bekam keine Antwort.
Sie wagte es nicht, ihm eine SMS zu schreiben - obwohl diese letzte Zurückhaltung ihr sehr schwer fiel.
Ich muss meinen Stolz behalten, ich darf mich nicht gehen lassen, dachte sie. *Mark will die totale Demut, die absolute Hingabe, er hat es gesagt. Gehört dazu, dass ich warte, bis er sich meldet? Soll ich mein ganzes Wesen verraten, um ihm zu gefallen? Ist das eine stolze Sub - eine, die geduldig ausharrt, bis der Herr sich meldet?*
Den Begriff »Stolz« las sie oft in den BDSM-Foren im Internet, er wurde von einer Sub, einer submissiven Frau, einer Sklavin erwartet. In diesem Zusammenhang hatte Simone Schwierigkeiten mit dem Begriff. Stolz? Auf was? Darauf, dass sich ihr Wesen veränderte? Darauf, dass sie sich hatte erniedrigen und besudeln lassen und ihre Selbstachtung irgendwo, irgendwann verloren hatte? Konnte man stolz darauf sein, wenn man so pervers war wie sie?
Sie konnte ihre Fragen nicht ordnen, bekam keine klare Linie hinein. Warum wartete sie überhaupt auf ein Lebenszeichen von Mark, nachdem er sie so schäbig behandelt hatte?
Ihr Familienleben und der Alltag zogen wie ein Film an ihr vorbei, in dem sie eine Statistenrolle spielte.
Simone ging zur Arbeit, sprach mit den Mädchen und hörte ihnen kaum zu, sie kochte, ging mit dem Hund spazieren, erledigte ihre Aufgaben und war im Kopf weit weg, in einer ganz anderen Welt.
Sie schlief mit Gerald und dachte dabei, dass er ebenso gut eine Gummipuppe vögeln könnte, die würde genauso duldsam und reglos daliegen wie sie. Geralds besorgte Frage: »Liebes, was ist nur mit dir los?«, beantwortete sie mit einem aggressiven: »Nichts!« und drehte sich zur Seite, damit er ihre Tränen nicht sah.
Sie war gefangen in ihren Zweifeln, Selbstzweifeln, in Vorwürfen an sich selbst, in Rätseln ohne Lösungen und in schmerzhafter Sehnsucht.
Sie knüpfte neue Kontakte bei Love.Letters und korrespondierte mit einigen Frauen, die sie inzwischen kennen gelernt hatte und die sie als ihre Freundinnen ansah.
Britta aus Berlin hatte ein paar Mal angerufen und wissen wollen, wie es ihr ging, aber Simone hatte immer viel Arbeit und keine Zeit vorgeschoben und das Gespräch schnell beendet. Was wusste Britta schon. Sie konnte nur mit eingeweihten Frauen aus der Szene über ihren Seelenzustand sprechen.
Annika war so eine Eingeweihte. Sie beschrieb sich als tief submissive Frau, die sich nach totaler Hingabe sehnte. Simone war in der Foren-Gesprächsgruppe »Lustfesseln« auf einen Beitrag aufmerksam geworden, in dem Annika von einer schlimmen Enttäuschung mit einem brutalen Dom erzählte. Die anderen weiblichen Forumsteilnehmer überschütteten sie mit Trost- und Aufmunterungsbeiträgen.

Simone begann einen Mailwechsel mit Annika und erschrak schon beim ersten Schreiben: Sie habe darauf gewartet, dass Simone sich bei ihr melden würde, schrieb Annika.
»Wie bitte? Wir kennen uns doch gar nicht!«
»Du hast Kontakt zu Your Top, zu Mark Schneider, nicht wahr?«, fragte Annika. Simone erschrak, weil diese Frau seinen realen Namen aussprach. Das war eine ungeheure Indiskretion. Sie musste trotz ihres Erschreckens schmunzeln. Love.Letters war schon eine besondere Gemeinde. Jeder, der länger dabei war, wusste über die anderen Chatter Bescheid. Freimütig erzählte Annika, sie habe ein kurzes, brutales Verhältnis mit Mark gehabt. Eine unerträgliche Erfahrung sei das gewesen und sie habe danach eine Psychotherapie machen müssen. Jetzt gehe es ihr langsam besser, schrieb Annika, und es sei nun irgendwie ihre Aufgabe, andere Frauen vor einem solchen Monster wie Mark zu warnen.
Simone glaubte Annika jedes Wort, nahm die Warnung ernst und ignorierte sie. Annika war ein junges Ding von Anfang zwanzig, was wusste die schon? Einen Mann wie Mark musste man zu nehmen wissen, und sie, Simone, würde es eben lernen.
Nach endlosen Tagen schrieb er ihr. Er ging auf ihre letzten Mails ein, in denen sie sich anklagend über sein Schweigen beschwert hatte - wohl wissend, dass ihm dieser Ton nicht gefallen würde. Als er antwortete, rauchte sie vor Aufregung zwei Zigaretten nacheinander, bevor sie las.
»Du hattest schlaflose Nächte, Simone? Warum nur? Man könnte fast meinen, du bist mir nicht mehr wohlgesonnen ... Und das nach diesem Ereignis ... Hast du es denn doch nicht genossen? Ich habe mich nicht verabschiedet, nicht von dir und hatte es auch nicht vor ... Es gefällt mir nicht, wie du hier mit mir sprichst ... ja, das ist so ...Demut...ja, das wäre eine andere Ebene ... aber diese Wut, du kennst das Gefühl am besten, das ich meine, und du kennst es sehr gut ... Simone, du versuchst zu erklären, was du dir nicht erklären kannst ... Nimm es einfach hin ... War es nicht ein ganz außergewöhnliches Erlebnis? Der ganze Abend von seinem Ablauf her? Kann er nicht sein, wie er war ... und seinen Stellenwert behalten? Ohne nachträgliche lästige Erklärungen ... usw.? Und ohne diesen Ton, angemessen in der Haltung, ohne Druck ... Anklage ... ohne den Versuch, zu erklären ... könnte es ein weiteres Ereignis geben ... voller Hingabe ... bedingungslos lernend ... jedoch nur dann ... Wenn du nun weißt ... was ich erwarte ... nun ... Und du hast erhebliches Potenzial ... es war ... nun, sagen wir ... wahnsinnig geil ... auch für mich ... ich habe es sehr genossen ... genau so, wie es war! Und zwar so sehr, dass ich es, unter Beachtung des oben Geschriebenen natürlich wiederholen würde ... that´s another story ... it's up to you now... So, nun kennst du in etwa meine Denklinie ... die, du hast mich ja nun erlebt, noch wesentlich differenzierter ist - und eines mach dir klar: Ich bin nicht ausrechenbar ... Ich wünsche dir nun in der Rückerinnerung geile Gedanken ... lächel ... Mark«
Simone war hin- und hergerissen. Einerseits fand sie seine Wortwahl anmaßend, arrogant und eingebildet, andererseits brachte die Botschaft, dass er sie wiedersehen wollte, sie völlig aus dem Häuschen.
Sie wollte ihn auch. Immer noch und trotz allem. Er hatte einen weichen Kern hinter der brutalen Fassade, dessen war sie sich sicher. Und sie wollte die Frau sein, die seine Fassade zum Einstürzen brachte.

Sie telefonierte mit Britta in Berlin und bat um ein Alibi.
»Ach, wenn du ein Alibi willst, hast du Zeit für mich? Hast du schon wieder ein Date für perverse Spielchen?«, fragte Britta trocken.
»Diesmal ist es anders, Britta. Er ist ein sehr besonderer Mann, einer für den sich das Kämpfen lohnt.«
»Aha. Und was ist mit deinem sehr besonderen Ehemann? Gibt's da auch Kämpfe? Wirst du dich von Gerald trennen?«
Simone war entsetzt und wagte gar nicht, an diese Möglichkeit zu denken.
»Nein! Das eine hat mit dem anderen doch nichts zu tun, so komisch das jetzt für dich klingt. Ich liebe Gerald und die Kinder, ich könnte sie nie, niemals verlassen. Aber mit Mark - das ist etwas, das ich einfach tun muss. Bitte frag nicht, Britta, bitte gib mir das Alibi, es ist sehr wichtig für mich. Ich erkläre dir später alles.«
Nachdem Britta zugesagt hatte, schrieb sie an Mark und bat ihn inständig und unterwürfig um ein Date. So hatte er es gewollt: Sie sollte ihn bitten, sie zu benutzen.
Er antwortete, dass er es sich überlegen wolle. Er schrieb: »Dein Ton gefällt mir nicht ... du bist zuweilen zu dominant in deiner Ausdrucksweise, zu frech und längst nicht so demütig, wie ich mir das vorstelle ...«
Simone verriet sich weiter. Sie veränderte ihre schriftliche Ausdrucksweise, passte sich an, überlegte sich jeden Satz mehrfach, bevor sie ihn an Mark schrieb und bat erneut um eine Audienz. Sie versprach, über nichts zu diskutieren und sich ganz ihm zu überlassen. Schließlich sagte Mark zu. Er beorderte sie am kommenden Samstag nach Bielefeld.

Simone war glücklich. Und sie hatte Angst. Diffus waren die Ängste, aber sie waren da. Mark war äußerst charismatisch, sehr dominant, brutal, bedingungslos. Das hatte sie erlebt auf dem Parkplatz bei Köln. Aber: Hatte er nicht genau das getan, was er angekündigt hatte in seinem Mails? Hatte er nicht geschrieben: »Ich will, wenn ich dich will, benutzen und erniedrigen. Ich will dich demütig und ich will deine Unterwerfung.«
Sie hatte durch ihr unsicheres Verhalten bei der Begegnung mit ihm Fehler gemacht - nicht er.
Es war ihre innere Einstellung, die sie leiden ließ, nicht Marks Konsequenz. Das glaubte Simone nun erkannt zu haben und sie glaubte auch erkannt zu haben, dass sie keine Angst vor Mark, sondern vor sich selbst hatte. Sie konnte sich nicht einschätzen, sie wusste nicht, was sie zulassen wollte und konnte. Sie bat Mark um ein Code-Wort.
Er akzeptierte die Ampel: »Grün«, bedeutete, dass alles in Ordnung ist. »Gelb« hieß, es sei okay bis hierher, aber nicht mehr. »Rot« brach die Session sofort und ohne Verzögerung ab. Das war die höchste Alarmstufe. Und mit dem Gedanken an ihren schmerzenden Kiefer nach den Ohrfeigen im Auto bat sie Mark um das Versprechen, ihr keine bleibenden Schäden zuzufügen.
Mark antwortete: »... ich werde am Bahnhof sein und dich abholen. Dein Vertrauen ehrt mich, ich denke, der erste Kontakt, den wir hatten, hat dich dahin geführt. Gut, ich akzeptiere, es existiert immer die Ampel im Hintergrund, und ich bin mir meiner Verantwortung bewusst. Was die bleibenden Schäden angeht: Sofern dein Kiefer wieder erholt ist (und keine bleibenden Schäden davon getragen hat), ist dieses natürlich selbstverständlich auch

in Ordnung. Nach unserem Treffen neulich denke ich, ich werde dich zu nehmen wissen. Sehr direkt, sehr deutlich und sehr, sehr streng!
Ich verlange lediglich, dass du dich konsequent aus deiner beruflichen Dominanz oder jeglicher sonstigen aufgesetzten Dominanz vollständig löst und dich total hingibst, mit der Zielsetzung, zu genießen. Alles andere überlässt du mir. Du weißt, dass ich dich sehr mächtig im Griff haben werde, du musst es wollen, dich aufgeben wollen! Du wirst folgen, ohne zu diskutieren! Das sind meine Bedingungen. Stimme zu und wir werden es genießen ...«
Simone stimmte zu und gab Britta wegen des Alibis Bescheid. Gerald kommentierte die Nachricht über ihre spontane Kurzreise mit einem achselzuckenden: »Wenn du meinst ...«.

Wenn ich könnte, würde ich jetzt eine Beruhigungstablette nehmen. Oder einen Schnaps trinken, einen doppelten. Meine Knie zittern, meine Handflächen sind feucht, und mein Herz klopft so laut, dass die Mitreisenden es bestimmt hören können. Noch zwanzig Minuten bis zu meiner Ankunft, ich gehe noch einmal zur Toilette. Haare kämmen, Lippen nachziehen, ein Tropfen Chanel Nr. 5 ins Dekolleté.
Noch fünfzehn Minuten, genug Zeit für eine weitere Zigarette. Ich weiß, dass du mich mächtig im Griff haben wirst. Du hast es mir geschrieben und es am Telefon gesagt. Ich weiß, dass du Recht hast, und ich habe Angst. Es ist keine lähmende Angst, sonst säße ich nicht in diesem Zug. Es ist »bedingungsloses versuchen wollen«.
Und es sind die Emotionen, die du in zahllosen Briefen geschürt und gesteuert hast. Jedes Manöver, jede Taktik habe ich durchschaut und sie dennoch zugelassen. Stück für Stück, Zeile für Zeile und Wort für Wort habe ich mich deiner Konservation angepasst. Du wolltest Demut und Respekt, in den Briefen hast du beides bekommen.
In wenigen Minuten werde ich vor dir stehen.
Wie wird es sein? Was soll ich sagen?
Ich streiche meinen Rock glatt, kontrolliere in der Scheibe des Abteils noch einmal die Frisur, ziehe den schwarzen Kaschmirmantel an und nehme meinen Koffer.
»Gib dir Mühe. Ich will, dass du mir gefällst. Ich will ein Lächeln auf meinem Gesicht haben, wenn ich dich sehe«, hast du gesagt. Ich habe mir Mühe gegeben und hoffe, deinen optischen Ansprüchen auch diesmal zu genügen.
Unser zweites Treffen. Das erste hat mich sehr aufgewühlt, obwohl es zu keinem Spiel kam. Es war eine Art Abtasten. Mit dem Ergebnis, dass ich keine Ruhe mehr fand und mir nichts mehr gewünscht habe, als dich wiederzusehen. Du bist anders als die Männer zuvor.
Der Zug hält. Ich nehme mein Gepäck und steige mit hoch erhobenem Kopf aus dem Zug. Meine Haltung ist gerade und stolz. Stolz darauf, dass du mich sehen willst, und darauf, dass ich den Mut haben werde, mich völlig fallen zu lassen, eben bedingungslos zu versuchen.
Und ich bin stolz darauf, dass ich stolz bin.
Du bist groß, größer, als ich dich in Erinnerung hatte. Deine Schultern hängen ein wenig, vielleicht, weil du die Hände in die Hosentaschen gesteckt hast. Was ist das für ein Blick, mit dem du mich ansiehst? Das Lächeln ist da, du scheinst also mit meinem Anblick zufrieden zu sein.

Ich höre nicht, was du sagst, wundere mich, dass du mir den Koffer nicht abnimmst. Du bietest mir deinen Arm, aber ich mag nicht so dicht an dich herankommen. Irgendwie umgehe ich es, mich bei dir einzuhaken.
Im Auto reden wir wenig.
»Hast du dich angefasst?«
»Nein«, antworte ich.
Du hattest es mir verboten, drei Tage vor diesem Treffen.
Vor einem Mehrfamilienhaus, gepflegter Altbau, hältst du an, führst mich durch ein Treppenhaus, hinauf in die vierte Etage.
Wie wirst du beginnen?
Meine Aufregung ist verschwunden. Ich freue mich auf die kommenden Stunden und will sie genießen. Und ich wünsche mir sehr, dass du ebenfalls genießen kannst.
Eine geräumige Zweizimmerwohnung, teuer, modern und männlich möbliert. Leder, Glas, Holzböden ohne Teppiche, puristisch. Ich sehe keine Bücher. Es ist sehr warm hier. An den Wänden etliche vergrößerte Fotos von einem blonden Mädchen. Deine Tochter.
Ich stelle das Gepäck ab, du hilfst mir aus dem Mantel. Ein wenig verloren stehe ich in der Diele, weiß nicht, wohin ich gehen und schauen soll.
Du stellst dich hinter mich. Ich erkenne deinen Geruch wieder. Er erregt mich sehr. Dein Atem an meinem Hals, deine Hände auf meinen Brüsten. Ich atme tief ein, schließe die Augen, genieße diesen Moment und bilde mir ein, es sei ein liebevoller Augenblick.
Du schiebst mich ins Wohnzimmer, zeigst auf das Ledersofa, ich setze mich hin, du holst Gläser und Rotwein, schaltest Musik an. Ein wenig reden, dieses Lächeln in deinem Gesicht, das mich sofort umgehauen hat, als du in der Livin' Lounge zum ersten Mal vor mir standest. Ist das erst drei Wochen her?
Du hattest die Hände auch damals in den Hosentaschen, den Kopf leicht schief gelegt und hast mich lächelnd gemustert. Arrogant lächelnd. Ich liebe Arroganz bei Männern. Höchste Gefahr!, hat mein Verstand signalisiert und mein Bauch hat geantwortet: Ja. Höchste Gefahr. Endlich.
Instinktiv wusste ich, dass es eine wichtige Begegnung war. Du hast mein Sicherheitssystem sofort außer Kraft gesetzt. Es hatte viele Jahre lang niemanden wirklich nah an mich herangelassen. Heute ist es einfach nicht mehr da.
»Steh auf und heb deinen Rock hoch. Ich will deinen Arsch sehen.«
Der Kostümrock ist eng, ich schiebe ihn so weit nach oben, wie es geht.
»Dein Arsch hängt. Du solltest was dagegen tun.«
Du Sau, denke ich, ich bin vierzig, für meinen Arsch kann ich nichts. Und ich sage leise »Ja.«
Ich bin wütend, weil ich weiß, dass du Recht hast. Mein Hintern ist die optische Schwachstelle.
»Setz dich und leg dein Bein hier rüber.«
Ich sitze, zu dir gewandt auf dem Sofa, mein linkes Bein über die Lehne gelegt. Ja, den Griff kenne ich. Du willst sehen, ob ich geil auf dich bin. Ich bin es. Maßlos.
Deine Handbewegung sagt mir, dass ich aufstehen soll. Du schiebst mich durch die offene Schlafzimmertür. Links neben dem Bett liegt ein großes, quadratisches schwarzes Kissen. Es sieht aus wie eine Hundedecke.

Du zeigst darauf. »Da, meine Liebe, wird dein Platz sein.«
Ich nicke stumm. Jetzt rast mein Herz.
Du zeigst auf die Wand, auf die metallenen Haken, die darin befestigt sind.
»Und da, meine Liebe, wirst du hängen.«
Ich schlucke, atme schwer. »Ja.« Mehr kann ich nicht sagen.
Es macht mich scharf. So einfach ist das.
Du schiebst mich zu der schwarzen Decke.
»Hinknien.« Ja.
»Den Arsch hoch!« Ja.
»Höher, und Haltung!« Ja.
Ich schreie leise auf, als ich den Hieb mit dem Rohrstück spüre.
»Du wirst meinen Rohrstock spüren. Oft, heftig.« Du hast es mir geschrieben. Ich habe es gewusst.
Der zweite Schlag brennt grausam, und ich beiße die Lippen zusammen. Ich höre, dass du weggehst, richte mich auf. Eiskalt klingt deine Stimme jetzt, als du mir befiehlst, mich wieder hinzuhocken. Mit nacktem, erhobenem Hintern kauere ich auf der Hundedecke, den Kopf auf dem Boden. Ich versuche zu sehen, was du tust.
»Mach deine Augen zu.« Ja.
Es sind Klammern, feste, kalte Klammern, die du routiniert befestigst. Sie sind mit einer Kette verbunden. Ich kenne diesen Schmerz. Ich mag ihn. Du hängst irgendetwas Schweres in die Kette, das Gewicht reißt an meiner Haut, und ich stöhne.
»Ruhe!« Ja.
Ein Hieb. Noch einer.
Es dauert ewig, bis du zurückkommst. Meine Gedanken rasen ebenso schnell wie mein Herz. Das habe ich gewollt. Ich habe gewollt, dass mir jemand begegnet, dem ich nicht gewachsen bin.
Irgendwann löst du die Klammern wieder, schickst mich ins Wohnzimmer. Wir trinken ein Glas Rotwein. Die Flasche war es, die in den Ketten hing.
»Geh ins Bad und schmink dich. Wir gehen essen.« Ja.
Ich schaue in den Spiegel. Ich kenne diesen Ausdruck in meinen Augen, sie glänzen, als hätte ich Fieber. Meine Wangen glühen, meine Lippen sind feucht. Kajal, Lippenstift, Haare ordnen. Ich sehe dich im Spiegel neben mir stehen.
»Bist du zufrieden?«, fragst du und es klingt spöttisch.
»Ja.«
»Dann können wir ja gehen.«
Du hast einen Tisch beim Italiener bestellt, nichts Besonderes, aber das Essen ist gut. Ich fühle mich wohl in deiner Gegenwart, und wir plaudern über dies und das, als hätte es die Situation auf der Hundedecke nie gegeben. Du erzählst viel von dir, ich höre aufmerksam zu, versuche zu erkennen, was sich hinter deinen Sätzen verbirgt. Irgendetwas ist inkongruent, passt nicht zusammen. Was bist du für ein Mensch? Dein Gesicht verrät Verbitterung, und deine Miene wirkt spöttisch, verachtend. Nur wenn du lächelst, wird es weich und sanft. Du trägst eine Maske - wann? Eben? Oder jetzt?
Zwei Stunden später sind wir wieder in deiner Wohnung, trinken Wein, rauchen. Die Atmosphäre ist gelöst und spannungsgeladen zugleich. Ich ahne noch nicht, dass ich gleich Ewigkeiten auf der schwarzen Decke kauern

werde, dass mir zehn, zwanzig Hiebe mit dem Rohrstock bevorstehen, die ich kaum aushalten werde. Du sitzt auf der Bettkante.
»Komm hierher.« Ja.
Du öffnest den Reißverschluss deiner Hose.
Sein Anblick verschlägt mir wieder die Sprache, er ist groß. Ich bin glücklich. Ich werde es tun dürfen, gleich. Lächelnd schaue ich in deine Augen. Sie sind kalt.
»Ach? Lächeln wir ein bisschen? Ist das hier eine lustige Situation?«
Rechts. Links. Du schlägst mir ins Gesicht.
Ich weiß, dass du das für mich tust. Ich habe dir gesagt, was Schläge ins Gesicht für mich bedeuten. Es ist die absolute Nähe. Ich senke meinen Blick und lächle wieder. Vor Glück vielleicht?
Deine Hand unter meinem Kinn zwingt mich, dir in die Augen zu sehen.
Schläge. Rechts. Links. Mit dem Handrücken. Rechts.
Jeder Schlag bewirkt eine Kontraktion in meinem Unterleib. Links. Mein Kopf fliegt nicht nach hinten, du hältst ihn fest. Rechts.
Du weißt, was du tust. Ich vertraue dir.
»Wenn du glaubst, dass du hier dein Spiel durchziehen kannst, dann täuschst du dich!«
Rechts und links.
»In deine Ecke. Auf allen vieren.«
Der harte Holzboden schmerzt an den Knien.
Der Rohrstock saust erbarmungslos auf meinen Arsch.
»Zehn Mal, meine Liebe.«
Zwei. Drei.
»Ich höre nichts! Du zählst nicht, du bedankst dich nicht?«
»Vier. Danke. Fünf. Danke. Sechs. Danke.«.
Ich bin froh, dass du weißt, was du willst. Dass du mich durchschaut hast und mich in meine Schranken weist. Dass du so stark bist. Jeden Schlag genieße ich, obwohl der Schmerz kaum zu ertragen ist.
Pause. Eine Minute lang oder zwei. Du gehst weg, kommst wieder und klatschst mir einen Eisbeutel zwischen die Beine. Erleichtert atme ich auf. Es lindert den Schmerz, beruhigt meinen Puls.
Danke, ich danke dir für deine Fürsorge. Bis die nächsten Schläge kommen. Auf der eiskalten Haut sind sie unerträglich. Ich schreie auf vor Schreck, Schmerz und Enttäuschung darüber, dass es keine Fürsorge war.
»Ruhe! Habe ich nicht gesagt, dass ich nichts hören will?«
Tränen laufen über meine Wangen. Du siehst sie nicht. Du sitzt wieder auf der Bettkante. Auf allen vieren krieche ich zu dir, hocke zwischen deinen Beinen. Du nimmst ein breites Lederhalsband und legst es mir um.
Ich zittere. Das Halsband. Endlich.
Es ist so breit, dass ich meinen Kopf kaum senken kann. Und ich tue es trotzdem, als du ihn an den Haaren nach unten drückst.
»Dort siehst du hin! Und nirgends anders!«, sagst du und zeigst auf den Boden. Ich senke meinen Blick, schließe die Augen halb, sehe deine Hände, als du die Kette am Halsband befestigst. Gänsehaut.
Die Kette fällt rasselnd zu Boden. Du zeigst auf deine Socken, deine Hose. »Ausziehen.« Mit zitternden Händen ziehe ich dir deine Socken aus, deine Hose, halte sie unbeholfen in der Hand, den Kopf gesenkt. Ich wage nicht, dich anzusehen.

»Worauf wartest du? Leg sie zusammen, Schlampe. Oder bist du dazu auch zu blöd?«

Meine Wangen brennen. Ich weiß nicht, ob von den Ohrfeigen oder vor Scham. Ich lege deine Hose zusammen, natürlich mache ich es falsch.

»Ab in deine Ecke!«

Oh nein, mein Hintern tut schon so weh, mehr Schläge halte ich nicht aus. Doch, ich halte sie aus. Ich will sie aushalten, um deinetwillen. Ich will. Ich will, dass du deine Macht genießen kannst, will, dass es dir gefällt, dass es dir gut geht. Ich weiß nicht, wie oft ich den Rohrstock spüre, bevor du mich an der Kette hinter herziehst. Wie eine Hündin, auf allen vieren, folge ich dir. Ich hasse es.

Nein, ich hasse es nicht. Ich schäme mich dafür, dass es mir gefällt, und ich will es nicht zeigen. Du setzt dich aufs Sofa, weist mich an, mich auf den Rücken vor deine Füße zu legen. Die Kette fällt mit einem Rasseln auf den Holzfußboden.

»Mach die Augen zu.« Ja.

Ich höre das Klicken deines Feuerzeuges, rieche den Rauch des Zigarillos. Ich versuche, mich zu entspannen, meine Haut brennt wie Feuer, mein Arsch, mein Rücken, meine Schenkel fühlen sich an wie offenes Fleisch. Dein Fuß auf meinem Bauch.

Ja. Das habe ich gewollt. Dass du von mir Besitz ergreifst. Ich atme ganz ruhig, genieße den Glücksmoment, will ihn festhalten. Auch als du die heiße Asche deines Zigarillos auf meinen Bauch schnippst, bin ich ganz ruhig. Erst als ich die Glut dicht an meinen Brustwarzen spüre, öffne ich die Augen und schreie auf. Angst. Nein, Panik.

Deine Stimme ist so kalt wie dein Blick.

»Ruhig! Ich weiß, was ich tue!«

Natürlich. Du hast ja Recht. Du wirst mir nicht wirklich schaden wollen. Dankbar entspanne ich mich. Zucke nur leicht zusammen, als du mir auf den Bauch spuckst. Nein, das demütigt mich nicht, das nicht. Du verschmierst die Asche deines Zigarillos mit deinem Speichel auf meinem Bauch. Ich fühle die Wärme in deinen Händen. Sehnsucht nach Nähe, jetzt, Leidenschaft, Gefühl ... bitte.

Du stehst auf und ziehst mich an der Kette ins Schlafzimmer zurück. Auf allen vieren, wieder. Ich soll mich aufs Bett knien. Ja.

»Den Arsch hoch!« Ja.

Du gehst, kommst wieder, inzwischen habe ich kein Gefühl mehr für Zeit, Umgebung und für mich. Ich fühle nur noch, lasse geschehen, denke nicht mehr. Alle Verlogenheit des Alltags ist verschwunden.

Deine Hand prüfend, fordernd, in mir. Nein, das macht mir nichts aus, dass du mir irgendetwas Großes tief und tiefer hineinschiebst. Ich lächle heimlich, mit geschlossenen Augen. Ich weiß nicht, was es ist, was du genau tust. Es ist auch nicht wichtig. Du gehst weg, ich verharre in dieser Stellung. Kniend, auf dem Bett, meinen Hintern und das, was darin steckt, breitbeinig präsentierend.

Es dauert nicht lange. Es ist grausam, meine zuckenden Muskeln unter Kontrolle zu behalten, damit ich das, was in mir steckt, nicht verliere. Irgendwann liegen wir nebeneinander.

»Möchtest du rauchen?«, fragst du.

Ja, gerne.

»Hol deine Zigaretten. Sie liegen im Wohnzimmer auf dem Tisch.«
Danke. Ich stehe auf, will hinübergehen.
»Auf allen vieren!«, schreist du.
Ich atme tief durch. Nein, jetzt bitte nicht.
Meine Knie tun weh. Es ist entwürdigend. Ich schaue dich mit wütendem Blick an. Blitzschnell stehst du neben mir, hältst den Rohrstock in der Hand.
»Was ist das für ein Blick? In deine Ecke! Sofort!«
Der Rohrstock trifft meine Schenkel, meine Schultern, meinen Rücken und meinen Arsch, als ich wieder auf allen vieren bin. Warum habe ich nicht gehorcht?, denke ich, als wieder wie ein Köter in der Ecke kauere. Ich bin selbst schuld. Ich muss gehorsam sein. Ich werde nicht mein Spiel spielen, sondern deines.
Ich bin stolz und glücklich, dass ich später neben dir liegen und rauchen darf. Hättest du befohlen, mich vor das Bett zu legen, hätte ich es getan. Natürlich. Ich muss zur Toilette. Ich frage, ob ich gehen darf.
»Sicher«, sagst du. »Aber auf allen vieren.«
Ich krieche ins Bad. Und wieder zurück. Klettere auf das Bett. Ich wünsche mir Nähe. So sehr. Am liebsten würde ich jetzt kuscheln.
Ich habe nichts zu wollen.
So ist es gut und so habe ich es gewollt. So? Wirklich so?
Ich hocke in dieser Nacht noch oft auf der Hundedecke. Spüre den Rohrstock. Die Peitsche ist dagegen gnädig. Irgendwann liegst du auf dem Rücken und befiehlst mir, ihn in den Mund zu nehmen. Sofort tue ich, was du befiehlst.
»Mach es vernünftig. Mund drüber und gut - so machen es alle. Meine Güte. Ich will spüren, dass es dir Spaß macht.«
Mir wird eiskalt. Mein Gott, ist das peinlich. Ich schäme mich. Ich mache es nicht gut genug.
Dabei will ich, dass es dir gut geht. Du hast mir so viel Aufmerksamkeit geschenkt, es ist meine Pflicht, dass es dir gut geht. Meine Tränen laufen, während ich weiter mache.
Du schiebst meinen Kopf weg. Mein Herz bleibt gleich stehen. Ich kann es nicht! Es hat dir nicht gefallen. Ich sehe in dein Gesicht. In deinen Augen ist nichts zu lesen außer Verachtung, kalter Verachtung. In diesem Moment schießt mir ein Gedanke durch den Kopf, der den weiteren Verlauf der Nacht bestimmen wird: Es geht hier nicht um mich. Nicht einen Moment geht es um mich. Ich bin für dich keine Person, kein Mensch. Ich bin ein Symbol für alles, was du hasst. Und dafür lässt du mich büßen.
Geringschätzung und Unerbittlichkeit lese ich in deinen Augen. Keinen Respekt, keine Liebe für den Moment meiner Hingabe. Wie könnte ich sie leben, diese Hingabe, die ich mir so sehr wünsche, wenn nicht mit starken Gefühlen?
Ich will hier raus. Ich will nach Hause. Und ich weiß, dass ich hier nicht rauskomme. Es ist zwei Uhr morgens, es fährt kein Zug und überhaupt weiß ich nicht mal, welche Adresse das hier ist. Ich muss durchhalten. Das Beste draus machen und sehen, dass ich unverletzt hier rauskomme. Wenigstens körperlich unverletzt. Um meine Seele werde ich mich später kümmern müssen. Mein Verstand ist wieder da.
Die großen Emotionen sind weg. Ich bin wieder kopfgesteuert.

Du greifst in die Schublade, holst Ledermanschetten heraus. Befestigst sie an meinen Handgelenken und an meinen Fesseln, gibst mir eine Augenbinde.
»Leg sie an.« Ja.
»Steh auf. Geh bis zur Wand. Stell dich breitbeinig hin.« Ja.
»Dein Arsch ist schlaff. Wenn du nichts dagegen tust, kannst du dich in zwei Jahren nicht mehr so hinstellen.« Ja.
»Spann die Muskeln im Arsch an.« Ja.
»Bah. Es sieht hässlich aus.« Ja.
»Dreh dich um.« Ja.
»Du hast eine gute Figur.«
Danke. Danke, danke.
»Für dein Alter.« Ja.
Du ziehst Seile durch die Ösen der Manschetten, hängst mich an der Wand auf, breitarmig, breitbeinig.
Du machst es so, dass ich keinen Halt habe, meine Füße rutschen weg, ich hänge mit meinem ganzen Gewicht nur in den Handfesseln. So geht das doch nicht! Angst. Es reißt an meinen Gelenken, ich rutsche und falle, und nur meine Arme halten mich. Ich höre dein spöttisches Lachen. Ich will hier raus!
Ich kämpfe und tobe in den Seilen. Sie schneiden in meine Haut, ich werde immer schwerer, meine Füße gleiten auf dem glatten Boden nach rechts und links. Meine Muskeln und Sehnen werden reißen. Sie können mein Gewicht nicht tragen.
Ich will hier raus! Bitte, bitte, gib mir Halt, so kann ich es nicht aushalten!
»Nein? Du kannst es nicht aushalten?«
Nein. Du rauchst, ich rieche es. Du isst etwas. Ich höre es.
Nach dieser endlosen, höllischen Tortur kommst du zu mir und bindest die Seile anders. Jetzt habe ich Halt unter den Füßen, endlich. Ich versuche, mich zu beruhigen, meinen Atem zu normalisieren, sonst kollabiere ich.
Was ist denn los? Habe ich das nicht gewollt? Totale Auslieferung?
Hingabe, Vertrauen, Leidenschaft, Nähe.
Jetzt bin ich ausgeliefert, also was soll das Gejammer? Es ist diese Kälte. Es ist die Gewissheit, dass ich nur ein Objekt bin. Sonst nichts.
»Was bist du?«, hast du mich heute zig Mal gefragt.
»Ich bin eine dreckige Schlampe«, habe ich antworten müssen. »Und?«
»Und sonst nichts«, habe ich immer wieder geantwortet.
»Eben. Sonst nichts.«
Das ist kein Spiel. Das ist Ernst. Ich muss hier raus, und ich kann nicht gehen.
Ich hätte auf Annika hören sollen. Sie hat mich gewarnt, so eindringlich. »Ich hasse dieses Monster«, hat sie gesagt. »Er ist so kalt, dass du frierst, wenn du an ihn denkst«, hat sie gesagt. »Er spielt mit allem, mit deinem Körper, mit deinen Emotionen und mit deiner Seele«, hat sie gesagt.
Warum habe ich nicht darauf gehört? Warum hatte ich das Gefühl, bei mir, bei uns, sei es anders? Warum hat meine Intuition mich so getrogen? Warum habe ich mir einbilden können, dass ich dich ebenso fasziniere wie du mich? Warum berührst du meine Seele? Warum verletzt du sie?
Warum, warum.

Noch immer hänge ich in den Seilen. Der Rohrstock peitscht meine Schenkel. Rechts links. Noch einmal. Wieder.
»Ich liebe den Rohrstock«, hast du gesagt.
Ja, das merke ich. Immer und immer wieder. Mein Kopf ist gesenkt, mein Körper wund und abgestumpft.
Geilheit? Verlangen? Nein. Nicht mehr. Du nimmst mir die Augenbinde ab. Ich muss blinzeln, weil das Licht jetzt blendet, obwohl es nicht hell ist.
Du gehst in die Küche und kommst mit einem Messer wieder. Es ist ein scharfes, blankes Messer mit langer, glatter Klinge.
Ich schreie vor Schreck. Nein, das geht zu weit, das nicht, bitte, das nicht.
»NEIN!«
Du schlägst mir ins Gesicht.
»Wenn du ganz stillhältst, passiert gar nichts.«
Ich zittere, kann das Zittern nicht abstellen, kann nicht aufhören, will schreien, aber ich wage es nicht. Mir ist schlecht. Ich glaube, ich muss kotzen.
Du führst die Klinge über meine Haut, einen Millimeter über der Oberfläche. Wenn ich nicht aufhöre zu zittern, wirst du mich verletztzen. Mit weit aufgerissenen Augen verfolge ich den Weg des Messers, nur eine Haaresbreite über meinen Brustwarzen, an meinem Hals entlang, an den Armen, zwischen den Beinen. Ich schließe die Augen und versuche, mich zu entspannen. Du wirst es nicht tun, du wirst mich nicht verletztzen, nicht so, bitte nicht. Du lachst. Es klingt höhnisch.
Ich öffne die Augen, du liegst auf dem Bett und rauchst. Ich will hier raus. Ich will das nicht. Ich kann das nicht. Du bist krank und ich werde dich nicht heilen können. Herrje, war ich blind und blöd. Lieber Gott, lass mich hier heil rauskommen.
Deine Hand. Tief. Eng. Tiefer. Zu eng. Du willst deine Hand reinschieben. Das habe ich mir gewünscht, du weißt das. Die Dankbarkeit ist wieder da. Ein wenig.
Nein, so geht es nicht, bitte nicht, nein, das halte ich nicht aus. Ich bin viel zu verkrampft, du musst es langsam tun, bitte, bitte nicht so! Ich kann nicht mehr atmen, ich schreie, keuche, winde mich, nein! Es zerreißt mich, ich kann es nicht ertragen, es ist wie eine Geburt, Déjà-vu, nein, nein, nein. Bitte, bitte nicht so, nicht so, nein, das ist zu schnell, zu brutal, bitte! Nein.
ROT!!!!
Ich habe das Codewort benutzt. Laut geschrien habe ich es.
Es ist vorbei. Du bindest mich los. Führst mich zum Bett. Nimmst mir die Hand- und Fußfesseln ab. Ich zittere, drehe mich auf die Seite, liege wie ein Embryo. Ich kann nicht mehr denken. Ich kann nicht mehr. Nimm mich doch in den Arm. Bitte. Warum tust du es nicht?
Wir reden, rauchen, ich weiß nicht worüber.
Irgendwann in der Nacht wache ich auf.
Warum? Warum bin ich hier? Was ist in meinem Kopf los, was ist mit meinem Verstand? Immer wieder: warum?
Am Morgen trinken wir Kaffee im Bett. Ich versuche, mich normal zu benehmen. Nichts ist normal.
Wir gehen frühstücken, du hast einen Tisch bestellt. Ich bin müde, und essen kann ich auch nichts. Meine Knie schmerzen vom Kriechen und Knien

in der Nacht. Mein Hintern ist übersät mit schmerzenden blutigen Striemen und blauen Flecken von deinen Hieben. Ich kann kaum sitzen, jede Bewegung tut weh.
Was bist du für ein Mensch? Was hast du gesucht, und was habe ich dir nicht geben können? Oder habe ich dir gegeben, was du gesucht hast? Wolltest du nur diese Macht? Die hattest du. Und was noch?
Hatte Annika Recht? Bist du ein Aufreißer? Ein Spieler, ein gnadenloser Spieler? Ich weiß es nicht. Ich bin froh, dass du mich am Bahnhof vor der Tür aus dem Auto steigen lässt und mich nicht zum Gleis begleitest. Ich will alleine sein. Nachdenken.
Im Zug habe ich Zeit.
»Hast du es genossen?«, hast du irgendwann gefragt. Ich habe spontan »Ja« gesagt. Und ich habe gelogen.
Oder nicht?
Das ist das Schlimmste, das verwirrt mich. Ich habe genossen, trotz Rot. Irgendetwas hat mich trotz allem fasziniert. Ich hasse mich dafür. Ich kann es nicht erklären. Nicht während der Heimfahrt und nicht in den kommenden Tagen und Wochen.
Irgendwann will ich es nicht mehr erklären. Es ist, wie es ist.
Unsere Konversation ist spröde am nächsten Tag. Unpersönlich. Ich schreibe dir eine Mail, die es beendet. Ich schließe meine Zeilen mit dem Satz, du mögest mir das letzte Wort gönnen. Ich weiß, was diese Zeilen bewirken. Deine Eitelkeit, dein Ego können es nach diesen Worten nicht zulassen, mit mir weiter zu kommunizieren. Ich weiß das. Trotzdem: Es zu beenden ist die einzige Möglichkeit, mit der ich meine Seele schützen kann.
Ich leide wie ein Tier in den kommenden Wochen. Lese deine Briefe noch einmal, versuche, herauszufinden, wo ich mir etwas eingeredet und dich falsch interpretiert habe.
Mein Instinkt sagt mir, dass ich mich bemerkbar machen soll.
Ich schreibe dir. Jeden Tag. Nicht eine Mail schicke ich ab. Gehört zur bedingungslosen Demut nicht auch, über seinen Schatten springen zu müssen? Sicher, aber soll ich springen? Wohin soll das führen?
Mein Verstand sagt, ich solle vernünftig sein und mir einen anderen suchen.
Ich suche. Ich flirte wieder mit Karel. Ich spiele mit ihm, nicht er mit mir. Ich mache ihn in mich verliebt. Er will mich auf Händen tragen. Ich habe ihn nicht verdient.
Du reagierst nicht auf SMS und nicht auf meine Mail. Ich hasse dich. Du hast meine Gefühle nicht verdient.
Ich will so etwas nie wieder erleben. Du hast mich auseinandergenommen und vergessen, mich wieder zusammenzusetzen.
Ich würde sofort kommen, wenn du mich rufst.
Nein. Ich bin ich und das habe ich nicht nötig. Niemand hat das Recht, einen anderen Menschen so zu behandeln.

Simone war nicht mehr sie selbst. Sie fühlte sich wie ihre eigene Beobachterin, und was sie sah, war schrecklich. Sie sprach mit niemandem über ihr Erlebnis, wem hätte sie auch davon erzählen sollen? Nachts wachte sie oft schweißüberströmt auf, hatte Albträume, in denen sie von einem Bild zum anderen taumelte. Manchmal hielt ein Mann mit Handschuhen sie an den Armen, manchmal war sie an einen eisernen Zaun gefesselt, manchmal in einem Käfig eingesperrt. Sie wollte schreien, laut schreien in ihren Träumen, sie wollte weglaufen, flüchten, aber sie konnte es nicht. Sie war stumm, brachte keinen Laut über die Lippen, und sie war stets unfähig, sich zu bewegen. Wenn sie aufwachte, saß sie mit weit aufgerissenen Augen im Bett und starrte in die Dunkelheit. Neben ihr lag Gerald und atmete und ruhig und gleichmäßig. Alles war gut. Sie hatte nur geträumt. Sogar ihre Schreie hatte sie geträumt.

War es das? Gut?

Es dauerte lange, bis sie nicht mehr das Gefühl hatte, neben sich zu stehen. Manchmal nahm sie den Telefonhörer in die Hand, wollte Britta anrufen und ihr alles erzählen, über diese schreckliche Geschichte sprechen, aber sie legte jedes Mal wieder auf. Britta würde sie doch nicht verstehen, niemand würde das. Schließlich war sie freiwillig zu Mark gefahren, sie hätte wissen müssen, was passieren konnte. Und sie hätte nicht zwischen seinen Zeilen lesen dürfen, denn dort stand nichts geschrieben.

Sie war an einen Sadisten geraten, an einen Mann, der dringend eine Therapie brauchte, das war ihr Fazit nach endlosem Nachdenken.

Sie fragte sich, warum sie über Nacht bei Mark geblieben war, warum sie nicht viel früher »Rot« gerufen und die Tortur beendet hatte. Die einzige Erklärung, die sie fand, war ihre Erschöpfung, ihre Dummheit und ihre feste Überzeugung, eine potenzielle Sub zu sein.

War sie das? Eine Sub, eine Sklavin?

Durfte ein Mensch von einem anderen Unterwürfigkeit fordern? War das überhaupt möglich? Setzte Unterwürfigkeit Komplexe, Minderwertigkeitsgefühle voraus? War es so, dass jemand, der sich selbst klein macht, um einem anderen Größe zu geben, die Macht hatte? War dieses ganze Spiel um Dominanz und Submission also eine einzige Lüge?

Hatte sie sich etwas vorgemacht, als sie glaubte, im Sadomasochismus, in diesen Rollenspielen, etwas zu finden, das sie unbewusst immer gesucht hatte? Vielleicht hatte sie sich ihre Faszination nur eingebildet?

Aber sie hatte sich so sehr daran geklammert - warum?

Hatte sie die Begegnungen mit Boris und Karel wirklich genossen, weil es ihr gefallen hatte? Oder war es nur die aufkommende Midlife-Crisis einer 40-Jährigen, die noch einmal begehrt werden will und alles dafür tut? War sie verrückt geworden, als ihr Verstand offenbar aussetzte und sie sich zum zweiten Mal mit Mark verabredet hatte? Wie hatte sie sich dieser Gefahr aussetzen können, in die Wohnung eines Fremden zu fahren?

Verdammt, sie musste mit jemandem sprechen! Sie konnte sich nicht überwinden, Britta anzurufen, verschob das Gespräch mit fadenscheinigen Ausreden vor sich selbst immer und immer wieder. Simone setzte sich an ihren Computer und schrieb die ganze Geschichte mit Mark auf. Sie ließ nichts aus: das zweite Love.Letters-Profil, um ihn zu ködern, ihre Gefühle bei der ersten Begegnung, ihre Zweifel vor dem zweiten Treffen und ihren seelischen Horrortrip während und nach der Session. Ohne den Text noch einmal zu überarbeiten, schickte sie ihn per Mail an Mark. Er sollte wenigstens wissen, was er ihr angetan hatte.

Sie bekam nie Antwort auf diese Mail. Aber das hatte sie auch nicht erwartet.

»Simone, du hast dich ewig nicht gemeldet!« Es klang vorwurfsvoll.
»Ach Britta. Ich konnte irgendwie nicht, tut mir Leid.«
»Schon gut. Erzähl, wie war dein Date? Ich bin dein Alibi, also spann mich nicht auf die Folter. Hast du wieder Schauergeschichten mit prügelnden Ledermackern erlebt?«
Simone musste lachen. »Kann mal wohl sagen, diesmal war es wirklich gruselig. Aber er trug einen Anzug und kein Leder.«
Und dann erzählte sie Britta die ganze Geschichte der letzten Monate. Sie ließ nichts aus, als sie Karel und die wunderbare Session beschrieb, und sie erzählte von Mark, den beiden Begegnungen mit ihm, von ihrem Schmerz innen und außen und von ihren fressenden Zweifeln.
Worte, Sätze und Gedanken, die sie bisher verdrängt und in den hintersten Kammern ihrer Seele eingeschlossen hatte, sprudelten nur so heraus. Britta unterbrach sie nicht, sie ließ sie reden. Simone hörte sie nur ab und zu an ihrer Zigarette ziehen und den Rauch hörbar ausblasen. Dann war es lange still in der Leitung.
»Simone, du brauchst Hilfe.«
»Deswegen rufe ich an, ja.«
»Nein, nicht von mir. Du musst eine Therapie machen. Da muss ein Profi ran, ich kann dir nur zuhören, aber helfen kann ich dir nicht. Das sitzt tiefer bei dir, das hat eine lange Geschichte. Ich hab mal nachgelesen: Das Prinzip Lust durch Schmerz funktioniert, wenn man es ...«
»Stopp!« Simone unterbrach sie rigoros. »Das hatten wir doch schon mal, Britta. Du willst wieder alles auf meine Kindheit schieben. Das ist zu einfach.«
»Simone, du wolltest mit mir sprechen, jetzt lass uns auch reden. Ich hab dich das schon mal gefragt, in Berlin, nachdem du dich auf die perversen Spielchen mit diesem schönen Boris eingelassen hast: Wirst du es noch mal tun?«
»Ja.«
»Warum?«
Simone antwortete langsam: »Weißt du, vielleicht ist so eine Session einfach ein stärkerer Reiz als normaler Sex. Erst mal im Kopf und dann auch körperlich. Mein Körper reagiert. Es macht mich unendlich scharf.«
»Es macht dich scharf, wenn dich einer schlägt oder auspeitscht oder dir diese Klammern weißgottwohin klemmt? Blutet es eigentlich manchmal? Man muss doch blutige Striemen haben, wenn man ausgepeitscht wird. Ich darf mir das gar nicht vorstellen, mir wird echt schlecht!«
»Ja. Striemen hat man, das weißt du doch noch, als ich damals von Boris kam und nicht richtig sitzen konnte. Blut eher selten, aber es kommt vor. Mit Bepanthen und Eisbeuteln lässt sich das Schlimmste schnell beheben.«
»Aha. Medizinische Schnellversorgung, damit du schnell wieder einsatzbereit bist? Ich glaub›s nicht, ich glaub›s einfach nicht.«
»Ach Britta. Ich genieße es, so wie du vielleicht Knutschen und Streicheln genießt.«
»Klingt echt superklasse. Mit deinem Boris und diesem Karel hat das ja auch scheinbar geklappt. Hattest du vor dem Date mit deinem Prügelknaben keine Angst, dass deine Doms, wie du sie nennst, zu weit gehen?«
»Nein. Die Grenzen werden vorher festgelegt. Und es gibt ein Codewort, das alles beendet.«

»Du hast keine Angst, dass einer der Männer sich mal vergisst, dass der in so eine Art Blutrausch kommt und nicht aufhören kann zu prügeln? «
»Nein, bei den beiden ersten nicht. Bei Mark eigentlich auch nicht, ich hatte das Safewort, das bedeutet ja, sofort Stopp. Und er hat ja auch aufgehört, als ich das Wort gerufen habe. Insofern konnte ich mich auch auf ihn verlassen. Es war die seelische Grausamkeit, die ich dann überhaupt nicht mehr prima fand. Eine Nummer zu hart für mich ...«
»Simone, du erzählst mir von einem Kerl, der dich auf fiese Weise zusammengeschlagen hast, der dich gequält und benutzt hat - und du nimmst ihn in Schutz? Du tickst doch nicht mehr ganz richtig!« Britta schrie die letzten Worte fast.
»Ich versuche, zu erklären, ich nehme ihn nicht in Schutz. Britta, so was wird mir nicht mehr passieren, darauf kannst du Gift nehmen. Ich werde finden, was ich suche - was immer es ist.«
»Aber du suchst wieder ein Date mit so einem Ledermacker?«
Simone musste grinsen. »Ja. Lederoutfit sieht klasse aus. Und Dominanz und Schmerz ist für mich nun mal etwas sehr Erotisches. Aber diese Demütigungen, die muss ich nicht haben.«
»Das heißt, handfeste Schmerzen sind okay, aber verbale Erniedrigungen nicht? Wieso lässt du dich eigentlich auch noch fesseln, wenn du dich sowie freiwillig quälen lässt?«
Simone überlegte. »Weil's mir Spaß macht, wenn ich mich nicht wehren, nicht flüchten kann. Weil es aufregend ist, wenn ein Mann mich zwingt, mich ihm anzuvertrauen.«
»Und was finden die Typen an dieser Nummer gut? Ich meine, was ist daran toll und erotisch, jemandem weh zu tun? Ich verstehe das Ganze nicht wirklich.«
»Ach Britta, ich denke, wenn's gut läuft, dann will nur einer dem anderen seine Fantasien erfüllen.«
»Ich kann nur etwas für einen anderen tun, wenn ich ihn liebe. Aber du liebst diese Männer doch gar nicht. Wie kannst du das für jemanden ertragen wollen oder jemanden solche Dinge mit dir tun lassen, den du nicht liebst?«
»Ich weiß es nicht, Britta. Du musst ja auch nicht jeden gleich heiraten, mit dem du Sex hast. Vielleicht hab ich einfach keine Geduld, mit meiner Art von Sex zu warten, bis ich jemanden treffe, in den ich mich verliebe. Lieben geht eh nicht, das ist größer, das ist ein Gefühl, das ich bei Gerald habe. In Mark war ich verliebt, aber das ging eben in die Hose. Ich werde beim Nächsten versuchen, meine Gefühle unter Kontrolle zu behalten. Ich werde meinem Verstand nie mehr erlauben, auszusetzen.«
»Beim Nächsten? Bist du jetzt total durchgeknallt? Simone, findest du nicht, dass du übertreibst? Es ist völlig okay, wenn Frauen dafür sorgen, dass sie ihren Spaß haben, aber du hast es doch nicht nötig, immer weiter zu gehen, du musst doch nicht ständig auf der Suche nach dem nächsten Kick sein!«
»Doch, Britta. Muss ich.«
Sie sprachen noch eine Weile, bevor sie auflegten.
Simone dachte sehr lange über Brittas Worte nach. Hatte sie Recht? War sie ein Fall für die Therapie? Sollte sie sich einen Psychiater suchen und dem erzählen, dass sie sich mit fremden Männern traf, die sie im Internet suchte, dass sie mit ihnen vögelte, nachdem sie sich hatte verprügeln lassen,

dass sie perverse Spiele trieb? War das noch normal, dass sie unterbewusst die Entscheidung getroffen hatte, weiterzumachen – trotz Mark? Es war krank! Sie gehörte wirklich auf die Couch eines Psychiaters. Oder?
Nein. Niemand kennt mich besser als ich mich selbst. Ich schaff das alleine. Ich bin doch nicht bescheuert. Und krank bin ich auch nicht.

Simone surfte nicht mehr bei Love.Letters. Sie löschte ihr Profil und beschloss, sich aus der virtuellen Welt zurückzuziehen und sich auf ihre alten Werte zu besinnen. Sie wollte ihr altes Leben wiederhaben, ihre alten Mittelpunkte, sie wollte ihre Ruhe und aus der Ruhe Kraft schöpfen, um alles hinter sich lassen zu können. Die Seitensprünge waren als Eskapaden einer Frau in der Midlife-Crisis zu werten, sie hatten nicht mehr zu bedeuten als genau das, jaja, und damit war das Thema unter »Torschlusspanik« abgehakt und erledigt.
Sie kümmerte sich intensiv um ihre Familie. Sie ging mit Jenny und Julia ins Kino und zu McDonalds, alberte mit ihnen herum, hörte sich ihre Musik an, fragte wieder nach den Leistungen in der Schule und den Erlebnissen mit den Freundinnen. Sie fuhr direkt nach Ladenschluss heim, kochte jeden Abend besonders liebevoll und begann, den gemeinsamen Winterurlaub zu planen. Lange liegen gebliebene Hausarbeiten wurden erledigt und der Garten auf Vordermann gebracht.
Simone erschrak, als sie das Ausmaß der häuslichen Vernachlässigung sah. Hatte sie wirklich nichts anderes mehr im Kopf gehabt als Männer, Sex und Sessions?
Sie dachte über Karin Köhr nach und über die spontane Kündigung, und es tat ihr leid, sie so abgefertigt zu haben. Sie wollte sie demnächst besuchen und sich mit einer Flasche Wein und einem Blumenstrauß für ihr Benehmen entschuldigen. Wieder einstellen konnte sie Karin zwar nicht, denn Adele Fuchsberg machte ihre Sache gut, aber die Freundschaft, die Karin immer gesucht hatte, ließe sich vielleicht doch noch aufbauen. Sie hatte viel zu viele reale Kontakte wegen des Internets vernachlässigt. Das hatte jetzt ein Ende, und das normale, ruhige Leben würde wieder beginnen.

Simone hielt sich an fast einen Monat lang ihre guten Vorsätze. Dann kam eine SMS von Karel: »Bin zurück. Warum ist dein Profil gelöscht? Du beantwortest meine Mails nicht? Will dich sprechen. Anruf heute neunzehn Uhr.«
Simone freute sich wirklich, von ihm zu hören und sagte die telefonische Verabredung zu. *Da ist ja nichts dabei, das ist kein Rückfall, sondern Höflichkeit*, sagte sie sich.
Karel fragte: »Warum antwortest du nicht auf meine Mails?«
»Ich habe mich bei Love.Letters abgemeldet. Ich hatte keine Lust mehr. Es ist nicht das, was ich brauche und will.«
»Soso. Keine Lust. Ist bei dir alles in Ordnung?«
Sie antwortete nicht. War alles in Ordnung? Es blieb eine Weile still in der Leitung.
»Geht es dir gut?«
Simones Kopfhaut begann zu kribbeln. Ihre Kehle wurde trocken. In ihrem Magen pieksten plötzlich tausend Stecknadeln. Sie schluckte. Diese Frage war wie ein Signal. Karel hatte sie während der Session gestellt, als es ihr sehr gut ging.

»Ich will dich sehen, Simone.«

Oh nein, das kann ich nicht noch mal. Noch nicht.

Sie hatte sich doch aus der Szene verabschiedet, innerlich. Sie wollte nichts mehr erleben, nicht nach dem Horrortrip mit Mark. Sie kriegte diese kalten Augen nicht aus dem Kopf und diese diffuse Angst nicht aus dem Herzen.

»Ich weiß nicht, ob ich hier weg kann, Karel. Das Geschäft, mein Mann, die Kinder. Weißt du, ich muss mich um meine Familie kümmern.«

»Was soll das Gerede? Mach dir doch nichts vor. Du kannst nicht mehr zurück. Es ist zu spät, Simone, du hast die ersten Schritte getan, und nun musst du den Weg weitergehen.«

Hatte er Recht? Den Weg weitergehen? Um Himmels willen, wenn er Recht hatte!

Karel hat keine Abfuhr verdient. Er war immer korrekt, und es war sehr schön mit ihm. Soll ich? Oder soll ich ihm von Mark erzählen, ihm erklären, warum ich nicht möchte? Möchte ich nicht?

Simone war nervös und unschlüssig, hin- und hergerissen zwischen der Aussicht auf eine weitere Session mit dem charmanten Karel und der Erinnerung an den brutalen Mark.

Er sagte: »Ich bin dein Dom. Dein Dom will dich sehen. Wie lautet die korrekte Antwort?« Sein Tonfall ließ keinen Widerspruch zu.

»Ja, Herr. Ich werde dafür sorgen, dass ich dir zur Verfügung stehen kann.«

Ich hab den Verstand verloren! Warum sage ich das? Ich will das doch gar nicht! Oder doch?

Sie hörte an seiner Stimme, dass er lächelte. »Sehr schön. Wir sehen uns am übernächsten Wochenende. Der Ort ist mir egal. Gib mir die Adresse deiner Buchhandlung. Du bekommst in den nächsten Tagen ein Päckchen. Danach meldest du dich unaufgefordert bei mir.«

Simone hatte Herzklopfen. Wieso reagierte sie so auf seine Anweisungen? War sie in ihrem Herzen doch eine Sklavin? War Mark einfach eine Scheißerfahrung gewesen, die sie vielleicht sogar besser überwinden würde, wenn sie sich auf einen anderen einließ?

Fieberhaft überlegte sie, wie sie schon wieder eine Reise organisieren und vor Gerald rechtfertigen konnte. Sollte sie wieder Britta als Alibi angeben? Das ging nicht, Gerald würde Verdacht schöpfen.

Simone entwarf an ihrem Computer einen Briefkopf. »Organisation der Buchhändler im Rhein/Sieg-Kreis« stand dort, und darunter setzte sie die Einladung zu einem zweitägigen Kolloquium in Köln. Simone bat Adele Fuchsberg, sie am Nachmittag im Laden zu vertreten, fuhr nach Köln und warf den Brief in einen Briefkasten am Hauptbahnhof. Sie hatte ihn an sich selbst adressiert. Neugierig und gespannt wartete Simone in den nächsten Tagen auf die Post. Die Einladung zum Buchhändlertreffen war schon am nächsten Tag dabei.

Sie ließ sie gut sichtbar auf dem Schreibtisch liegen, damit Gerald sie am Abend nicht übersehen konnte. Er wollte sie an diesem Tag in der Buchhandlung abholen, weil sie nach Feierabend gemeinsam im Baumarkt ein Geländer für die Kellertreppe kaufen wollten.

Zwischen Buchsendungen und Geschäftsbriefen kam Ende der Woche ein neutral verpacktes Paket an. »Muster« stand mit Filzstift darauf geschrieben und als Absender »Herr Karel, Amsterdam«.

Simone wartete, bis sie allein im Laden war, ging dann ins Hinterzimmer und riss das Paket auf. Ein Schuhkarton war darin. Sie öffnete den Deckel und stieß einen überraschten Schrei aus: Feuerrote Pumps aus glänzendem Lack lagen darin. Karel hatte ihr rote Schuhe geschenkt.
Sie verabredete sich mit ihm. Und sie hatte keine Angst.
Sie trafen sich in der Nähe von Hannover. Er hatte etwas ganz Besonderes mit ihr vor.

Ich will da nicht reingehen. Ich habe keine Lust. Und so, wie du mich gestylt hast, will ich nicht mal meinen Mantel ausziehen. Du greifst mir rigoros in den Nacken und schiebst mich zur Tür.
»Halt deine Klappe. Wir gehen hinein, weil ich es will.«
Sekunden, nachdem du geklingelt hast, öffnet jemand die Tür. Der Mann trägt Jeans und ein weißes Unterhemd und ist an Armen und Schultern tätowiert. Er ist freundlich, zeigt uns den Umkleidebereich, erklärt, wo die Handtücher liegen und kassiert dreißig Euro.
»Ihr wisst, wie's läuft? Wart ihr schon mal im Swingerclub?«, fragt er.
»Ja«, sagst du. Ich senke meinen Kopf, lasse die Haare vor die Augen fallen. Wenn ich niemanden sehe, sieht mich vielleicht auch keiner. Ich war noch nie in einem Swingerclub. Ich will nicht.
»Zieh den Blazer aus.« Ich ziehe ihn aus.
»Die Bluse auch.«
Ich sehe dich entsetzt an. Ich soll hier oben ohne rumlaufen?
»Nein, Karel, das kann ich nicht.«
Deine Ohrfeige haut mich fast um. Die Bluse ziehe ich aus. Du befestigst die Kette an meinem Halsband und lässt sie lose hängen.
»Komm.«
»Nein.«
Ohrfeige. Du nimmst die Kette in die Hand und ziehst mich hinter dir her. Ich folge dir mit tief gesenktem Kopf und möchte weglaufen, im Boden versinken, mich verstecken. Ich möchte irgendwo sein, nur hier, hier will ich nicht sein.
Spiegel überall, viele Räume, riesige Betten, Liegewiesen. Wir schauen uns alles an. Du hältst mich an der Kette.
Stöhnen hinter einem schwarzen Tuch. Es hat Öffnungen, durch die man ein Bett sehen kann. Du schiebst mich hin und sagst: »Schau sie dir an. Los, schau dir an, wie er sie nimmt.«
Ich will nicht.
Eine Frau liegt breitbeinig da. Ein Mann sitzt im Schneidersitz vor ihr und bearbeitet sie mit seinen Händen. Sie stöhnt laut. Es hört sich gekünstelt an. Es macht mich nicht an, die beiden zu beobachten. Kein bisschen.
Ein Ampelzimmer. Ein Bett hinter einem Eisengitter. Draußen auf dem Schild die Gebrauchsanweisung: »Wenn ihr Zuschauer wollt, schaltet die Ampel auf gelb. Wenn andere mitmachen sollen, schaltet grün ein. Wenn ihr alleine sein wollt, stell die Ampel auf rot.«
Der SM-Bereich ist im Keller. Es ist kalt hier und ich friere.
»Wir gehen erst mal wieder rauf und trinken etwas«, sagst du und ziehst mich wieder zurück in den Aufenthaltsraum.
Ein Pärchen sitzt an der Theke, er hat seine Hand zwischen ihren Beinen. Beide tragen nur Unterwäsche und haben Handtücher über die Hocker ge-

legt, auf denen sie sitzen. Auf einem Sofa liegt eine dicke junge Frau im Baumwollslip und trinkt Kaffee. Der Tätowierte bringt uns Getränke. Der Sekt ist kalt, und ich trinke das Glas in einem Zug leer. Ich starre auf meine Beine, sehe das Geschehen um mich herum nur aus dem Augenwinkel. Es klingelt. Mein Gott, es kommen noch mehr Leute. Mein Kopf sinkt tiefer.
»Wenn es uns hier nicht gefällt, werden wir gehen, okay?«, sagst du.
»Ja.«
Ich kann dir vertrauen. Du tust nichts, was nicht gut für mich ist.
»Komm.«
Du nimmst die Kette, und ich gehe hinter dir her. Alle gaffen uns an.
Im Spiegel sehe ich einen großen, stattlichen Mann in Lederhosen. Er zieht eine schlanke Frau hinter sich her. Sie hält ihre Hände hinter dem Rücken. Die Frau trägt hochhackige rote Schuhe und halterlose Strümpfe. Ihr geschnürter, hautenger Lackrock ist so kurz, dass man den Spitzenrand der Strümpfe sieht. Ihre Haare sind schulterlang und verdecken das halbe Gesicht. Das schwarze Lederhalsband um ihren Hals und die lange Kette, an der der Mann sie durch den Gang führt, sind ein attraktiver Schmuck. Die Frau sieht sehr schön aus.
Die Frau im Spiegel bin ich.
Du drückst mich in einen Stuhl, wie ich ihn vom Frauenarzt kenne. Ein Gynäkologenstuhl. Ich schließe wieder die Augen, damit mich niemand sieht. Ein Bein rechts, ein Bein links, du stehst dazwischen. Direkt neben uns, hinter dem schwarzen Tuch, stöhnt noch immer die Frau. Es klingt immer noch künstlich, und ich will hier raus.
Du schlägst mich leicht mit der Peitsche zwischen meine geöffneten Schenkel. Ich trage keinen Slip. Wenn jemand vorbei kommt ...
Ich schwitze vor Scham und Wut. Deine Hand in mir, aber es macht mich nicht wirklich an. Ich finde, dass es hier stinkt. Dieses Spielchen scheint auch dir nicht zu gefallen, du ziehst mich aus dem Stuhl, und wir gehen noch einmal in den Aufenthaltsraum. Alle schauen uns an.
»Du bist wunderschön«, sagst du.
Ich sehe in deine Augen, du schaust zärtlich, stolz. Meine Haltung wird gerader, ich hebe den Kopf. Im Spiegel sehe ich wieder die Frau, die ich selbst bin. Dieses Spiegelbild macht mich an. Ich sehe aus wie eine Nutte. Und das ist gut so, denn ich will jetzt, heute eine sein. Als du mich nach einer Weile in den Keller führst, bin ich erregt.
»Zieh den Rock aus.«
Ich sträube mich, ich hab doch nichts drunter.
Ohrfeige. Ich ziehe den Rock aus, stehe in Pumps und Strümpfen vor dir. Du nimmst mich in den Arm, küsst mich, streichelst meinen Rücken, meine Haare. Ich werde ganz ruhig.
Ich bin auch ganz ruhig, als du mich an das Andreaskreuz fesselst.
Die Ledermanschetten sind ein wenig zu weit für meine schmalen Gelenke. Du machst sie sehr vorsichtig zu. Dann verbindest du mir die Augen. Ich höre dich atmen, spüre deine Hände, als du die lederne Augenbinde zurechtrückst.
»Komm, du sollst schön aussehen, wenn sie dich beobachten.«
Gänsehaut.
Die ersten Peitschenschläge kommen unvermittelt, scharf, hart, schneidend. Sie nehmen mir die Luft zum Atmen. Rechts. Links.

Auf die Schenkel, auf die Brüste, auf den Bauch, auf die Hüften, zwischen die Beine. Zehn Schläge oder mehr, ich weiß es nicht. Mein Körper zuckt hin und her, ich stöhne laut, schreie auf, versuche, mich zu entspannen. Du stehst dicht vor mir, deine Stimme an meinem Ohr.
»Geht es dir gut?«
Ja. Es geht mir gut. Danke, dass du fragst. Peitsche, Gerte, Hand. Ruhe.
Du fasst mich mit Handschuhen an, greifst tief in mich hinein und ich stöhne laut vor Wollust. Ich liebe es, wenn du mich mit Lederhandschuhen anfasst. Der Schmerz auf meiner Haut verwandelt sich in Lust.
Du flüsterst: »Du bist wunderschön, Hure. Alle können es sehen. Sie stehen hier und schauen dich an.«
Die Peitsche. Die Gerte. Deine Hand. Schmerz, Schmerz. Geilheit.
»Willst du sie peitschen? Hier, komm her, sie braucht das«, höre ich dich sagen.
Ein Mann antwortet: »Nee, davon habe ich keine Ahnung.«
»Du brauchst keine Ahnung, schlag sie einfach, sieh her, so.«
Auf die Schenkel. Ich schreie. Ein Schlag mit der Hand ins Gesicht, mein Kopf fliegt gegen meine hoch gestreckten Arme.
»Habe ich dir erlaubt, zu stöhnen?«
Ich kann nichts sagen, keinen Ton bringe ich heraus. Die Peitsche. Schnell, langsam, heftig, taktmäßig, ich atme im Rhythmus der Hiebe, falle wie in Trance. Ich höre Menschen flüstern, Frauen- und Männerstimmen. Du fasst mich wieder an, schiebst mir einen Dildo hinein, ich explodiere fast, stöhne vor Lust, Verlangen, Leidenschaft.
Es ist die absolute Geilheit.
»Sollst du kommen, Schlampe? Habe ich gesagt, dass du kommen sollst?«
Rechts. Links.
»Nein, hast du nicht. Entschuldigung.«
»Dann beherrsch dich. Du kommst, wenn ich es dir sage.«
»Ja.«
»Wie bitte, ich höre nichts!«
»Ja!«
Rechts. Links. Deine Lippen auf meinen. Du küsst mich zärtlich.
»Geht es dir gut? Alles okay?«
Ich kann nur nicken. Mein Kopf sinkt auf deine Brust.
»Der ganze Club ist hier. Alle sehen dich an. Du gehörst mir. Leider traut sich niemand, dich zu peitschen.«
Du lässt von mir ab. Gehst weg. Ich höre Menschen flüstern, spüre ihre Anwesenheit, obwohl ich sie nicht sehen kann.
Ich weiß, was sie sehen. Sie sehen eine Frau, fast nackt, breitbeinig, die Arme gespreizt, den Kopf gesenkt, die in Ketten am Kreuz hängt. Ihr Körper glänzt vor Schweiß, ihre Haut ist rot von den Schlägen. Sie atmet schwer. Es macht mich verrückt zu wissen, dass sie mich anstarren. Ich hebe meinen Kopf, ganz hoch, strecke das Kinn nach vorne. Seht her. Ja, es geht mir gut. Was wisst ihr schon?
Du kommst zurück, und es beginnt ein neues Feuerwerk auf meiner Haut. Die Peitsche zuckt über meinen Körper, erbarmungslos beinahe, den Tanz meiner Sinne steigernd, immer wieder, immer weiter. In dem Moment, in dem ich denke, ich kann nicht mehr, hörst du auf. Jedes Mal. Ich kann mich darauf verlassen.

Du kannst meine Gedanken fühlen. Du weißt immer genau, wie es mir geht. Du weißt es besser als ich. Deine Hand auf meinem Haar. Streicheln, beruhigen, deine Stimme.
»Du bist fantastisch.«
Ich lächle. Sie sollen mein Lächeln sehen. Ich spüre ihr Entsetzen, höre es am Tonfall der Flüsterstimmen.
Ja, ich bin Masochistin. Und eigentlich bin ich nicht devot. Niemals will ich das sein. Aber jetzt höre ich mich mit heiserer Stimme sprechen: »Ich möchte dir was sagen.«
Du kommst ganz nahe zu mir. »Ja?«
»Ich bin so stolz auf dich. Ich bin stolz, dass du da bist, dass du stark bist, dass du weißt, was du tust.«
Du küsst mich zärtlich, voller Liebe.
Es ist diese Momentliebe, die mich übermannt. In diesem Moment gehöre ich dir, mit meinem Körper, meinen Gedanken, Gefühlen und mit meiner Seele. In diesem Moment bist du mein Herr. Mein Herr, den ich verehre und achte und liebe. Diese Liebe ist nicht alltagstauglich, nichts fürs Leben, nichts für immer, nicht mal was für länger. Aber sie ist stark und intensiv und sie macht mich frei. In diesem Moment.
Nur dieser Moment ist wichtig. Du spürst das, ich weiß es.
Du bist stolz auf mich, und dein Besitzanspruch macht mich glücklich. Du willst allen zeigen, dass ich dir gehöre.
Ich verstehe das. Ich bin schön für dich. Das macht mich schön und stolz. Das ist das Gefühl, das ich gesucht habe. Lange.
Die Peitsche. Die Hand. Ich kann es aushalten.
Seht alle her. Schaut mich an. Seht ihn an. Er weiß, was er tut.
Was wisst ihr schon? Ihr geht hierher, um zu vögeln, und denkt, ihr seid lustvolle Menschen. Ihr wisst nichts von Ekstase, von absoluter Lust.
Jetzt bin ich devot. Absolut. Und ich bin es gerne und von ganzem Herzen.
Du hast es verdient, dass ich diese Gefühle jetzt zeige. Wenn du siehst, dass ich für dich so schwach sein kann, wirst du noch stärker. Und genau diese Macht ist für mich. Geben und nehmen. So einfach ist das.
Eine Frau stöhnt leise auf, als ich unter einem Hagel von Schlägen aufschreie. Nein, nein, es ist gut so. Er tut es doch für mich! Ich kann es nur denken, sprechen kann ich nicht mehr.
Deine Hände auf meinem Rücken. Zärtlich, warm, unendlich liebevoll. Mein Atem beruhigt sich, mein Puls schlägt wieder regelmäßig. Du gibst mir etwas zu trinken. Du bist fürsorglich. Du bist da.
Irgendwann löst du die Fesseln. Ich zittere am ganzen Körper. Du führst mich in einen anderen Raum. Legst mich auf ein Schaukelbett. Kettest mich an. Richtest die Augenbinde. Befestigst Klammern, die so fest sind, dass ich schreie.
»Erträgst du das für mich?«
»Ja.«
»Wie viele dieser Klammern erträgst du für mich?«
»Eine ...?«
»Eine? Eine Klammer für mich?«
Ohrfeige. Mein Kopf fliegt zur anderen Seite.
Du wiederholst deine Frage.

»So viele, wie du willst«, flüstere ich.
»Schon besser.«
Du nimmst die Klammer ab, es schmerzt höllisch. Dann knipst du das Licht aus. »Du kannst dir jetzt genau überlegen, wie viel ich dir wert bin.«
Dann gehst du weg. Es dauert ewig. Ich liege angekettet in diesem finsteren Raum. Die Beine gespreizt, jeder, der an der offenen Tür vorbei geht, schaut mir in den Schritt. Es ist ganz leise. Mein Kopf ist leer. Ich bin völlig entspannt. Ich warte auf dich. Ich weiß ja, dass du wieder kommst.
Irgendwann bist du da. Licht an. Deine Hand in mir. Die Peitsche zwischen meinen Schenkeln. Dieselbe Frage: »Wie viel bin ich dir wert?«
»Soviel du willst.«
Du stellst dich hinter mich. Mein Kopf liegt auf der Kante, die Haare hängen herunter. Du schiebst ihn mir in den Mund. Ich spüre deine Erregung, sie überträgt sich auf meine Zunge, meinen Körper, meinen Unterleib. Meine Hände klammern sich an den Ketten fest. Ich bin so gierig, meine Zunge, mein Mund, sie verschlingen dich fast. Du fasst mich nicht an. Stehst nur hinter mir, dicht vor meinem Mund. Ich habe ihn weit geöffnet und die Zunge herausgestreckt. Ich bin bereit.
Ich höre, dass jemand in der Tür steht und uns zuschaut. Ich spüre die Erregung an meinen Schenkeln herunterrinnen. Dein Stöhnen macht mich rasend. Mein Unterleib explodiert gleich.
Diese wahnsinnige Hitze verbreitet sich in meinen Schenkeln. Gleich ... gleich ... ich schmecke die ersten Tropfen, öffne den Mund noch weiter, weiter, die Zunge weiter heraus ... mein Körper bäumt sich auf ... fliegt ... spannt sich ... die Schenkel öffnen sich noch mehr... dieses Pulsieren, dieses Zucken ... jetzt ... jetzt ... jetzt!
Später gehen wir wieder in den Aufenthaltsraum. Alle schauen uns an.
Ich sehe wieder die Frau im Spiegel. Sie geht sehr gerade, sehr stolz und hat ein unendlich glückliches Lächeln im Gesicht.

Simone war gut gelaunt, als sie nach Hause kam. Ihr schlechtes Gewissen Gerald und den Mädchen gegenüber hielt sich diesmal in Grenzen. Niemand schien Verdacht geschöpft zu haben, zu gekonnt erzählte sie von einer Veranstaltung in Köln, die nie stattgefunden hatte.
Die roten Schuhe hatte sie im Buchladen versteckt, ebenso wie den Lackrock und die schwarze Korsage, die Karel ihr im Hotel geschenkt hatte.
Nachdem sie sich vergewissert hatte, dass Karels Schläge keine Spuren hinterlassen hatten, schlief Simone schon zwei Tage später mit Gerald, dachte dabei intensiv an ihre letzte Session im Club und fand, dass sich die Dinge auf eigenartige Weise sehr angenehm entwickelten. Sie hatte ihre Familie und einen netten Ehemann, ein schönes Haus und ein eigenes Geschäft, und sie hatte einen Liebhaber, der ihr himmlisches Vergnügen bereitete und sie verwöhnte wie eine Prinzessin. Was konnte sie mehr wollen?
An Mark dachte sie oft. Aber wenn sein Bild vor ihr auftauchte, schob sie es einfach weg.
Simone genoss die Aufmerksamkeit, die Karel ihr nach wie vor per Mail, SMS und am Telefon entgegenbrachte. Von einem weiteren Treffen war zurzeit nicht die Rede, Karel war geschäftlich zu viel unterwegs.
Manchmal, wenn Simone allein war und zur Ruhe kam, tauchten wieder diese Fragen auf, die sie nun seit langen Monaten verunsicherten.

Britta rief oft an, und Simones Liebesleben war immer Thema ihrer Gespräche.
»Ich verstehe nicht, wie du dich vor einem Kerl hinknien kannst und dich von ihm für konstruierte Verfehlungen bestrafen lassen kannst. Hast du denn gar keinen Stolz?«
Simone lachte. »Doch. Aber den zu überwinden, ist eine Herausforderung. Ich überlasse dem Dom die Macht, mich dazu zu bringen, das zu tun, was er möchte.«
»Und was hast du davon?«
»Das Gefühl, alles abgeben zu können. Das Gefühl, dass sich jemand um mich kümmert und dass ich jemandem so wichtig bin, dass er mich zu meinem Glück zwingen muss.«
»Aber Gerald kümmert sich seit Jahren rührend um dich! Wie wichtig du ihm bist, weißt du auch. Und deine Kinder, denkst du denn nie an deine Kinder?«
»Doch, schon. Aber was haben meine Kinder mit meinem Sexualleben zu tun? Es geht sie nichts an, Britta. Ich muss einfach weitermachen, ich wäre todunglücklich, wenn ich es sein ließe!«
»Und was ist dein Glück, Simone?«
Sie dachte nach. Sie wusste es nicht.
»Irgendwas hast du doch bisher vermisst, sonst würdest du nicht so abfahren bei deinen Orgien.«
»Ach Gott, vermisst. Britta, ich weiß es nicht. SM als Medizin gegen Langeweile oder Leere? Das glaube ich nicht. Man muss mit Leib und Seele, mit Körper und Geist dabei sein. Sonst ist es wohl ein Selbstbetrug.«
»Und wenn du denkst, deine Eskapaden jetzt seien dein Lebensinhalt, ist das dann kein Selbstbetrug? Du hast eine Familie, Simone! Ich bin bestimmt kein Spießer, aber du treibst es zu toll, glaub mir!«
Die Telefonate mit Britta taten ihr gut, auch wenn sich daraus manchmal Erkenntnisse oder Fragen ergaben, die ihr nicht gefielen. *Bin ich ein schlechterer Mensch, weil ich die Peitsche liebe? Oder weil ich mich über diese bürgerlichen Moralvorstellungen langsam hinwegsetze und tue, was mir Spaß macht? Es schadet niemandem. Ich muss niemandem darüber Rechenschaft ablegen, was ich tue, solange ich niemandem schade.* Simone beschloss, nicht mehr so viel nachzudenken und meldete sich wieder bei Love.Letters an. *Was soll's*, dachte sie, *das Leben ist kurz, oder?*
Sie lernte Arno aus München näher kennen.

Arno gehörte schon seit Jahren zur Love.Letters-Gemeinde und war bekannt wie ein bunter Hund. Unter den beiden Namen Leopold und Marquis hatte er zwei gut frequentierte Diskussions-Gruppen für BDSM-Anhänger gegründet: Dort konnten sich Gleichgesinnte, Interessierte, Anfänger und Fortgeschrittene in einer Art geschütztem Raum austauschen.
Man musste einen Antrag stellen, um als Mitglied aufgenommen zu werden und konnte dann zu speziellen Themen posten. Die eine Gruppe hieß »Lustfesseln«, die andere »Damendiener«.
Arno hatte zwei Themen, zwei Nicks und zwei Identitäten, von denen fast jeder wusste, der länger bei Love.Letters chattete.
Unter dem Nick Leopold war er als devoter Mann und Damenwäscheträger unterwegs und mit einer Domina namens Lady Domme liiert. Jeder konnte

diese Verbindung in den Gästebüchern der beiden nachlesen. Zudem waren Leopold und Lady Domme die Moderatoren der Gruppe »Damendiener«.
Als Marquis war Arno auf der Suche nach einer Sklavin. Er hatte sogar eine richtige Homepage außerhalb von Love.Letters, auf der er sich genau beschrieben und seine Vorstellungen von einer devoten Partnerin ausführlich erläutert hatte. Arno moderierte sein Forum »Lustfesseln« sehr engagiert und kommentierte jeden einzelnen Beitrag, jede Frage und jede Antwort. Kein Wunder, dass ihn alle eingefleischten Chatter kannten.
Simone hatte schon öfter mit ihm gemailt und geflirtet. Sein Nick »Marquis« hatte sie neugierig gemacht und die beiden waren schnell ins Gespräch gekommen. Schon nach kurzer Zeit war Simone Mitglied in der Gruppe »Lustfesseln« geworden, hatte sich aber nie an den Diskussionen dort beteiligt, sondern immer nur interessiert mitgelesen. Sie wollte ihr Sexualleben nicht in einem Forum posten, in dem Leute mitlasen, die sie nicht kannte.
Eines Tages verabredeten sich Arno und Simone zu einem Plausch im Messenger. Simone hatte dieses schnelle Kommunikationsmittel seit Neuestem installiert und nutzte es gern: Die Nachrichten wurden fast in Echtzeit übermittelt, sodass ein Chat einem richtigen Gespräch sehr nahe kam.
Arno erzählte ihr, dass er gebürtiger Kölner sei und in München einen »politischen« Job habe. Deshalb könne er ihr auch leider kein Bild schicken. Er sei 58 Jahre alt, glatzköpfig, 1,80 groß, habe einen Bauch und blaue Augen.
Das klang wenig verlockend, dachte Simone und schrieb ihn als potenziellen Session-Kandidaten ab. Dennoch unterhielt sie sich gerne mit ihm, denn Arno war geistreich, schlagfertig und unterhaltsam. Und er war relativ alt und erfahren, vielleicht würde sie eines Tages mit ihm über ihre innere Zerrissenheit reden können. Derweil plauderten Simone und Arno über gemeinsame virtuelle Bekannte bei Love.Letters, und Simone erfuhr etliche Anekdoten. Arno kannte viele Chatter persönlich, er organisierte in regelmäßigen Abständen Chattertreffen in Köln, München und Hamburg.
Hinter manchem Nick bei Love.Letters hatte Simone umwerfende Damen und Herren vermutet, doch das war nach Arnos Beschreibungen offenbar ein Irrtum. Viele Frauen seien ausnehmend fett, viele seien auch bloß Fakes, und viele seien so hässlich, dass sie nur virtuell flirten *konnten*.
»Real lässt sich auf solche Kühe keiner ein«, schrieb er.
»Was sind Fakes?«, fragte Simone.
»Das sind Leute mit vielen Profilen, die sich als Männer und Frauen ausgeben und deren Lebensinhalt die Chatterei ist. Du musst dir nur die Nicks ansehen, die den ganzen Tag online sind, Lady. Alles Arbeitslose, auch wenn sie von ihren tollen Jobs erzählen. Oder es sind Leute, die sich zwar in den SM-Gruppen tummeln, schlaue Beiträge schreiben und sich als erfahren ausgeben, in Wirklichkeit aber nie ein Date hatten und auch keins haben wollen. Ganz arme Menschen, ganz arme!«
»Arno, du meinst, es kann sein, dass ich hier mit Männern geflirtet habe, die in Wirklichkeit Frauen sind?«
»Mit Sicherheit, Lady!«
»Warum tun die das?«
»Sie wollen wissen, wie die Konkurrentinnen sich verhalten, wie sie schreiben, was sie preisgeben. Und dann verbraten sie die Inhalte bei ihren eigenen Aktionen.«

»Um Gottes willen. Das ist ja schäbig! Wie schützt man sich vor solchen Leuten?«
»Gar nicht, Lady. Nach einer Zeit erkennt man sie aber.«
Simone war ziemlich entsetzt, denn sie hatte einige Kontakte gehabt, aus denen sich keine Verabredungen ergeben hatten. Waren das Fakes gewesen? Wie peinlich, wenn sie ihre Erwartungen und Vorlieben fremden Frauen geschildert hatte!
Simone fragte, ob sie auch ein Fake sei, denn im Laufe ihrer Zeit bei Love.Letters hatte sie selbst ja auch schon den zweiten Nick. Zuerst Lady Chatterley, jetzt Inkognito.
»Nein, Lady«, beruhigte Arno sie, »das sind einfach zwei Seiten eines Menschen, also zwei Seiten der Medaille, das ist ganz legitim, Lady.«
Irgendwie wartete Simone darauf, dass Arno jetzt offen über seine beiden Nicks reden würde, es wusste doch sowieso jeder, dass er ein Switcher war, aber das tat er nicht.
Arno beendete Chats und Mail-Wechsel meist recht schnell, ungefähr nach einer Viertelstunde schrieb er fast jedes Mal: »Ich muss mal raus, Lady, Küsschen und bis bald!«
Und dann war er weg. Wenn Simone dann weitersurfte, sah sie, dass er mit seinem anderen Nick »Leopold« online war.
Ein hektischer Vogel, dachte Simone.
Sie beobachtete die Profile der Chatter, die sie inzwischen kannte. Sie beobachtete Karin, Mark, Annika, Arno, Lady Domme und einige andere. Meistens surfte sie unsichtbar. Arno hatte recht: Manche hielten sich offenbar den ganzen Tag in ihrer virtuellen Welt auf. Fast immer, wenn Simone sich einloggte, sah sie, dass auch Karin online war.
In ihrem Gästebuch waren auch zahlreiche Einträge von Arno, die beiden kommunizierten in Gedichtform und bedienten sich dabei hauptsächlich aus dem Stundenbuch von Rilke. In Arnos Gästebuch stieß Simone auf den Eintrag von »Fleur Cardinal«. Sie stutzte, denn von diesem französischen Rotwein hatte sie Karin früher mehrfach schwärmen hören. Nach einem Blick auf die zugehörige Seite lachte Simone laut: Es war Karin, sie hatte auch in diesem Profil ein Originalfoto von ihrem Gesicht abgebildet.
Im Laufe der Zeit fand Simone mehr als zwanzig Pseudonyme, unter denen Karin chattete. Die Nicks, die sie sich ausgesucht hatte, waren fantasievoll und originell: Eine Strumpfmarke, italienische Opernfiguren, Blumen und englische Vokabeln dienten ihr als Namen.
Wenn Simone online war und sah, dass Karins Nick »Gräfin Mariza« als abwesend angezeigt wurde, schaute sie bei den anderen Profilen nach. Eines davon war immer grün. Karin schien zwanzig Stunden am Tag online und ihrer Internetsucht nun völlig verfallen zu sein.
Vielleicht war Simone durch die ungerechte Kündigung daran schuld? Sie fragte sich, ob es nicht an der Zeit war, den lange geplanten Besuch bei ihrer Ex-Mitarbeiterin anzukündigen. Spontan griff sie zum Telefonhörer und wählte Karins Nummer. Sie meldete sich sofort.
»Können wir miteinander reden, Karin? Es tut mir leid, wie ich dich behandelt habe«, sagte Simone.
Es war einen Moment still in der Leitung, Simone hörte Karin am anderen Ende ein- und ausatmen. Die beiden verabredeten sich für den nächsten Abend.

Simone besorgte einen Blumenstrauß und eine Flasche Fleur Cardinal und fuhr nach Auerberg.
Sie hatte nicht gewusst, dass Karin in einem der alten Hochhäuser wohnte. Verkommene Grünflächen, überquellende Mülleimer, an den Fenstern vieler Wohnungen hingen Bettlaken und Wolldecken statt Gardinen. Diese Gegend war so ganz anders als die, in der Simone zu Hause war.
Sie fuhr in die zwölfte Etage. Der Fahrstuhl war sehr langsam und Simone hatte reichlich Zeit, die Parolen und Sprüche zu lesen, die an die Wände geschmiert waren. Es stank, als diente der Lift zuweilen auch als Toilette.
Karin stand vor einer der zahllosen Türen auf dem langen Flur. Sie hatte ihr Haar mit pinkfarbenen Kämmen hochgesteckt und trug riesige pinkfarbene Kreolen. Ihr glänzender rosa Jogginganzug saß hauteng und passte farblich genau zu ihrem leuchtenden Lippenstift.
»Habe die Ehre, liebste Simone«, sagte sie, und ihr Ton klang spöttisch.
Simone hielt die Luft an, als sie Karins Wohnung sah. Weiße Ikeamöbel waren mit Rosenmotiven beklebt und bemalt, vor den Fenstern hingen burgunderrote Chiffongardinen, auf die winzige rosa Röschen genäht waren. Auf dunkelrotem Teppichboden stand ein großes weißes Sofa, das mit zahllosen rosaroten Kissen bestückt war. An der Wand über dem Sofa hingen vier eingerahmte Poster, die eine Ballerina im Tutu in verschiedenen grazilen Positionen zeigten. Über die Stehlampen hatte Karin rosa und rote Chiffontücher drapiert, und diverse Tischchen schmückten Spitzendeckchen, Satinschleifen und Bordüren. Es war alles sehr sauber. Der altrosafarbene Teppichboden war im Quadrat gesaugt, Simone sah es an den Spuren auf dem Velours. Mittelpunkt des Wohnzimmers war ein weißer Schreibtisch, auf dem ein ziemlich moderner Computer stand. Auf dem Boden neben dem Bürostuhl stapelten sich Bücher. Simone überflog die Titel der Buchrücken: »Das deutsche Gedicht«, »Deutsche Lyrik«, gesammelte Werke von Erich Fried und »Die schönsten Gedichte von Hermann Hesse«.
»Sehr romantisch hier.« Das war der einzige Kommentar, der Simone einfiel. Sie wollte das geplante Gespräch nicht sofort mit einem Exkurs über Karins merkwürdigen Geschmack beginnen.
Die beiden Frauen plauderten ein wenig verkrampft, aber nach dem zweiten Glas Fleur Cardinal wurden beide lockerer. Sie kamen schnell auf Love.Letters und die Flirterei dort zu sprechen, schließlich war das der Grund für ihre Auseinandersetzung und somit für Simones Reaktion gewesen.
Karin sagte: »Die Virtualität und ihr Wert. Ach, ma chère, jene Frage stelle ich mir oft. Indes, ich pflege durchaus einige meiner Kontakte auf diese Weise, nein, nicht nur zu Männern. Ich habe im World Wide Web auch einige Damen, mit denen ich rege korrespondiere. Ich schreibe gern und viel. Worte sind ein Schlüssel zu mir, aber das weißt du. Ich kommuniziere im Sinne von echter Korrespondenz, auf die Menschen bezogen, und nur mit denen, die meine zuweilen arabeske Art, etwas auszudrücken, mögen und verstehen können.«
Simone grinste wegen Karins Wortwahl. »Ich würde es eher geschwollen als arabesk nennen. Aber so, wie du es sagst, klingt es eleganter.«
Karin reagierte nicht auf ihren Spott. »Ich denke, meine Liebe, dass du durch deine neu entdeckte Neigung ein wenig, sagen wir, neben der Spur

warst oder bist. Nicht unterbrechen, bitte. Meinereine kennt solch Seelenpein, zu gut nur. Man ist nicht mit sich selbst im Reinen und wird ungerecht. Du warst es mir gegenüber. Ungerecht. Sehrsehr.«
Simone wollte sich verteidigen, rechtfertigen, aber Karin bat sie darum, ihr zuzuhören. Sie erzählte Simone ihre Geschichte.
»Ich wandere schon eine Weile im World Wide Web, du weißt es. Zu Beginn nur schreibend traf ich bei Love.Letters zwei Herren, deren einen es andauernd für mich noch gibt. Und in dem Schreiben, so hin und her, mit jenem, fand ich mich ganz sachte durchs Gestrüpp meiner Sehnsüchte. Als ich dann auf denjenigen einen traf, der eine bestimmte Saite in mir anschlug, war ich wirklich unterwegs. Mein erster Herr. Er prägte und förderte mich, und er forderte mich. Du kennst ihn, Simone. Es war Karel.«
Simone nickte zustimmend, ja, das hatte sie geahnt, vielleicht sogar gewusst.
Karin fuhr fort: »Jene Liaison, es war eine, über fast sechs Monate hinweg, verunglückte wohl letztlich daran, dass meinereine ihm zu nahe kam. Ich bin sehr intensiv, immer, in allem, was ich tue. Nein, es bewährt sich nicht, nicht immerzu, aber ich kann nicht anders. Ich war verwundet, waidwund, danach, eine langelange Zeit.«
Karin blickte versonnen aus dem Fenster. Beide Frauen schwiegen und hingen einige Momente lang ihren Gedanken nach.
Simone dachte an Karel, an seine charmante Fürsorge, seine erotische Erfahrung und Souveränität und an die Selbstverständlichkeit, mit der er sich dann wochenlang nicht meldete. Sie konnte sich gut vorstellen, dass seine Art für eine verliebte Frau verletzend sein musste. Darauf, dass Karin in ihn verliebt gewesen sein könnte, war sie nie gekommen. Simone war froh, dass sie bei Boris und Karel nicht mehr als tiefe Sympathie und Dankbarkeit für beider Aufmerksamkeit und die schönen sexuellen Erlebnisse empfunden hatte. Der Gedanke an ihren Kummer nach den Begegnungen mit Mark reichte ihr.
Karin hatte wieder zu reden begonnen. »... aber wie man einem Kind, das stolpert und fällt, rät, stracks wieder aufzustehen, dachte es das Schicksal wohl auch bei mir. Ich sollte weitergehen. Und ich traf denjenigen welchen, den, der jetzt immerimmer da ist für mich. Als Freund, als Mentor, als Bewacher und Beschützer im Hintergrund. Du kennst auch ihn. Es ist Mark.«
Simone sah Karin entgeistert an. Was hatte sie gerade gesagt?
»Mark aus Bielefeld?«
Karin lächelte überheblich.
»Ja. Ich weiß, dass auch du ihn trafst. Zweimal, nicht wahr?«
Simone trank ihr Rotweinglas in einem Zug leer. Ihr Hals war trocken, ihre Gedanken überstürzten sich. *Er ist immer für sie da? Sind Karin und Mark ein Paar?*
»Seit wann?«, krächzte sie. Sie war nicht fähig, einen ganzen Satz zu formulieren.
Karin lächelte wieder. »Oh. Eine Weile schon, eine ganzeganze Weile. Schon, als du ihn in Köln trafst und ihr auf dem Parkplatz, sagen wir, Rast machtet.« Sie machte eine kleine, aber wirkungsvolle Pause. »Er kam zu mir, hierher, danach.«
Ihr wurde schlecht. Ihre Fassungslosigkeit war ihr anzusehen, als Simone mit brüchiger Stimme nachfragte: »Er hat dir davon erzählt?«

Karin lehnte sich lässig in den rosa Kissen zurück und strich eine fusselige Haarsträhne aus ihrem Gesicht.
»Ja, aber ja, meine Liebe. Alles hat er erzählt. Ich kenne auch deine Mail über diese Episode. Ich habe sie sogar, in Kopie. Ich sah sie seinerzeit bei ihm liegen. Wir plauderten darüber, oft, jaja, oft. Ich war erschüttert, natürlich, welche Frau wäre es nicht gewesen. Du tatest mir ja so unendlich leid.«
»Er ist und bleibt eine Drecksau!«, entfuhr es Simone.
Karin zog eine Augenbraue hoch. »Aberaber. Nein. Er ist mächtig. Ja. Aber er ist kein Schwein, glaube es mir. Nur Frauen, die er verachtet, werden so von ihm behandelt.«
Jetzt begriff Simone, worauf Karin hinaus wollte. Sie wollte einfach nur Rache. Und sie hatte erreicht, was sie erreichen wollte: Simone war zutiefst verletzt, sie fühlte sich zum zweiten Mal von Mark grausam verraten und gequält. Nein, nicht nur von Mark, auch von Karin.
Simone wuchs über sich hinaus, als sie sich im Sessel zurücklehnte. Ihre Finger zitterten kaum merklich, als sie sich eine Zigarette anzündete und den Rauch tief inhalierte. Sie bekämpfte die aufsteigenden Tränen der Demütigung, kämpfte gegen das Bedürfnis, laut zu schreien, diesen Schmerz hinauszuschreien, damit er endlich leiser würde und ihr nicht weiter die Eingeweide zerriss.
Sie ignorierte den bohrenden Druck in den Schläfen und ihr Verlangen, sich auf die bonbonfarben gekleidete Frau zu stürzen und ihr jedes ihrer fisseligen Haare einzeln auszureißen, ihr das Gesicht zu zerkratzen, damit dieses höhnische Grinsen aufhörte. Karin hatte ihren schäbigen Triumph gehabt. Nun gut, aber jetzt wollte sie es genau wissen und dafür brauchte sie Nerven. *Ich bin stark. Ich lasse mich nicht unterkriegen. Nicht hier, nicht jetzt. Du wirst mir nichts anmerken. Du nicht.*
»Warum verachtet Mark mich?«
»Weil du eine verheiratete Frau bist. Die Dame seines Herzens, er liebte sie sehrsehr, und er tut es noch, auf seine Weise. Sie betrog ihn mit einem anderen. Er vergaß es seiner Herzdame nie.«
Simone registrierte die Antwort und reagierte nicht. Sie würde genug Zeit haben, über den Sinn dieser Worte nachzudenken. Kühl und überlegt stellte sie die nächste Frage und beantwortete sie sofort selbst. »Und ihr beide, Mark und du, seit wann seid ihr zusammen? Seit du wusstest, dass ich mich mit Karel traf?«
Karin ließ sich nicht anmerken, ob sie verärgert über die Fragen oder die Wendung der Situation war. Es war offensichtlich, dass Simone die Führung des Gespräches übernommen hatte.
Karin sagte: »Manchmal, meine Liebste, fügen sich Dinge, die man nicht beeinflussen kann. Und es nicht will, auch das, jaja. Ich wusste von Karel, sprach dich ja darauf an. Ich hatte ihn noch nicht verloren, als du und er, als ihr euren Flirt begonnen habt. Ich las es bei Love.Letters. Und ich litt, Simone, sosehrsosehr. Aber Karel war, wie er immer ist: Er will etwas und bekommt es. Er wollte dich und bekam dich. Ich sah es dir an, als du zurückkamst. In deinem Gesicht war es zu lesen, dass er dich bekommen hatte. Er hat sich nie wieder bei mir gemeldet.«
Simones Stimme klang sanft, als sie sagte: »Aber Karin, ich konnte doch nichts dafür! Deine Kommentare, Karel sei das Beste, was mir im Moment

passieren könnte, und ich solle ihn genießen, er sei ein Grandseigneur, mit dem du mal ein besonderes Wochenende verlebt hattest - deine Worte habe ich noch im Ohr, das alles klang für mich, als sei das eine vergessene Geschichte.«
Karin machte eine abwinkende Handbewegung. »Simone. Ich sagte schon, ich wanderte weiter und traf Mark. Kaum hatten wir Kontakt, als ich dich auf seiner Seite sah. Und plötzlich diese neue Dame, Inkognito. Love.Letters lehrt Leben, meine Liebe, und ich habe dich sofort erkannt.«
»Kunststück, Karin. Wie viele Identitäten hast du denn bei Love.Letters? Zwanzig, dreißig?«
»Zuviel der Ehre, es sind nur vierzehn. Ich bin eben mal so, mal so, wie ein Prisma so bunt, mit vielenvielen Facetten, die jede für sich mal sehr ausgeprägt oder ganz diskret zum Tragen kommen.«
Was lässt diese Schlampe für ein eitles Gesülze los?, dachte Simone, aber sie spielte ihre Rolle weiter.
»Als du mich bei Mark auf der Seite gesehen hast, hattest du ihn da schon real erlebt?«
War Karins Lächeln nun selbstherrlich oder dumm oder beides? Simone nahm sich nicht die Zeit, um es zu analysieren. Sie spürte, dass Eitelkeit Karins Schwäche war, eine Schwäche, die sie ausnutzen musste, um zu erfahren, wie und warum Mark ihr diesen weiteren gemeinen Verrat angetan hatte.
»Ich hatte, meine Liebe. Und ich wollte mir nicht zum zweiten Mal von dir in die Parade fahren lassen. Weißt du, Mark, er mag mich sehr. Auf seine Weise. Er achtet mich. Ich bin nicht verheiratet, ich nicht.«
»Im Moment gerade nicht«, warf Simone trocken ein.
Karin ignorierte es. »Er war neugierig auf dich, er gab es zu, als ich ihn auf euren Kontakt ansprach. Und ich ermunterte ihn, zu dir gehen. Ich kenne keine Eifersucht, keinen Besitzanspruch, weißt du.«
Sie betonte das Wort »ich« besonders.
»Daher traf es sich sehr gut, dass du einen Abend in Köln vorschlugst. Er war hier bei mir an diesem Wochenende. Er fuhr von hier aus zur Livin' Lounge. Ich habe ihm den Weg erklärt. Wir hatten es sehr nett, bevor er fuhr.«
Das breite Grinsen machte Simone wahnsinnig. Sie musste fast kotzen. Sie dachte an die Autofahrt, bei der sie Mark einen blasen musste. Hatte er vorher in Karin gesteckt?
Später wusste sie nicht, wie sie die letzten Minuten in Karins Wohnung überstanden hatte. Sie fuhr direkt in die Buchhandlung und schloss sich ein. Und dort konnte sie endlich heulen.

Den Schock über das, was Karin ihr erzählt hatte, verarbeitete Simone nur langsam. Jedes Mal, wenn sie daran dachte und sich vorstellte, wie Mark und Karin sich über sie amüsiert hatten, bekam sie Bauchschmerzen und feuchte Hände.
Sie hatte eine Feindin und hatte es nicht geahnt. Wie sollte sie auch? Simone hatte sich selbst immer als gutmütig empfunden. Was Karin ihr angetan hatte, war zu viel. Woher hätte sie wissen sollen, dass Karin Karel immer noch nachtrauerte, als sie sich mit ihm traf? Nein, sie traf keine Schuld an Karins Liebeskummer.
»Man trifft sich im Leben immer zweimal«, hatte Mama früher oft gesagt. Simone würde Karin ein zweites Mal treffen, dessen war sie sicher.

Gegen ihren Kummer und ihre Wut half nur Ablenkung, und die fand sie bei Love.Letters.
Unsichtbar beobachtete sie Karins Profile weiter. Es war kein Problem, ihre Kontakte nachzuvollziehen, denn mit einem ihrer vielen Nicks war Karin immer online. Wenn Simone sich morgens um halb neun einloggte, war Karin schon aktiv. Wenn Simone abends um halb neun, bevor sie die Buchhandlung verließ, noch einmal einloggte, war Karin immer noch da.
Es stimmte, was sie gesagt hatte, sie pflegte auch viele Kontakte zu Frauen bei Love.Letters. Simone sah sich die Profile und die Bilder an. Sie stellte fest, dass alle Frauen, mit denen Karin in ihren Gästebüchern Gesäusel a la »liebste Freundin« austauschte, extrem dicke und auffallend unattraktive Frauen waren. *Klar, bei den Fratzen ist Karin immer die Schönste und hat keine Konkurrenz*, dachte Simone.
Auf Marks Seite passierte in der Besucherliste nicht viel, wahrscheinlich kommunizierte er mit Karin nicht öffentlich, sondern per Mail.
Simone korrespondierte weiterhin mit Karel, aber ein Treffen war nicht mehr geplant. Es war eine freundschaftliche Korrespondenz geworden, bei der sich beide einig waren, dass man eine tolle gemeinsame Zeit gehabt hatte. Ein paar Mal versuchte Simone, Karel diskret auf sein Verhältnis zu Karin anzusprechen, aber er reagierte nicht darauf. Er war wirklich ein Gentleman, ganz anders als Mark. Sie wollte nicht mehr daran denken.
Simone hatte erneut beschlossen, sich emotional auf nichts mehr einzulassen. Eine schöne Session - gerne. Aber nicht mehr. Sie machte sich auf die Suche nach einem neuen Dom.
Sie plauderte oft mit Arno und mochte diese Gespräche, weil er sie immer wieder zum Lachen brachte. Es war erstaunlich, was Arno alles wusste, aber er kannte ja durch seine Gruppen und deren Moderation fast alle, die sich bei Love.Letters zum BDSM bekannten.
»Kennst du eigentlich Your Top?«, fragte Simone ihn einmal.
»Ja, wenn auch nicht persönlich. Scheint ein harter Hund zu sein, Annika hat mir von ihm erzählt. Sie war ziemlich fertig nach dem Treffen mit ihm. Der Bursche hat ihr übel zugesetzt.«
»Ja, ich habe mit ihr ein paar Mails gewechselt«, erzählte Simone, »kennst du sie real?«
Arno schrieb: »Ja. Wir hatten eine Verabredung. Aber die junge Dame hat mitten in der Nacht einen Weinkrampf bekommen. Ich habe sie zu ihrem Auto gebracht und sie ist nach Hause zu Mann und Kindern gefahren.«
»Hattet ihr eine Session verabredet? Arno, was hast du mit ihr gemacht?«
»Keine Sorge, Lady, ich habe ihr nichts getan. Wir hatten unser Spiel begonnen, aber dann stürzte sie ab. Hatte wohl das Erlebnis mit Your Top noch nicht verarbeitet.«
»Die Ärmste. Dann ist es ja gut, dass sie nachher an jemanden wie dich geraten ist, der Verständnis hatte. Hat dir der Altersunterschied nichts ausgemacht? Ich meine, dreißig Jahre?«
»Lady. Das ist eine indiskrete Frage. Ich muss jetzt mal raus. Bye und Küsschen.« Und weg war er.
Simone musste lachen. Ihre letzte Frage war nicht weniger indiskret gewesen als die ersten, die Arno bereitwillig beantwortet hatte. Das Telefon klingelte. Gerald war dran. Seine Stimme klang komisch.
»Liebes, kommst du heute wieder so spät?«

»Das kommt darauf an, wie viel zu tun ist, Schatz«, antwortete Simone.
»Du hattest in den letzten Monaten extrem viel zu tun. Du bist sogar über Mittag dageblieben und warst keinen Abend vor neun zu Hause. Heute kam die Quartalsabrechnung vom Steuerberater, Simone. Ich habe sie gelesen. Du hast nur halb so viel Umsatz wie im Quartal zuvor, obwohl du dich so unglaublich für deinen Laden engagierst. Wir müssen darüber reden. Irgendwas läuft verkehrt. Wenn es so weitergeht, bist du bald pleite.«
Simone erschrak. Wenn die Buchhandlung Pleite ging, hatte sie keine Möglichkeit mehr zum Chatten, keine Chance mehr auf ein Date! Das durfte nicht sein.

Sie saßen in der Küche. Gerald hatte eine Flasche Wein geöffnet. Simone kam sich zu Hause vor wie in einer engen, fremden Welt. Die gestylte Küche, das Haus und der Garten, alles war zwar aufgeräumt, aber inzwischen wieder ein bisschen ungepflegt. Dabei hatte sie früher so viel Wert darauf gelegt, dass alles sauber und glänzend war. Äußere Ordnung als Fassade, um inneres Chaos zu überdecken? Vielleicht war es einmal so gewesen, vielleicht nicht.
Seit Monaten erledigte Simone, bis auf die wenigen Phasen, in denen sie sich auf ihr normales Leben hatte zurückbesinnen wollen, im Haushalt nur noch das Nötigste.
Sie war ja kaum hier, sondern verbrachte den ganzen Tag im Geschäft. An den halben freien Tagen, an denen Adele Fuchsberg sie vertrat, ging Simone lieber zum Friseur, ins Solarium oder ins Fitness-Studio.
Das Tamtam, das sie einmal um den Haushalt gemacht hatte, war nicht mehr nachvollziehbar. War es nicht völlig egal, ob die Gardinen zum Geschirr oder die Bilder an der Wand zum Obstkorb passten? Es gab Wichtigeres als diese Oberflächlichkeiten.
Gerald erschien ihr farblos und langweilig. Er sah immer noch gut aus, aber er wirkte müde und ausgebrannt. Unter den blauen Augen begannen sich Tränensäcke zu bilden, sein dunkles Haar war schütter und an den Schläfen grau geworden.
War es wirklich inzwischen neunzehn Jahre her, dass sie sich kennen gelernt hatten? Wie verrückt sie damals gewesen waren, wie unbeschwert und optimistisch. Viele Pläne hatten sie gehabt, und sie hatten sie alle erreicht.
Das Haus war eines der schönsten in der Straße, die Mädchen machten kaum Scherereien und waren in ein paar Jahren erwachsen. Gerald hatte einen Beruf, in dem er anständig verdiente, und die Schulden waren in ein paar Jahren bezahlt.
Sie hatten einige schöne Reisen gemacht und sich einen großen Freundeskreis aufgebaut. Der allerdings hatte sich in den vergangenen Monaten extrem verkleinert.
Simone hatte immer abgewinkt, wenn Gerald Gäste einladen wollte. Worüber sollte sie sich mit diesen Leuten unterhalten? Sie hatte einfach keine Lust mehr auf Bürgerlichkeit. Was war schon dabei? *Menschen ändern sich. Stillstand ist Tod*, dachte Simone.
»Was ist los im Geschäft, Simone?«, hörte sie Gerald fragen.
Sie hatte keine Erklärung. Das heißt, sie hatte eine, aber die ging Gerald nichts an. Der kleine Buchladen hatte immer davon gelebt, dass Simone sich engagiert um die Kunden und ihre Wünsche kümmerte. In den letzten Mona-

ten grüßte sie freundlich, wenn jemand hereinkam, aber ein lapidares »Sie melden sich, wenn Sie Hilfe brauchen, ja?« war alles, was sie noch für ihre Kunden tat. Und wenn sie gerade in einem interessanten Chat war, führte sie ihn fort, auch wenn Kunden im Laden waren.
Simone wusste das alles und nahm sich jetzt vor, künftig wieder mehr zu arbeiten als zu chatten. Nicht auszudenken, wenn sie den Laden schließen musste.
»Es liegt vielleicht an den Internet-Buchhandlungen«, erklärte sie lahm. »Die Leute können jeden Titel bequem bestellen und müssen dafür keinen Schritt aus dem Haus gehen.«
Gerald überlegte. »Ja. Das kann sein. Dann musst du eben was Besonderes bieten, ein Sortiment mit Beratungsbedarf.«
Simone hatte eine Idee. »Vielleicht erotische Literatur für Frauen? Romane und Fachbücher, und dann mit diskreter Beratung?«
Gerald lachte schallend. »Was sollen das denn für Bücher sein? Anleitungen à la Kochkurs: Wie besorg ich's meinem Mann? Blasen mit Erfolg? Die neuen Stellungen?«
Du hast wirklich keine Ahnung, dachte Simone mitleidig und stimmte gekünstelt in sein Lachen mit ein.
Sie überlegten noch eine Weile gemeinsam, wie man den Laden wieder in Schwung bringen könnte. Gerald hatte einige Ideen, denen Simone pro forma zustimmte. Sie wusste ja, wo es haperte, aber das würde sie ihm nicht sagen.
Sie orderte ein Sortiment einschlägiger Romane und Sachbücher und orientierte sich bei der Auswahl auf den Internetseiten der zahllosen BDSM-Links, die sie Laufe der Zeit gesammelt hatte.
Sie erklärte Adele Fuchsberg, was sie vorhatte.
Schließlich musste ihre Mitarbeiterin im Thema sein, wenn jemand nach diesen Büchern fragte.
»Was ist BDSM?«, fragte Adele. Simone erklärte es ihr: »Es ist die Abkürzung für Bondage und Discipline, Domination und Submission, Sadismus und Masochismus. Zu Deutsch: Fesselung und Erziehung, Beherrschung und Unterwerfung, Sadismus und Masochismus.«
Sie beobachtete gespannt Adeles Gesicht, um eine Reaktion zu erkennen, aber Adele schaute arglos und sagte nur, da müsse sie sich erst mal einlesen.
Darüber, wie potenzielle Kundinnen von dem Sortiment erfahren sollten, hatte Simone auch nachgedacht. Dass sie keine Werbung mit dem Hinweis auf SM-Literatur im Bonner Generalanzeiger veröffentlichen konnte, war klar. Also kam nur das Internet in Frage, und dort wollte sie einen Versandhandel mit solchen Büchern anbieten.
Sie ging motiviert, gut gelaunt und mit vielen guten Vorsätzen wieder an die Arbeit.
Sie fuhr morgens sogar täglich eine Stunde früher ins Geschäft, um selbst dort sauber zu machen, wie sie Gerald sagte. Sie hatte die Putzhilfe entlassen, um Kosten zu sparen. In Wirklichkeit hatte sie Adele diese Arbeit übertragen. Simone nutzte die gewonnene Stunde, um sich weiter ihren Mailkontakten zu widmen. Sie brauchte dringend einen Dom, sie war längst überfällig.

Rule

Als Rule Simone von den Ketten löste, sackte sie wie eine Gummipuppe in seine Arme.

Ihre Gelenke waren steif, ihre Augen brannten und waren geschwollen vom Weinen und von zerlaufener Wimperntusche.

Sie sah durch einen Schleier aus verflüssigter Schminke und Tränen, dass die Ledermanschetten an den langen Ketten hin und herschaukelten. Dort, wo die Fesseln ihre Arme hochgehalten hatten, war ihr Fleisch feuerrot, aber was war das nichts im Vergleich zu den Striemen und Wunden auf ihrem Körper.

Simone war benommen und registrierte kaum, dass der Mann mit der Maske auch die Fesseln an den Füßen losmachte und sie behutsam auf den Fußboden legte.

Sie rollte sich wie ein Embryo auf die Seite und weinte bitterlich. Sie wollte aufstehen, weglaufen, fliehen, jetzt, wo sie nicht mehr gefesselt war.

Das hatte sie nicht gewollt, nicht so, das war kein Spiel. Sie hatte Angst, kalte, lähmende Angst. Das war ein Irrer, ein Wahnsinniger, Rule war kein Dom, und ganz gewiss kein verantwortungsvoller Spielpartner.

Sie konnte sich nicht rühren; nicht mal zum Versuch einer Flucht, eines Aufbäumens, war sie in der Lage.

Rule hockte sich hinter sie.

Simone wimmerte leise vor sich hin. Als er sanft, unendlich sanft begann, ihr Haar und ihren Rücken zu streicheln, wurde sie steif wie ein Brett und begann hysterisch zu schreien. »Nein, nein, nein, lass mich, lass mich in Ruhe, du Arschloch, du Monster, du krankes Vieh!«

Rabiat packte sie unter den Armen und riss sie hoch. Die Wunden brannten wie Feuer, als er sie an sich drückte, und sie schrie erneut.

Er schleifte sie zurück unter die Ketten, warf sie sich halb über die Schulter, um ihr die Hände zu fesseln. Sie strampelte und wand sich mit Kräften, die plötzlich da waren, unverhofft, aber er schlug ihr zweimal mit dem Handrücken ins Gesicht. Sie war so benommen von der Wucht, dass sie still war. Sofort.

Ruppig schnallte er die Fußmanschetten wieder fest, klickte sie in die Haken der Spreizstange ein und schubste Simone. Sie fiel nach hinten, aber die Ketten hielten sie, nur die Knöchel knickten um in den hohen Schuhen, und sie schrie wieder, und er schlug wieder, und sie schrie, und er schlug, und sie schrie, und er schlug, und sie war still.

Sekt oder Selters

Um schneller und gezielter suchen zu können, chattete Simone oft in Arnos Themengruppe »Lustfesseln«. Wer hier Mitglied war, wusste, worum es ging: Um SM, um Partnersuche und um Selbstdarstellung. Wer bei Love.Letters eine Homepage betrieb, war auf der Suche nach irgendwas oder irgendwem. Simone hatte drei Männer bei Love.Letters kennen gelernt, sie würde auch einen vierten finden. Sie fand Theo.

Theo hatte ein Originalfoto im Profil und erinnerte Simone an Charles Bronson. Sein Nick lautete top-for-bottom und er suchte »eine Frau für gewisse Stunden«. Er sei verheiratet und wolle es auch bleiben, schrieb er. Und dass er beide Seiten des Regenbogens kenne und liebe.

Aha, ein Switcher. Einer, der zwei Rollen spielen konnte.

Simone konnte sich kaum vorstellen, dass ein Mann mal devot, mal dominant sein konnte. War nicht jede Neigung für sich alleine so groß und übermächtig, dass sie keine andere zuließ? Offenbar nicht, denn Arno zum Beispiel war ja auch ein Switcher. Gerade neulich hatte sie gesurft und gezielt nach Männern über fünfundfünfzig Jahren gesucht.

Es gab nicht sehr viele von ihnen, die Gruppe der Dreißig- bis Vierzigjährigen war die bei Love.Letters am stärksten vertretene. Daher klickte Simone die wenigen Profile der älteren Herren nacheinander alle an.

Fünf von ihnen waren achtundfünfzig Jahre alt und kamen aus München. *Komischer Zufall*, dachte Simone. Arno kam auch aus München und hatte dasselbe Alter.

Simone staunte nicht schlecht, denn in allen fünf Profiltexten erkannte sie eindeutig Arnos Schreibstil.

Unter Satyr, Marquis und Ohne-Gnaden gab er sich als Dom aus, der eine Sub sucht. Simone war sich ganz sicher, dass es Arno war, denn die Fetischfotos auf den Seiten kannte sie von Arnos umfangreicher Homepage außerhalb von Love.Letters. Er hatte ihr die Adresse einmal gegeben, weil er dort eine selbst verfasste Geschichte namens »Liebe im Regionalexpress« veröffentlicht und um ihre Meinung dazu gebeten hatte.

Als Subsequent und als Leopold stellte er sich als devoter Sklave von Lady Domme vor.

In den Gästebüchern der beiden konnte man tatsächlich nachlesen, wann sie sich getroffen hatten, dass sie von ihm karierte Pumps bekommen hatte, dass ein Ausflug in die Lüneburger Heide für beide sehr schön gewesen war und dass sie in freier Natur eine ausschweifende Zeit miteinander verbracht hatten.

Simone war immer ein wenig pikiert, wenn sie solche Privatissima las. Das gehörte nicht in die Öffentlichkeit, wen gingen diese Dinge wirklich was an? Warum taten Paare so was? Auf der Seite von Subsequent war ein Foto eines korpulenten Mannes abgebildet. Er saß in einem Sessel und hatte eine Vollgummimaske über dem Kopf, die an eine Gasmaske erinnerte. Der Mann trug hochhackige Pumps und ein Kleid mit bunten Streublümchen.

Für Simone war dieses Foto der Inbegriff der Lächerlichkeit, aber sie zwang sich zur Toleranz. Jeder Jeck ist anders - hatte man ihr das nicht ihr Leben lang eingebläut?

Trotzdem konnte sie sich nicht vorstellen, sich von einem Mann dominieren zu lassen, der gelegentlich Gasmasken zu Blümchenkleidern trug. Daher

korrespondierte sie auch mit dem Switcher Theo recht halbherzig. Vielleicht war er ja auch ein DWT, ein Damenwäscheträger.
Ja, er kenne beide Seiten, erzählte Theo. Aber er sei mehr dominant als devot, das habe sich so entwickelt.
Er war fünfzig Jahre alt, verheiratet und hatte drei Kinder. Was er beruflich machte, wollte er nicht sagen, aber es interessierte Simone auch nicht wirklich. Theo war nett und freundlich, verabscheute Cyber-Sex und vermittelte insgesamt einen sehr ruhigen Eindruck. Er wohnte in Koblenz, also ganz in der Nähe.
Sie tauschten Fotos. Theo war groß, schlank, er hatte eine gute Figur für sein Alter. »Fitness-Studio, viermal die Woche«, erklärte er ihr. Er rauchte nicht, gönnte sich nur sehr selten ein Glas Bier und spielte am Wochenende Tennis. Alles der Figur wegen, die sein ganzer Stolz war. Theo war braun gebrannt.
»Solarium, jedes Mal nach dem Training. Man muss was tun«, sagte er. Zu Simones Foto äußerte er sich euphorisch. »Umwerfend schön! Was muss ich tun, um dich zu bekommen?«, schrieb er.
Simone nahm das Kompliment lässig entgegen, sie maß solchen Worten inzwischen nicht mehr allzu viel Bedeutung bei. Sie wusste, dass sie gut aussah, aber es gab weiß Gott schönere und vor allem jüngere Frauen. Nur waren die nicht bei Love.Letters, sie hatten es wahrscheinlich nicht nötig, sich dort anzubieten wie Sauerbier, sondern sie trafen ihre Prinzen in den Arenen des realen Lebens.
»Wenn ich nicht verheiratet wäre und so selten alleine raus käme, wäre ich nicht im Internet auf der Suche«, schrieb Simone an Theo. »Obwohl es, zugegeben, schwierig sein könnte, draußen einen Dom zu finden, denn es steht schließlich keinem Mann im Gesicht geschrieben, ob er mit Dominanz und Peitsche umgehen kann.«
Theo stimmte ihr zu und antwortete: »Du brauchst nicht mehr zu suchen. Du hast mich gefunden. Ich kann mit der Peitsche umgehen, und ich denke, ich kann auch mit dir umgehen.«
Simone lächelte ihren Bildschirm an. »Tatsächlich, Theo? Nun, dann lass es uns versuchen.«
Sie schrieben sich noch ein paar Tage, dann verabredeten sie zu einem unverbindlichen Schnupperdate in einem Café in Bad Godesberg. Zuvor telefonierten sie und Theo sagte nach einigen Minuten: »Bis zum Beweis des Gegenteils liebe ich dich ziemlich.«
Wie bitte? Hatte sie sich verhört? Simone war entsetzt. Wie konnte er so etwas sagen? Sie hatten sich nie gesehen, nur ein paar Mails getauscht, in denen sie ihre Neigungen und gemeinsame Möglichkeiten abgeklärt hatten. »Wie sorglos du mit diesen Worten umgehst, Theo!«
Er lachte und meinte, er sei eben ein Mann, der wisse was er wolle und der seine Gefühle gelernt habe zu reflektieren. Und Simone sei seine Traumfrau, zweifellos.
»Nein, Theo. Du hast dir ein Idealbild von mir gemacht, in das du glaubst, Gefühl investieren zu müssen. Warte unser Treffen ab, bevor du mir solchen Unsinn erzählst.«
Simone ging gelassen zu dieser Verabredung, sie war nicht aufgeregt, nur gespannt. So würde sie es künftig immer handhaben: rasche Entscheidungen, keine überflüssigen Emotionen und eine Session, deren Regeln sie zu-

vor festlegte. So etwas wie mit Mark würde ihr nicht noch einmal passieren. Sie wollte den Kick, den ihr die Situation einer Session brachte, sie wollte das Abenteuer und sie wollte die unverbindliche Abwechslung.
Theo sah auch real ganz passabel aus. Sein Gesicht gefiel Simone nicht besonders, aber das war ihr letztlich egal. Wahrscheinlich würde sie sowieso während der wichtigsten Zeit, die sie miteinander verbrachten, eine Augenbinde tragen.
Theo sprach leise und langsam. Er erzählte von seiner Frau, die leider so gar nichts mit Dominanz und Unterwerfung am Hut hatte, von seinen Söhnen, die alle drei sportbegeistert waren und zum Gymnasium gingen, und von seinen Aktivitäten im Fitness-Studio. *Ein stinknormaler Ehemann auf Abwegen*, dachte Simone.
Theo war Inhaber einer gut gehenden Reinigungsfirma. Er beschäftigte fast hundert Putzfrauen, die in Büros und Schulen eingesetzt wurden. Das alles interessierte Simone nicht wirklich, aber sie bemühte sich, ein teilnehmendes Gesicht zu machen und das Gespräch irgendwann auf die geplante Begegnung zu lenken. Sie verabredeten eine Session in zwei Wochen. Theo wollte ein Motel ausfindig machen, da er nur über Tagesfreizeit verfügte. Simone organisierte Adele als Vertretung im Buchladen für einen Nachmittag und wartete die Zeit bis zum Date völlig entspannt und gelassen ab. Keine Emotionen, nein, nein, sie wollte ihren Spaß und gut.

Ich bin gespannt. Unser erstes Treffen war nur ein platonisches, um zu sehen, ob es funkt.
»Bis zum Beweis des Gegenteils liebe ich dich ziemlich«, hast du mir gesagt, bevor du mich überhaupt real gesehen hast. Harter Tobak für meinen Geschmack, ich kann deine Worte nicht einordnen.
Wenn es real mit uns klappen würde, stände eine Entscheidung an, hast du gesagt. Du meintest deine Frau damit. Das ist mir suspekt. Das will ich gar nicht. Ich will ein Spiel und keine Beziehung. Du kennst mich gar nicht, wie kannst du so was sagen?
Wenn es real mit uns klappt, dann haben wie eine gute Session, und jeder geht wieder seiner Wege.
Ich habe kein Kribbeln im Bauch, wenn ich dich ansehe.
Du bist attraktiv. Groß, schlank, braun gebrannt. Helle Augen. Ich mag helle Augen. Sehr. Deine Stimme ist leise, melodisch, sie klingt vertrauenswürdig. Ich kann mir gut vorstellen, wie du mit deinen Kindern umgehst. Ich kann mir nicht vorstellen, wie sie klingt, wenn du erregt bist.
Das indische Essen ist sehr gut. Scharf, aber gut. Du trinkst dein drittes großes Bier, um drei Uhr am Nachmittag, erzählst aus deinem Alltag, von deinen drei Kindern, von deiner Frau.
Ist deine Familie unser Thema? Heute? Vor diesen Stunden, die wir miteinander verbringen werden? Ich bin ein wenig unsicher.
Du schaust auf die Uhr. »Gehen wir?«
Ja, klar. Wir haben uns mit diesem Treffen nicht lange Zeit gelassen.
Etwa drei Wochen ist es her, dass wir uns zum ersten Mal bei Love.Letters begegnet sind. Pünktlich jeden Abend um zehn Uhr haben wir gechattet, pünktlich morgens um halb sechs hast du mir eine Mail geschickt. Ein disziplinierter Frühaufsteher. Und alle zwei Stunden kam eine SMS. Heute bin ich mehr neugierig als erregt, ich kann dich nicht richtig einschätzen.

Sehr zärtlich waren deine Worte im Chat, liebevoll deine Briefe, Dominanz und Konsequenz klangen in deinen Sätzen nur selten durch. Du legst den Arm um mich, wir gehen wie ein Ehepaar nebeneinander her.
Was wirst du tun? Wie wirst du es anfangen? Ich muss lächeln. Spüre ich eine gewisse Unruhe bei dir? Oder ist es Unsicherheit? Was mache ich, wenn du der Situation nicht gewachsen bist?
Wir betreten das Motelzimmer, du holst eine Flasche Mumm aus deinem Jack-Wolfskin-Rucksack und machst sie auf. Ich sage erst mal nichts. Es ist deine Aufgabe, ein Gespräch zu führen. Du bist der Dom. Ich gebe mich völlig passiv.
Das hier ist nicht echt, es gefällt mir nicht. Du streichelst mir zärtlich über den Rücken, küsst mich. Meine Güte, du wirst doch hier keine Schmuse-Nummer abziehen?
»Ich fange jetzt mal so an zu spielen, wie mir danach ist, okay?«, sagst du.
Ich unterdrücke ein Lachen. Aha. Mit Vorankündigung. Wie souverän. Das kann ja heiter werden.
Du verbindest mir die Augen mit deinem Schal. Das hält nie, er wird gleich runterrutschen. Außerdem seh ich damit aus wie Witwe Bolte, wenn du den Knoten vorne machst. Ich sage das nicht, ich denke es nur.
»Kniest du dich bitte mal auf das Bett?«
Was? Hab ich richtig gehört? Du bittest mich mit leiser, heiserer Stimme? Ich habe den Verdacht, dass ich deine erste Begegnung dieser Art bin, und werde nervös. Bitte, kein Anfänger! Das kann ich nicht, das will ich nicht, dazu habe ich keine Lust.
Du nimmst meine Hände, schiebst sie mit festem Griff hinter meinen Rücken. Klick. Handschellen. Schon besser, sie fühlen sich gut an. Du bist hinter mir. Dein Atem in meinem Nacken ist heiß, deine Unruhe jetzt deutlich spürbar.
Ich lehne mich ein wenig zurück, drücke meinen Hintern an deine Lenden. Ja, du bist erregt. Das macht mich an. Immer wieder genieße ich es, zu spüren, dass mein Körper einen Mann anmacht. Ein wundervolles Instrument, er hat mir schon viele schöne Stunden geschenkt, dieser Körper.
Ein Schlag mit der Hand auf meinen Po.
Ja, das gefällt mir. Die andere Seite.
Du schlägst zu kräftig, das habe ich nicht erwartet. Gut. Meine Körperhaltung wird anders, ich registriere den Moment, in dem ich beschließe, zuzulassen. Du streichelst mich.
Das ist jetzt falsch, bitte nicht!
»Leg dich bitte auf den Rücken.«
Ja, sicher. Mein Hals wird trocken. Was passiert? Du hilfst mir beim Umdrehen, schließt die Handschellen vorher auf, legst meine Hände über den Kopf, schließt wieder zu. Wie umständlich. Deine Finger zwischen meinen Beinen. Das machst du ganz gut.
»Ich will jeden Zentimeter an dir kennen«, sagst du.
Deine Zunge. Ich winde mich ein wenig, komme dir entgegen. Du hältst mich fest im Arm, als ich komme. Ich höre ein ziehendes Geräusch. Dein Gürtel. Du legst ihn mir in die Hände.
»Fühlst du das Leder?«
»Ja.«

Mein Herz klopft heftig. Ich schreie laut, als du ihn durch die Luft und auf meinen Bauch zischen lässt. Und noch mal. Du bist verrückt geworden, das war viel zu fest! Ich versuche mich hinzusetzen, habe das Gefühl, meine Haut sei aufgeplatzt. Du nimmst mich in den Arm.

»Wie fühlst du dich?«

»Gelb«, sage ich automatisch. Der Code sitzt in meinem Gehirn fest. Ich könnte mir keinen anderen merken.

»Gelb?«

»Ja, gelb.«

Ich bin ärgerlich, und meine Lust geht gegen null. Du tätschelst an mir herum. Der Schal hat sich gelöst, aber ich lasse die Augen geschlossen.

»Du bedankst dich bitte!«

Ein Schlag auf die Schenkel.

Danke. Ein weiterer. Danke. Noch einer. Danke.

Immer dasselbe Muster. Vielleicht kommt der Kick ja noch. Ich muss Geduld haben.

Du legst den Gürtel weg, ziehst mich an dich, nimmst mich in den Arm und flüsterst: »Du bist hinreißend tapfer.«

Tapfer? Ich glaube, ich höre nicht richtig.

»Und du warst hinreißend devot.«

Das kann ja wohl nicht wahr sein. Das war schon alles?

Ich bin aufgewühlt und wütend und ein bisschen verwirrt. Was jetzt? Willst du jetzt vögeln? Zur Belohnung, weil ich fünf Schläge ausgehalten habe? Das kann nicht dein Ernst sein. Ich setze mich hin, schaue dich an. Die Haut auf meinem Bauch brennt. Deutlich zeichnen sich hellrote Striemen ab. Der Schmerz ist unangenehm.

Du hast eine gute Figur für dein Alter, keine Frage. Und geil bist du auch. Soll ich mich draufsetzen oder es dir mit dem Mund machen?

Ich überlege nicht lange. Ein wenig Spaß will ich auch haben, wenn diese kleine Aktion für dich schon Spiel genug war.

Du legst dich auf den Rücken, verschränkst die Arme hinter dem Kopf und schließt die Augen.

Ich nehme dich in die Hand. Ganz leicht, ganz locker. Du kannst es kaum ertragen, ich sehe es an deinem Gesicht. Mit der anderen Hand spiele ich an mir, du siehst es nicht. Immer, wenn ich das Gefühl habe, dass es bei dir nicht mehr lange dauert, höre ich auf, bis sich dein Atem wieder beruhigt hat.

Ich treibe dieses Spielchen eine ganze Weile, und es macht mich an. Wenn du noch ein wenig durchhältst, werde ich dir und mir einen schönen Orgasmus verschafft haben.

Ich lasse dich los, in Zeitlupe.

Du schlägst die Augen auf und siehst mich mit verschleiertem Blick an. Ich fixiere diesen Blick, packe unvermittelt und sehr fest wieder zu.

Du stöhnst laut.

Ich nehme ein Kondom von Nachtisch, reiße die Verpackung auf und drücke es dir in die Hand. Ich kann keine Kondome überziehen, meine Fingernägel sind zu lang. Du zitterst ein wenig, als du dir das Ding drüberrollst. Ich setze mich über dich, führe dich ganz dicht heran. Du richtest dich auf, siehst dorthin. Nein, noch nicht, mein Lieber, nur die Spitze, ein wenig, einen Zentimeter nur.

Du legst dich wieder hin, schließt die Augen und stöhnst leise. Ich mach es selbst, mit meinen Fingern, lasse dich nicht weiter eindringen, bewege mein Becken langsam auf und ab. Ich beobachte dein Gesicht dabei. Jetzt brauchst du nicht mehr lange, ich höre es an deinem Atem und sehe es an deinem Gesicht.
Unvermittelt und hart setze ich mich, mit einem Stoß bist du tief drin. Du bäumst dich auf, krallst deine Hände in meine Hüften. Und kommst.
Es gefällt mir, dich so zu sehen und dabei relativ ruhig zu sein. Ich rolle mich von dir herunter und nehme mir eine Zigarette. Du streichelst meinen Arm, lächelst mich liebevoll an.
»Genauso habe ich mir das vorgestellt, my sweet Subby.«
Ich lächle auch. Soso. Ich sage nichts.
Nach einer Weile gehst du ins Bad. Ich beginne wieder, an mir zu spielen. Jetzt würde ich gerne hart von hinten genommen werden.
Ich höre, dass du dir die Zähne putzt.
Du kommst zurück und schlüpfst unter die Bettdecke. Ich muss mich zusammenreißen, um nicht zu lachen.
Ich warte, dass du einschläfst, auch das dauert nicht lange. Dass neben mir ein befriedigter Ehemann schläft, ist niedlich. Pech gehabt. Nein, es kann nicht jeder nach meiner Fasson sein. Du bist ein netter Kerl. Aber kein Kerl für mich, das ist sicher.

Die Begegnung mit Theo blieb Simone als amüsanter Fehltritt in Erinnerung. Er war ein Schmusedom, und das war es nicht, was sie wollte.
Aber was will ich dann?, fragte sie sich zum hunderttausendsten Mal. Sie wollte keinen Selbstdarsteller wie Boris, keinen klassisch versierten Dominus wie Karel, keinen hinterhältigen Sadisten wie Mark und keinen netten Schmusetypen wie Theo.
Was, was, was wollte sie? Wie sollte der Mann sein, der ihre Sehnsüchte erfüllte? Und welche Sehnsüchte? Wie sahen die aus, konkret?
Verbale Demütigung zum Lustgewinn empfand sie als albern und konstruiert. Nichts gegen Dirtytalk, das war etwas anderes, aber Beleidigungen waren doch weiß Gott nicht erotisch. Sie *war* einfach keine dreckige Sklavensau.
Sie musste sich das Lachen verkneifen, wenn sie an Karel dachte und an seinen ersten Befehl, ihm die Sklavinnenregeln vorzulesen. Sie amüsierte sich über Karels konstruierte Macht, als er ihr den Finger in den Rachen bohrte und verlangte, dass sie dabei deutlich sagte »Ich bin eine Schlampe«.
Sie nahm Sklavenverträge und Strafbücher nicht ernst. Sie lehnte Unterwerfung und Unterwürfigkeit für sich rigoros ab. Sie erledigte keine virtuellen Aufgaben, die sie von potenziellen Begegnungskandidaten während der Aufwärmphasen bekam.
Sie hatte bei Karel und bei Boris den Schmerz genossen. Besonders bei Karel hatte sie nie gekannte Lust erlebt. Warum? Die verbotenen Situationen hatten sie erregt, das Gefühl, sich noch einmal auf etwas Neues, Aufregendes einzulassen.
Sie mochte ihr neues Körperbewusstsein, ihre Attraktivität und die Macht, die sie dadurch über Männer hatte. Sie war aber nichts von dem, was von einer Sub, einer Sklavin, einer devoten Frau oder wie auch immer man es nennen wollte, erwartet wurde.

Simone war weder ständig geil noch allzeit zu allem bereit. Sie war nicht bereit, wie eine Hündin auf den Knien herumzurutschen und aus einem Hundenapf zu trinken, in den sie zuvor hineingepinkelt hatte.
Sie wollte keine männliche Macht spüren, indem sie in einem dunklen Raum angekettet allein gelassen wurde. Sie wollte nicht fragen, ob und wann sie reden durfte und sie wollte unter keinen Umständen je wieder jemanden mit »Herr« ansprechen.
Sie wollte nicht an andere Männer verliehen werden, und sie fand Typen lächerlich, die sich im Internet selbstherrlich als die Herren der Schöpfung im Sinne des Wortes darstellten.
Was will ich?, schrie ihr Inneres. *Wer bin ich, wenn ich keine Sub, keine Sklavin, keine Devote bin? Eine frustrierte Hausfrau in der Midlife-Crisis? Eine Masochistin?*
Nein, Masochistin, das war zu heftig, das war etwas Krankes, Perverses, etwas, das sie immer noch nicht aussprechen wollte. Sie wehrte sich nach wie vor heftig gegen diese Bezeichnung.
Sie suchte wieder in Büchern und im Internet nach Definitionen, nach Erklärungen. Sie wusste nicht, wie oft sie in den vergangenen Monaten versucht hatte, sich selbst in den Beschreibungen zu finden. Immer wieder hatte sie Geschichten, Romane und Bücher gelesen, in denen sie sich in einigen Sätzen selbst erkannte, aber sie, Simone, als komplexe Person, konnte sich noch immer nicht erklären, wer oder was sie war.
Auch das Sortiment spezieller Fachliteratur, das sie in ihrem Bücherladen inzwischen mit mäßigem Erfolg anbot, half ihr wirklich weiter. Handbücher über Sadomasochismus gab es reichlich, schlechte Romane zum Thema ebenfalls. Nirgends war ein Anhaltspunkt, etwas Greifbares, Logisches, an dem sie sich hätte orientieren können. Sie mochte Schmerz, sie mochte Lust, sie mochte Abenteuer, aber dieses ganze Drumrum mochte sie nicht.
Sie gab den Begriff »Sadomasochismus« im Internet in eine Suchmaschine ein. 58.600 Seiten standen ihr zur Auswahl. Sie versuchte es mit »Masochismus«, 37.000 Seiten. Zum Begriff Sadismus gab es 66.000 Seiten.
Unglaublich. Unüberschaubar. Für wie viele Menschen gab es diese vielen Informationen?
Dass sie mit dem, was sie für Teile und Facetten einer noch nicht klar definierten Neigung hielt, nicht allein dastand, wusste sie aus den Foren von Love.Letters. Beim Surfen und Lesen der Profile hatte Simone oft das Gefühl, zahllose Frauen klammerten sich verzweifelt an die Vision von Dom und Sub, weil sie so jemanden zu treffen hofften, der die Scherben ihrer Seelen wieder zusammenkitten konnte. Träumten diese Frauen wirklich vom Herrn über Leib und Seele, und vor allem über ihre Geilheit und ihren Orgasmus? Glaubten sie daran? Eine Farce? Ein Spiel? Eine Modeerscheinung?
Fetischkleidung war Bestandteil vieler Werbespots, Musik-Clips und Modefotos, sogar die Sparkasse warb zurzeit mit einem SM-Motiv. War es »in«, sich zum SM zu bekennen oder zumindest darüber Bescheid zu wissen?
Simone ärgerte sich über die Doms, die im Internet vom Sub-Himmel schwafelten, von »fallen lassen« und »fliegen«, vom Loslassen und Auffangen, vom Glück dieser Erde für die besondere Frau, die stark genug war, um schwach zu sein und sich ihm allein völlig hinzugeben. Sie lachte höhnisch auf, als sie das Bild der »stolzen Sub« vor sich sah, ein Männertraum, klar,

sie, nackt, auf allen vieren kriechend, den Blick perfekt gesenkt und stilecht gekleidet in jeder Position.
Sie dachte an Karin. Karin, die sich als intellektuelle Gräfin ausgab und schlaue Zitate von sich gab, die ihre Fotos so lange mit einem Computerprogramm bearbeitete, bis sie wie ein 30-jähriges Model aussah und die sich als multiple virtuelle Persönlichkeit unter zig Namen im Internet aufhielt und sich als »leitende Mitarbeiterin im Kulturmanagement« ausgab. Simone hatte Karin neue Berufsbezeichnung erst kürzlich in einem Forenbeitrag gelesen.
In Wahrheit war sie eine arbeitslose Mutter mit vier Kindern, die den ganzen Tag in ihrer rosaroten Wohnung hockte, Kette rauchte und den Prinzen suchte, der sie aus der Schäbigkeit befreien würde. Allein Karins Gästebuch bei Love.Letters war eine Zumutung für literaturfeste Leser wie Simone: Schwülstige Gedichte über Subs, die wie wunderbare Geigen seien und denen nur der wahrhaftige Dom die richtigen Töne entlocken konnte, Verse, in denen Männer auf »Peitsche holen« »Arsch versohlen« reimten und sich als sehr besonders darstellten - Simone packte die Wut beim Lesen der stilisierten, pathetisch-kitschigen Wortschwalle in unendlichen Variationen.
Die selbst verfassten Hobbyschreibergeschichten, die es zu Tausenden im Internet gab, hatten sie zu Beginn ihrer Beschäftigung mit diesem Thema noch ehrlich fasziniert. Angesichts der Fülle pornografischer Erstlingswerke war sie bei diesem Genre längst des Lesens müde und ärgerte sich nur noch über die stilistischen Katastrophen, die da ohne Rücksicht auf den Leser ungefragt veröffentlicht wurden.
Eine lange Mail von Theo unterbrach ihre Gedanken. Er bedankte sich für den wunderbaren Abend, den er sehr genossen hatte. Er müsse ihr jedoch etwas sagen, das ihm sehr am Herzen läge: »Liebste Simone, du bist erst am Anfang deines Weges. Du hast dich noch nicht gefunden. Du wirst eines Tages erkennen, dass du kein submissiver Mensch bist. Du bist dominant. Du solltest darüber nachdenken, etwas daraus zu machen, denn es gibt kaum attraktive Frauen, die zugleich dominant sind. Wann immer ich dir dabei helfen kann, deine andere Seite zu entdecken, ich bin für dich da.«
Simone lachte. Dachte er so, weil sie ihn so gleichgültig behandelt hatte? Theo hatte ihr ja erzählt, dass er beide Seiten der Medaille kannte, in ihrer Gegenwart hatte sich vielleicht seine devote Seite gemeldet.
»Wie kommst du nur darauf, Theo? Unser Treffen war eindeutig, ebenso eindeutig, wie die Rollen, die wir gespielt haben.«
Sie war doch keine Domina! Nicht ein bisschen fühlte sie sich dominant. Natürlich hatte sie im Alltag, im Geschäft und auch zu Hause eine gewisse Dominanz, aber das hatte keine sexuellen Hintergründe. Theo irrte sich. Vielleicht *wünschte* er sich, dass sie beim nächsten Mal die Rollen tauschen würde?
Es würde kein nächstes Mal geben. Simone hatte keine Lust, und das schrieb sie Theo sehr deutlich und unmissverständlich.
»Du bist nicht der, den ich brauche, Theo. Nimm es nicht persönlich, es nicht persönlich gemeint. Es liegt an mir. Ich muss mir erst mal darüber klar werden, was ich will. Vielen Dank für die nette Zeit, die du mir geschenkt hast.«
Theo zeigte sich verständnisvoll, ließ aber nicht locker. »Denk daran, was ich dir gesagt habe, Simone. Bedenke bei deiner Suche die andere Seite des

Regenbogens. Sie ist stark ausgeprägt in dir, ignoriere sie nicht. Ich kenne dominante Frauen, und du bist eine. Du bist groß, schlank, dunkel, hast eine erotische Stimme und das nötige Auftreten. Das ist dein Weg, glaub mir!«
Simone schüttelte den Kopf. So ein Quatsch. Sie versuchte sich vorzustellen, wie ein devoter Mann auf sie wirken würde. Das alberne Foto von Arno im Blümchenkleid mit Gasmaske fiel ihr wieder ein. Sie lachte.
Nein. Das war nichts für sie. Natürlich konnte sie devote Neigungen bei Männern nachvollziehen, irgendetwas davon hatte sie selbst schließlich auch, aber erotisch fand sie kriechende Männer gewiss nicht. Wie konnte Theo nur so etwas von ihr glauben?
Unter den speziellen Büchern, die Simone für ihren Laden suchte, fiel ihr auch ein alter Bestseller der BDSM-Literatur in die Hände: »Venus im Pelz«, von Leopold von Sacher Masoch, erschienen 1870. Darin ging es um einen Sklaven, der durch seine Herrin Wanda die Frau als Domina, als Venus im Pelz, erlebt und an seine geistigen und körperlichen Grenzen getrieben wird. Das Buch an sich beeindruckte Simone nicht sehr, abgesehen davon wusste sie nun, woher Arno sich seinen Nickname »Leopold« entliehen hatte, wenn er als Sklave von Lady Domme unterwegs war.
Gab es das? *Den* Sadisten oder *den* Masochisten?
Arno und Theo waren gute Beispiele dafür, dass in jedem Menschen viel mehr steckte, als nur eine einzige erotische Neigung oder ein sexuelles Bedürfnis. Beide waren Switcher, empfanden mal so und mal anders und lebten beide Neigungen aus. Ob sie auch so intensiv versucht hatten, ihre Gefühle und Bedürfnisse zu sortieren, bevor sie den ersten Schritt auf die Bahn dieser besonderen Begegnungen gewagt hatten?
Woher kamen diese Neigungen? Entwickelten sie sich durch Erlebnisse, waren sie einfach eines Tages da? Waren sie schon immer da gewesen? Gab es einen roten Faden in den Biografien der SMler?
Manchmal dachte Simone, sie würde verrückt, weil sie immer nur Fragen fand und nie wirkliche Antworten.

Rule

Als Simone wieder zu sich kam, lag sie auf dem Fußboden. Sie hatte nicht bemerkt, dass Rule sie wieder von den Ketten gelöst und hingelegt hatte.
Ihre Lider waren verklebt von Mascara und Tränen, und sie konnte sie kaum öffnen. Sie fuhr sich mit der Zunge über die Lippen. Getrocknetes Blut. Sie hatte sich gebissen, eben, vorhin, irgendwann.
Vorsichtig versuchte sie, den Kopf anzuheben und sah in den Raum. Die dicken Kerzen brannten mit ruhigen Flammen.
Rule saß an der Wand gegenüber, hatte sich angelehnt, die Beine ausgestreckt und die Arme vor dem Bauch verschränkt.
»Rot!«, flüsterte Simone.
Angetrocknetes Blut auf den geplatzten Lippen löste sich und vermischte sich mit frischem.
Er bewegte den Kopf, als er den krächzenden Laut hörte, den sie von sich gab. Er beugte sich ein wenig vor.
Warum sagte er nichts?
Sie wollte wenigstens die Stimme hören, es war so still hier, nur ihr Wimmern, ihr leises Weinen, ihr schnaufendes Atmen durch die blutverkrustete Nase war zu hören.
»Rot! Bitte!«
Er stand auf.
Sofort duckte sie sich, liegend, unweigerlich, abwehrend, voller Angst. Wie ein riesiger Schatten sah er aus, die Kontur eines mächtigen Bösen aus einem schlechten Film, sie würde gleich aufwachen und dann säße sie zu Hause, bei Gerald, bei den Kindern, und alles würde gut sein.
Rule verließ das Zimmer und kam mit einem nassen Handtuch zurück. Er legte es vorsichtig auf die beißenden Striemen, kühlte ihre geschundene Haut und linderte ihre Schmerzen.
»Danke«, wollte sie sagen, doch nur ein Krächzen gelang ihr. Rule legte ihr den Finger auf den Mund und bedeutete ihr damit, ruhig zu sein.
Er streichelte ihr Haar, ihren Rücken. Sanft, fast liebevoll spürte sie seine Hände. Diesmal ließ sie es zu, sie konnte sich nicht wehren, nicht jetzt, jetzt nicht mehr. Es tat so gut, diese Geste zu fühlen.
Sie weinte.
Bitte lass mich raus, lass mich gehen, ich habe Angst, ich will nach Hause.
Sie wollte diese Worte sagen, aber sie konnte nicht, sie war wie gelähmt.
Als Rule ihr behutsam den Rücken, Po und Beine mit kühlender Salbe einrieb, weinte Simone noch heftiger.
Ihr Körper bebte von den Schluchzern, die sie schüttelten. Sie war erleichtert, dass dieser Teil des Albtraums scheinbar zu Ende ging. Sie war ihm dankbar, unendlich dankbar, und tief in ihrem Innern war sie sich des Widersinns dieser Gefühle bewusst. Simone bemerkte nicht, dass sie langsam und erschöpft einschlief. Rule saß neben ihr und bewachte ihren Schlaf.

Barfuß oder Lackschuh

Simone suchte das Gespräch mit Arno.
»Du bist doch ein alter Hase im SM-Geschäft. Was glaubst du, Arno, haben Leute, die sado oder maso sind, in ihrer Kindheit etwas erlebt, das sie damit kompensieren?«
»Lady, du machst dir viele Gedanken. Man kann das nicht pauschal beantworten. Aber wenn die Vermutung was für sich hat, dass auf diese Weise Kindheitserlebnisse oder psychische Verletzungen kompensiert werden, ist es nichts Unanständiges, seelische Verwundungen auf sexuelle und damit fraglos angenehme Art zu verarbeiten. Ich kann das jetzt nicht eingehend ausführen, Lady. Wir sollten uns treffen, unverbindlich, zu einem gemütlichen Gespräch beim Kaffee oder beim Bier. Was hältst du davon?«
»Wenn du ein platonisches Treffen meinst, dann gern, Arno.«
Simone wollte falsche Hoffnungen bei Arno ausschließen, sie hatte sich sein Foto noch einmal angesehen und keinerlei Ambitionen, sich mit dem korpulenten Glatzkopf auf irgendetwas einzulassen.
»Bist du denn bald mal in der Nähe von Köln, Arno? Ich kann schlecht zum Kaffeetrinken nach München kommen!«
»Nein, Lady, in Köln nicht, aber ich bin beruflich in zwei Wochen in Hamburg. Ich habe zwar einige Termine, aber einen Abend für dich könnte ich freischaufeln.«
»Hamburg? Arno, das ist von Bonn aus auch nicht um die Ecke und würde für mich ein teures Kaffeetrinken. Die Bahnfahrt und das Hotel - das kann ich mir nicht leisten.«
»Verstehe, Lady. Pass auf: Ich habe dort Termine mit meinem Verleger, mein neues Buch wird vorgestellt. Ich lade dich zur Premiere ein, ja? Und natürlich übernehme ich auch die Kosten für Hotel und Bahnreise.«
Simone war sprachlos. »Du hast ein Buch geschrieben, Arno? Was für eins? Bei welchem Verlag? Und warum willst du mich einladen?«
»Ach, das Buch, es ist ein Sachbuch über bestimmte gesellschafts- und kulturpolitische Entwicklungen seit der Weimarer Republik, nichts Besonderes. War mehr ein Gefallen für einen Freund, er ist Verleger.«
»Arno, ich bin beeindruckt, und deine Einladung nehme ich gerne an. Stellt sich nur die Frage, wie ich es meinem Mann erklären soll. Außerdem müsstest du genug Vertrauen haben und mir deinen realen Namen verraten.«
»Klar, Lady, beides wird geregelt, später, step by step. Ich muss jetzt mal raus. Geh mal auf meine Homepage und klick auf »Wesentliches im BDSM« und lies den Text. Bye und Küsschen.«
Und weg war er.
Simone surfte zu Arnos privater Homepage, fand den Link und wollte ihn eben anklicken, als ein Kunde den Buchladen betrat. Rasch stand sie auf, bediente ihn und ging, nachdem sie ein Reclamheftchen mit Gedichten von Gottfried Benn verkauft, kassiert und den Kunden zur Tür gebracht hatte, zurück an den Bildschirm.
Der BDSM-Text, den Arno ihr empfohlen hatte, war nur zu lesen, wenn man ihn herunterlud. Simone startete den Download und speicherte die Datei unter »Rechnungen - alt«. Als sie die Datei öffnen und lesen wollte, öffnete sich unterhalb des Emblems ein Textfeld: »Word-Dokument. Autor: Erasmus Wiedenbein«.

Den Namen kannte sie. Wo hatte sie ihn gehört oder gelesen? Simone überlegte fieberhaft, aber es fiel ihr nicht ein. Sie gab den Namen bei Google ein.
»Ach du liebe Zeit!«, entfuhr es ihr.
Arno war Professor Dr. Erasmus Wiedenbein, der bekannte Münchner Sozialwissenschaftler? Das passte im weitesten Sinne zu Arnos Behauptung, er habe einen »politischen Beruf«. Simone hatte in der Zeitung von Erasmus Wiedenbein gelesen. Da war dem Herrn Professor aber ein dummer Fehler beim Speichern der Datei unterlaufen, indem er den BDSM-Text offensichtlich auf einem Computer geschrieben hatte, der ganz offiziell auf seinen Namen registriert war. Sie startete eine Bildersuche bei Google. »Bingo«, rief sie, als sie ein Porträt des Mannes fand, den sie freundschaftlich als kugelbäuchigen alten Dackel bezeichnete.
Sie würde ihm später eine Mail schicken und ihn auf diesen Fehler hinweisen, doch zunächst siegte Simones Neugier.
Sie suchte nach weiteren Informationen und fand im Internet den Lebenslauf von Arno, alias Erasmus Wiedenbein. Er war Jahrgang 1936.
Simone schmunzelte: Das Schlitzohr hatte sich im Netz tatsächlich um volle zehn Jahre jünger ausgegeben!
Erasmus Wiedenbein war in Köln geboren und aufgewachsen und hatte dort Sozialwissenschaften und Germanistik studiert. Zwei Jahre lang studierte er in Mailand, bevor er später in seiner Heimatstadt Köln promovierte. Anschließend ging er als Dozent nach Göttingen und bekam Anfang der neunziger Jahre eine Professur in München. Dort lebte Wiedenbein seit 1978, war in mehreren Faschingsvereinen Gründungs- und inzwischen Ehrenmitglied.
Klar, dachte Simone, *ein waschechter Kölner kann nicht ohne Karneval leben*. Vielleicht hatte er im Fasching schon lange seinen Hang zum Damenwäscheträger ausleben können?
Seit 2001 war Erasmus Wiedenbein verwitwet, Kinder hatte er keine. Nach seiner Pensionierung vor drei Jahren hatte er drei Sachbücher in einem Hamburger Verlag veröffentlicht.
Kein Wunder, dass er so oft online sein kann, wenn er Rentner ist, dachte Simone.
Sie schrieb ihm eine Mail, warnte ihn vor unerwünschtem Outing durch seine kleine Nachlässigkeit und erklärte ihm kurz, wie sie auf seinen Realnamen gestoßen war.
»Wie kamst du dazu, dich Arno zu nennen?«, fragte sie ihn.
Er antwortete nur kurze Zeit später, bedankte sich zuerst überschwänglich für ihre Diskretion und ihre Fairness und erklärte, dass er mit vollem Namen Erasmus Arno Willibald heiße und seine Freunde ihn Arno nannten. Er wollte auch von Simone weiterhin so angeredet werden.
»Kein Problem, wenn ich dich Erasmus nennen sollte, müsste ich sowieso jedes Mal lachen«, antwortete Simone. Dass sie im Internet sein wahres Alter herausgefunden hatte, sagte sie ihm nicht. Wozu auch? Wenn er es für sein Selbstbewusstsein brauchte, sich jünger zu machen, dann sollte er das haben, dachte sie. Arno fragte zum ersten Mal nach einem Foto von Simone, und sie schickte ihm ein Porträt.
»Lady!!!! Noch nie habe ich eine Frau gesehen, die so perfekt in mein Beuteschema passt! Donnerwetter, du bist ein tolles Weib! Ich will dich haben, Lady!«

Simone lachte über seine Schwärmerei und nahm ihn nicht ernst. Für sie war klar, dass sie mit einem dicken, fast Siebzigjährigen ganz gewiss nicht ins Bett gehen würde.
Arno hielt sein Versprechen und schickte ihr eine Einladung zu seiner Buchpremiere. Dem Schreiben hatte er ein Bahnticket erster Klasse und die Reservierungs-Bestätigung des Hamburger Elysée Hotels beigefügt.
Simone war beeindruckt. Das Alkovenzimmer war für sie gebucht, großzügig war der Knabe, das musste sie anerkennend feststellen. Das Elysée war eine noble Adresse, und die Preise entsprachen dem Namen des Hauses. Ihr Zimmer kostete knapp zweihundert Euro für eine Nacht - ohne Frühstück.
Warum tat Arno das? Schließlich war er als Devoter in festen Händen seiner Domina; aus den Einträgen in den Gästebüchern bei Love.Letters, die Simone still beobachtete, ging das eindeutig hervor. Womöglich würde sie Lady Domme in Hamburg kennen lernen?
Nein, Arno würde sich sicher nicht mit seiner Domina oder seiner Sklavin in der Öffentlichkeit zeigen. Vielleicht hatte er sie deshalb so spontan eingeladen, weil beiden klar war, dass nichts zwischen ihnen laufen würde und die Begegnung eine rein freundschaftliche Basis haben würde?
Aber eigentlich war es ihr egal, warum und wieso Arno so spendabel war. Die Fronten waren geklärt, falsche Erwartungen konnte er nicht haben, und gefährlich konnte er ihr auch nicht werden, denn sie kannte seinen Realnamen.
Simone wollte ihn gerne treffen, weil sie ihn so lange virtuell kannte, weil sie ihn sehr sympathisch fand und neugierig war, wie er in der Realität sein würde. Und weil sie hoffte, dass er ihr wie ein väterlicher Freund bei der Beantwortung ihrer vielen Fragen helfen konnte.
Eine Erklärung für die Reise brauchte sie sich zu Hause nicht auszudenken, Arnos Einladung genügte und Gerald äußerte sich nicht weiter dazu als damit, ihr viel Spaß zu wünschen.
Arnos Mails wurden häufiger, er bat sie oft in den Chat und schloss nun seine virtuellen Gespräche nicht mehr mit den obligatorischen Worten: »Ich muss mal raus, Lady, bye und Küsschen«, sondern er schrieb nun jedes Mal: »Giiieeerrrrr, ich will dich, Lady!«
Simone musste jedes Mal lachen und nahm ihn noch immer nicht ernst. Ein verhängnisvoller Irrtum, aber das konnte sie noch nicht wissen.
Erst beim zweiten Blick auf ihre Einladung zu Arnos Buchpremiere bemerkte Simone, dass ihr Zimmer für samstags reserviert war, die Premiere jedoch donnerstags war. Sie fragte Arno, wie sie das verstehen solle.
»Lady, ein Versehen, ich regele das, kann nur ein Irrtum sein!«, schrieb Arno. Ein paar Stunden später kam die nächste Mail: »Lady, ich bin untröstlich, mein Fehler, es tut mir so leid! Ich hab dein Zimmer falsch gebucht und versucht, dich am Donnerstag und Freitag einzuquartieren, aber es gibt in ganz Hamburg kein Hotelzimmer. Ich schenk dir ein Buch, mit Widmung, keine Sorge, aber du musst dann eben am Samstag nur mit mir altem Sack vorlieb nehmen - ohne Buchpremiere.«
Simone glaubte ihm kein Wort.
Nicht, dass sie nicht an die Lesung und das neue Buch glaubte, das hatte sie längst recherchiert und die Meldung des Verlages, der auf Wiedenbeins neuestes Werk hinwies, im Internet gefunden. Sie glaubte Arno nicht, dass er sie überhaupt bei der Premiere hatte dabei haben wollen, und dass es in

ganz Hamburg kein Hotelzimmer geben sollte, glaubte sie erst recht nicht. Es war ihr jedoch egal, denn sie freute sich auf einen anregenden Abend in der Hansestadt, und bis dahin dauerte es nur noch eine Woche.
Arno begann, mit ihr zu flirten. Er war dabei charmant und kokett: »Lady, auch ein alter Sack mit Dackelfalten kann amüsant sein, du wirst schon sehen!«
»Arno, ich will im Moment keinen neuen Dom, ich bin viel zu unsicher, um mich zurzeit auf jemanden einlassen zu können.«
Sie überlegte, ob er alle Frauen, mit denen er flirtete, »Lady« nannte, um die Vornamen nicht zu verwechseln.
»Lady, mach dir keine Sorgen, alles ist ganz einfach. Wir treffen uns und machen uns einen schönen Abend. Du wirst entscheiden, wie er endet. Wir werden was trinken, was essen und uns unterhalten. Lese ich in deinen Augen ein ‚No!', werden wir weiter reden, weiter essen und weiter trinken. Lese ich in deinen Augen ein ‚Go!', werde ich blitzschnell die Regie übernehmen, und es läuft alles anders, als du denkst. Einverstanden?«
Simone fühlte sich im ersten Augenblick überrumpelt. Sie fand Arno zwar nett, aber optisch unappetitlich. Und er war so schrecklich alt, älter als ihre Mutter. Und dann war da immer wieder dieses Bild mit der Gasmaske und dem Blümchenkleid. Sie konnte sich absolut keine Session mit ihm vorstellen, stimmte aber seinem, wie sie fand, fairen Vorschlag zu.
Wie oft er wohl die Rollen wechselte? Traf er an einem Abend seine Domina, kroch vor ihr herum und ließ sich schlagen, und am nächsten Tag seine Sklavin, über deren Hintern er die Peitsche schwang? Seinem Gästebuch bei Love.Letters entnahm Simone, dass Arno etliche Kontakte hatte und pflegte. Seine Moderatorenbeiträge in der Chattergruppe »Lustfesseln« wurden stets ausgiebig kommentiert und seine Seite war laut Besucherzähler überdurchschnittlich gut besucht. Drei Tage vor dem geplanten Treffen schrieb Arno eine SMS: »Lady, kannst du umdisponieren? Bin online, komm bitte in den Chat!«
Umdisponieren? Wollte er ihr absagen?
»Lady, kannst du schon am Freitag kommen? Ich hole dich am Bahnhof ab, ein neues Bahnticket kommt per Expressbrief, und für die Übernachtung am Freitag hab ich gesorgt.«
Was war das nun wieder?
»Ich denke, es gab in ganz Hamburg keine Zimmer?«
»Vitamin B, Lady: Beziehungen und persönliche Kontakte. Mir ist ein Termin ausgefallen, und ich habe schon ab Freitagmittag für dich Zeit. Ein Tag ist zu wenig, bitte komme schon am Freitag!« Simone überlegte.
»Ich muss sehen, wie ich es meinem Mann beibringe, und fragen, ob meine Aushilfe mich hier im Laden so lange vertreten kann.«
»Gut, regele das und ruf mich nachher auf dem Handy an, ich muss jetzt raus! Giierrr, ich will dich, Lady!«
Dieser Typ ist wie ein Wirbelsturm, dachte Simone, trotz seines biblischen Alters.
Es war kein Problem, Gerald zu erklären, dass sie einen Tag eher nach Hamburg fahren würde. Simone log auch nur ein bisschen: »Ich möchte selbst eine Lesung mit dem Professor veranstalten und hab ihn deswegen angerufen. Er war supernett, ein alter Herr mit tollen Manieren, er hat mich zum Essen eingeladen, und dabei besprechen wir alles.«

Gerald nickte und sagte: »Gute Idee, diese Lesung. Was nimmt er an Gage?«
»Keine Ahnung, das besprechen wir alles in Hamburg.«
Manchmal hatte Simone das Gefühl, dass es Gerald immer gleichgültiger wurde, was sie tat. Er sagte zu allem Ja und Amen und beschwerte sich nicht mal, dass sie inzwischen kaum noch mit ihm schlief.
In wenigen Wochen begannen die Ferien, am zweiten Weihnachtstag wollten sie alle zusammen nach Norderney fahren. Simone fürchtete sich vor den Tagen und Nächten, die sie dann mit ihrem Mann verbringen würde. Im Urlaub würde sie nicht jeden Tag sagen können, dass sie nach einem langen Arbeitstag zu müde sei. Sie schob die Gedanken an den Familienurlaub erst mal beiseite.

Hamburg ist eine schöne Stadt. Hübsch, die roten Fassaden mit den weißen Fenstern und den grünen Kupferdächern. Ganz anders als Köln. Hamburg wirkt distinguiert, Köln ist heiter, Bonn ist gemütlich.
Tolle Geste von Arno, mir ein Erste-Klasse-Ticket zu schicken, die Reise war angenehm. Man hat mehr Platz in der ersten Klasse und die Abteile sind sauberer.
Wie er wohl ist? Seine Stimme klang klasse, als ich ihn neulich auf dem Handy anrief. Mit leicht kölschem Akzent und ganz tief, fast wie Lee Marvin. Klingelt mein Handy?
Oh nein, jetzt geh ich nicht dran. In zwei Minuten bin ich am Hauptbahnhof und muss aussteigen. Und wenn es Arno ist? Es ist Arno.
»Bist du schon da, Lady?«
»Ich fahre in diesem Moment im Bahnhof ein.«
»Lady, ich verspäte mich ein paar Minütchen, warte auf dem Platz vor dem Haupteingang. Wenn du aus der Tür kommst, ist rechts von dir ein Parkplatz, stell dich da hin, ich hole dich ab! Sorry und bis gleich, Lady. Ich freu mich auf dich.«
Typisch. Hat aufgelegt, bevor ich antworten konnte. So ein Hektiker.
Oje, hier ist es eklig nasskalt. Hoffentlich kommt er wirklich in ein paar Minuten und lässt mich bei diesem eisigen Wind nicht in der Kälte stehen. Kommt er zu Fuß oder mit dem Auto? Ich bin zu dämlich, ich frage vorher zu wenig. Der mit der Schlägermütze kommt direkt auf mich zu. Ist er das?
Mein Gott, ist der fett. Lieber Gott, lass das nicht Arno sein.
Der guckt, als ob er jemanden sucht. Schlägermütze und Windjacke. Nein, ein Professor läuft nicht so rum. Oder doch? Der Dicke glotzt mich an, winkt, oh nein. Er geht vorbei. Er hat jemand anderem zugewinkt. Gott sei Dank.
Wie lange dauern ein paar Minütchen? Ich steh hier fast ne Viertelstunde und es ist kalt. Der gelbe Mercedes fährt langsam. Der Fahrer guckt zu mir rüber. Ist er das? Nein, er fährt weiter. Ein roter Mercedes, ein Grauhaariger hinterm Steuer. Nein, der fährt auch weiter.
Ich stell mich besser näher an den Straßenrand. Arno hat nur mein Porträt gesehen, vielleicht erkennt er mich mit Schal und langem Mantel nicht. Der BMW-Fahrer spinnt! Man kann doch nicht mit fünfzig Sachen über einen Parkplatz ... die Tür geht auf, ein alter Herr springt raus. Er kommt auf mich zu mit ausgebreiteten Armen. »Lady! Wie schön dich zu sehen!«

Du bist mutig, dich im Netz zehn Jahre jünger auszugeben. Du siehst aus wie siebzig. Tränensäcke, Falten, Glatze. Viel älter als auf dem Foto. Auf dem Foto hab ich auch nicht gesehen, wie dick du bist. Dein Bauch sieht aus wie der einer Schwangeren im neunten Monat: eine dicke Kugel unter der grauen Anzugweste. Schöne Augen hast du. Leuchtend blau. Deine Zähne sind noch deine eigenen, sonst wären sie nicht so dunkel. Komisch, wenn du lachst, sieht man nur die untere Zahnreihe.
Die Stimme ist genial. Dein Dialekt auch: Der rheinische Singsang ist auch nach vielen Jahren in Bayern rauszuhören. Du erklärst mir die Gebäude, spielst ein wenig den Fremdenführer.
»Hamburg leidet, weil die modernen Schiffe immer kürzere Liegezeiten haben. Früher waren die Matrosen tagelang an Land, heute geht alles ruckzuck. Anlegen, Ladung löschen, ablegen. St. Pauli verliert dadurch seine Faszination und ist nur noch für Touristen interessant. Warst du schon mal auf St. Pauli, Lady?«
Nein, war ich nicht. Du fährst schnell und zügig, scheinst dich hier auszukennen. Hamburg im November ist nicht wirklich schön. Nieselregen und ein tiefer, grauer Himmel. Du bremst abrupt, rechts vor uns ist eine Parklücke frei. Du manövrierst den BMW rasch hinein.
»Der war für mich reserviert«, sagst du lachend. »Bleib sitzen!«
Du springst aus dem Auto, läufst zur Beifahrerseite und reißt den Wagenschlag auf. Reichst mir die Hand, hilfst mir aus dem Auto, hältst einen Schirm über den Kopf. Meine Güte, bist du hektisch. Aber: Manieren alter Schule, vom Feinsten, das gefällt mir.
Wir sind am Elysée Hotel. Die Koffer lassen wir im Auto, wir übernachten erst morgen hier, sagst du, wir essen erst mal was. Gute Idee, ich hab heute noch nichts gegessen.
Die Lobby ist riesig. Heller Marmorboden mit großen Mustern. Du machst eilige Riesenschritte, ich stöckele hinter dir her. Rechts ein Eingang zwischen zwei gläsernen Säulen, auf denen Grünzeug rankt. Piazza Romana. Ein Kellner kommt auf uns zu und schaut auf die Uhr, erkennt dich dann offensichtlich und lächelt. »Professore, Dottore...« murmelt er und macht einen Bückling.
»Salvatore, ich weiß, dass es spät ist. Wann macht ihr zu? Vierzehndreißig? Ist Luigi noch da? Ja? Er macht uns noch eine Kleinigkeit zurecht, oder?«
Es ist kurz nach halb drei.
Salvatore gibt sich dienstbeflissen und weist uns einen Tisch zu. Er schiebt mir den Stuhl unter den Hintern und zündet die Kerze auf dem Tisch an. Direkt neben uns ist eine Art überdachtes Atrium, in dem üppige Pflanzen wachsen. Schön hier. Viel Gelb, viel Marmor, viel Messing. Mediterranes Ambiente.
Außer uns sitzen nur ein Mann und eine Frau an einem Tisch, sie trinken Espresso und haben offenbar schon gegessen. Das Personal tut mir leid. Jetzt müssen sie unseretwegen hier bleiben.
Salvatore bringt die Karte, aber du schiebst sie an die Seite.
»Magst du Fisch, Lady?« Ich nicke.
Du bestellst auf Italienisch. Fließend. Donnerwetter. Dann fällt mir ein, dass du in Italien studiert hast. Es stand in deinem Lebenslauf im Internet. Du fragst, wie die Fahrt war, plauderst über dies und das und sagst immer wieder: »Was für ein Weib! Ich will dich, Lady!«

Das Essen kommt. Es duftet köstlich und ist schön angerichtet.
»Steinbeißerfilet, gebraten mit Hummer-Shitakepilz-Ragout in Safransauce und Brokkoliröschen«, erklärst du.
Lecker. Wir trinken Wein, und du erzählst aus deinem Leben, als würden wir uns hundert Jahre kennen. Ich beobachte dich, deine funkelnden blauen Augen, dein zerklüftetes Gesicht, deinen vibrierenden Bauch, wenn du lachst. Du lachst laut. Sugardaddy, würde Britta sagen.
Ob du in deinem Alter überhaupt noch vögeln kannst?
Dein Anzug ist hellgrau, sitzt gut, das weiße Hemd macht dich blass, die silbergrau gemusterte Krawatte hast du dir vom Hals gezerrt und zusammengerollt auf den Tisch gelegt. Du erzählst irgendeine Anekdote aus irgendeinem Swingerclub, in dem du mal warst, ich hab den Anfang nicht mitgekriegt.
»... und, Lady, der Typ hat sich wirklich die größte Mühe gegeben, und sie hatte auch sichtlich Spaß am Ficken, aber sie kam und kam einfach nicht zum Orgasmus!«
Ich lache, weil du so lebhaft erzählst, nicht wegen der Pointe. Ich finde dich nett. Du bist ein Entertainer. Mal sehen, wie sich alles entwickelt. Wie ein Dom wirkst du nicht auf mich. Du bist souverän, weltgewandt, das ja. Aber dominant? Ich weiß nicht.
Ist ja auch egal, ich bin hier, um zu reden und nicht, um mit dir ein Spiel zu spielen. Ich stelle mir dich im Blümchenkleid vor. Und mit Gasmaske.
Du zahlst mit einer goldenen Kreditkarte. Salvatore bringt uns zur Tür, dabei macht er einen Bückling nach dem anderen. Der ist ganz sicher devot, so unterwürfig, wie er sich aufführt.
Wir setzen uns in der riesigen Halle an einen Zweiertisch. Du bestellst Espresso. Zwei doppelte und zwei Grappa.
»Wenn wir so weitermachen, bin ich gleich blau«, sage ich. Du lachst.
»Macht nichts, dann machen wir unsere Kulturtour eben im Suffkopp.«
Kulturtour?
»Ja, ich hab mir ein nettes Programm ausgedacht.«
Wir fahren mit deinem Wagen nach St. Pauli. Du stellst ihn im Halteverbot neben der Davidswache ab. Als ich auf das Schild zeige, lachst du und winkst lässig ab.
»Die schleppen hier nicht ab, sondern verteilen nur Knöllchen, und die sind nicht teurer als ein paar Stunden im Parkhaus.«
Wir überqueren die Reeperbahn, die sich von anderen Straßen in großen Städten nicht unterscheidet. Ein Geschäft neben dem anderen.
Nur, dass es eben Sex-Shops, Table-Dance-Clubs und Bars statt Orsay, Nordsee und H&M sind.
Vor einer glänzenden weißen Fassade bleiben wir stehen. Der Laden sieht aus wie eine Nobelboutique. Ein Türsteher bewacht den Eingang. Dildos und Vibratoren in verschiedenen Farben und Formen, Dessous, Lederhalsbänder und Handschellen sind in den Schaufenstern dekoriert.
»Boutique Bizarre, tolles Sortiment, hier kauf ich am liebsten ein«, sagst du.
Wir gehen hinein. Pornofilme auf DVD, Bücher, noch mehr Dildos, grüne, rote, schwarze, fleischfarbene. Potenzmittel. Neben der Treppe hängen rosa Höschen mit Rüschen, solche habe ich als Kind unterm Sonntagskleid tragen müssen. Sie waren aus Polyester und kratzten fürchterlich an den

Gummirändern. Ich habe sie gehasst. Komisch, dass sie ein Fetisch sein können. Weiter hinten ist die Abteilung für Korsetts und Korsagen, wir schauen uns traumhafte Modelle an. Beim Anblick der Preise wird mir schwindlig.
»Lady, wenn du irgendwas haben möchtest, sagst du es, okay?«
Ich nicke, aber ich will nichts haben. Ich kenne dich doch gar nicht wirklich und außerdem haben wir nichts miteinander. Warum sollte ich etwas annehmen? Dass du mir die Reise, das Hotel und das Essen bezahlt hast, freut mich sehr. Aber hier, in diesem Dessousparadies, kann ich nichts von dir annehmen, das ist mir viel zu intim.
Wir gehen ins Untergeschoss. Mir stockt der Atem. Lack, Leder, Gummikleidung, Halsbänder, Peitschen, Gerten, Masken - ein unglaubliches Angebot. Die Schuhabteilung ist großartig: herrliche High Heels, ein Paar schöner als das andere. Du lächelst, während du mich beim Staunen beobachtest, und sagst wieder: »Lady, was für ein Weib, was für ein Weib. Ich will dich.«
Du kaufst mir Nylons, duldest keine Widerrede, als ich protestiere.
»Hast du schon mal echte Nylons gehabt?« Nein.
»Hier, schau mal, das sind echte: aus 100% Nylon mit genähter Naht und Ziernaht an der Hochferse. Hauchzart, feinmaschig glänzend, fünfzehn Denier, hergestellt auf Originalmaschinen der fünfziger Jahre.«
Deine Augen glänzen. Du kaufst die Nylons und drückst sie mir an der Kasse in einer dezenten schwarzen Plastiktüte in die Hand. Sie kosten achtundzwanzig Euro, ein Vermögen für ein Paar Strümpfe.
»Zur Erinnerung an einen Ausflug nach Hamburg und an einen alten Sack, der Nylonfetischist ist«, sagst du.
Wir schlendern noch ein Stück die Reeperbahn entlang. St. Pauli-Theater, Operettenhaus, Davidswache. Du zeigst auf einen Pavillon: »Da gibt's die beste Bratwurst der Welt, und am besten schmeckt sie nachts um zwei.«
Herbertstraße, Erichstraße. Wir gehen durch schmale Seitenstraßen, die ich mir auf St. Pauli ganz anders vorgestellt habe. Irgendwie sündiger, bunter. Hier gehen alte Leute mit ihren Einkauftaschen durch die Straßen, viele ehemalige Sex-Shops sind leer, aus Eckkneipen klingt Musik, auf dem Gehsteig hat einer gekotzt, und du führst mich umsichtig drum herum. Wir stehen vor dem Erotic Art Museum. Du schmunzelst.
»Ich hab doch gesagt, wir machen Kultur.«
Wir gehen hinein und sehen uns die Ausstellungen an. Langsam tun mir die Füße weh, meine Pumps sind für so lange Spaziergänge nicht geeignet.
»Kein Problem, Lady, dann gehen wir bei Erich was trinken.«
Die Brasserie Erich im Erotic Art Museum ist noch geschlossen, es ist fünf Uhr nachmittags, und Erich öffnet erst um neunzehn Uhr. Wir gehen weiter durch Seitenstraßen.
Vor einem kleinen Geschäft bleiben wir stehen. In den Schaufenstern liegen Peitschen in allen möglichen Größen und Farben. Und Teddys: superniedliche kleine Teddys, die mit Lederrock oder -hose und Ketten bekleidet sind.
Du sagst: »Diese SM-Teddys verkaufen sie bis nach China. Der Laden gehört einer ehemaligen Domina und ihrem Ehesklaven. Die machen hier wunderbare Peitschen, handgefertigt. Und sie reparieren den Kindern von St. Pauli auch schon mal kostenlos ihre ledernen Tornister. Wir gehen da jetzt rein. Denk dir nichts dabei, wenn SIE dich anpöbelt, sie meint es nicht so.«

Ach herrje, wohin führst du mich hier bloß? St. Pauli ist wirklich eine andere Welt. Von Hans-Albers-Romantik kann ich nichts spüren, hier geht's an allen Ecken nur um Sex und ums Saufen. Nur Kneipen, Bars, Shops und solche Fachgeschäfte. Der kleine Laden ist vollgestopft mit SM-Utensilien aller Art. Kleidung, Nippes, Handschellen, Keuschheitsgürtel. Hinter dem Tresen, der in jedem Tante-Emma-Laden als Käsetheke dienen könnte, hängen Peitschen. Schwarze, weiße, grüne, rote, rosafarbene. Lange, kurze, mittellange. Manche haben Metallgriffe, andere Handstücke aus Plüsch, wieder andere welche aus Leder. Es gibt Peitschen, die aus vielen dünnen Metallketten bestehen. Liebe Güte, wer will denn so was spüren.
Hinter dem Tresen steht eine ältere Frau, die überhaupt nicht wie eine Domina aussieht. Keine Stiefel, kein üppiges Make-up, nichts. Sie ist Ende fünfzig, schätze ich. In jedem Supermarkt laufen solche Frauen rum, unscheinbare, normale Typen im ausgeleierten Sweatshirt und mit Jeans. Hier auf St. Pauli hab ich irgendwie mehr skurrile Leute vermutet.
Die Ex-Domina lacht mich an. »Da hat unser Arno ja mal was ganz Hübsches aufgerissen«, sagt sie. Ich bedanke mich artig.
Sie sagt: »Und so eine schöne Stimme hat sie. Willst du nen Kaffee?«
Ja, ich nehme gerne Kaffee. Wir bleiben lange in dem kleinen Laden. Die Ex-Domina zeigt mir die Teddys, erklärt mir, wie die Peitschen gemacht werden, sie ist einfach nur nett.
»Arno, warum hast du gesagt, die Dame hier würde mich anpöbeln?«
Mir fällt auf, dass mein Ton streng klingt. Du grinst, bist du verlegen? Du antwortest nicht, stattdessen sagst du zu der Ex-Domina: »Welche Peitsche würdest du mir denn für die junge Lady mit der schönen Stimme empfehlen?«
Ich muss lachen. Aha. Du willst deine Position wieder klarstellen. Du bist ja heute Dom. Aber du bist nicht mein Dom, wieso willst du eine Peitsche kaufen?
Die Ex-Domina empfiehlt dir eine schwarze mit kurzem ergonomischem Griff. Sie ist mit auffälligen silbernen Nieten verziert. Du kaufst sie und steckst sie in die Plastiktüte mit den Nylons.
Die Domina sagt: »Arno ist da immer ganz eigen. Jede Sklavin hat ihre eigene Peitsche.«
»Ach ja? Nun, Arno, wenn sie die Peitschen nach einer Affäre mit dir nicht behalten dürfen, wirst du zu Hause eine stattliche Sammlung haben.«
Du grinst nur. Ich werde langsam müde, wir sind seit Stunden unterwegs, und ich habe keine Lust mehr zum Sightseeing. Mir tun die Füße weh, ich will sitzen. Wir gehen ein paar Minuten und stehen vor einer Eckkneipe: »Bei Günter Jauch« steht auf der Leuchtreklame. Es ist eine finstere Spelunke, das totale Kontrastprogramm zum noblen Elysée-Hotel heute Mittag. Aber die Wirtin, eine mächtige Polin, ist sehr nett.
Wir sitzen an der Bar und trinken Flaschenbier. Zwischendurch wirfst du Geld in die Musikbox und wir tanzen. »Himbeereis zum Frühstück«, »Marmor, Stein und Eisen bricht«, »Immer wieder sonntags«. Mit dem Alkohol, den ich intus habe, gefallen die Lieder mir gut. Wir sind die einzigen Gäste.
Wann endlich können wir reden? Wenn ich noch mehr saufe, kann ich das bald nicht mehr. Warum machst du mit mir diese Tour? Wieso kennst du dich hier überhaupt so gut aus?

»Hier kennen mich die Leute nur als Arno. Und wenn ich tatsächlich mal jemanden in der Szene treffe, der mich auch beruflich kennt, dann ist es egal. Denn wem ich auf St. Pauli begegne, der ist aus demselben Grund hier wie alle: Sex«.
Das ist sicher richtig.
Du erzählst mir aus deinem Leben, von deinen Jahren in Italien, von den tollen Weibern, mit denen du dort Verhältnisse hattest, von deiner Frau, die nach einer Gallenoperation gestorben ist, von deinen Büchern, die nur etwas für Fachidioten sind, von deinem Haus in München, von deinem BMW, der das neueste Modell ist. Fehlt nur, dass du ein Bild von deinem Boot auf den Tisch legst. Von SM erzählst du nichts.
Ich frage: »Wie kamst du zu SM?«
»Lady, das ist viele Jahre her. Ich war schon immer dominant, solange ich denken kann.«
»Warst du in deiner Ehe auch dominant?«
»Ja, sicher, ich bin es immer. Ich bin allerdings nie in die Monotonie der Monogamie verfallen.«
»Wusste deine Frau von den anderen?«
»Nein. Sie hat es in dreißig Jahren Ehe nie erfahren.«
Ich frage mich, ob du die Wahrheit sagst. Und ob deine Frau es wirklich nicht wusste oder ob du nicht wusstest, dass sie es wusste.
»Und wie kamst du zu Love.Letters?«
»Eine Freundin chattete da, sie nahm mich sozusagen mit.«
Dann erzählst du von den vielen Leuten aus deiner Gruppe Lustfesseln, die du alle persönlich kennst, und von deinem riesigen Freundeskreis. Du plauderst witzig und unterhaltsam. Ich kriege trotzdem schlechte Laune, weil wir nicht über meine Fragen reden. Stattdessen flirtest du mit mir, erinnerst mich an das »Go« und das »No«.
Ich versuche, mir dich als Dom vorzustellen, es gelingt mir beim besten Willen nicht. Auch wenn du für alle Fälle schon eine Peitsche und Nylons gekauft hast. Die Tüte hängt an der Lehne des Barhockers. Ich greife danach und ziehe die Peitsche heraus. Ganz langsam lasse ich die Lederstriemen durch meine linke Hand gleiten. Sie fühlen sich sanft und weich an.
Du hast meine Augen fixiert. Ich halte deinem Blick stand. Dabei stelle ich mir deinen dicken Bauch in einem weißen Tutu vor. Und krumme, behaarte Beine in hohen Pumps.
Deine Mundwinkel zucken ganz leicht, als ich unerwartet mit der Peitsche fest in meine linke Handfläche schlage.
Ich erschrecke mich selbst. Das war nicht geplant. Was tue ich hier?
Deine Reaktion ist spannend. Du wirkst nervös, ziehst heftig an deiner Zigarette, bläst den Rauch schnell aus. Hast du dir vorgestellt, ich sei eine Domina? Ich lache.
»Warum lachst du?«, fragst du.
»Ich lache dich an, Arno. Es gefällt mir, dass du fahrig bist. Woran denkst du? An diese Peitsche? Auf meinem Arsch?«
Ich mache eine winzige Pause.
»Oder an diese Peitsche auf deinem Arsch?«
Du atmest tief ein. Ich sehe, dass sich unter deiner Anzughose eine Beule abzeichnet. Das darf nicht wahr sein. So einfach ist das? Ich beuge mich vor. Mein Gesicht ist ganz dicht vor deinem. Deine Lider flattern. Mich

reitet der Teufel. Ich fasse dir in den Schritt. Du bist kräftig gebaut. Du stöhnst leise auf, so fest greife ich zu. Deine Erektion ist für einen alten Sack beachtlich. Ich höre mich sagen: »Du bist leicht zu beeindrucken, Arno. Ich bin es nicht.«
Du nickst und räusperst dich. Ich lehne mich zurück. Schlage die Beine übereinander, ganz langsam. Du starrst dabei auf meine Schenkel. Meine Güte, du wirst ja wohl nicht sabbern?
Ich bin betrunken. Ich weiß nicht, was ich hier tue. Aber ich weiß, dass es mir Spaß macht. Ich sage jetzt laut und deutlich: »Go.«
Deine Mimik wird schwammig. Damit hast du nicht gerechnet. Du hast geglaubt, ich gebe dir jetzt die Domina. Warum sollte ich? Du bist der Dom. Das hast du den ganzen Abend betont. Jetzt zeig mir, dass du einer bist.
Dein Körper strafft sich. Du sitzt jetzt sehr gerade. Nimmst einen tiefen Zug Bier, steckst dir eine neue Zigarette an.
»Trägst du Strapse, Lady?«
Deine Stimme vibriert, ein klein wenig nur, aber ich bemerke es sofort.
»Ja.«
»Dann geh zur Toilette und zieh die Nylons an.«
Aha. Du willst Zeit gewinnen. Okay.
Ich nehme die Nylons aus der Tüte. Das Klo ist im Keller. Ich ziehe meine Strümpfe aus und die Nylons an. Sie passen nicht richtig, sind mir an den Zehen zu groß. Außerdem werfen sie Falten. Aber sie fühlen sich gut an.
Als ich wieder an der Bar stehe, hast du schon bezahlt und hältst meinen Mantel in der Hand.
»Gehen wir?«, frage ich.
»Ja. Wir gehen zu Messmer und kaufen dir anständige Schuhe. Mit deinen biederen Hausfrauenpumps kannst du dich nirgends sehen lassen.«
Wenn du meinst. Meine Hausfrauenpumps sind von Gucci. Ich habe sie bei Ebay ersteigert und selbst dort noch ein Vermögen bezahlt.
Der Schuhladen ist direkt an der Reeperbahn, nahe des Pavillons, in dem es nachts um zwei die beste Bratwurst gibt. Hier gibt es fast nur Fetisch-Schuhe. Overknees, Plateaustiefel mit zwanzig Zentimeter hohen Absätzen, kitschige und elegante, ordinäre und traumhafte Schuhe. Es gibt Schuhe bis Größe achtundvierzig. Kaufst du dir hier deine Pumps? Ich denke das nur, ich frage es nicht. Du sollst jetzt Dom sein.
Du gehst mit kritischem Blick an den Regalen entlang. Mit schief geneigtem Kopf, wie ein feister Vogel, musterst du die Schuhe.
»Größe?«
»Neununddreißig«.
Du nimmst ein paar schlichte, knallrote Lackpumps aus dem Regal. Sie sind wunderschön und haben mindestens dreizehn Zentimeter hohe Absätze. Sie passen wie angegossen. Als ich damit ein paar Schritte gehen, reichst du mir deinen Arm und stützt mich. Wandern kann man in diesen Dingern nicht. Nur sub-gerecht stöckeln. Ich sage nicht, dass du schon der Zweite bist, der mir rote Schuhe schenkt. Ich muss innerlich lachen. Als Kind habe ich mir so sehr rote Schuhe gewünscht.
Gerald hat mir noch nie Schuhe gekauft. Er ist abergläubisch. »Wenn man einer Frau Schuhe kauft, läuft sie einem damit weg«, sagt er. Kann sein, dass er Recht hat. Ich werde bestimmt nicht bei Arno bleiben.
Warum geht's mir so gut?

»Du behältst die Heels gleich an, Lady.«
Okay. Zweihundertneunzehn Euro. Halleluja. Klar befolge ich deine Befehle. Bin gespannt, was du als nächstes machst. Irgendwie musst du mir ja jetzt mal eindringlich beweisen, wer von uns beiden hier die Hosen anhat.
Wir gehen wieder bei »Günter Jauch« vorbei, biegen dann aber links ab. Du bleibst stehen und klopfst an eine Tür, die ich fast übersehen hätte.
Eine Klappe öffnet sich, jemand sagt: »Hallo Arno«, die Klappe schließt sich wieder, und die Tür geht auf.
Wir sind im Club »Sylvia«. Hier sähe es aus wie in einer normalen Kneipe, wenn nicht im hinteren Bereich der runden Theke die Wände verspiegelt wären und einige seltsame Möbel davor stünden. Außerdem hängen nietenbesetzte Halsbänder und merkwürdige Ledergeschirre an den Wänden. Du begrüßt die Frau, die uns reingelassen hat, mit »Sylvia«.
Ihr scheint euch gut zu kennen, sie gibt auch mir die Hand und lächelt mich freundlich an. Sylvia ist groß und hat langes rötliches Haar; sie trägt ein Top aus schwarzem Leder und einen Lederrock.
»Ganz bekannte Hamburger Domina«, erklärst du flüsternd hinter vorgehaltener Hand.
Was werden wir hier tun? Willst du mich einer Profi-Domina servieren?
Du bestellst Bier, wir setzen uns auf eine Bank an der Theke, hinten links in der Ecke. Du siehst mich an.
»Was für ein Weib«, sagst du wieder und guckst gierig-liebevoll.
Ich weiß nicht, wie ich mich hier fühlen soll. An der Theke sitzt eine attraktive Blondine im Lederoutfit, neben ihr zwei Männer, die augenscheinlich hier sind, um einfach nur ein Bier zu trinken. Mehr Gäste sind nicht da. Du plauderst mit Sylvia über irgendeinen Abend, an dem du mit irgendwem hier warst. Ich beobachte die Leute und trinke mein Bier.
Plötzlich sagst du: »Zieh dich aus, Lady.«
»Wie bitte?«
»Hörst du schlecht?«
Deine Stimme ist laut. Ich lächle. Nein, ich grinse. Ich hab ordentlich einen im Tee, meine Hemmschwelle ist gleich null. Ich ziehe langsam mein Kostüm aus, knöpfe die Bluse auf, streife sie ab, lege alles über die Lehne eines Barhockers. Ich stehe in BH und String, Schuhen, Strapsen und Strümpfen vor dir.
»Weiter!« Ich ziehe den BH aus.
»Weiter!« Ich ziehe den String aus.
»Setz dich, Lady, möchtest du noch ein Bier?«
Ich sitze, nackt bis auf Schuhe und Strümpfe, im Club Sylvia an der Theke, kichere vor mich hin und genieße die Blicke der wenigen Anwesenden.
»Sie ist sehr hübsch«, sagt die Blondine zu dir und zeigt mit dem Kopf in meine Richtung. Ich muss zur Toilette. Besser ist wohl, wenn ich frage, ob ich gehen darf. Ich grinse innerlich und frage mit ehrerbietiger Stimme, ob ich mal bitte verschwinden dürfte.
»Ich komme mit!«, sagst du. Ach du lieber Himmel.
Du gehst mit mir auf das winzige Klo. Ich setze mich hin und versuche zu pinkeln, während du vor mir hockst und mir zwischen die Beine starrst.
»Wunderschönes Fötzchen hast du, Lady, so symmetrisch«, murmelst du. Ich mag keine Verniedlichungen.

Und ich mag überhaupt nicht, dass du da hockst und glotzt, weil ich dann nämlich nicht pinkeln kann. Ich mühe mich redlich, aber es kommt nichts. Dabei muss ich so nötig, dass ich schon fast gurgele.
Du siehst ein, dass du störst, erhebst dich schwerfällig und mit knackenden Gelenken und gehst wieder in den Barbereich.
Als ich zurückkomme, steht eine Flasche Champagner vor dir auf dem Tresen. Du lädst alle Anwesenden ein. Wir prosten einander zu und es scheint völlig normal zu sein, dass ich nackt an der Theke stehe. Mir ist das wurscht, sollen sie gucken, es ist alles in Ordnung. Ich bin jetzt einundvierzig, meine Schwachstellen stehen mir zu. Mit fünfundzwanzig gut auszusehen, ist nichts Besonderes, das kann jede.
Plötzlich sagst du: »Steh auf.«
Ich gehorche ganz brav, und du schiebst mich in den hinteren Teil des Raumes. Dort steht ein komischer Hocker.
»Leg dich über den Bock«, sagst du.
Aha, es ist ein Bock. Man lernt nie aus.
»Guck in den Spiegel, sieh dir in die Augen!«
Ich sehe mich selbst mit leicht glasigem Blick über dem Bock hängen. Komischer Anblick. Ich sehe dich hinter mir stehen, jetzt wirkst du groß und mächtig. Dein Gesichtsausdruck ist ernst, deine Augen blicken starr auf mein Gesicht im Spiegel. Du schlägst mir mit voller Wucht auf den nackten Hintern, reißt zeitgleich meinen Kopf an den Haaren zurück und zischst: »Habe ich gesagt, dass du MICH ansehen sollst?«
»Nein.«
»Nein wer?«
»Nein, Arno.«
Ich schaue mir selbst in die Augen. Ich sehe, wie sich meine Gesichtsmuskeln bei jedem Schlag auf den Hintern leicht verkrampfen. Das ist ja ein genialer mentaler Schachzug, denke ich. Ich sehe mich in einer ziemlich demütigen Situation und du willst mich lehren, mir dabei ins Gesicht zu sehen. Ich muss ziemlich besoffen sein, wenn ich das denke und mich nicht darauf konzentriere, was ich doch eigentlich unterschwellig wollte. Lustschmerz. Auch, wenn ich keine Session mit dir vorhatte, so habe ich doch »Go!« gesagt, also wusste ich, dass was kommt.
Du greifst mir in den Schritt und stellst fest, dass ich feucht bin. »Du bist geil, Lady!«, stellst du fest.
Sehe ich einen kleinen Triumph in deinem Gesicht?
»Ja«, sage ich.
Es stimmt nicht, dass ich geil bin. Körperreaktion, ja, kann sein, im Kopf bin nicht geil, kein bisschen. Ich bin gespannt, ob du das spürst.
Du kommst um den Bock herum, stellst dich vor mich. Jetzt sehe ich dich von hinten im Spiegel und gleichzeitig von vorn, dicht vor meinem Gesicht. Du hast eine ordentliche Fahne, riechst nach Bier, Gebiss und Magensäure. Ich halte die Luft an. »Mund auf!«
Ich reiße den Mund auf. Du schiebst mir zwei Finger in den Mund, drückst meine Zunge runter. Deine Finger schmecken scharf, nach dem Nikotin deiner filterlosen Zigaretten.
»Ich will es hören!«
Ich will fragen, was du hören willst, aber es kommt nur blödes Gestammel aus meinem Mund.

Hört sich an wie »Babb bibb bu hörn?« Gott, wie peinlich. Die Nummer kenn ich doch schon von Karel. Das hat er damals auch von mir verlangt, mit dem Finger im Mund zu sprechen.«
»Sag: Ich bin geil, wenn du geil bist!«
Herrje, ich will das nicht. Ob ich zubeißen soll? Nein, ich spiele weiter mit.
»Ich bimmgeil«, tönt es in Zeitlupe aus meinem Mund.
Du sagst, das sei aber ganz brav, und reichst mir die Hand, damit aufstehen kann. Ich würde gerne eine rauchen. Aber du schiebst mich zu einer engen Treppe, lässt mich vor dir hergehen. Es ist nicht ganz einfach, mit den Wahnsinnsabsätzen heil über die enge Stiege zu kommen. Oben ist ein kleiner Raum. Ich sehe einen Käfig, einen gynäkologischen Stuhl und ein Schaukelbett, das an langen Ketten hängt. Ich soll mich auf das Bett legen. Du hältst die Ketten fest, damit es nicht hin und her schwingt.
Ich lege mich nach deiner Anweisung auf den Rücken. Ich soll's mir selbst machen. Kein Problem. Wenn du denkst, das sei für mich Erziehung, irrst du dich. Ich mach's gerne und es dauert auch nicht lange, bis ich komme. Du stehst vor dem Schaukelbett und siehst mir zu.
Du bist mit deiner Leistung zufrieden, und ich darf wieder an die Theke gehen. Ich darf mich auch wieder anziehen.
Warum springt da kein Funke über zwischen dir und mir? Wir gehen.
Ich laufe in den roten Pumps wie auf Eiern.
Wir kommen an einer Kneipe vorbei, aus der laute Musik tönt. Die Tür steht offen, es ist brechend voll drinnen.
»Geh da rein, stell dich an die Theke und bestell dir ein Bier«, sagst du.
Was soll das sein? Ein Test, ob ich gehorche? Oder Training für mein Selbstbewusstsein? Ach, Arno ...
Es ist eine ziemliche Spelunke, aber ich gehe rein, drängle mich durch die eng stehenden Leute bis an die Bar.
Ich warte, dass die Bedienung mich ansieht, damit ich bestellen kann, aber dann spüre ich eine Hand im Nacken. Du packst meinen Nacken wie den eines Welpen und dirigierst mich wieder raus. Komische Nummer.
Es ist ein Uhr nachts und brechend voll draußen, trotz der Kälte.
»Da vorne ist der Hans-Albers-Platz. Ein Treffpunkt für Touristen und Jugendliche«, sagst du. Es ist mir wurscht, wer sich da trifft, ich kann nicht mehr laufen. Meine Füße brennen wie Feuer, und ich würde meine Schuhe am liebsten in den Müll werfen.
»Arno, ich muss die Schuhe ausziehen!«
Du nickst und ich streife sie von den Füßen. Der Asphalt ist eiskalt. Rechts, an der Wand steht eine Frau. Sie hat eine hautenge Gymnastikhose an, Overknees und eine Pelzjacke. Eine Nutte, klar. Sie kommt auf mich zu und ruft ärgerlich besorgt: »Mensch, Mädel, zieh bloß deine Pumps wieder an, hier liegen doch überall Scherben!«
Die ist ja nett! Ich lächle sie an und bedanke mich.
Du nimmst mir die Schuhe aus der Hand, steckst sie in die Plastiktüte, in der meine alten Schuhe und die Nylons sind, und nimmst mich auf den Arm. Du trägst mich zu einem Denkmal oder einem Brunnen, mitten auf dem Hans-Albers-Platz. Ich bin zu blau, um zu erkennen, ob es ein Denkmal oder ein Brunnen oder beides ist. Du lässt mich vorsichtig herunter, und ich setze mich auf einen Mauerrand. Du kniest dich hin und massierst hingebungs-

voll meine Füße. Das tut gut. Jeden Zeh einzeln reibst du zwischen deinen Händen, knetest meine Fußsohlen, ein wenig die Waden, hauchst warmen Atem auf meine Füße und küsst sie. Ob es dir gefällt, vor mir zu knien? Dann nimmst du meine Guccis aus der Tüte und ziehst sie mir vorsichtig an. Sie sind nach der Tortur in den Lackschuhen bequem wie Turnschuhe.
»Geht es? Schaffst du es bis zum Wagen?«
Wir gehen zu deinem Auto, das noch immer nahe der Davidswache steht, es ist nicht weit. Mit dem Handy rufst du ein Taxi an. Es dauert keine Minute, bis eines da ist. Du lässt die Koffer in das Taxi laden und nennst eine Adresse.
»Wir übernachten privat«, sagst du.
Ich habe keine Lust mehr, ich bin blau und ich bin müde. Es ist mir egal, wo wir übernachten, Hauptsache, ich kann ich mich hinlegen.

Simones Wochenende mit Arno verlief nicht so, wie sie es sich vorgestellt hatte, aber es sollte dennoch bleibende Erinnerungen hinterlassen.
Spät in der Nacht waren sie an einem hohen Mietshaus in St. Georg angekommen. Arno schleppte die beiden Koffer in die zweite Etage, einen Fahrstuhl gab es nicht. Im Treppenhaus roch es nach Urin, Eintopf und verwohnten Wänden. Simone mochte nicht fragen, wo sie waren, ob sie hier übernachten würden, sie war müde und wollte nur schlafen. Als sie die Wohnung betraten, guckte sie als erstes in ein recht geräumiges Zimmer. Direkt neben der Tür stand eine Streckbank. Sie hatte solche Möbel im Internet schon gesehen. Dies war eine schwarze Pritsche, die an den Längsseiten mit dicken, silbernen Nieten verziert war. Zwischen den Nieten waren etwa fünf Zentimeter große Stahlringe befestigt. Simone trat einen Schritt vor und blickte auf ein Drehkreuz, mit dem man die Funktion in Gang setzen konnte. Wie dieses Folterinstrument funktionierte, wollte sie gar nicht wissen, spontan griff sie ihren Koffer, platzierte ihn schnell auf der Streckbank und breitete Mantel, Schal und Handschuhe daneben aus. Arno sollte gar nicht erst auf die Idee kommen, das Teufelsding zu benutzen.
Sie setzte sich auf ein kleines Sofa, das neben der Streckbank stand, und sah sich um. Gütiger Himmel, was war das für eine Wohnung?
Tisch, Sofa, ein Sessel, ein breites Bett auf einem Podest unter dem Fenster, einige gerahmte Bilder mit gefesselten Frauen und Männern. Ihr gegenüber stand ein schwarzer Pranger. Daneben ein etwa vierzig Zentimeter tiefer und einssiebzig hoher Käfig. Die Gittertür war offen, im Schloss steckte ein großer Schlüssel.
»Wer wohnt hier, Arno?«
Er lachte auf. »Die Wohnung gehört einem befreundeten Ehepaar. Er ist Biochemiker an der Uni, sie ist Steuerberaterin. Die beiden leben mit Kindern, Hunden und Oma in einer Villa in Winterhude. Manchmal ziehen sie sich hierher zurück, um zu spielen.«
»Sie haben extra eine Wohnung für ihre Sessions?«
Simone war perplex. Sie stand auf und ging zurück in den winzigen Flur. Ein offenes Regal neben der Eingangstür, auf dem bizarre Schuhe standen: Plateau-Sandalen mit handbreit dicken Plexiglassohlen und Absätzen, die mindestens zwanzig Zentimeter hoch waren. Geschnürte Lackstiefel, die so lang waren, dass sie Simone bis zu den Pobacken reichen würden. Lederstiefel, die an den Seiten mit Metallschnallen geschlossen wurden.

An der Wand darüber waren fünf abgesägte Hockeyschläger befestigt, deren Schlagflächen in den Raum ragten. Daran hingen Ketten, Fesseln, Seile, Geschirre, Halsbänder, säuberlich nach Materialien geordnet.
Simone ging in die Küche. Zwei Wände waren mit grauem Wellblech verkleidet. Unter dem Fenster standen ein Bistrotisch aus Metall und zwei passende Stühle. *Cooles Ambiente*, dachte sie und fand die gehäkelte Scheibengardine am Fenster dazu lustig. Ein Zweiplattenherd auf einer kleinen Arbeitsplatte, ein Spülbecken, ein Einbaukühlschrank. In einem Regal sah sie Geschirr, eine Kaffeemaschine und diverse Küchenutensilien. In einem Fach, unter den Kaffeepötten, stand eine beachtliche Sammlung Dildos. Einer davon war so dick und so lang wie Simones Unterarm. Direkt neben dem Regal waren zwei mächtige Stahlketten über Kreuz an vier stabil aussehenden Haken angebracht.
»Ein selbst gebautes Andreaskreuz, ganz billig aus dem Baumarkt«, erklärte Arno, »hier hängt der arme Günther oft stundenlang.«
Simone sah sich im Bad um. Bis auf ein Gefäß mit einem roten Gummischlauch schien hier wenigstens alles normal zu sein.
»Klar, dass dieser Günter nen Einlauf braucht, bevor er diese Megadildos verdauen kann«, sagte sie zu Arno, der grinsend in der Tür stand und ihr beim Schauen zusah.
»Zieh dich mal aus, Lady«, befahl er.
Oh nein, dachte Simone, du bist besoffen, und ich bin es auch. Jetzt doch nicht mehr! Sie wusste selbst nicht, warum sie Arno gehorchte. Sie zog sich aus und verteilte ihre Garderobe vorsichtshalber auf den freien Flecken der Streckbank.
Arno trat hinter sie und schob sie in den Käfig.
Sie passte kaum hinein, obwohl sie so schlank war. Sie presste sich an die hinteren Eisenstangen, als Arno die Tür schloss und den Schlüssel abzog. Leicht gebückt stand sie in dem Affenkäfig, wie sie ihn in Gedanken nannte, weil sie mit ihren einsfünfundsiebzig nicht ganz hineinpasste.
Ihr war mulmig, sie bekam Platzangst. Hoffentlich legte Arno sich nicht ins Bett und schlief ein!
Er setzte sich auf das kleine Sofa, nachdem er eine Flasche Becks aus dem Kühlschrank geholt hatte. Dann zündete er die Kerze auf dem zierlichen Glastisch an, rauchte eine und trank das Bier aus der Flasche. Dabei sah er sie aus glasigen Augen an und murmelte mehrmals, als würde er ein Mantra aufsagen: »Was für ein Weib, Lady. La belle de nuit. Was für ein Weib.«
Simone war genervt. Füße und Beine taten ihr weh nach dem langen Tag, und ihr Rücken schmerzte in der gebückten Haltung. Arno saß breitbeinig auf dem Sofa, er trug nur ein schwarzes T-Shirt und eine transparente, silbrigschwarze Unterhose. Irgendwas sah komisch aus. Simone musterte ihn aufmerksam. Es waren seine Beine. Er hatte kein einziges Haar an seinen Beinen, sie waren schneeweiß und ebenso glatt rasiert wie ihre eigenen. Klar, wenn er gern Damenwäsche trug, waren unrasierte Waden natürlich nicht schön. Simone musste grinsen.
Sie war froh, als Arno aufgeraucht hatte, aufstand und sie wortlos aus dem Gefängnis entließ.
Er hob das Oberteil des Prangers hoch und wies sie mit einer Handbewegung an, ihren Kopf in die mittlere und die Handgelenke in die beiden kleinen äußeren Öffnungen zu legen. Simone seufzte.

Meine Güte, musste er unbedingt noch Programm machen? Er konnte doch kaum noch stehen. Sie gähnte, als sie mit durchgedrückten Beinen und vorgebeugtem Oberkörper in dem Pranger stand.
Sehr stabil kam ihr das Ding nicht vor, zur Not hätte sie damit durch die Gegend laufen können. Sicher war das nur ein symbolisches Utensil.
Sie hörte Arno mit etwas rascheln, konnte aber nicht zuordnen, was er tat. Einen Moment lang hörte sie kaum etwas, spürte nur seine Schritte auf dem Teppichboden hinter sich. Sie sah, dass die Schatten an der Wand vor ihren Augen sich veränderten. Und dann schrie sie vor Schreck auf, als Arno ihr etwas glühend Heißes über den Hintern laufen ließ.
Er hatte die Kerze vom Tisch genommen und träufelte ihr Wachs auf den Po, den Rücken und die Oberarme. Simone atmete tief ein und aus. Es war mehr Schreck als Schmerz gewesen, durch ihren Alkoholspiegel war ihre Schmerzgrenze deutlich höher als sonst. Sie ertrug das Wachsspiel geduldig.
Sie wollte aufatmen, als sie hörte, dass er die Kerze ausblies, aber es war zu früh. Arno schlug ihr das ganze Wachs mit der neuen Peitsche wieder ab. Simone fühlte nichts außer ziehendem Schmerz, aber der war in ihrem Zustand auszuhalten.
Ein Spruch aus dem BDSM-Forum fiel ihr ein: »Don't drink and beat«. Das war richtig, dachte sei. Es hat keinen Sinn, besoffen eine Session zu veranstalten, oder was immer das hier sein sollte. Arno schwankte, als er ihr aus dem Pranger half. Er drückte ihr einen feuchten Kuss auf den Mund und sagte: »Katzenwäsche, Zähne putzen und ab ins Bett.«
Als sie aus dem Bad kam, schlief er, auf dem Rücken liegend und mit offenem Mund laut schnarchend.
Am nächsten Morgen räumten sie die merkwürdige Wohnung auf, tranken Kaffee unter dem Andreaskreuz in der Küche und stellten die Becher später wieder in das Regal unter der Dildosammlung. Arno schloss ab und warf den Schlüssel an der Haustür in einen Briefkasten, zusammen mit einem gefalteten Fünfzig-Euro-Schein. Mit dem Taxi fuhren sie zu Arnos BMW und verstauten die Koffer wieder im Fond.
»Wir gehen jetzt eine Kleinigkeit frühstücken, dann fahren wir ins Hotel, ich denke, wir müssen uns beide frisch machen.«
Simone war das sehr recht. Sie wollte duschen, sich die Haare waschen und frisches Zeug anziehen. Außerdem wollte sie gern eine Stunde schlafen, denn sie war ziemlich verkatert.
Sie bestellten heiße Gulaschsuppe und starken Kaffee in irgendeinem Schuppen an der Reeperbahn. Der Kellner hatte offene Akne. Simone würgte und rührte Suppe und Kaffee nicht an.
Gegen Mittag checkten sie im Elysée ein. Arno hatte zwei Zimmer nebeneinander gebucht. Das Alkovenzimmer war traumhaft schön.
Groß, sicher fünfzig Quadratmeter, schätzte Simone. Holz- und Korbmöbel, einige Pflanzen, helle Wände, heller Teppichboden, das Doppelbett hinter einem hellen Vorhang. Fernseher, Minibar, Bademantel, Föhn, alles da. *Luxus in Tüten, meine Güte, geht's mir gut*, dachte Simone.
Sie verabredeten sich in zwei Stunden, Arno wollte sie abholen. Simone rief kurz zu Hause an, gab Gerald Bescheid, dass es ihr gut gehe, und erzählte, dass sie gestern am Abend sehr früh schlafen gegangen sei und sich deshalb nicht gemeldet hatte. Nun müsse sie dringend los, Dr. Erasmus Wiedenbein warte in der Halle, um sie zum Essen auszuführen und die geplante Lesung

zu besprechen. Gerald wünschte ihr viel Spaß und fragte, ob er die Kinder von ihr grüßen solle.
»Natürlich!«, sagte Simone und fragte sich, warum sein Ton so komisch klang.
Sie duschte, wusch sich die Haare und legte sich eine Stunde aufs Bett. Sie döste nur, war zu müde zum Schlafen. Später schminkte sich sorgfältig, zog einen roten Rock, einen dunkelblauen Seidenblazer und dunkelblaue Pumps an und war pünktlich fertig, als Arno an ihre Tür klopfte.
Es sah ziemlich zerknittert aus, verbreitete aber irgendwie gute Laune. Sie gingen an der Alster spazieren und schlenderten durch die eleganten Passagen in der Innenstadt.
Vor einem vornehmen Wäschegeschäft machte Arno halt.
Er grinste sie an, nahm ihre Hand und zog sie in den Laden. Simone kannte die Marken, die hier angeboten wurden: La Perla, Aubade, Wolford.
»Traumhafte Sachen!«, rief sie aus und freute sich sehr, als Arno sagte: »Darf ich dir was aussuchen, Lady?«
Er durfte. Heute durfte er. Und er hatte Geschmack.
Zu einem besonders breiten Strapsgürtel mit acht breiten Strumpfhaltern aus Metall wählte er ein passendes Taillenmieder aus schwarzem Satin aus. Es wurde hinten geschnürt und vorne mit silbernen Häkchen geschlossen.
Während Simone die sündhaft teuren Dessous in der Kabine anprobierte, suchte er noch einen String und ein dunkelgraues Paar Nylons aus, brachte alles in die Kabine und befahl ihr, die Strümpfe dazu anzuziehen und alles anzulassen.
Ihre eigene Wäsche ließ er einpacken. Simone hörte, dass er dreihundertdreißig Euro bezahlen musste.
Sie schüttelte den Kopf. Warum tat er das? Er spürte doch, dass sie recht kühl war? Nun, wenn es ihm Spaß machte und er so viel Geld hatte, ihr sollte es recht sein, und sie freute sich ehrlich über die wunderschönen Sachen.
Sie gingen in ein nobles Café an der Alster und tranken Kaffee und Cognac. Arno begann ein Gespräch über Love.Letters.
»Du glaubst ja nicht, wie viele fette Subs es gibt, Lady. Frauen wie du sind eine absolute Ausnahme und eine Augenweide dazu.«
»Keiner kann sich malen, Arno, und die Dicken können ja nichts dafür, dass sie dick sind. Ich hab gute Gene und Glück gehabt, aber ich hab noch nie was für meine Figur getan. Keinen Sport, keine Diät, nichts. Wenn ich nicht rauchen würde, wäre ich wahrscheinlich auch um einiges schwerer.«
Er machte eine verächtliche Handbewegung.
»Wenn sie nur fett wären! Sie sind meist auch noch sehr hässlich.«
Er legte den Kopf schief und sah wieder aus wie ein äugender Vogel. Nach einer Pause meinte er: »Vielleicht sind deswegen devot. Sie sind so eklig und unattraktiv, dass sie eigentlich keinen mitkriegen. Wenn sie sich unterwürfig geben, denken sie vielleicht, für einen Mann interessant zu sein.«
Simone atmete scharf ein. Sie dachte: *Du glatzköpfiger alter Schlabbersack, was bildest du dir eigentlich ein? Du bist weiß Gott kein Adonis und machst solche Sprüche? Kann ja wohl nicht wahr sein.*
Sie war wirklich sauer, riss sich aber zusammen und sagte diplomatisch: »Das ist nicht dein Ernst, Arno. Du meinst, sie *tun* nur unterwürfig, damit sie nicht allein sind? Wie schrecklich.«

»Ich weiß nicht, nur so ein Gedanke, Lady, vielleicht irre mich. Kommen wir zu dir. Wie war das und wann war das, als du gemerkt hast, dass du anders tickst?«

Und dann erzählte Simone ihm von all ihren Erlebnissen. Von den ersten unbedarften Erfahrungen im Internet, von den Kontakten zu Lars und Ralf, vom schönen Boris, der wie seine eigene Karikatur auf sie gewirkt hatte, vom charmanten Karel, mit dem sie ungekannte Lust erlebt hatte, von der intriganten und verbitterten Karin und dem sadistischen Mark, vom unwichtigen Theo und von ihren vielen Fragen und den wenigen Antworten, die sie bisher gefunden hatte.

Arno hörte ihr sehr aufmerksam zu, unterbrach sie nur selten, um etwas nachzufragen. Als Simone geendet hatte, lehnte sie sich erleichtert zurück. Das hatte sie gebraucht: Einmal alles am Stück erzählen zu können und nicht erklären zu müssen. Arno verstand sie. Er war selbst einer aus der Szene. Er war alt und erfahren.

»Ich fühlte mich so pervers, weißt du? Und unsicher.«

»Warum, Lady?«

»Ach Arno, warum? Ich bin im Alltag selbstbewusst und hab ziemlich viel erreicht. Ich habe ein eigenes Geschäft, das ganz gut läuft, ich habe eine Familie, ein Haus, einen Hund, und ich hab schon viele schöne Reisen gemacht. Meine Freundinnen sagen, ich wäre taff. Wie aber kann eine selbstbewusste Frau es genießen, der schwache Part zu sein, der unterwürfige, der devote?«

»Du bist nicht pervers, Lady, was ist schon pervers? Pervers ist eine Ehe, in der beide zusammen sind, weil keiner das Haus und das Auto aufgeben will, weil man sich gegen bürgerliche Konventionen nicht wehren will. Pervers ist, was in diesen Familien abgeht, Lady. Vergewaltigung in der Ehe gehört dazu, die Prostitution der braven Hausfrau, die sich für ein sorgenfreies Leben verkauft, auch. SM ist nicht pervers. Es ist ein Spiel, kein Ernst. Man spielt Ungehorsam und Strafe. Wer ungehorsam ist, wird nicht durch brutale Misshandlung gezüchtigt, wie es viele Kinder durch ihre Eltern erleben müssen. Der sexuell unterwürfige, devote Part bestimmt das Spiel. Er hat das Codewort, hält die Fäden in der Hand, sagt, wann Schluss ist. Und wenn du dich als Masochistin oder Devote siehst, dann bist du letztlich die, die das Spiel bestimmt.«

»Das ist mir schon klar, Arno. Es ist mir egal, ob ich bestimme oder nicht bestimme. Fakt ist, dass ich Schmerz mag, sogar liebe, oft Sehnsucht danach habe - und dass das nicht zu meinem Weltbild passt. Deswegen quäle ich mich immer wieder mit Vorwürfen und Fragen.«

»Kannst du dich nicht einfach so annehmen? Es genießen, wie es ist, ohne zu fragen? Es ist doch egal, woher eine Neigung oder ein Faible kommen, Hauptsache man tut etwas gerne und schadet keinem anderen.«

»Nein, Arno, das reicht mir nicht. Ich will es mir erklären können.«

»Lady! Genieße es einfach, was du erlebst. Du hast wichtige erotische Erfahrungen gemacht in einem Alter, in dem deine Vanilla-Kolleginnen sich bereits komplett aus der Sexualität ausgeklinkt haben. Du hast gestandenen Männern den Kopf verdreht und eine neue Seite an dir entdeckt - was willst du mehr? By the way, Lady, heute Abend wirst du noch ganz andere Seiten an dir entdecken. Ich sehe nämlich etwas in dir, dessen du dir noch nicht bewusst bist.«

»Was siehst du? Heute Abend? Wie meinst du das?«
»Wir gehen zu einer SM-Party. Du wirst einige Dinge zu sehen bekommen und erleben, die dir neu sein werden.«
»Arno, ich weiß nicht, ob ich das will, ich war noch nie auf einer SM-Party!«
»Eben. Dann wird es Zeit.«
Sein Ton duldete keinen Widerspruch, aber Simone wollte eigentlich auch gar nicht widersprechen. Die Aussicht auf die Party reizte sie, und sie war neugierig. Sie fuhren ins Hotel zurück. Arno schloss Simones Zimmer auf und ging hinein. Damit hatte sie nicht gerechnet, er wollte doch wohl nicht mit ihr vögeln?
»Zieh dich mal aus, Lady.« Sie zog sich aus.
»Geh duschen, ich warte hier. Wenn du fertig bist, bleibst du im Bad und rufst mich.«
Was sollte das denn jetzt werden? Simone war unsicher, aber auch gespannt. Sie ging duschen. Und sie ließ sich viel Zeit dabei. Sollte er mal schön lange warten. Es waren sicher zwanzig Minuten vergangen, als sie ihn rief. Er kam sofort. In der Hand hielt er einen Nylonstrumpf. Sie sah ihn fragend an, als er an die Duschwanne trat, ihr befahl, den Mund weit zu öffnen und ihr den Strumpf in ihren Mund steckte.
»Atme durch die Nase, Lady. Geht es so?«
Simone nickte.
»Dreh dich um.«
Simone wunderte sich, woher er die Peitsche hatte, mit der er ihr schnell einige kräftige Schläge auf den Hintern verpasste. Wahrscheinlich war er kurz in seinem Zimmer nebenan gewesen, um sie holen.
Sie genoss die Schläge nicht, hielt sie nur schweigend aus. Arno war einfach nicht der Typ, der sie erregte. Außerdem fand sie die Situation blöd: Sie stand nackt in der Dusche, hatte einen Strumpf im Mund, bemühte sich, dass ihre Füße in der nassen Wanne nicht auseinander rutschten, und sie fror.
Sie wusste nicht, ob Arno ihre Lustlosigkeit spürte oder ob er glaubte, die Schläge seien genug gewesen. Er hatte aufgehört, ihr den Strumpfknebel aus dem Mund genommen, ein großes Badehandtuch geholt und wickelte sie darin fürsorglich ein. Dann trug er sie hinüber in die Suite und legte sie vorsichtig aufs Bett.
Während sie unter der Dusche gestanden hatte, war er nebenan gewesen und hatte eine Ledertasche geholt. Er nahm einige Seile heraus.
Aha, Bondage, dachte Simone.
Arno fesselte sie gekonnt ans Bett und erklärte ihr dabei, dass solche Bondageseile unbedingt aus Naturmaterialien sein müssten.
»Wenn sie einen Kunststoffanteil haben, kann es durch Reibung zu Erhitzungen und somit Verbrennungen kommen«, erklärte er fachmännisch. Er umwickelte ihre Handgelenke so, dass sie über ihrem Kopf zusammengebunden waren. Mit wenigen Griffen drapierte er zwei weitere Seile so, als hätte sie einen String an. Ein Knoten saß genau an der Stelle, die zu Simones erogensten Zonen gehörte. Sie bewunderte seine Kunstfertigkeit, als er ihr befahl, die Beine anzuwinkeln und in dieser Stellung zu bleiben.
Er band ihre Beine so fest, dass sie sich nicht bewegen konnte, dennoch hielten die Seile sie, es war nicht unbequem. Wie ein auf dem Rücken

liegender Käfer, dachte Simone und verbiss sich ein Grinsen. Was Arno hier tat, war interessant, aber nicht geil. Zufrieden schaute er sich sein Knotenkunstwerk an.
Er ging ins Bad, kam mit dem Nylonstrumpf zurück und zog ihn sich wie einen Handschuh über den rechten Arm. Dann kniete er sich im Bett neben Simone, öffnete den Schlitz seiner grauen Anzughose und onanierte.
»So will ich dich, Lady, wehrlos, ausgeliefert, so will ich dich«, keuchte er. Es dauerte nicht lange, bis das Ergebnis seiner flinken Handbewegungen in der Spitze des Strumpfes landete. Arno atmete tief durch, zog den Nylonstrumpf von seinem Arm, knüllte ihn zusammen und warf ihn in hohem Bogen ins Zimmer. Rasch knotete er Simone los, legte sich neben sie und zündete zwei Zigaretten an, von denen er ihr eine reichte. Sie lagen schweigend auf dem Rücken und rauchten. Der Aschenbecher stand auf Arnos festem, kugelrundem Bauch.
Das war wieder nicht das, was sie wollte. Ein netter, aber unattraktiver alter Mann mit einem riesigen Bauch, einer, der wie aus dem Lehrbuch agierte und keine Gefühlsregung in ihr hervorrief, nein.
Nun gut, sie hatte gar keine Session mit Arno haben wollen, selbst Schuld, wenn sie sich doch darauf eingelassen hatte und nun enttäuscht war. Sie dachte an Karel. Eigentlich war er der Einzige, bei dem sie die totale Ekstase erlebt hatte, aber der Richtige war er auch nicht gewesen.
Gab es das überhaupt für sie? Den Richtigen?
Ach, was soll's, dachte sie, *ich genieße den Abend heute und morgen fahre ich nach Hause. Und dann sehen wir weiter.*
Arno rauchte die Zigarette zu Ende und ging hinüber in sein Zimmer. Vorher hob er den verklebten Nylonstrumpf auf und verstaute ihn in seiner Hosentasche.
Simone hatte wieder gedöst, als das Telefon klingelte und Arno ihr Bescheid gab, dass sie sich zurechtmachen solle.
»Kräftiges Make-up, Lady, die Frisur ein bisschen verwegen, dann ziehst du nur einen Bademantel an, rufst mich an und wartest.«
»Soll ich im Bademantel zu der SM-Party gehen?«
»Vor allen Dingen sollst du nicht so dämliche Fragen stellen, Lady. Diese bringt dir zehn Striche ein.«
»Striche?«
»Du wirst es schon sehen«, sagte Arno und legte auf.
Simone lachte. Wieder so einer, der ein geistiges Strafbuch führte. Sie schminkte sich sorgfältig, betonte die Augen mit schwarzem Kajal, schwarzem Lidschatten und viel Mascara und wählte kirschroten Lippenstift. Die Haare toupierte sie leicht an, sodass sie mehr Fülle bekamen.
Sie war zufrieden mit ihrem Aussehen, auch wenn sie so gar nicht wie eine devote Sklavin wirkte. Sie übte vor dem Spiegel ein paar strenge Blicke und wunderte sich darüber, wie echt sie aussahen. Was hatte Arno gemeint, als er von einer Seite sprach, die sie selbst an sich noch nicht kannte?
Er war ein Switcher, ein erfahrener, wie sie annahm. Ob er sie wirklich in der dominanten Rolle sah? Diese Szene in der Spelunke auf St.Pauli, als sie die Peitsche auf ihre Handfläche knallen ließ, kam ihr in den Sinn. Es hatte ihr gefallen.
Simone beendete ihr Make-up, zog den weißen Bademantel an, der zur Ausstattung der Suite gehörte, und rief Arno an.

»Öffne deine Zimmertür und lehne sie an. Ich will dich in der Mitte des Zimmers sehen. Nackt, auf Knien, Arsch hoch, Stirn auf dem Boden, Augen geschlossen.«
Simone schluckte. Jetzt bekam sie Gänsehaut.
Und sie tat, was er sagte, erwartete ihn in der befohlenen Position. Arno kam nur einen Moment später ins Zimmer.
»Sehr schön, Lady«, murmelte er und machte sich an der Ledertasche zu schaffen, die er mitgebracht hatte.
Simone hörte ihn darin herumkramen, die Geräusche konnte sie nicht zuordnen. Irgendwas klickte, so, als würde jemand einen großen Druckknopf schließen.
Arno trat hinter sie. »So, Lady, ich werde dich jetzt eincremen, damit du sie besser aushältst. Du wirst einen schönen Abend haben. Deine Augen bleiben zu!«
Er lachte. Simone stöhnte leise auf, als er ihr einen Dildo einführte. Sie stöhnte laut auf, als ein zweiter, kleinerer, in ihren Po geschoben wurde.
»Bleib ganz ruhig, Lady. Wenn du dich dran gewöhnt hast, wirst du es genießen.«
Dann legte er ihr etwas um die Hüften, dass sich wie ein Gürtel anfühlte. Ein Klaps auf den Hintern, und er befahl ihr, vorsichtig aufzustehen. Er reichte ihr die Hand und zog sie hoch. Er schob sie vor den großen Spiegel des Kleiderschrankes.
Simone lächelte. Er hatte ihr einen Slip aus schwarzem und rotem Leder angezogen, in dem innen zwei Dildos befestigt waren. Der Slip hatte einen sehr hohen Beinausschnitt, saß oben fast auf ihren Hüftknochen. Er fühlte sich gut an, war aus festem, angenehm weichem Leder und Simone fand, dass sie klasse aussah.
»Sauteures Ding, dieser Dildoslip. Ich habe ihn aus den Staaten mitgebracht, hier bekommt man solche Qualität nicht«, erklärte Arno stolz.
»Und wie viele Damen haben den vor mir schon getragen?« Simone konnte sich diese Frage nicht verkneifen.
»Keine Sorge, Lady. Ich denke immer an Hygiene. Ich desinfiziere alle Spielzeuge immer sofort und sehr gründlich!« Sie glaubte ihm.
Arno half ihr, das neue Taillenmieder und ein Paar halterlose Strümpfe anzuziehen. Sie hätte sich, innen doppelt ausgefüllt, schlecht bücken können.
Er kniete vor ihr, als er ihr half, die neuen roten Pumps anzuziehen. Er kniete auch vor ihr, als er ihr breite, rotschwarze Ledermanschetten um die Fußgelenke legte.
Sie konnte den Blick, den er ihr von unten zuwarf, nicht deuten. Seine Augen glänzten, und einen Moment lang hatte Simone das Bedürfnis, ihm mit den spitzen Absätzen ihrer Heels auf die Hände zu treten. Sie tat es nicht.

Simone war froh, den schwarzen Mantel mitgenommen zu haben, denn Arno erlaubte ihr nicht, Rock und Bluse über ihrem Outfit anzuziehen. Sie war auch froh, dass der Mantel bis zu den Knöcheln reichte, weil man so ihre ledernen Fußfesseln nicht sah, als sie an Arnos Arm durch das Foyer des Hotels ging. Dennoch hatte sie das Gefühl, jeder der zahlreichen Hotelgäste in der Halle könne ihnen ansehen, wohin sie gehen würden. Vielleicht lag es an Arnos wehendem Ledermantel, der Lederhose und den schweren Stiefeln, die er trug. Sie wickelte sich fester in den Mantel und senkte den

Blick. Eine instinktive Geste, fast so wie damals, als sie mit Karel in den Club ging und nicht gesehen werden wollte ...
Sie fuhren mit dem Taxi zur Party. Simone nahm sehr vorsichtig und ein wenig steif in den Bewegungen auf dem Rücksitz Platz, die Dildos waren deutlich zu spüren.
»Sind die Gastgeber Freunde von dir?« fragte Simone.
»Wieso Freunde? Ich kenne sie, aber befreundet sind wir nicht. Die Partys bei Tommy und Carmen sind immer sehr gut besucht.«
»Ach, er gibt öfter SM-Partys?«
»Jeden Monat.«
»Und er lädt immer dieselben Leute ein? Sind alle Gäste SMler?«
Arno lachte. »Lady, du denkst, wir gehen auf eine private Fete?«
»Nicht?«
»SM-Partys sind professionelle Veranstaltungen, zu denen im Prinzip jeder gehen kann, der sich anmeldet und den Eintritt bezahlt. Allerdings trifft man einen harten Kern von Stammgästen regelmäßig immer wieder.«
»Und wo kann man sich anmelden? Woher weiß man, dass die Party stattfindet? Steht das in der Zeitung?«
»Nein, man erfährt es über diverse Newsletter im Internet oder über Flyer und Plakate in Shops, wie zum Beispiel im Bizarre. Wenn man Stammgast bei den Veranstaltern ist, bekommt man die Einladung automatisch per Mail.«
Simone schüttelte den Kopf. »Komisch, den Beruf SM-Party-Veranstalter kannte ich noch nicht. Sachen gibt's.«
Arno streichelte ihr über den Kopf und meinte, dass sie richtig niedlich sein könne.
Es war nicht weit bis zu der Location. Arno half Simone galant aus dem Taxi, damit sie mit ihren hohen Absätzen nicht auf dem glatten Kopfsteinpflaster ausrutschte.
Sie standen vor einem unscheinbaren Haus, einem fünfgeschossigen Altbau, von denen es Hunderte in Hamburg gab. Arno führte sie zu einem Seiteneingang und klopfte dreimal kräftig an die Tür.
Es wurde sofort geöffnet: Eine Blondine, nur mit Strapsen, Strümpfen und Schuhen bekleidet, fiel Arno um den Hals und küsste rechts und links neben ihm in die Luft. Dabei presste sie ihre schlaffen Brüste gegen seinen Ledermantel. Nachdem er ihr ebenfalls Küsse neben die Wangen gegeben, sie an den Schultern gepackt und anerkennend gemustert hatte, begrüßte die Blondine Simone mit einem herzlichen und freundlichen »Willkommen«.
Arno stellte sie als »Inkognito« und die Blondine als »Little Devil« vor. Aha, man redete sich mit Pseudonymen an, dachte Simone.
Sie bemerkte, dass die Blondine an den Schamlippen üppig gepierct war, etliche silberne Ringe funkelten dort.
Sie stiegen eine steinerne Treppe hinab. Gregorianische Gesänge und Stimmengewirr klangen ihnen entgegen.
Arno gab ihre Mäntel an der Garderobe ab und zahlte den Eintritt. Während er mit einem glatzköpfigen, in Leder gekleideten Kassierer plauderte, spähte Simone in den halbdunklen Raum, der sich vor ihr auftat.
Die Wände, der Boden, die Decke, alles war pechschwarz. An einer langen, u-förmigen Theke waren alle Plätze besetzt. Als einzige Beleuchtung dienten Fackeln an den Wänden, große Kandelaber mit roten Kerzen und zahl-

lose rote Grablichter, die auf Regalen, Tischen und dem Tresen flackerten. Es dauerte einen Moment, bis Simone sich an das diffuse, aber gemütliche Licht gewöhnt hatte.
Arno führte sie in den hinteren Teil eines großen Raumes, in dem sich mehrere Tische befanden. Auch hier erhellten nur Kerzen das Gemäuer. Auf dem einzigen freien Tisch stand ein Schild: »Reserviert für Marquis und Freunde«.
Sie setzten sich und Arno bestellte Kaffee und Sambuca. Simone sah sich um. An der Stirnseite des Raumes waren zwei Türöffnungen, die mit schwarzen Vorhängen geschlossen waren. Dahinter hörte sie lautes Klatschen und gedämpfte Schreie. Simone kannte dieses Geräusch und lauschte mit gemischten Gefühlen.
Sie sah einen einzelnen Barhocker und davor einen Haufen weißer Seile. Arno bemerkte ihren Blick und erklärte: »Tommy ist ein Bondagekünstler. Er macht im Laufe des Abends eine Vorführung, ich habe dich bereits als Modell angemeldet.«
Simone war sprachlos. Um Himmels willen, sie wollte nicht im Mittelpunkt der Party stehen, und ein Bondagemodell wollte sie erst recht nicht sein! Arnos Stimme duldete keine Widerrede, und seine Aussage klang nicht mal wie ein Befehl, sondern wie eine unverrückbare Tatsache. Simone trank ihren dritten Sambuca und fand sich damit ab.
Ein etwa zwei Meter großer Mensch betrat den Raum. Ob es ein Mann oder eine Frau war, konnte sie nicht erkennen, aufgrund der Größe schloss Simone jedoch auf einen Mann. Er trug von Kopf bis Fuß schwarze Lackklamotten, hatte Stiefel, Handschuhe und eine Gesichtsmaske an, die den ganzen Kopf bedeckte und nur Augen und Nasenlöcher frei ließ. Statt eines Mundes sah man einen silbernen Reißverschluss unterhalb der Nase. Am Hinterkopf baumelte ein schwarzer Zopf, geflochten aus dicken Lackkordeln.
Mit so hohen High Heels, wie der Mann sie trug, hätte Simone keinen einzigen Schritt gehen können.
Es war heiß in den niedrigen Räumen, Simone schwitzte, obwohl sie mit dem Lederslip und dem Mieder nur leicht bekleidet war. An die beiden Dildos, die immer noch in ihr steckten, hatte sie sich längst gewöhnt. Den vorderen empfand sie nicht mehr intensiver als einen großen Tampon, den Analdildo spürte sie deutlich, aber das Gefühl war nicht unangenehm.
Sie überlegte, ob dem Lackriesen der Schweiß in die Pumps lief, ihm musste heiß sein in seinem luftdichten Outfit.
Während Arno immer wieder Bekannte begrüßte und mit ihnen plauderte, nachdem er Simone vorgestellt hatte, beobachtete sie weiterhin die ankommenden Partygäste. Sie war schockiert, als ein Sklave an ihr vorbeiging, der nichts weiter trug als zwei Metallkugeln, die an seinen Hoden befestigt waren. Als der junge Mann sich umdrehte, stockte ihr der Atem: In der Haut seines Rückens steckten lange Nadeln, die sie bei genauerem Hinsehen als Kanülen erkannte. Sie waren in zwei Reihen waagerecht angebracht und an den Enden, dort, wo die Spritzen befestigt werden, mit rotem Geschenkband verbunden. Es sah aus wie die Schnürung eines Mieders. Bei jeder Bewegung des Sklaven bewegten sich auch die dünnen Nadeln unter Haut. Das konnte niemand wirklich gut finden! Sie stieß Arno an und zeigte mit dem Kopf auf dieses für sie unfassbar brutale Outfit. Er zuckte mit den Schultern.

»Lady, es gehören immer zwei dazu: einer, der es macht und einer, der es sich machen lässt.«
Eine beeindruckend fette Frau saß am Nebentisch. Ihr Hintern war so breit, dass sie zwei Plätze brauchte. In schweren Falten lag der massige Bauch auf ihren Schenkeln, sie hatte mächtige Brüste mit Brustwarzen, die so groß waren wie eine Handfläche. Die Haut der dicken Frau war an den Beinen dellig und verbeult. Ihre fleischigen Oberarme waren fast so dick wie Simones Oberschenkel, ihr Körper war mit auffälligen bläulich schimmernden Schwangerschaftsstreifen übersät. Die Füße quollen aus schwarzen, hochhackigen Pumps, die engen Spitzenränder ihrer halterlosen Strümpfe quetschten sich in ihr weißes Fleisch. Die Frau hatte eine dunkelblonde Kurzhaarfrisur, war schlecht geschminkt und lachte zu laut. Um den Hals trug sie ein schmales ledernes Sklavenhalsband mit einem extrem großen Ring. Vielleicht war auch ihr Kinn in diesem Halsband eingequetscht, Simone konnte nicht erkennen, wo das Kinn der Frau aufhörte und wo der Hals begann. Bis auf Schuhe und Strümpfe war die Frau nackt. Als sie ächzend aufstand und auf eine der Türen zuging, bebte alles an ihr. Simone schüttelte sich. Sie fand diese Frau unappetitlich und verstand nicht, warum sie sich hier nackt präsentierte. Sie zwang sich zur Toleranz, als sie sich sagte, dass niemand sich sein Aussehen aussuchen konnte und dass auch diese Frau sicherlich in irgendjemandes Augen schön war.
An einer Wand stand ein schmaler langer Tisch. Auf dunkelrotem Samt war zwischen flackernden roten Grablichtern ein kaltes Büffet aufgebaut. Der Anblick von Kartoffel- und Nudelsalat, kleinen Frikadellen, Brot und kaltem Braten befremdete Simone in dieser Umgebung sehr.
Arno und Simone plauderten mit verschiedenen Leuten, Arno kannte jeden zweiten Besucher und stellte Simone allen vor.
»Ich kann mir die Namen doch gar nicht alle merken«, sagte Simone.
»Das macht nichts, Lady, die Leute können sich mit Sicherheit alle an dich erinnern. Du siehst fabelhaft aus. Wie geht es dir mit den Dildos? Machen sie dich geil?«
»Ich kann sie gut aushalten, und sie machen mich nicht geil.« *Und du machst mich erst recht nicht geil, ich weiß überhaupt nicht, warum ich noch hier bin,* dachte Simone.
»Gut, Lady, dann geh zur Toilette, nimm sie raus und wasch sie ab. Dann kommst du wieder her, und ich will in jeder Hand einen Dildo sehen.«
»Du meinst, ich soll sie sichtbar hier herumtragen?«
»Drücke ich mich undeutlich aus?« Seine Stimme klang drohend.
Simone ging in den Waschraum und löste vorsichtig die Dildos aus dem Lederslip. Sie waren mit dicken, gut schließenden Druckknöpfen befestigt gewesen. Sie ekelte sich ein bisschen, als sie den Analdildo abwusch, die Spuren daran hatte sie nicht vermeiden können.
Sie warf einen Blick in den Spiegel und war zufrieden. Die Haare lagen gut, und ihr Make-up war in Ordnung und trotz der Hitze nicht verschmiert.
Die Leute draußen würden sich sicher fragen, warum eine Frau wie sie mit einem so alten Kerl rumlief. Sie fragte es sich selbst. Arno war nett, charmant und fürsorglich, aber er reizte sie nicht.
Es machte ihr nichts aus, die beiden Dildos sichtbar durch den Raum zu tragen. Es achtete sowieso kaum jemand auf sie, denn der Partyveranstalter hatte begonnen, seine Bondage-Vorführung vorzubereiten. Ein Pulk Schau-

lustiger stand um ihn herum und musterte Simone neugierig, als sie sich auf Arnos Geheiß hin auf den Barhocker setzte.
Tommy war sehr freundlich, sprach mit leiser Stimme und redete mit Simone über die Party, die Leute, die Outfits und ihre Neigung.
»Bist du dom oder dev?«, fragte er offen.
»Sieht man mir das nicht an?«, lachte Simone.
»Nein. Du wirkst sehr dominant und gibst dich wie eine Domme, aber du hörst auf Arnos Befehle.«
»Ich bin noch auf der Suche.«
»Verstehe. Ich bin schon lange in der Szene. Ich erkenne die Menschen. Du bist dominant.«
»Das haben schon einige gesagt, Tommy. Ich bin nicht sicher.«
»Du wirst Lust an der Macht verspüren«, sagte Tommy und verschnürte sie während des Gespräches kunstvoll.
Er fesselte Simones Beine, knüpfte flink Knoten um Knoten, schuf ihr im Rücken einen Halt aus weißen Seilen und achtete nicht auf das anerkennende Gemurmel der Zuschauer. Zum Schluss bat er sie, die Arme leicht angewinkelt vor dem Körper zu halten und die Hände wie zum Gebet zu falten. Er fixierte sie in dieser Position, trat dann einen Schritt zurück, um sein Werk zu betrachten, nahm eine Kerze von einem Wandregal und steckte sie Simone zwischen die gefalteten Finger.
Tommy verbeugte sich vor dem Publikum, das nun begeistert applaudierte. Simone senkte ihren Kopf, passte dabei auf, sich die Haare nicht in der Kerze zu versengen und wunderte sich, dass sie in den vielen Seilen so bequem und sicher saß.
Sie schaute auf, als sie Arnos Stimme ihren Namen rufen hörte. Und sie erschrak, als das Blitzlicht sie blendete. Arno hatte eine kleine Digitalkamera in der Hand und zeigte ihr später das Foto auf dem Display. Simone staunte: Tommy hatte sie so verschnürt und gebunden, dass die Seile wie ein Strahlenkranz um ihren Körper gespannt waren, sie gingen von der Mitte aus in alle Richtungen und waren oben an Metallstangen befestigt, die Simone zuvor nicht bemerkt hatte. Die weißen Seile bildeten einen Kontrast vor der schwarzen Wand hinter ihr, das milde Licht der Kerze gab dem Bild eine ganz besondere Atmosphäre. Jetzt verstand Simone, warum die Zuschauer so begeistert geklatscht hatten: Tommy war wirklich ein Künstler. Dass Arno sie fotografiert hatte, gefiel Simone nicht, aber sie sagte es ihm nicht.
Tommy band sie wieder los und bedankte sich mit einem Küsschen für ihre Mitwirkung. Simone freute sich, dass sie ihn kennen gelernt hatte, und ging mit einem fröhlichen Lächeln im Gesicht zurück zu ihrem Platz.
»Lady, du sahst wunderbar aus. Ein Künstler kann immer nur so gut sein wie sein Material, du warst das perfekte Modell«, sagte Arno.
Im Laufe des Abends bekam Simone viele Komplimente von Leuten, die Tommy zugeschaut hatten. Sie bemerkte die bizarren und teilweise skurrilen Outfits der Leute gar nicht mehr, sie fühlte sich wie auf einer besonders schönen, normalen Party, bei der die Räume und die Garderobe der Gäste ein wenig ungewöhnlich waren. Nur die Schreie aus den Hinterzimmern erinnerten sie zuweilen daran, wo sie wirklich war.
Diese Welt war eine andere als alle Welten, die Simone bisher kennen gelernt hatte, und dennoch sie hatte das Gefühl, schon immer dazu gehört zu haben. War das Freiheit? Körperliche, geistige, sexuelle Freiheit?

Wie viel ehrlicher schien diese Welt zu sein, in der die Menschen offen zeigten, wie sie fühlten und was sie sich wünschten, und in der Sex und erotische Handlungen in der Öffentlichkeit so normal waren wie eine Mahlzeit im Restaurant. Arno bestand darauf, mit ihr durch die Räume zu gehen und den Leuten bei ihren Sessions zuzuschauen.
Sie wunderte sich, dass ein Mann, der kopfüber gefesselt an einem überdimensionalen Holzrad hing, nicht ihr Mitleid erregte.
Die Frau, die in einen Käfig gesperrt war und vor den Augen einiger Spanner onanierte, faszinierte sie. Ihr Dom saß rauchend in einem Sessel neben dem Käfig und schaute mit gelangweiltem Gesicht zu.
In einer Nische lag eine Frau angekettet auf einem Schaukelbett. Ein Mann benutzte ihren Mund, zwei onanierten neben ihr, ein vierter zog heftig und rhythmisch an dünnen Ketten, die mit Metallklammern an den Schamlippen der Frau befestigt waren. Dabei spielte er an sich herum. Die Frau hatte die Augen geschlossen. Keuchende Laute drangen aus ihrem gefüllten Mund. Simone und Arno schauten zu, bis die Männer fast gleichzeitig kamen. Der Bauch der Frau glänzte von dem frischen Sperma, aus ihrem Mundwinkel lief ein dünnes weißes Rinnsal, der vierte Mann hatte sich auf ihren Schenkeln erleichtert.
»Und sie? Was hat sie davon?«, flüsterte Simone in Arnos Ohr. »Nichts, wozu auch? Sie ist eine Sklavin.«
Als Arno Simones Blick sah, fügte er hinzu: »Wenn ihr Dom ein Guter ist, wird er schon dafür sorgen, dass ihr einer abgeht!«
Ja. Das wusste sie, dass ein guter Dom an seine Partnerin denkt und sie zu Höhenflügen bringen konnte. Sie erinnerte sich wieder Karel. Mit ihm war es faszinierend gewesen. So wollte sie es wieder erleben. Sie wollte wieder fliegen. Die, die ihr gesagt hatten, sie sei dominant, eine Domina, sie irrten sich.
Als habe er ihre Gedanken mitgehört, sagte Arno: »Lady, ich sage es dir noch einmal: Ich sehe es in deinen Augen, dass du auf dem falschen Weg bist. Devotion ist nicht deine Sache. Denk darüber nach!«
Simone schüttelte energisch den Kopf und war wütend über Arnos besserwisserisches Lächeln.
»Ich werde dir helfen, deinen Weg zu finden, Lady. Du kannst dich auf mich verlassen.«
»Arno, lass mich damit in Ruhe! Es kann ja sein, dass du in mir eine Domina siehst, weil du dir vorstellen kannst, deine devote Seite von mir befriedigen zu lassen. Vergiss es. Ich will es nicht, ich kann es nicht, es nicht meine Neigung. Ich brauche keine Hilfe.«
»Allein die Art, wie du mir das jetzt gesagt hast, Simone, zeigt, dass du sehr wohl eine Domina bist.«
Es war zum Haare raufen. Arno hatte sich in seiner Version festgebissen und ließ sich nicht davon abbringen. Simone beschloss, dieses Thema zu ignorieren. Es sollte ihr nicht lange gelingen, denn Arno hatte bereits einen Plan.

Das Weihnachtsgeschäft begann, und Simone hatte in der Buchhandlung viel zu tun. Manchmal konnte sie gar nicht so viele Bücher nachbestellen, wie verlangt wurden. In diesem Jahr waren es fast nur Harry-Potter-Bücher. Der Film war in die Kinos gekommen, und Erwachsene und Kinder waren im Hogwards-Fieber. Es war völlig verrückt. Adele Fuchsberg kam fast jeden

Tag, nur zu zweit konnten sie die vielen Kunden bedienen. Manchmal gab es sogar richtige Warteschlangen an der Kasse. Nur abends, nach Feierabend, wenn alles abgerechnet und wieder aufgeräumt war, konnte Simone online sein.
Arno schrieb ihr, dass er ein Geschenk für sie habe: In ein paar Tagen könne sie es sehen. Sie hatten im Moment selten Kontakt, aber Simone bedauerte das nicht. Das Geschäft ging vor, zwölf Stunden täglich war sie im Buchladen, sie konnte sich zu Hause kaum um die Adventsdekoration oder die Weihnachtsvorbereitungen kümmern.
In den letzten Jahren war es eines ihrer Hobbys gewesen, das Haus zu Weihnachten zu schmücken. In der Woche nach Totensonntag hatte sie mit den Kindern zusammen die Kisten und Kartons aus dem Keller geholt, dann wurden Lichterketten entwirrt, Kugeln poliert, Kerzenarrangements komponiert und Gestecke gestaltet. Jedes Zimmer wurde geschmückt, sogar im Bad standen Teelichter zwischen Tannenzweigen. In diesem Jahr hatte Simone keinen Kopf für derlei Schnickschnack, ihre Computerfreundschaften und ihre Buchhandlung beanspruchten sie völlig.
Als sie nach dem ersten langen Samstag vor Weihnachten heimkam und Jenny und Julia Kekse gebacken und das Haus geschmückt hatten, bemerkte Simone den stillen Vorwurf in ihren Gesichtern nicht.
Über die Geschenke für die Mädchen hatte sie sich bisher keine Gedanken gemacht, was sollte sie denn noch alles tun? Das Essen für Heiligabend blieb mit Sicherheit an ihr hängen - obwohl sie bis vierzehn Uhr würde arbeiten müssen. Die lästigen Verwandtenbesuche am ersten Weihnachtstag mussten auch organisiert sein - und am zweiten Feiertag wollten sie früh losfahren, um nicht im Dunkeln auf Norderney anzukommen. Bis dahin musste noch Wäsche gewaschen und gebügelt werden und die Koffer packten sich auch nicht von alleine.
Simone war genervt und angespannt, von besinnlicher Vorweihnachtsstimmung war nichts zu spüren. Sie fand keine Geborgenheit mehr in der Melancholie der Traditionen, sie wollte es auch nicht. Sie war froh, wenn sie ab und zu ein paar Minuten abzweigen und sich in ihre virtuelle Welt davonstehlen konnte.
Es war zehn Tage vor Weihnachten, als Gerald sie im Geschäft anrief und sagte: »Ich habe eine Idee, was wir den Mädchen schenken können.«
»Prima, Schatz, was denn? Beeil dich, der Laden ist voll, ich habe nicht viel Zeit.«
»Was hältst du davon, einen Computer zu kaufen? Wir könnten das Gästezimmer ein wenig herrichten und den Rechner dort reinstellen. Die Mädchen können ihn dann beide benutzen, zu festen Zeiten, verstehst du? Ich meine, sie sollen nicht den ganzen Tag ...«
Simone unterbrach ihn: »Ja, super Idee, Schatz, besorgst du alles, was dazugehört? Ich habe keine Zeit. Ich muss jetzt auch auflegen, bis später!«
Sie wandte sich wieder ihrem Bildschirm zu. Arno hatte ihr eine Mail geschrieben, und jetzt war ein Moment Zeit, um sie zu lesen.
Er habe ihr ein Geschenk gemacht, schrieb er und nannte ihr einen Link zu einer Profilseite bei Love.Letters. Dorthin sollte sie surfen, den Namen »Lady Like« und das Passwort »Hamburg« eingeben.
Simone staunte nicht schlecht: Die Seite enthielt die eindeutige und strenge Beschreibung einer Domina. Ein Foto zeigte eine attraktive, dunkelhaa-

rige Frau, deren Gesicht man nicht erkennen konnte. Sie hatte in etwa Simones schlanke Figur. Die Frau trug hochhackige Overknee-Stiefel und einen raffiniert geschnittenen Body aus Leder, und sie hielt eine Peitsche in der Hand.
Sie komme aus Köln, stand da, sei 174 cm groß, siebenunddreißig Jahre alt, habe schwarze Haare und blaue Augen. Und sie suche einen Sklaven, der es verdiene, ihr Sklave zu sein.
Es dauerte einen Moment, bis Simone begriff, dass Arno ihr diese Profilseite erstellt und mit dem Passwort überlassen hatte. Sie verstand auch nicht sofort, dass Arno *sie* dort beschrieben hatte, auch wenn er bei der Altersangabe geschummelt hatte.
»Ich will einen Sklaven, der seine Bestimmung kennt. Ohne Bildzuschrift gibt es keine Antwort.«
Diese Sätze hatte Arno Lady Like in den virtuellen Mund gelegt. Es dauerte einige Minuten, bis Simone den Posteingang dieser Seite sah und dort dreiunddreißig ungelesene Nachrichten von dreiunddreißig verschiedenen Männern vorfand. Arno musste mit Lady Like schon eine Weile online gewesen sein, sonst hätte niemand auf die Homepage reagieren können.
Es waren Briefe, deren Inhalte und Anliegen so unterwürfig formuliert waren, dass Simone manchen Satz kopfschüttelnd las. Selbst in ihren unterwürfigsten Momenten war sie nicht so devot gewesen wie diese Bewerber, dessen war sie sich sicher.
Sie war ärgerlich, dass sie zwischendurch arbeiten musste, denn die Post faszinierte sie. Am Abend las sie alle Bewerbungen noch einmal - inzwischen waren es fast fünfzig. Eine Mail faszinierte Simone besonders:

Sehr geehrte Mistress,
mit großem Interesse und Freude habe ich Ihre Anzeige auf Love.Letters und Ihre HP gelesen. Mit dieser sehr ausführlichen Bewerbung möchte ich gerne versuchen, Ihr Interesse zu wecken. Ich bin 36 Jahre alt, 189 Zentimeter groß, schlank, intelligent und ich habe Niveau. Ich lebe und arbeite in Euskirchen, bin aber vor allem an den Wochenenden mobil. Ich bin keiner der tausendfach existierenden Subs, die ihr Leben nicht auf die Reihe bekommen und deshalb eine starke Frau suchen. Auch gehöre ich nicht zu den »Wünsch dir was«-Sklaven, die rein zur Befriedigung ihres Verlangens eine Herrin subtil steuern wollen. Ich bin durchaus beruflich erfolgreich und daher auch oft recht eingespannt. Ich habe keinerlei Wunschlisten oder Vorgaben gegenüber einer dominanten Dame. Mein Verlangen ist, einzig und allein den Befehlen meiner Gebieterin zu gehorchen und allein ihr zu Diensten zu sein. Wie mich eine Herrin belohnt oder bestraft, ist allein ihr überlassen. So betrachte ich auch Nichtbeachtung als normale Phase, da es nicht die Aufgabe einer Herrin ist, den Sklaven zu unterhalten, sondern die des Sklaven immer für die Herrin da zu sein, ihr aber keine Arbeit zu machen. Respekt und Demut beginnen für mich bereits bei der Anrede: Eine Dame ist zu siezen, während sie mich selbstverständlich duzen kann.
Ich erwarte jedoch Niveau, Stolz und den Willen einer Frau, einen Mann zu beherrschen. Tabus können und sollen sanft aufgebrochen werden, sollten jedoch zumindest anfangs grundsätzlich akzeptiert werden. Dies alles muss nicht verkrampft oder verbissen geschehen, sondern soll Spaß machen und kann gerne mit einem gewissen Humor ablaufen. Gegenseitige

Sympathie ist mir sehr wichtig. Zudem ist meine devot-masochistische Seite nur eine Facette meiner Persönlichkeit (wenn auch eine recht starke). Ich leide nicht darunter, aber ich muss sie in der Regel tief in meiner Seele verstecken. Neben meiner Sehnsucht nach Unterwerfung bin ich aber eben auch lebenslustig, interessiert, offen, nachdenklich, manchmal ein wenig zu verträumt, usw.
Zudem habe ich durchaus auch meinen Stolz. Allerdings ist es gerade das Brechen dieses Stolzes, was mich neugierig macht. Mein Bestreben ist es, den Wünschen einer launischen, interessanten Gebieterin gerecht zu werden. Meine Neigung besteht, wie beschrieben, darin, eine Herrin glücklich zu machen. Ich habe Erfahrungen mit Strom, analer Benutzung und kompletten Fixierungen (vollkommene Bewegungslosigkeit auch über längere Zeiträume) in Verbindung mit vollkommener Sinnesunterdrückung (Knebel, Ohrstopfen, Maske, aufblasbare Vollmaske). Hinzu kommt eine Grundausbildung als Lecksklave. Ebenfalls erste Erfahrungen habe ich mit NS gemacht. Klammern und Flag gehörten selbstverständlich zum Spiel- und Strafkatalog meiner Herrinnen. Meine Tabus sind aktuell Kaviar, dauerhafte Spuren, Spuren im sichtbaren Bereich und Klinik durch medizinisch nicht gebildete Personen. Generell gilt aber: Der Wunsch der Herrin ist Befehl.
Ich hoffe, ich habe mit dieser ausführlichen Bewerbung Ihr Interesse an einer weiteren Kontaktaufnahme geweckt. Mit devotem Gruß, und vielen Dank, dass Sie Ihre Zeit geopfert haben,
Cornelius

Simone war wirklich beeindruckt. Immer wieder las sie diese Mail. Die Gradlinigkeit und der Stolz, mit der dieser Cornelius geschrieben hatte, imponierten ihr sehr. Jedes Wort, jeder Satz und jeder lesbare Gedanke zwischen den Zeilen, alles klang authentisch und besonders.
Simone überlegte nicht lange, sondern antwortete ihm spontan. Intuitiv fand sie offensichtlich Worte, die Cornelius berührten, denn es entwickelte sich ein höflich distanzierter, aber regelmäßiger Mailwechsel zwischen den beiden. Und in Simones Gedanken entwickelte sich eine weitere Fantasie. Sie wollte diese Fantasie nicht umsetzen, nein, nicht wirklich, sie war keine Domina. In den Mails an Cornelius vielleicht, mit Worten vielleicht, im Alltag ab und zu, aber in der Erotik ganz sicher nicht. Dennoch überlegte sie, ob Arno und vor ihm all die anderen, die in ihr längst eine dominante Frau gesehen hatten, sie falsch oder richtig eingeschätzt hatten.
War das ihr Weg? Sollte sie den aktiven Part übernehmen? Sollte sie einen anderen Menschen führen und leiten und seine Sexualität für ihre Zwecke und Launen nutzen? Wie sollte das überhaupt aussehen? Eine Session, in der sie bestimmte, was ging?
Konnte sie jemanden schlagen? Jemanden mit Lust demütigen? Jemanden fesseln, anpinkeln, peitschen, knebeln - und dabei selbst Lust empfinden?
War es für sie überhaupt erstrebenswert, einen Mann zu unterwerfen? Wie viel Verantwortung lag bei ihr, wenn sie Cornelius Hoffnungen machte - denn er hatte es nicht verdient, enttäuscht zu werden. Was erwartete ein Sklave überhaupt?
Sie las die erste Mail von Cornelius noch einmal. Klammern, Strom, komplette Fixierungen - Simone schüttelte vehement den Kopf. Die Macht, die sie über einen anderen Menschen vielleicht ausüben konnte, faszinierte sie

schon. Aber das Beherrschen des Handwerks, die unabdingbare Kenntnis der Geräte und Gerätschaften, der männlichen Anatomie und der männlich devoten Seele, das alles fehlte ihr. Abgesehen davon, dass sie nicht wusste, wie man ein Bondage anlegte, dachte sie mit Schrecken daran, wie es wäre, wenn sie die Knoten nicht wieder rauskriegen würde.
Sie telefonierte mit Arno. »Was hast du dir dabei gedacht, diese Seite zu gestalten?«
»Lady, bleib ganz ruhig. Reagier auf die Männer. Es wird dir gefallen, sie zu dominieren. Glaub es mir.«
»So ein Quatsch, Arno, ich hab keine Ahnung, wie man mit Strom hantiert oder jemanden in einer Zwangsjacke verschnürt oder als Pony vor sich hertreibt. Ich kann nicht mit der Peitsche umgehen und nichts. Ich weiß nicht mal, ob ich ein Paar Handschellen auf- und zuschließen kann.«
»Darum geht's nicht, Lady. Du bist die Domina, du bestimmst, was die Typen bekommen - nicht sie! Mach, was du willst, wonach dir ist, lass es einfach auf dich zukommen. Wenn du Fragen hast, frag mich«, sagte Arno.
»Mensch Arno, ich weiß nicht, ob ich mich überhaupt damit beschäftigen will! Wie kommst du dazu, mich vor vollendete Tatsachen zu stellen und mir einzureden, ich sei eine peitschenschwingende Domina? Was fällt dir ein, Arno, was?« Simone wurde laut, ihre Stimme vibrierte.
Arno antwortete leise, es klang, als lächle er am Telefon. »Die Tatsachen sind nicht vollendet, Lady. Vollenden musst du sie selbst.«
Simone legte auf.
Eine wohlige Unruhe bestimmte ihren Tag. Immer wieder schweiften ihre Gedanken ab, stellte sie sich vor, was man mit einem Mann alles anstellen konnte, wie er reagieren würde, wie es ihr gefallen würde, die Macht zu haben. Eigentlich war es verrückt, denn Frauen hatten offensichtlich immer die Macht. Als Devote bestimmten sie, wie viel Macht ein Dom über sie hatte. Als Domina bestimmten sie, wie viel Macht sie über den Mann hatten. War es einfach natürlich, dass die Frauen »ja« oder »nein« sagen konnten und der Mann immer nur die Möglichkeit zur Reaktion statt zur Aktion hatte? Tickten devote Männer eigentlich anders als devote Frauen?
Simone nahm es an, weil die Männer, die sie als Domina anschrieben, sie ausnahmslos siezten.
Arno erklärte ihr den Grund: »Das Machtgefälle muss von Anfang an deutlich sein. Körperlich ist der Mann der Frau überlegen, klarer Fall. Meist ist ein Mann größer als die Frau. Deswegen tragen Dommsen oft extrem hohe Schuhe, damit sie größer sind. Indem sie sich mit Herrin oder Madame oder sonst was anreden und siezen lassen, ist die Position des Mannes unverkennbarer. Das Rollenspiel beginnt schon bei der Bewerbung.«
Ja, das stimmte. Alle Männer, die ihr schrieben, benutzten Anreden wie »Verehrte Herrin« oder »Sehr geehrte Lady« oder »Mistress«.
Simone antwortete nur wenigen, mit Cornelius blieb sie in regelmäßigem Kontakt. Seine bedingungslose Devotion beeindruckte sie sehr. Sie forderte ein Foto von ihm, er sandte es sofort.
Cornelius war ein attraktiver Bursche. Seine großen Augen hatten einen verträumten Ausdruck, seine vollen Lippen wirkten sensibel. Er hatte lange Haare, die er im Nacken zu einem Zopf gebunden hatte.
Simone schickte ihm ein Porträt-Foto von sich, für das er sich überschwänglich bedankte. Sie sei eine wunderschöne Herrin, schrieb er, und Simone

lächelte über sich selbst, als sie bemerkte, wie sehr ihr diese Art der Verehrung gefiel.
Als Simone ihm schrieb, sie habe in den kommenden Tagen keine Zeit, er solle nicht auf Post warten, schien er gekränkt zu sein. Er bat sie in aller Demut, sich vor einem Sklavenanwärter wie ihm nicht zu rechtfertigen und bedankte sich dafür, dass sie ihm damit Aufmerksamkeit geschenkt hatte, die ihm nicht zustand.
Bald chattete sie mit Cornelius im Messenger. Auch im Wortwechsel per Echtzeit behielt er stets seine ruhige Höflichkeit bei.
»Warum hältst du deine Bewerbung, mir als Sklave zur Verfügung zu stehen, aufrecht, Cornelius?«
»Weil Sie eine Herrin sind, die sich von anderen sehr unterscheidet, Lady Like.«
»Das erklär mir bitte!«
»Sie wirken so natürlich dominant und souverän, es ist nichts Aufgesetztes in Ihrer Art. Sie sind direkt, bestimmend und dabei sehr höflich. Eben eine richtige Lady. Sie erwecken damit großes Vertrauen bei mir und mein Wunsch, Ihnen zu dienen, wird immer stärker, je länger wir uns schreiben.«
Simone konnte diese Ergebenheit kaum fassen, denn ihrer Meinung nach hatte sie nichts weiter getan, als sich völlig normal mit Cornelius zu unterhalten. Dass seine devote Art eine gewisse Reaktion bei ihr provozierte, war ihr bewusst, aber sie empfand sich nicht als dominant.
Langsam, sehr langsam, erregte der Gedanke an eine Session mit Cornelius sie. Und wieder gab es neue Fantasien, die Simone verwirrten und sie ihrem Alltag weiter entfremdeten. Das jedoch merkte sie nicht.

Heiligabend war an einem Dienstag. Simone arbeitete bis vierzehn Uhr und hetzte dann nach Hause. Für den Abend hatte sie als Festessen eine Räucherfischplatte geplant, die wollte sie vorbereiten, während Gerald und die Mädchen in der Kirche waren.
Es war seit jeher Tradition der Familie, das Weihnachtsfest mit dem Nachmittagsgottesdienst in der evangelischen Kirche zu beginnen, die Mädchen hielten auch jetzt, trotz ihres Teenager-Alters, gern daran fest.
Bevor die drei zu einem langen Spaziergag und dem anschließenden Gottesdienst aufbrachen, hatte Gerald den Weihnachtsbaum im Esszimmer aufgestellt - Simone würde ihn, wie immer, schmücken. Dabei würde sie die Weihnachts-CD von Robbie Williams hören, die sie sich letztes Jahr gekauft hatte. Sie würde eine Flasche Prosecco aufmachen und zwei Gläschen trinken, und sie würde das Fest genießen. Wie immer.
Simone deckte den Tisch im Esszimmer, und obwohl ihr nicht feierlich zumute war, bemühte sie sich, eine angemessene Atmosphäre zu schaffen.
Sie schnitt Koniferenzweigen im Garten ab, mit denen sie die Festtafel dekorieren wollte. Dabei fiel ihr auf, wie ungepflegt die Beete waren. Sie hatte sich im Herbst nicht darum gekümmert, die Rabatten winterfest herzurichten. Wann war sie überhaupt zuletzt im Garten gewesen? Sie wusste es nicht mehr. Simone nahm die Zweige und verteilte sie auf dem weißen Damast-Tischtuch und streute silberne Flittersterne darüber, die sie in einer der Dekorationskisten im Keller gefunden hatte. Mist, in diesem Jahr hatte sie wirklich an nichts denken können.

Sie hatte früher so gerne dekoriert, hatte Stunden in den entsprechenden Abteilungen der Kaufhäuser verbracht, um Gläser und Deckchen, Kerzen und Schalen, Kugeln und sonstige Lifestyle-Artikel zu kaufen. Heute konnte sie nur aus dem Fundus der letzten Jahre schöpfen, auch der Tannenbaum würde mit den alten Kugeln spartanisch aussehen - und eine dieser scheußlichen elektrischen Lichterketten bekommen, die Simone noch nie ausstehen konnte. Sie hatte vergessen, Wachslichter zu kaufen.
Einige silberne Christbaumkugeln, ein wenig Silber-Lametta, im letzten Jahr übrig geblieben, rundeten den Tischschmuck ab. Simone durchsuchte die Schubladen im Sideboard nach den echt silbernen Serviettenringen, die Tante Hilde ihr mal geschenkt hatte. Ja, da waren sie, aber schwarz angelaufen und in diesem Zustand unmöglich zu benutzen. Wütend warf Simone sie zurück in die Schublade. Das konnte sie eben nicht schaffen: Den Beruf vernünftig auszuüben und einen großen Haushalt tipptopp in Ordnung zu halten, war einfach nicht möglich.
Sie ging in die Küche, um den Brotkorb zu bestücken und die Salate, die sie fertig gekauft hatte, in Glasschälchen zu füllen. Jetzt musste sie nur noch die Geschenke unter den Tannenbaum legen und warten, dass die anderen nach Hause kamen. Apropos Geschenke: Wo hatte Gerald den Computer für die Mädchen hingestellt?
Simone sah im Keller, im Vorratsraum und in der Garage nach. Teufel noch mal, so einen Computer konnte man doch nicht übersehen! Auch in der Nische unter der Wendeltreppe war nichts, Simone war ratlos.
Sie sah im Schlafzimmer in Geralds Schrank nach. Ganz unten, zwischen den alten Pullovern, die er nur noch anzog, wenn er im Haus etwas zu reparieren hatte, guckte die Ecke eines flachen, rechteckigen Kartons aus dem Wäschestapel heraus. »Medion« stand auf dem Karton, und ein Notebook war darauf abgebildet.
Ach, hatte er für die Mädchen ein Notebook gekauft? Hatte er ihr das erzählt? Sie konnte sich nicht erinnern, wusste nur noch, dass es ein Computer sein sollte und er das Gästezimmer herrichten wollte.
Das Gästezimmer! Simone schlug sich an die Stirn und ging hinüber. Die Tür war verschlossen, sie nahm den Schlüssel von der Kante des Türrahmens, dort hatten sie immer ihre Schlüssel versteckt. Wenn Gerald nun das Zimmer gar nicht umgeräumt hatte und es ihr überließ, den PC einzupacken? Typisch, dann konnte sie sehen, wie sie dieses Notebook noch verpackt kriegte. Simone öffnete die Tür und stieß einen Pfiff aus.
An der Wand, wo sonst Kartons mit alten Büchern gestapelt waren, stand ein nagelneuer Computertisch. Darauf ein großer Monitor, Tastatur, Maus, der Rechner auf einem Regal unter dem Tisch, ein Drucker war angeschlossen und ein Scanner. Ringsum auf dem Schreibtisch waren Teelichter verteilt, vier hübsch verpackte Päckchen lagen neben dem Bildschirm, sie hatten die Form von CDs.
Gerald hatte alles vorbereitet, und er hatte es sehr liebevoll getan. Simone lächelte traurig. Eigentlich wäre das ihre Aufgabe gewesen. Dann stockte ihr der Atem. Für wen war das Notebook im Kleiderschrank?
Gerald, der Verrückte, er würde ihr ein Notebook zu Weihnachten schenken! Wahrscheinlich, damit sie im Urlaub auf Norderney ein wenig arbeiten konnte und auf nichts verzichten musste. Simones Puls ging schneller, sie freute sich sehr.

Rasch verschloss sie das Gästezimmer wieder, lief zum Kleiderschrank und schob das Notebook wieder genau dorthin, wo es vorher gewesen war. Fieberhaft überlegte sie, was sie für Gerald auf die Schnelle improvisieren konnte - der Pullover und die Pflegeserie, die sie gestern in der Mittagspause noch besorgt hatte, würde neben einem Geschenk wie dem Notebook total lächerlich und peinlich aussehen. Wie hatte sie Gerald vergessen können? Meine Güte, er war so lieb und er wusste genau, wie sehr sie sich ein Notebook gewünscht hatte, lange schon.
Sie entschloss sich, ihm einen Gutschein für einen Theaterabend mit anschließendem Besuch im Nobelrestaurant »Jordans« zu schenken - was Besseres fiel ihr nicht ein.
Sie drapierte den Gutschein unter dem Tannenbaum, ging ins Bad, um sich frisch zu machen, setzte sich ins Esszimmer und wartete auf ihre Familie.
Gerald und die Mädchen waren in Festtagsstimmung. Simone hörte sie lachen, als sie aus dem Auto stiegen. Irgendwie gab es ihr einen Stich, als die drei in der Diele scherzten und sich liebevoll in die Seiten knufften, während sie die Mäntel auszogen und an die Garderobe hängten.
Simone stand in der Küchentür, das Glas Prosecco in der Linken, eine Zigarette in der rechten Hand und sagte mit ernstem Gesicht: »Fröhliche Weihnachten.« Sofort waren die drei still, sahen sie an, und den Ausdruck in ihren Gesichtern konnte Simone nicht deuten. Die Mädchen schauten irgendwie traurig, trotz Heiligabend und guter Laune, Gerald wirkte verschlossen und auf eine leise, subtile Art feindselig. Später wusste Simone nicht mehr, wie sie diesen Heiligen Abend überstanden hatte.
Das Essen war verkrampft gewesen, ein richtiges Gespräch hatte nicht aufkommen wollen. Die Mädchen freuten sich riesig über den Computer und hockten bis weit nach Mitternacht fasziniert davor. Simone und Gerald saßen am Esszimmertisch, hörten zum vierten Mal die Robbie Williams CD und tranken schweigend die zweite Flasche Prosecco.
Simone hatte sich über sein Geschenk wirklich gefreut, den neuen Bademantel konnte sie gut gebrauchen. Sie würde ihn am zweiten Feiertag mit nach Norderney nehmen.
Zuerst hatte sie gespannt gewartet, wann er das Notebook aus dem Schrank im Schlafzimmer holen und es ihr überreichen würde. Nach einer Stunde wartete sie nicht mehr. Sie würde schon herausfinden, wofür er es brauchte. Und wenn er heimlich im Internet surfen sollte, dann würde sie es erfahren.

Die Tage auf Norderney schleppten sich zäh dahin. Jeden Morgen nach dem Frühstück zog Simone sich warm an und marschierte zum Strand. Stundenlang wanderte sie am Meer entlang, manchmal zehn Kilometer weit, bis hin zum alten Wrack am anderen Ende der Insel.
Der Strand war menschenleer, ganz anders als im Sommer, wenn Strandkörbe und Sonnenschirme die Parzellen der Touristen markierten. Simone liebte das raue Klima besonders jetzt im Winter, wenn sie nur Himmel, Meer und Dünen sah, gegen den Wind ankämpfte und das Gefühl hatte, er könnte Ordnung in ihre Gedanken pusten.
Warum fühlte sie sich in ihrer eigenen Familie fremd? Warum ergab sich kein Gespräch mit Gerald? Warum kam sie nicht an die Mädchen heran? Wollte sie es überhaupt?

Warum war nicht alles so wie immer? Hatten sie sich entfremdet? Den Faden verloren? Wann? Warum?
Warum lag in Geralds Kleiderschrank ein Notebook, warum erzählte er ihr nicht davon und warum fragte sie ihn nicht einfach danach?
Simone hatte das Gefühl, dass die Frage nach dem Warum, nach einem von vielen »Warums«, seit etlichen Monaten ihr Leben bestimmte.
Die Wanderungen waren das Schönste in diesem Urlaub. Die andere Zeit, die sie mit Gerald und den Kindern in ihrer Ferienwohnung verbrachte, verging in verkrampfter Atmosphäre und mit stundenlangen Fernsehorgien.
Auch die abendlichen Besuche im Restaurant waren keine wirkliche Abwechslung, denn irgendwie gingen sich alle auf die Nerven und waren mit dem stillen gemeinsamen Übereinkommen, eine heile Familie zu spielen, überfordert.
Am Silvesterabend saßen sie vor dem Fernseher, niemand hatte Lust zu Gesellschaftsspielen, so wie es eigentlich Tradition war. Als Simone und Gerald um zwölf Uhr auf das neue Jahr anstießen, hoffte sie inständig, dass es ein glückliches neues Jahr werden würde.
Daran glauben konnte sie nicht.
Es war spät, gegen zwei, die Mädchen schliefen bereits. Sie saßen im Wohnzimmer der Ferienwohnung bei einem letzten Glas Sekt. Vereinzelt zischten und heulten draußen noch Silvesterraketen, Betrunkene grölten irgendwo, es regnete und die Tropfen prasselten an die Scheiben.
»Hast du Vorsätze fürs neue Jahr?«, fragte Gerald.
Simone überlegte lange. Schließlich schüttelte sie den Kopf. »Nein. Was soll ich mir schon vornehmen ...«
Sie beendete den Satz nicht, stand auf und ging ins Bett. Wenn das ein Versuch war, ein Grundsatzgespräch über ihre Beziehung zu führen, so konnte und wollte sie es nicht annehmen. Nicht jetzt, nicht hier, nicht nach diesen Tagen, in denen sie so dicht aufeinander gehockt hatten und sich so fern gewesen waren wie nie zuvor. Sie begann das neue Jahr weinend, zusammengerollt im Bett, und ohne sich erklären zu können, warum sie so unglücklich war.

Simone war froh, als Ferien und Feiertage zu Ende waren und sie ihren Buchladen wieder öffnen konnte.
Viel elektronische Post hatte sich angesammelt, sie hatte in den Tagen auf Norderney nicht ein einziges Mal online sein können. Neben Neujahrsgrüßen und Weihnachtswünschen von ihren zahlreichen virtuellen Freunden hatte Arno sich gemeldet. Er fragte sehr interessiert nach, wie sich ihre Domina-Seite entwickelte.
Simone surfte blind auf sein Profil bei Love.Letters und stöberte in seinem Gästebuch. Er musste oft online gewesen sein, denn zwischen den Feiertagen hatte es viele neue Einträge gegeben. Eine Dame namens Belladonna hatte allein zwanzig Beiträge gepostet. Simone sah sich ihre Homepage an und musste kopfschüttelnd lachen. Es war eindeutig Karin, die hier mit einem weiteren Profil unterwegs war und jetzt offensichtlich Gefallen an Arno gefunden hatte.
Die Welt der BDSMler war eine kleine, dachte Simone. Bei Love.Letters schien sich eine feste Clique etabliert zu haben, und irgendwann war es wohl logisch, dass jeder jedem einmal begegnete.

Simone sah sich Belladonnas Gästebuch an: Es hatte vierzig Einträge - die fast alle von einem Herrn namens »Rosenduftfreund« stammten. Simone las sich durch die Huldigungen, die Belladonna ausnahmslos beeindruckende Schönheit, Bildung, Intelligenz, Witz und Erotik bescheinigten. Sie wunderte sich, weil sowohl die Einträge als auch die Kommentare irgendwie denselben Ausdruck, den gleichen Stil hatten. Ja, sogar einige Redewendungen kamen Simone so bekannt vor, dass sie sich die Zeit nahm, noch einmal Karins andere Profil-Seiten zu besuchen und zu überfliegen.
Da gab es Einträge von Herren, die so exakt in Karins schriftlicher Sprachmelodie verfasst waren, dass Simone nur zu einem Schluss kommen konnte: Karin hatte sich mehrere Männerprofile zugelegt, mit denen sie mit sich selbst in ihren eigenen Gästebüchern flirtete.
Sie schrieb Arno eine Mail und warnte ihn vor Karin-Belladonna, die offensichtlich inzwischen völlig verrückt geworden war.
Dann wandte sich Simone intensiv ihrem Kontakt mit Cornelius zu. Der hatte nämlich Simones Befehl ausgeführt, sich täglich bei ihr zu melden - unabhängig davon, ob sie ihm antworten würde oder nicht.
Cornelius hatte ihr während ihres Urlaubs jeden Abend eine Mail geschrieben, in der er seinen Tagesablauf exakt schilderte. Er erstattete Bericht darüber, wann er onaniert hatte und mit welchen Fantasien das geschehen war. Er berichtete artig von einem Geschlechtsverkehr, der sich nach einem Diskothekenbesuch am ersten Weihnachtstag ergeben hatte. Er bedankte sich in jeder Mail für Simones Aufmerksamkeit und unterschrieb jedes Mal mit den Worten: »... in Demut, Ihr Sklavenanwärter Cornelius.«
Simone hatte diese Tagesberichte von ihm verlangt, um herauszufinden, wie er tickte, welche Fantasien ein devoter Mann hatte - und was ein männlicher Sub bereit war, für eine Herrin zu tun.
Die Bedingungslosigkeit, mit der er sich in die Hände einer Herrin begeben wollte, konnte Simone nicht nachvollziehen. So hatte sie nie gedacht und empfunden, für sie war während ihrer langen Suche nach ihrer neuen erotischen Identität schnell klar gewesen, dass sie weder unterwürfig noch demütig war. Ein bisschen masochistisch vielleicht, vielleicht auch nur neugierig auf etwas, das sie zuvor nicht erlebt hatte.
Ihre neue Rolle als virtuelle Herrin gefiel ihr gut. Es war spannend, zu testen, wie weit sie gehen konnte.
Inzwischen hatten sich mehr als dreihundert Männer bei ihr beworben. Manche schickten ihr unaufgefordert Nacktfotos, andere Detailfotos von ihren Genitalien, einige beschrieben sich auf zehn Seiten, andere auf einer einzigen und viele schickten gleich ihre Adresse und Telefonnummern mit.
Simone war erschüttert angesichts der unglaublichen Anzahl potenzieller Sklaven. Offensichtlich gab es nicht genug dominante Frauen, es schien zahlenmäßig ein immenses Missverhältnis zwischen Angebot und Nachfrage zu geben.
Arno bestätigte ihr diese Vermutung: »Natürlich ist das so, Lady. Ich hab's dir schon oft gesagt: Du bist attraktiv, intelligent und dominant - und damit bist du ein absoluter Männertraum für jeden Devoten, der Wert auf Niveau legt und einen hohen Anspruch hat.«

Rule

Simone wusste im ersten Moment nicht, wo sie war. Ihre Lider waren vom Weinen so verquollen, dass sie sie nur schlitzweit öffnen konnte, und durch den Schleier ihrer Wimpern blickte sie auf ein Fenster, dessen schwarze Vorhänge jetzt ein Stück zur Seite geschoben waren. Draußen war es fast dunkel, der Himmel schimmerte grau durch eine mächtige Baumkrone, die sich gemächlich vor den Scheiben wiegte.
Sie bewegte sich ein wenig, unbedacht, und stöhnte gequält auf, als sie ihr wundes Fleisch spürte.
Rule.
Setzte ihr Herz einen Moment lang aus? Vor Schreck, vor Angst, vor Entsetzen?
Sie lag immer noch auf dem Boden dieser bizarren Wohnung, in der Rule sie gefangen hielt. Wenn Adrenalin eine Droge war, dann hatte sie jetzt eine Überdosis.
Sie versuchte, ruhig in dieser Stille zu liegen. Er sollte nicht bemerken, dass sie zu sich gekommen war.
Wie lange schon? Wie lange war sie hier?
Mein Gott, es war Abend, Gerald würde sich Sorgen machen. Bestimmt hatte er längst im Laden angerufen. Scheiße, Scheiße, warum hatte sie nirgends hinterlassen, wo sie war? Sie fing wieder an zu weinen, ihre Nase lief, und sie zog sie schniefend hoch. Sie verschluckte sich an Rotz, Blut und Tränen und begann zu husten und zu würgen.
Die Tür flog auf und er stand vor ihr.
Riesig.
Ihr Herz hämmerte jetzt, laut, so laut, dass ihr ganzer Körper bei jedem Pulsschlag bebte.
Scheiße, Scheiße, Scheiße, warum hatte sie ihr Handy ausmachen müssen? Gerald hatte sicher schon etliche Male versucht, sie zu erreichen. Ob er die Polizei gerufen hatte? Er musste die Polizei rufen, es konnte ihr nur was passiert sein. Er würde sie retten, er würde kommen, sie hier rausholen, irgendwie.
Niemand würde sie hier finden. Auch Gerald nicht. Gerade Gerald nicht.
Simone winselte lauter. Ihr tat alles weh, jeder Muskel, jeder Knochen, jeder Quadratzentimeter Haut. Sie hatte Durst und sie musste zur Toilette.
Was würde mit ihr passieren?
Wollte Rule sie umbringen? War er ein Verrückter? Sie dachte daran, wie liebevoll und zärtlich er vorhin ihre Blessuren versorgt hatte. Das war so irre, so verrückt. Das passte doch alles nicht zusammen.
Rule hatte die Vorhänge wieder zugezogen und kam auf sie zu. Sein schwerer Stiefel verharrte vor ihrem Gesicht.
»Bitte«, flüsterte Simone, »Bitte! Ich muss zur Toilette. Ich habe Durst. Ich will nach Hause.«
Rule hockte sich neben sie. Vorsichtig hob er sie hoch und stellte sie auf die Füße. Simone schwankte, aber Rule hielt sie fest. Er schob sie langsam vor sich her. Schritt für Schritt, mit zitternden Knien und dieser unendlichen Angst in jedem Knochen ließ sie sich ins Bad bringen.
Er schaltete kein Licht ein. Im Dunkeln setzte sich Simone aufs Klo. Rule stand neben ihr.

Es war ihr egal, alles war ihr egal. Sie wollte nur raus hier. Sie ließ es einfach laufen. Als sie sich den Hintern abputzen wollte, fiel ihr das Papier aus den zitternden Händen. Er bückte sich, hob es auf und wischte sie sauber.
Er brachte sie zurück in das große Zimmer und setzte sie an die Wand. Dankbar lehnte sie sich an und entspannte ihren Rücken.
Rule ging hinaus und kam mit einer Flasche Evian zurück. Sie trank gierig und lange, als er ihr die Flasche an die Lippen setzte. Das kühle Wasser rann ihr aus den Mundwinkeln, am Hals hinab und über ihre nackten Brüste, und es vermischte sich dort mit ihren Tränen.
Nach langen Minuten, vielleicht waren es auch Stunden, nahm er sie wieder hoch und schleppte sie wieder unter die Ketten. Diesmal schnaufte er dabei. Sie wehrte sich nicht, als er sie erneut aufhängte, ihre schlaffen Gelenke in die Ledermanschetten steckte, klick. Klick. Viermal.
Er verließ das Zimmer.

Kopf oder Kragen

Simone wartete vier Wochen, bevor sie sich das Date mit Cornelius zutraute. Die anderen Bewerber hatte sie nach einiger Zeit unbeachtet gelassen, es waren einfach zu viele geworden.
Bei Cornelius wusste sie inzwischen genau, wie er empfand, wovon er träumte und was ihn erregte. Sie kannte seine Sehnsüchte, seine Fantasien und seine Grenzen, denn seine abendlichen Mails kamen pünktlich und unaufgefordert, und sie enthielten seine geheimsten Gedanken. Er vertraute ihr total. Sie war sich nicht sicher, ob es an ihr und ihrer Art lag, dass er sich so öffnete, oder ob er sich jeder Frau unterwerfen würde, die sich auf diese Weise mit ihm beschäftigte und die nur die richtigen Knöpfe zu drücken verstand. Simone wollte es herauskriegen.
Sie empfand es als faszinierend, wie sich das Verhältnis zu Cornelius entwickelte: Sie sprach völlig normal mit ihm und verzichtete auf den Befehle bellenden Tonfall, den sie auf etlichen Domina-Seiten im Netz gelesen hatte. Dennoch tat Cornelius alles, was sie von ihm verlangte.
Eine Woche vor dem geplanten Treffen fragte sie ihn, ob er eine Digitalkamera besäße, die auch das Datum eines Fotos anzeigte. Cornelius bejahte das.
»Du wirst morgen einen Lippenstift kaufen, und zwar einen in einem kräftigen Rotton.«
»Jawohl, verehrte Herrin.«
»Du wirst den Lippenstift nehmen und damit das Wort ‚Sklave' auf deinen steifen Schwanz schreiben. Dann möchte ich ein digitales Foto, das mir das Datum von morgen und die Uhrzeit der Aufnahme anzeigt!«
»Jawohl, sehr verehrte Herrin.«
Simone bekam das Foto. Kurz entschlossen bestimmte sie einen Termin für ein Date und verlangte von Cornelius die Reservierungsbestätigung eines von ihr genannten Hotels per E-Mail. Als sie die Bestätigung hatte, sagte sie das Date ab.
Sie nannte keinen Grund, sie hatte nämlich keinen. Sie wollte einfach wissen, wie weit sie gehen konnte und wie weit Cornelius mitging. Cornelius antwortete: »Wie Sie wünschen, sehr verehrte Herrin. Ich werde die Buchung stornieren.«
Simone hatte Lust auf einen realen Versuch, wusste aber nicht, welche Ausrede sie sich zu Hause für eine Nacht mit Cornelius einfallen lassen sollte, bis der Zufall ihr zu Hilfe kam: Gerald hatte schon vor Wochen mit mehreren Kollegen eine Fahrt in den »Sauerlandstern« in Willingen geplant.Er hatte Simone irgendwann davon erzählt, aber sie hatte es vergessen. Am kommenden Freitag wolle er fahren, Sonntagabend sei er zurück, sagte er.
»Prima, das passt gut, Schatz. Ich wollte am Wochenende mit Adele nach Köln ins Musical und danach mal wieder eine Kneipentour machen. Keine Ahnung, wann ich nach Hause komme.«
Sie wunderte sich nicht darüber, dass ihr Mann nicht mal wissen wollte, in welches Musical sie gehen würde.

Simone nannte Cornelius einen neuen Termin: »Ich will dich am kommenden Samstag in Köln sehen. Du wirst mich um sechzehn Uhr am Hauptbahnhof abholen. Wir treffen uns am Zeitcafé. In deiner Hand hältst du zwei Ein-

trittskarten für die SM-Party »Schwarze Nacht«. Alles, was du darüber wissen musst, findest du auf der Internetseite der »Gesellschaft der schwarzen Nächte«. Recherchiere das. Du wirst ein Doppelzimmer und ein Einzelzimmer in einem Hotel in unmittelbarer Nähe des Doms gebucht haben. Die Reservierungsbestätigung geht, wie gehabt, per Mail an mich.«
Es war ihr schon klar, dass alle Zimmer, die auch nur zehn Zentimeter Ausblick auf den Dom boten, unverschämt teuer waren.
»Jawohl, sehr verehrte Herrin. Gestatten Sie mir bitte zwei Fragen?«
»Ja.«
»Wofür brauchen Sie die Eintrittskarten? Und warum ein Doppel- und ein Einzelzimmer?«
»Weil ich ganz sicher nicht mit einem Sklaven in einem Zimmer schlafen werde. Sind wir ein wenig schwer von Begriff heute?«
Sie wusste, dass er ihr spöttisches Grinsen am Tonfall bemerken würde.
»Ja, sehr verehrte Herrin. Verzeihung.«
»Verzeihung, Verzeihung«, äffte Simone ihn nach. »Unaufmerksamkeit kann ich nicht dulden, Cornelius. Wie viele Schläge sind angemessen für Unaufmerksamkeit?«
»Zwanzig, Herrin?«
»Notiere sechzig auf einem Zettel und lege ihn mir unaufgefordert vor, wenn wir uns sehen.«
»Ja, sehr verehrte Herrin.«
»Und ab sofort, mein lieber Cornelius, wirst du jede Mail, jedes Gespräch mit diesem aktuellen Stand der ausstehenden Schläge beginnen. Solltest du es nur ein einiges Mal vergessen, verdoppelt sich die Anzahl. Kannst du mir folgen, Cornelius?«
»Jawohl, sehr verehrte Herrin.«
»Bis zu unserem Treffen wirst du weder vögeln noch onanieren. Das hast du auch verstanden?«
»Jawohl, sehr verehrte Herrin.«
»Du wirst folgende Dinge besorgen: ein Paar Handschellen, ein Lederhalsband, eine neunschwänzige Peitsche, einen Dildo, nicht kleiner als fünfundzwanzig Zentimeter, und einen Rohrstock, mittlere Dicke. Alles andere werde ich mitbringen. Transportiere alles in einem Köcher, nicht in einem Koffer.«
Simone erinnerte sich an einige Männer, die sie auf der Hamburger Party gesehen hatte und die ihre Utensilien fein säuberlich in Werkzeugkästen geordnet hatten. Für ihren Geschmack waren diese Ordentlichen zu steif, zu typisch deutsch gewesen, sie wollte keinen Kofferträger an ihrer Seite haben.
»Ja, Herrin, danke Herrin.«
»Sehr schön, Cornelius. Dann sehen wir uns am Samstag in Köln. Bis dahin gibt es keinen Kontakt zwischen uns. Deine täglichen Berichte bekomme ich natürlich weiterhin.«
»Ist noch eine Frage erlaubt, verehrte Herrin?«
»Bitte?«
»Die Schwarze Nacht - möchten Sie mit mir dorthin gehen?«
»Ja, natürlich, was dachtest du denn?«
»Haben Sie Wünsche bezüglich meines Outfits? Ich meine, ich war noch nie auf einer solchen Party und weiß nicht genau...«

»Zieh dich schwarz an, Cornelius, der Rest ist mir ziemlich egal. Es wird sowieso niemand sehen, was du anhast, wenn du auf dem Boden hinter mir herkriechst.«

Simone wusste selbst nicht, was in sie gefahren war.

All diese Gedanken waren ihr spontan in den Sinn gekommen. Von der Schwarzen Nacht hatte sie im Internet gelesen und sich gedacht, dass es sicher spannend sei, auf einer solchen Party mal die andere Rolle einzunehmen. Ihre Erlebnisse in Hamburg machten sie sicher, sich dort ohne Probleme zurechtfinden zu können, sie fühlte sich eingeweiht und versiert. Was genau sie allerdings am Samstag mit Cornelius anstellen würde, wusste sie nicht. Sie ließ das Treffen gespannt und gelassen zugleich auf sich zukommen.

Simone erkannte ihn sofort, nicht nur, weil er schwarz gekleidet war. Er stand neben dem gläsernen Café im Kölner Hauptbahnhof und trat nervös von einem Fuß auf den anderen. In der Hand hielt er einen Umschlag. Über seine Schulter hatte er einen schwarzen Köcher gehängt. *Ein hübscher Kerl*, dachte sie.

Sie ging nicht auf ihn zu, sondern ein Stück nach rechts, stellte sich in die Nähe der Gepäckaufbewahrung und beobachtete ihn. Er blickte in kurzen Abständen abwechselnd in die Menge der Leute, die von den Bahnsteigen kam und in Richtung Haupteingang strömte, und auf seine Armbanduhr.

Es war kurz nach sechzehn Uhr, Simone war pünktlich mit der Regionalbahn angekommen. Sie ließ ihn fast zehn Minuten warten.

Dann ging sie mit festen Schritten auf ihn zu.

Er sah sie, erkannte sie und nahm unvermittelt eine fast steife Haltung ein. *Wie ein Soldat*, dachte Simone schmunzelnd.

Sie blieb dicht vor ihm stehen, sah ihm in die Augen und hielt ihm ihren Koffer entgegen. Er griff danach - und sie ließ los, genau in diesem einen kurzen Moment, zwei Zentimeter vor seiner Hand.

Als der Koffer zu Boden knallte, zog Simone missbilligend ihre linke Augenbraue hoch und sagte zeitgleich in sanftem, freundlichem Ton: »So nervös, mein Lieber? Bleib ganz ruhig. Steck deinen Umschlag ein und komm, ich möchte Kaffee trinken.«

»Herrin, ich sollte Ihnen unaufgefordert etwas geben«, sagte Cornelius und reichte ihr mit zitternden Fingern einen zusammengefalteten Zettel.

»Sechzig Schläge wegen Unaufmerksamkeit«, war darauf in ordentlicher Schrift notiert.

Simone nahm den Zettel und steckte ihn in ihre Manteltasche. Sie spürte ein heftiges Kribbeln in der Magengegend, als sie daran dachte, wie es sein würde, ihn auszupeitschen. Sie hatte noch nie jemanden geschlagen.

Sie gingen hinüber zum Café Reichert, er blieb, ihren Koffer und seine Reisetasche tragend, immer zwei Schritte hinter ihr. Vor dem Café überholte er sie rasch, um die Tür zu öffnen und sie ihr aufzuhalten.

Simone blieb stehen und rührte sich nicht vom Fleck.

»Was soll das? Hattest du keine Kinderstube? Wenn eine Frau und ein Mann ein Lokal betreten wollen, geht *er* vor, um vorher zu sehen, ob drinnen alles in Ordnung ist.«

Eine Entschuldigung murmelnd und zum wiederholten Male tief errötend ging Cornelius hinein.

Sie bekamen einen Sitzplatz mit Blick auf den Dom. Simone amüsierte sich über die offensichtliche Nervosität ihres Begleiters.
Ohne ihn zu fragen, bestellte sie zwei Kaffee und zwei Grappa. Bis der Kellner mit den Getränken kam, sagte sie kein Wort, sondern sah Cornelius nur an. Der rutschte von einer Pobacke auf die andere und fühlte sich offenbar zum Reden aufgefordert. Er bemühte sich verzweifelt um Konversation.
»Ich hoffe, Sie hatten eine angenehme Fahrt.«
»Hatten Sie einen weiten Weg?«
»Möchten Sie ein Stück Kuchen essen?«
Simone ignorierte jeden seiner Sätze. Sie schwieg. Erst als sie ihr Glas hob und ihm zuprostete, fragte sie unvermittelt: »Warst du abstinent?«
Er antworte schnell, eifrig nahezu: »Jawohl, Herrin.«
Sie beugte sich vor. »Aber du hast ständig an irgendwelche Sauereien gedacht?«
»Ja, Herrin.«
»Und jetzt? Wie fühlst du dich? Du bist so nervös, lieber Cornelius. Bist du geil?«
Er errötete. »Ja, Herrin.«
»Glaubst du, dass es für den Ablauf dieses Abends förderlich sein wird, wenn *du* geil bist?«
»Oh nein, Herrin. Entschuldigen Sie bitte.«
»Welche Farbe hat deine Unterhose, Cornelius?«
Er blickte verständnislos. »Schwarz, Herrin. Sie hatten mir schwarze Kleidung befohlen.«
»Ich weiß, was ich befohlen habe. Hör mir jetzt gut zu, damit du es auch weißt. Du besorgst dir sofort eine Tüte. Es ist mir egal, ob sie aus Papier oder Plastik ist, und es ist auch egal, wie groß sie ist. Geh jetzt!«
Mit rotem Kopf und überfordertem Gesichtsausdruck machte er sich auf den Weg zum Tresen.
Simone sah aus dem Fenster, als ginge das kleine Szenario sie nichts an. Kurze Zeit später kam Cornelius zurück, stand, eine klein zusammengefaltete Papiertüte in der Hand haltend, verlegen am Tisch. Sein Blick war wieder fragend.
»Setz dich.«
Er setzte sich. Sie beugte sich so weit zu ihm herüber, dass ihre Nase fast seine berührte. Sie bemerkte jenes leichte Muskelzucken in seinem Gesicht, als sie sagte: »Du wirst jetzt zur Toilette gehen und deinen Slip ausziehen. Dann wirst du dir einen runterholen und in diesen Slip abspritzen. Anschließend steckst du den Slip in die Tüte und kommst her. Dann zeigst du ihn mir, ich will sehen, ob du getan hast, was ich dir sage. Lass dir so viel Zeit, wie du brauchst.«
Seine Stimme klang heiser, als er sich bedankte und eilig in Richtung der Waschräume ging.
Simone lehnte sich zurück und bestellte sich noch einen Kaffee. Es war unglaublich. Sie saß hier in Köln in einem spießigen Café zwischen Omas mit Betondauerwellen und schlecht gekleideten Touristen, und auf dem Klo stand ein junger Kerl, der sich auf ihren Befehl hin in diesem Moment einen runterholte und dabei mit Sicherheit an sie dachte.
Sie war froh über ihre spontane Idee mit dem Slip, denn ihr war irgendwann siedend heiß eingefallen: *Ist ja schön und gut, mit einem devoten Mann in*

ein Hotel zu gehen, aber was mache ich, wenn er so aufgegeilt ist, dass er einfach über mich herfällt? Männer sind stärker als Frauen, das ist nun mal so. Wenn ich ihn einmal abspritzen lasse, dürfte er sich besser unter Kontrolle haben.
Simone nahm sich vor, ihm im Hotel zuerst die Hände auf dem Rücken zu fesseln. Sie musste ausschließen, dass er zurückschlug, wenn sie die Peitsche hob. Vielleicht gab es einen Reflex bei Männern, dass sie zurückschlugen, wenn sie von einer Frau provoziert wurden? Sie hatte zwar nicht das Gefühl, dass sie Cornelius misstrauen musste, aber man konnte nicht vorsichtig genug sein.
Zudem hatte Arno sie gecovert. Sie hatten vereinbart, dass sie ihn abends zwischen neun und halb zehn anrufen würde. Sollte sie das nicht tun, würde Arno wissen, dass etwas passiert war, und die Polizei verständigen. Die Adresse des Hotels und die Zimmernummer hatte Simone ihm gemailt, nachdem sie die Reservierungsbestätigung gelesen hatte. Cornelius wusste, dass sie gecovert war, sie hatte es ihm gesagt, das war eine zusätzliche Absicherung.
Sie sah auf die Uhr. Er war seit zehn Minuten auf dem Klo.
Nur einen Moment später kam er an den Tisch zurück. Seine Augen glänzten, sein Haar war am Ansatz leicht verschwitzt. Er setzte sich und reichte Simone unter dem Tisch verstohlen die Tüte. Sie packte sie mit spitzen Fingern, sah nicht hinein, sondern rief den Kellner an den Tisch.
»Bitte entsorgen Sie das. Dem jungen Mann ist ein Malheur passiert«, sagte sie und lächelte den Kellner an.
Der blickte zwar fragend, nahm aber die Tüte arglos in die Hand und fragte, ob die Herrschaften noch etwas trinken wollten.
»Nein, der junge Mann will zahlen«, sagte Simone.
Das Hotel war nur wenige Meter vom Café entfernt und lag in unmittelbarer Nähe des Doms.
Sie spielten dasselbe Spiel wie vorhin: Cornelius blieb hinter ihr, trug den Köcher über der Schulter, ihren Koffer in der einen und seine Reisetasche in der anderen Hand. Sie checkten ein. Cornelius hatte zwei nebeneinanderliegende Doppelzimmer gebucht.
»Herrin, es tut mir sehr leid, aber ihren Wunsch nach einem Einzel- und einem Doppelzimmer konnte ich leider nicht erfüllen. Eine solche Kombination gibt es hier nicht, und in keinem anderen umliegenden Hotel war ein angemessenes Zimmer frei. Ich hoffe, dass alles auch so in ihrem Sinne ist?«
Sie nickte und wies ihn mit einer Handbewegung an, ihre Tasche aufs Bett zu stellen. Einen Moment lang verharrte sie unschlüssig, wusste nicht genau, was sie tun sollte.
»Cornelius«, sagte sie dann mit fester Stimme und machte eine winzige Pause. »Ab sofort wirst du dich in meinem Blickfeld angemessener verhalten.«
Er verstand sofort, was sie meinte, senkte den Blick und fiel auf die Knie.
»Jawohl, Herrin.«
»Beweg deinen Arsch ins Bad und zieh dich aus. Dann duschst du und kommst wieder her.«
»Jawohl, Herrin.«
Er kroch wie ein Hund auf allen vieren nach nebenan.

Niemals, zu keiner Zeit, war ich so unterwürfig wie dieser Mann, dachte Simone. Mark hatte sie so kriechen lassen, wie sie es nun von Cornelius verlangte, aber da gab es einen Unterschied: Sie hatte Mark gehorcht, weil sie ihm - und besonders ihm - gefallen wollte. Cornelius hingegen schien, und sie konnte sich nicht erklären, warum sie das dachte, grundsätzlich unterwürfig zu sein. Sie fragte sich, ob sie sich solch eine devote Hingabe nicht zuerst hätte verdienen müssen, ob sie nicht dem Mann, der dort kroch, zuerst hätte beweisen müssen, dass sie würdig war, dieses Geschenk entgegen zu nehmen.
Dann hörte sie, dass er nebenan die Dusche abstellte, und sie konzentrierte sich auf ihn. Er kroch mit gesenktem Blick ins Zimmer und machte vor ihren Füßen Halt. Er sah sie nicht an. Seine Figur war gut: muskulöse Schenkel und ein knackiger Arsch, breite Schultern und leicht gebräunte Haut.
Simone hatte ihre Reisetasche geöffnet und einen schwarzen Chiffonschal herausgenommen, mit dem sie ihm die Augen verband.
»Arsch hoch, Stirn auf den Boden, Unterarme weit nach vorn!«, befahl sie. »So bleibst du.«
Dann ging sie ins Nebenzimmer und zog sich um. Der schwarze Hosenanzug hatte nur die schlanke Silhouette ihrer Figur betont, jetzt wollte sie dem Sklavenanwärter zeigen, auf wen er sich einlassen wollte.
Sie schlüpfte in einen engen Lackrock, der vorne durchgehend geschnürt wurde und dadurch einen handbreiten Streifen Haut zeigte. Er spannte über dem Hintern und war so kurz, dass man die Strumpfhalter ihres Strapsgürtels sehen konnte. Dazu trug sie die roten Schuhe, die Arno ihr in Hamburg gekauft hatte. Die schwarze, taillenkurze Lackjacke, unter der sie nur einen Push-up anhatte, komplettierte das Outfit. Simone sah in den Spiegel und war sehr zufrieden.
Sie kam zurück in den Raum, in dem Cornelius regungslos kniete und stellte sich breitbeinig vor ihn. Sie sah an seinem nackten Rücken, der sich leicht hob und senkte, dass er nun schwerer atmete.
Mit zwei Fingern der rechten Hand fasste sie unter sein Kinn und hob seinen Kopf an, mit der anderen Hand löste sie den Chiffonschal.
Er blinzelte ein wenig, dann sah er zu ihr hoch. Er bemühte sich offenbar, nicht zwischen ihre Beine zu gucken. Ihre Blicke trafen sich. Lange, reglos.
Es geschah etwas, das Simone nicht erwartet hatte: Sie spürte plötzlich ihr Blut in den Adern fließen, die Kopfhaut kribbelte und dieses Kribbeln breitete sich langsam und wohlig in ihrem Körper aus. Sie wusste ganz genau, dass dieser Mann bedingungslos tun würde, was sie verlangte, und sie freute sich sehr darauf.
Sie ließ sein Kinn los; sofort senkte er wieder den Kopf.
»Pack die Sachen aus, die du mitgebracht hast.«
Er kroch zum Bett, nahm den Köcher und legte den Inhalt ordentlich nebeneinander. Rohrstock, Handschellen, Dildo. Simone hatte sich in den Sessel neben dem Bett gesetzt und sah ihm zu.
»Nimm die Handschellen und leg sie dir an.«
Er setzte sich auf seine Fersen und tat, was sie gesagt hatte, befestigte mit der rechten Hand mühelos die Handschelle an seinem linken Arm. Beim anderen Arm fiel es ihm schwerer, er fummelte ein wenig ungeschickt herum.

»Stell dich nicht so an! Ein bisschen Tempo, wenn ich bitten darf!«, schnauzte Simone.
»Jawohl Herrin«, flüsterte er und nestelte an seinem Handgelenk herum.
Simone lachte höhnisch auf. »Na wunderbar. Ein Sklavenanwärter, dem ich die Fesseln anlegen muss!«
Er entschuldigte sich sofort, aber sie tat, als hätte sie es nicht gehört. Dann stand sie auf, sofort legte er beide Arme nach hinten auf den Rücken. Sie verschloss die Handschellen und setzte sich wieder in den Sessel.
Seelenruhig beobachtete sie den Mann, der, die Hände auf dem Rücken gefesselt, mit gesenktem Kopf vor ihr kniete. *Ein schönes Bild*, dachte sie. Sie rauchte eine Zigarette und sagte kein Wort. Dann stand sie auf, trat hinter ihn und schloss die Handschellen wieder auf. Sie griff seinen Zopf und zog seinen Kopf weit nach hinten, so weit, dass seine Stirn fast ihre Schenkel berührten.
»So bleibst du, den Kopf ganz weit im Nacken. Deine Augen sind zu.«
Simone nahm drei Kerzen aus ihrer Handtasche. Sie drückte Cornelius eine in jede Hand, die dritte steckte sie ihm in den Mund. Dann zündete sie die Kerzen an und befahl ihm, ganz ruhig zu bleiben und auf sie zu warten.
Sie ging ins Bad, hockte sich über die Kloschüssel und pinkelte. Ihren String ließ sie dabei an, sie zog ihn erst aus, als er vor Nässe tropfte. Mit einem Lächeln ging sie zurück. In der Hand hielt sie den String.
Seine Lider flatterten leicht, aber er ließ die Augen geschlossen. Sein Kopf lag im Nacken, mit den Zähnen hielt er die eine brennende Kerze, mit den beiden Händen die beiden anderen. Simone hockte sich neben ihn und sah, dass er einen Ständer hatte. Sie flüsterte in sein Ohr: »Ich will nichts hören, keinen Ton!«
Sie nahm die Kerze aus seinem Mund und ließ langsam, ganz langsam, Wachs auf seine Brust laufen. Cornelius rührte sich nicht, atmete nur schneller. Sie blies die Kerze aus und legte sie zur Seite.
»Mund auf!«
Simone nahm den String, stopfte ihn wie einen Knebel in seinen weit geöffneten Mund und bemerkte sein Stöhnen, als er begriff, was er zwischen den Zähnen hatte.
Die Flammen der Kerzen in seinen Händen flackerten.
Simone stellte sich hinter ihn, fasste unter seinem Kopf und drückte ihn sanft hoch. Gleichzeitig legte sie die andere Hand auf seine Stirn und zog ihn dicht an sich heran. Ein Schauer lief durch seinen Körper, als er ihre Haut spürte.
Simone packte ihn unvermittelt an beiden Handgelenken und drehte diese so um, dass ihm das heiße Wachs plötzlich auf die Schenkel lief. Er atmete hörbar durch die Nase ein.
Sie brachte seine Hände wieder in die ursprüngliche Position, wartete, bis sich wieder flüssiges Wachs um den Docht gesammelt hatte und wiederholte die Behandlung. Cornelius stöhnte laut auf.
»Habe ich gesagt, dass ich nichts hören will?«
Er nickte. Sie drehte seine Handgelenke noch einmal nach innen, positionierte sie etwa zwanzig Zentimeter über seinem Schwanz und hielt sie mit unerbittlichem Griff fest.
In dicken Tropfen fiel das flüssige Wachs auf seine empfindlichsten Stellen, Cornelius atmete pfeifend und kniff seine Augenlider fest zu. Simone hatte

sich zu ihm herunter gebeugt, ihre Lippen waren dicht an seinem Ohr, als sie flüsterte: »Es gefällt dir, nicht wahr? Du hast einen Ständer, auch wenn es dir höllisch weh tut.«

Er nickte und stöhnte gleichzeitig, denn das Wachs war nun so erhitzt, dass es pausenlos tropfte, sein Schwanz und die Oberschenkel waren über und über mit getrockneten Wachsspuren bedeckt, seine Hände zitterten, obwohl Simone sie immer noch festhielt. Als sie die Kerzen auspustete, atmete er erleichtert auf. Sie nahm ihm den String aus dem Mund, er keuchte und sank in sich zusammen.

»Haltung!«, sagte Simone streng und leise, und sofort straffte sich sein Körper, er legte die Hände auf den Rücken und senkte den Kopf. Simone setzte sich in den Sessel und nahm eine Zigarette. Sie wartete einen Moment.

»Hallo? Sind wir unaufmerksam?«

Er sah sie an, verstand sofort und rutschte auf Knien zu ihr hin, nahm das Feuerzeug vom Tisch und zündete ihr mit zitternder Hand die Zigarette an. Dann nahm er wieder seine Sklavenposition ein.

»Sieh mich an!«

Er sah sie an, und in seinen Augen blitzte unverhohlene Geilheit auf: Simone hatte sich breitbeinig hingesetzt, sodass er ihr direkt in den Schritt sah. Sie genoss seinen Blick sehr, es gefiel ihr, dass er schluckte und kleine Schweißperlen sich auf seiner Stirn bildeten.

Sie rauchte schweigend.

»Geh und mach dich sauber!«, sagte sie schließlich.

Es dauerte eine Weile, bis er das Wachs entfernt hatte und auf allen vieren aus dem Bad zurückkam. Sie zeigte mit dem Finger auf den Platz zwischen ihren Beinen. Er kroch dorthin und verharrte, den Arsch in die Höhe gereckt, die Stirn auf dem Boden, bis sie ihm befahl, sich bequemer hinzusetzen und sich ein Glas Wasser einzuschenken.

»Danke, Herrin.«

Sie ließ ihn noch einen Augenblick in Ruhe, ließ ihn trinken und sich entspannen.

»Was soll das hier sein, Cornelius?«

Er guckte verständnislos. »Wie meinen Sie bitte, Herrin?«

»Was ist das für eine Vorstellung, die du hier gibst? Wer bist du?«

»Ich bin ein niedriger Sklave, verehrte Herrin, ein Dreck, ein Nichts, ein unwürdiges Nichts ...«

Seine Stimme klang brüchig, er hatte wieder den Kopf gesenkt und die demütige Haltung eingenommen. Simone stand auf und zog ihn brutal an seinem Zopf hinter sich her.

Er fiel fast, weil er nicht schnell genug kriechen konnte.

Sie riss die Tür vom Kleiderschrank auf, sie hatte vorhin, als er im Bad war, nachgeschaut, ob ein Spiegel darin war.

Sie zwang ihn, sich im Spiegel anzusehen: »Sieh in deine Augen. In deine, nicht in meine! Sieh dich an, Cornelius.« Dass sie nun so etwas Ähnliches veranstaltete wie Arno damals mit ihr im Club Sylvia, als er sie in den Spiegel schauen ließ, war ihr nicht klar.

Seine Pupillen waren groß, als er sich kniend, nackt, mit zerzaustem Haar neben ihr sah. Sie wirkte sehr groß neben ihm und sehr dominant. Sie zog seinen Kopf an den Haaren zurück und befahl ihm, die Zunge herauszustrecken.

»Weiter! Und jetzt sag mir, wer du bist! Sag mir, dass du eine Sklavensau bist! Die Zunge bleibt dabei draußen!«
Ihre Augen blitzten, als sie sein albernes Gestammel hörte.
»Ich verstehe dich nicht! Noch mal.« So kalt klang ihre Stimme, aber sie war nicht kalt. Simone war sehr erregt, aufgewühlt, auf eine ganz besondere Weise.
»Steh auf. Stell dich an die Wand. Die Fersen dicht an die Wand, den Kopf auch.«
Er tat es gehorsam.
»Wichsen. Und wehe, du kommst!«
Er stand an der Wand und keuchte, als er tat, was sie befohlen hatte. Schon nach wenigen Minuten musste er innehalten. Simone saß breitbeinig auf der Bettkante, dicht vor ihm, und zischte leise: »Weiter. Und dabei siehst du mir in die Augen.«
Er hielt diesmal nur wenige Sekunden durch, dann hielt seine Hand wieder still, und er atmete tief ein.
»Verzeihung, Herrin, es geht nicht mehr lange.«
»Es geht nicht mehr lange, Herrin, es geht nicht mehr lange«, äffte sie ihn spöttisch nach.
»Geh vor den Spiegel, du notgeiles Stück, geh vor den Spiegel!« Sie sagte die letzten Worte so laut, dass er zusammenzuckte.
Cornelius ging die wenigen Schritte zum Spiegel, sein Gesicht war hochrot, sein Anhängsel stand steif im rechten Winkel von seinem Körper ab.
Simone war dicht hinter ihm, griff ihm ins Haar, sein Zopf hatte sich inzwischen halb gelöst, Haarsträhnen klebten in seinem verschwitzten Gesicht und sie zischte ihm ins Ohr: »Jetzt sieh zu, dass du abspritzt. Und schau dich dabei an, du geiles Dreckstück!«
Schon im nächsten Moment stöhnte er auf, und der dicke weiße Strahl spritzte an den Spiegel.
Simone hielt Cornelius dabei ganz ruhig fest, ließ die Hand weiter in seinem Haar, ihre Wange lag an seiner, sie beobachtete ihn im Spiegel. Er atmete kurz und hektisch, beruhigte sich nur langsam.
»Danke, Herrin«, flüsterte er mit belegter Stimme und lächelte ihr Spiegelbild an. Simone lächelte zurück.
Wie geil war das denn hier? Sie fühlte sich großartig.
Er bemerkte ihren gefährlichen Unterton nicht sofort.
»Keine Ursache, mein Lieber, keine Ursache. Geht es dir gut, ja? Bist du befriedigt?«
»Oh ja, Herrin, sehr, vielen Dank noch mal.«
Jetzt klang ihre Stimme eisig: »Das ist ja prima, dass es dir gut geht. Das freut mich wirklich sehr, Cornelius.« Sie machte eine winzige Pause. »Leck die Sauerei ab. Sofort!«
Er zögerte einen Moment.
Ihre Stimme wurde lauter: »Hast du nicht gehört? Worauf wartest du? Hast du gedacht, die Show ist zu Ende, weil du abgespritzt hast?«
Blitzschnell hatte Simone in diesen Sekunden den Rohrstock vom Bett genommen, drehte Cornelius den Arm auf den Rücken und sagte: »Bücken!«
Er bückte sich widerstandslos. Simones Augen verengten sich zu kleinen Schlitzen, als sie ihn fünfmal auf jede Arschbacke schlug. Zehn rote Striemen zierten seinen Hintern. Sie spürte, dass sie sehr erregt war.

»Und jetzt mach endlich die Sauerei weg!«
Sie stand mit verschränkten Armen hinter ihm, in einer Hand hielt sie den Rohrstock, als sie ihn beobachtete.
Sein Sperma war inzwischen durchsichtig geworden und in langen Schlieren den Spiegel hinuntergelaufen. Er schien zu würgen, als er begann, es von oben abzulecken.
»Die Augen bleiben offen«, befahl Simone, und sie genoss den gequälten Ausdruck in seinem Gesicht sehr.
Natürlich war es nicht möglich, den Spiegel blank zu lecken. Sie ließ es ihn trotzdem lange versuchen. Inzwischen hatte er sich von oben nach unten gearbeitet, der Spiegel war blind von verwischtem Sperma und Spucke.
»Du bist zu blöd. Sogar zu blöde, deinen Scheiß wieder wegzulecken. Erst wichst du so hemmungslos, dass du deine widerliche Soße in Nullkommanichts verschleuderst - und wohlgemerkt: Das ist das zweite Mal heute Abend, dass du abspritzt! - und dann glaubst du wohl auch noch, dass ich dafür zuständig bin, dass du befriedigt bist. Glaubst du das, mein Lieber?«
»Nein, Herrin«, murmelte er, dabei fuhr seine Zunge immer wieder und wieder aus weit geöffnetem Mund über den Spiegel.
»Wie verständnisvoll du bist! Vielen Dank!«, sagte Simone spöttisch. Cornelius wurde rot, sie sah es im Spiegel.
»Du hat sicher auch Verständnis dafür, dass du jetzt dafür sorgen wirst, dass es mir gut geht, nicht wahr?«
Ihre Stimme klang zuckersüß und ihr Lächeln war teuflisch.
»Jawohl, Herrin, sehr gerne, Herrin.« Sie konnte sich denken, was er jetzt erwartete. Den Gefallen würde sie ihm nicht tun. Hier galten ihre Regeln, und sie genoss das sehr.
»Ob du es gern tust oder nicht, ist mir ziemlich egal. Knie dich aufs Bett, Gesicht nach unten, wird's bald?«
Er tat, was sie befohlen hatte und kniete sich hin.
Simone nahm ein paar dünne Gummihandschuhe aus ihrer Tasche und zog sie langsam an. Sie hatte sie zu Hause aus dem Erste-Hilfe-Kasten genommen. Als sie ihm von hinten zwischen die Beine griff, stöhnte er leise auf.
Simone ließ wieder von ihm ab, nahm die Flasche Babyöl aus ihrer Tasche und rieb ihre behandschuhten Hände damit ein. Cornelius rührte sich nicht, als sie ihm einen Finger in den Hintern steckte, auch beim zweiten und dritten sagte er nichts. Nur die Muskeln seiner wohlgeformten Hinterbacken zuckten leicht. Simones Bewegungen wurden heftiger, es gefiel ihr, was sie an ihren Fingern spürte. Ihre linke Hand hatte sich in seinen Haaren verkrallt, sie hatte seinen Kopf hochgezogen und hielt ihn unnachgiebig fest, während sie mit der rechten rhythmisch weiter zustieß. Cornelius keuchte verhalten. Sie hörte abrupt auf, zog ihre Finger raus und ließ seinen Kopf fallen.
»Aufstehen«, befahl sie.
Er schien weiche Knie zu haben, als er vom Bett rutschte und sich hinstellte.
»Haltung!«
Er straffte sich und senkte den Kopf.
»Sieh mich an.«
Sie zog mit angewiderter Miene die Gummihandschuhe aus und warf sie ihm vor die Füße. Er wurde rot, als sie weiter redete.

»Sie stinken. Heb sie auf und bring sie weg. Wag es nie wieder, mir unter die Augen zu treten, ohne vorher einen Einlauf gemacht zu haben.«
»Jawohl, Herrin.«
Dann machte er einen Fehler. Er bückte sich, nahm die Handschuhe und ging zum Papierkorb.
Sie rief laut: »Das kann ja wohl nicht wahr sein! Du gehst? Du gehst? Stell dich da hin, Gesicht zur Wand, Hände flach und über dem Kopf auflegen. Sofort!«
Er tat es sofort. Simone nahm den Rohrstock und schlug ihm auf den Arsch. Er schrie auf und ging leicht in die Knie.
»Ich höre nichts!«
»Danke, Herrin.«
»Wofür war der?«
»Ich bin nicht gekrochen, sondern gegangen. Entschuldigen Sie bitte, Herrin.«
Sie trat dicht an ihn heran, streichelte zart seine gerötete Haut, schmiegte ihre Wange an seine, hauchte einen Kuss auf seine Haut und flüsterte: »Ja. Ich entschuldige das.« Sie lächelte. »Wie viele Schläge ist dir diese Entschuldigung wert?«
Er zitterte und zögerte nur eine Sekunde, bevor er heiser sagte: »Fünf, Herrin?«
Sie lachte höhnisch auf.
»Ja. Fünf ist gut. Auf jeder Seite. Haltung!«
Er stand stramm mit gesenktem Kopf an der Wand, als Simone begann, den Stock auf seinem Hintern tanzen zu lassen. Sie schlug leicht in kurzen Abständen, ein Stakkato kleiner Hiebe, sie achtete darauf, nicht zu oft dieselbe Stelle zu treffen. Dann machte sie eine winzige Pause und schlug einmal so fest zu, dass er laut aufschrie.
»Wie viele Schläge waren das, Cornelius?«
»Ich ... ich ... weiß es nicht, Herrin.«
»Ach? Du weißt es nicht? Du hast nicht mitgezählt? Tja, mein Lieber, dann beginnen wir von vorn.«
Sie hörte an seiner Stimme, dass er sich sehr zusammenriss. Die Worte kamen gepresst und leise.
»Acht, danke Herrin. Neun, danke Herrin, zehn, danke Herrin.«
Simone setzte sich in den Sessel und zündete sich eine Zigarette an. Sie ließ ihm Zeit, sich zu beruhigen. Sein Arsch schien zu glühen, und sein Atem ging minutenlang heftig und stoßweise.
»Komm her«, sagte sie leise. Er fiel wieder auf die Knie und kroch zu ihr. Sie zeigte auf den Platz zwischen ihren Beinen. Dann spreizte sie ihre Schenkel. »Sieh mich an. Die ganze Zeit.«
Er kniete vor ihr und starrte auf ihre Hände, die routiniert und geübt taten, was jetzt notwendig war. Ihre Erregung hatte feuchte Spuren an ihren Beinen hinterlassen, und es dauerte nicht lange, bis Simone heftig stöhnte und sich unter ihren eigenen Fingern wand. Sie lehnte sich im Sessel zurück und genoss die Situation mit geschlossenen Augen.
»Geh duschen und zieh dich an. Ich habe Hunger«, sagte sie später. Sie zogen sich um und gingen essen.
Es war ein lockerer Abend, sie plauderten und lachten. Fast konnte Simone selbst nicht glauben, was da eine Stunde zuvor im Hotelzimmer passiert war

und sie so sehr erregt hatte. Sie hatte keine Lust, jetzt darüber nachzudenken, was während der Session in ihr vorgegangen sein mochte, dazu würde morgen zu Hause noch genug Zeit sein.
Cornelius war ein angenehmer Gesellschafter: gebildet, belesen, unaufdringlich und humorvoll. Sie redeten über vieles, aber nicht über SM.
Gegen zwanzig Uhr fuhren sie mit dem Fahrstuhl hinauf in die Zimmer. Simone schlüpfte wieder in ihr Outfit, darüber zog sie ihren langen Mantel an.
Cornelius bestellte ein Taxi, und sie fuhren nach Köln Ehrenfeld. Das Gebäude, in dem die »Schwarze Nacht« stattfand, war von außen unscheinbar und unauffällig. Nur ein dezentes Plakat mit einem Pfeil und den Worten »Zur Party« wies auf die Veranstaltung hin.
Sie gingen durch eine weiß geflieste Halle, die von grellem Neonlicht erhellt wurde. Das Entree erinnerte an den Eingangsbereich eines Hallenbades. Ein weiterer Wegweiser führte sie eine weiß gekachelte Treppe hinab. Eine hübsche rothaarige Frau begrüßte sie mit strahlendem Lächeln: »Hallo, herzlich willkommen. Ich bin Sanne und wer seid ihr?«
Sie nannten ihre Vornamen und Sanne fragte, ob sie eine Mailadresse hinterlassen wollten, um über Events und Aktionen der Veranstalter auf dem Laufenden gehalten zu werden. Simone willigte ein und Cornelius gab seinen Mail-Account an. Cornelius bezahlte hundert Euro Eintritt. »Getränke und Büffet sind im Preis inbegriffen«, erklärte Sanne. »Ihr beide seid ja zum ersten Mal hier, deshalb zeigt Michael euch gleich alles.«
Ein freundlicher Mann Mitte vierzig grinste die beiden an und schüttelte ihnen die Hand. Er trug schwarze Leder-Chaps und eine Lederweste. Weil er seinen nackten Hintern präsentierte, vermutete Simone, dass er ein Sklave war.
Dann führte Michael sie durch die Räume.
Cornelius ging einige Schritte hinter ihnen her, hielt den Kopf leicht gesenkt und trug den Köcher. Simone freute sich über seine selbstverständliche Haltung, es war toll, dass dieser hübsche, junge Bursche öffentlich seine Ergebenheit demonstrierte.
Ein Käfig, schwarze, eiserne Gitterstäbe, der Boden mit Stroh ausgelegt. Simone bemühte sich, so zu gucken, als sähe sie solche Menschenaufbewahrungsorte jeden Tag.
Ein Badezimmer, weiß gekachelt, Toilette, Dusche, Waschbecken. »Hier könnt ihr dirty spielen. Wenn ihr Zuschauer möchtet, lasst einfach die Tür offen, ansonsten hängt ihr das Schild draußen auf, dann wird euch niemand stören.«
Simone nickte und überlegte dabei, was er mit »dirty spielen« gemeint haben könnte. Als sie neben dem Klo einen Hundenapf und in einer Ecke einen Wischeimer nebst Schrubber und Wischlappen sah, dämmerten ihr einige Möglichkeiten und sie grinste Cornelius süffisant an. Der war ihrem Blick zuvor gefolgt, verstand, was ihre Augen ihm sagten und errötete.
Eine Garderobe, die von einem knackigen Kerl namens Günther bewacht wurde.
Ein Untersuchungszimmer, das wie das Behandlungszimmer eines Frauenarztes eingerichtet war: gynäkologischer Stuhl, Spekulum, Stethoskop, weiße Kittel an einem Haken, eine Bettpfanne aus Edelstahl, steril verpackte Nadeln in einer Nierenschale, Gummihandschuhe in einer Hunderter-Box.

»Wer White-Room mag, findet hier, was man braucht. Ihr könnt hier alles machen, vom Einlauf bis zur gynäkologischen Untersuchung«, erklärte Michael.
Es überstieg Simones Fantasie, sich vorzustellen, was man hier tun konnte, aber das ließ sie sich nicht anmerken.
Sie gingen wieder zurück und kamen in einen langen Flur, dessen Wände teils verspiegelt, teils mit schwarzen Tüchern verhängt waren. Sanne wartete hier und bot den Gästen Drinks an, wahlweise mit und ohne Alkohol.
Am Ende des Ganges war ein Raum, eingerichtet wie ein Partykeller: eine Theke, Regale mit Spirituosen dahinter, Barhocker, Stehtische, eine schwarze Ledergarnitur.
Etwa zwanzig Leute hielten sich in diesem Raum auf.
Sie standen zu zweit oder in Grüppchen zusammen, manche redeten leise miteinander, manche musterten die neu ankommenden Gäste.
Auf dem Sofa saß eine bullige Frau in schwarzem Lederkleid, vor ihr kniete ein schmächtiger, weißhäutiger nackter Mann.
Dass es ein Mann war, sah man an seinem hochgereckten Hinterteil, das den Blick zwischen seine Beine und auf sein Gehänge freigab. Seine Stirn hatte er auf den Boden vor ihren Füßen gepresst, er rührte sich nicht, während sie gelangweilt guckte und Kaffee trank.
Simone und Cornelius steuerten auf eine freie Bank zu, von der aus sie in den angrenzenden Spielraum gucken konnten.
Erst als sie direkt vor dem dunklen Möbel standen, sah Simone, dass es keine Bank, sondern ein Sarg war. Auch bemerkte sie erst jetzt, dass ein schwarzes Gitter, das sie an einen eisernen Friedhofzaun erinnerte, den Raum teilte. Eine nackte Frau war an dieses Gitter gebunden. Sie trug eine Augenbinde und ein Schild um den Hals: »Anfassen erlaubt!«
Einige Gäste, die an ihr vorbeigingen, griffen ihr in den Schritt oder an die Brüste. Simone konnte nicht erkennen, ob es der Frau gefiel, dort so vorgeführt zu werden; ob einer der Männer im Raum ihr Dom war, konnte sie auch nicht sagen.
Cornelius erwies sich als perfekter Kavalier und versah seinen Sklavendienst in der Öffentlichkeit souverän und versiert. Er schien im Voraus zu ahnen, wann Simone rauchen wollte und bot ihr eine Zigarette an. Er gab ihr Feuer, sorgte dafür, dass sie immer etwas zu trinken hatte, erkundigte sich regelmäßig nach ihrem Befinden und saß dabei die ganze Zeit zu ihren Füßen. Wenn er zur Toilette oder sich die nebenan spielenden Paare anschauen wollte, fragte er Simone, ob er etwas fragen dürfe, und brachte dann sein Anliegen vor. Sie erlaubte ihm alles.
Sie unterhielt sich mit anderen Gästen, beobachtete die Leute und hatte keine Lust, für Cornelius weiterhin Programm zu machen. Es ärgerte sie, dass sie plötzlich das Gefühl hatte, er würde auf eine weitere Session warten und seine Unterwürfigkeit nur als Rollenspiel demonstrieren, um seine Wünsche bei ihr durchzusetzen.
Als er eine Weile nebenan bei einer Bondage-Session zugeschaut hatte und sich mit glänzenden Augen wieder vor ihre Füße setzte, sagte er mit spitzbübischem Lächeln: »Ach, sehr verehrte Herrin, so ein Bondage würde ich auch gerne mal ...«
»Tatsächlich? Ein Spiel mit Seilen möchtest du? Sozusagen Seilchenspiele?«
Er nickte eifrig.

Simone war wütend, ohne sich dessen bewusst zu sein. Sie stand auf und ging schnurstracks zu Sanne und Michael, die am Tresen standen und sich mit Gästen unterhielten.
Cornelius sah seine Herrin mit den Gastgebern reden. Sie guckten alle kurz zu ihm herüber und lachten.
Michael nickte, daraufhin verließ Sanne den Raum und kam kurze Zeit später mit einem weißen Seil in der Hand zurück. Sie gab es Simone, die mit einem hinterhältigen Lächeln auf den am Boden hockenden und devot triumphierend dreinschauenden Cornelius zukam.
Er senkte artig den Kopf, als sie vor ihm stehen blieb.
Das Seil war etwa drei Meter lang. Simone nahm es doppelt, drehte es ein wenig und knotete es an beiden Enden, sodass sie ein etwa anderthalb Meter kurzes Stück erhielt.
»Steh auf.«
Er stand vor ihr. Sie fasste ihn mit einem Finger unters Kinn, hob seinen Kopf, gab ihm einen Kuss auf die Stirn und sagte: »Hier ist ein Seil. Du darfst damit spielen, mein Süßer. Spring. Geh in die Mitte und spring. Zwanzig Mal.«
Sie hatte es laut gesagt, und es schien plötzlich still geworden zu sein, Simone hörte keine Musik und keine Stimmen der anderen Partygäste mehr. Die, die in Grüppchen um sie herum oder neben ihnen gestanden hatten, rückten von ihr ab, bildeten einen Kreis um Simone und Cornelius.
Er wirkte panisch. Seine Lider flatterten, und sein Blick schien »Bitte nicht!« zu flehen. Doch es gab kein Pardon. Er bekam ein spöttisches Lächeln und eine sehr unmissverständliche Handbewegung. Und er bekam die ungeteilte Aufmerksamkeit der Zuschauer.
Seine Lippen formten ein lautloses »Bitte!«
Simone schüttelte den Kopf.
Cornelius begann zu springen. Einmal, zweimal. Sein Penis wippte dabei. Er sah grausam lächerlich aus, und er wusste es. Simone sah es ihm an.
»Stopp«, sagte sie leise, war mit einem Schritt neben ihm und zischte in sein Ohr: »Du zählst mit. Laut. Von vorn!«
Sie weidete sich an seiner Demütigung. Die Umstehenden starrten abwechselnd Simone und Cornelius an. Ihr war es egal, was sie dachten oder tuschelten, sie wollte, dass er ihren Befehl befolgte - und zwar sofort.
Er würde es tun, er würde es versuchen, und er würde es nicht schaffen. Selbst wenn er fit genug wäre, um zwanzigmal zu hüpfen, würde er es nicht schaffen. Er ersehnte weitere Schläge, deshalb würde er ihren Befehl gar nicht korrekt ausführen wollen. Sie war sich dessen ganz sicher. Und genauso war es. Eins. Zwei. Drei. Vier. Zwölf. Er verhedderte sich.
Und er lächelte sie an. Das hätte er nicht tun sollen.
»Noch mal von vorn! Und du zählst laut mit.«
Simones Stimme klang eisig.
Nur sein Keuchen war zu hören, sonst war es still im Raum. Die Anwesenden schienen den Atem anzuhalten.
»Eins. Zwei. Drei. Vier. ... Zwölf... vierzehn ... achtzehn.«
Er ließ das Seil sinken und fiel auf die Knie.
»Tut mir leid, Herrin, ich kann nicht. Bitte, Herrin, ich kann nicht mehr.«
Simone sah auf ihn herab. Sie wartete minutenlang.
Dann trat sie mit der Schuhspitze leicht gegen sein Bein.

»Steh auf.«
Er bebte, als er ihrem Befehl folgte und sie ansah.
»Du hast es nicht geschafft.«
»Nein, Herrin.«
»Vor allen Leuten hier hast du mich blamiert.«
»Ja, Herrin.«
»Du bist ein beschissener Sklave.«
»Ja, Herrin.«
»Du weißt, dass ich dich bestrafen werde.«
Sein Kopf neigte sich ein wenig.
»Ja, Herrin, ich bin bereit, meine Schläge dafür entgegen zu nehmen und zu ertragen.«
Sie lachte laut und höhnisch.
»Du versuchst es mit allen Mitteln. Du bist bereit für deine Strafe? Ja?«
Er nickte.
»Wir sind uns sicher einig, dass *ich* die Art deiner Strafe bestimme?« Sie wartete nicht auf seine Antwort. »Geh nach vorne zur Garderobe und zieh dich an. Dann kommst du zurück. Es wird keine Schläge geben heute Abend. Du hast dich hier zu unterhalten und zu amüsieren.«
Die Zuschauer raunten. Jeder hier wusste, was das für einen Sklaven bedeutete.
Simone wusste es auch.

Simone genoss es, die anderen Paare zu beobachten. Sie hatte sich an die Bar gesetzt, trank Prosecco und sah den Leuten zu. Bizarre Kostümierungen und Outfits in einer ebensolchen Umgebung, freundliche, diskrete Menschen und eine prickelnd erotische Atmosphäre bestimmten diese Party.
Sanne, Michael und ihr Team kümmerten sich um die, die es wollten, die anderen Gäste ließen sie diskret in Ruhe. Auch mit Simone unterhielt sich das sympathische Paar. Sie sprachen über Allgemeines, über andere SM-Veranstaltungen in Köln, über Session-Musik und über die »Szene« und ihr Ansehen in der Öffentlichkeit. Simone hatte das Gefühl, die beiden schon ewig zu kennen.
Es war schon sehr spät, fast zwei Uhr morgens, und Simone wollte eigentlich bald ins Hotel zurück, als Sanne ein großes schwarzes Lack-Laken auf dem Fußboden ausbreitete. Sie trug nur noch halterlose Strümpfe, ansonsten war sie jetzt nackt. Ihre Heels hatte sie ausgezogen und ordentlich an die Seite gestellt. Als sie am Rand des Lakens Teelichter verteilte, sah Simone, dass Sanne nicht nur einen Ring in den Nasenlöchern, sondern auch zahlreiche solcher Silberschmuckstücke an ihren Schamlippen trug.
Das Laken war nun von Teelichtern und roten Grablichtern eingerahmt, und Sanne begann, sie nach und nach anzuzünden. Ein sanftes Lächeln umspielte ihre Lippen, ihre hellen Augen hatten jetzt einen besonderen Glanz.
Simone war gespannt, was passieren würde. Sanne bewegte sich nur auf den Knien, kroch hin und her, zog das Laken dort sorgfältig glatt, wo es durch ihre Bewegungen Falten geworfen hatte, und nahm mehrere Rohrstöcke verschiedener Stärken und zwei Peitschen aus einer schwarzen Tasche. Alle Schlaginstrumente reihte sie an der Stirnseite des Lakens ordentlich nebeneinander auf.

Inzwischen hatten sich die restlichen Gäste - viele waren zu dieser späten Stunde schon gegangen - um Sanne und das schwarze Laken versammelt. Sie schien völlig in ihre Vorbereitungen versunken zu sein und die Zuschauer nicht zu bemerken. Auf Knien rutschte sie wieder zu der Tasche, nahm einen Beutel heraus und legte ihn neben die Peitschen. Simone konnte nicht sehen, was darin war.
Sanne kniete nun in der Mitte des Lakens. In einer Hand hielt sie drei normale Kerzen, die sie nacheinander an einem Teelicht anzündete. Dann legte sie den Kopf in den Nacken, steckte sich eine der Kerzen in den Mund und legte den Kopf weit zurück. Die beiden anderen Kerzen hielt sie in je einer Hand. So verharrte sie, reglos, ganz ruhig und entspannt, mit geschlossenen Augen. Sie wartete.
Die Flammen der Kerzen brannten still und ruhig, sie flackerten kein bisschen. Simone war wie hypnotisiert: Genauso hatte sie vor einigen Stunden Cornelius knien lassen! Sie sah ihn an, er saß neben ihr auf dem Barhocker und verfolgte das Geschehen sehr interessiert. Ihren Blick erwiderte er mit einem Lächeln und einem Nicken. Ja, auch er hatte die Gleichheit bemerkt.
Simone wunderte sich sehr, als nun Michael hinter die kniende Sanne trat: Sie hatte den Mann mit dem sanften Lächeln und der leisen Stimme für einen Sklaven gehalten.
Er massierte Sanne die Schläfen. Sie hatte dabei ihre Position nicht verändert, hielt die Kerzen im Mund und in den Händen weiterhin ruhig fest. Ihre Augen waren geschlossen. Michael flüsterte ihr etwas ins Ohr, sein Lächeln behielt er bei, die ganze Zeit. Er trat einen Schritt zurück und sah auf sie herab. Er schien nur die Lippen zu bewegen, jedenfalls hatte Simone nichts gehört, obwohl sie fast neben ihm stand.
Sanne jedoch schien auf einen Befehl zu reagieren: Sie drehte ihre Hände und zuckte nicht einmal zusammen, als das heiße Wachs von Kerzen rasch herabtropfte und über ihre Schenkel lief. Die Umstehenden raunten. Michael trat an sie heran und sagte wieder etwas in ihr Ohr. Sofort hielt Sanne die Kerzen wieder gerade und änderte ihre Position: Sie legte sich auf den Rücken und spreizte die Beine weit auseinander. Die Kerze in ihrem Mund hielt sie dabei weiter mit den Lippen fest. Dann atmete sie sichtbar tief ein und ließ sich das Wachs der beiden Kerzen in ihren Händen auf den rasierten Venushügel tropfen. Es lief zwischen ihre Schamlippen, Simone konnte jede anatomische Einzelheit zwischen den weit gespreizten Beinen erkennen.
Simone hielt die Luft an. Du meine Güte, sie selbst hätte spätestens jetzt geschrieen. Sanne strampelte ein wenig mit den ausgestreckten, gespreizten Beinen, ließ das Wachs jedoch tapfer weiter laufen. Nach endlosen Momenten wandte sich Michael an einen der männlichen Zuschauer und sagte etwas, das die anderen nicht verstehen konnten.
Der Mann nickte, ging zu Sanne, nahm ihr die Kerzen aus den Händen und aus dem Mund und blies sie aus. Dann half er ihr aufzustehen. Das Wachs auf ihrem Venushügel war getrocknet und riss ein, als sie sich bewegte. Sie schmiegte sich mit dem Rücken an den Bauch des Mannes, er hielt sie an den Händen fest.
Sanne schloss die Augen, atmete tief ein und hielt die Luft an. Als Michael ihr das Wachs zwischen ihren Beinen mit der Peitsche in kurzen heftigen Hieben herunterschlug, schrie sie laut. Michael hielt einen Moment inne,

sagte etwas, wieder so leise, dass Simone es nicht verstehen konnte, und Sanne öffnete die Augen. Hatte er ihr das befohlen? Ihn anzusehen, jetzt, als er weiter schlug mit der langen Lederpeitsche?
Ihre Blicke schienen ineinander zu tauchen.
Er lächelte die ganze Zeit, als er sie schlug, schaute sie an dabei, sah in ihre Augen und wusste doch offenbar genau, wohin er die Peitsche führte. Sie schrie, immer wieder, sah ihn an dabei, unverwandt. Flehend schien dieser Blick zu sein, zugleich innig und voller Lust. Sie weinte jetzt, Tränen flossen, flammende Striemen zeichneten ihren schlanken Körper. Er legte die Peitsche ab und ging zu ihr. Sie ließ den Mann, der sie die ganze Zeit festgehalten hatte, los und schlang ihre Arme um Michaels Nacken.
Er küsste sie und dann verschwand seine Hand zwischen ihren Beinen, seine Finger glitten in ihren Körper, schnell, schneller, noch schneller, sie stöhnte, laut, klammerte sich an ihn, ihre Finger krallten sich in seine Schultern und dann sah Simone die Pfütze, die sich zwischen Sannes Beinen gebildet hatte. Female Ejakulation, sie hatte davon gelesen. Simone lächelte, als sie den zufriedenen Ausdruck in Sannes Gesicht sah. Michael gönnte ihr keine Pause. Das Spiel der beiden ging weiter, noch lange, dauerte sicher noch eine Stunde.
In manchen Momenten hielt Simone die Luft an, so hart erschienen ihr die Schläge, die auf Sanne einprasselten. Als Michael einmal ein ganzes Bündel aus Rohrstöcken nahm und damit so stark auf ihren Hintern schlug, dass sie kreischend in die Knie sackte, wandte Simone sich ab. Als er an Sannes Brüsten zahllose Wäscheklammern sternförmig in die Haut klemmte und sie anschließend mit wenigen gezielten Peitschenhieben wieder herunter schlug, hielt Simone sich den Mund zu, um nicht bei jedem Schlag aufzuschreien. Dennoch wirkte das Szenario auf sie liebevoll, abgestimmt und trotz der Öffentlichkeit sehr intim.
Simone beobachtete nun nicht mehr das Spiel der beiden, sondern nur noch ihre Augen: Hingabe, Liebe und Bedingungslosigkeit las sie darin, bei ihm und bei ihr.
Das jedoch war es auch nicht, was Simone so sehr faszinierte, sondern es war die natürliche Freude an diesem Spiel, die beiden deutlich anzusehen war, der Spaß dieses Paares an seiner Form der Erotik, an seiner Schamlosigkeit und an seiner eigenen, unverwechselbaren Choreografie.

Simone merkte nicht sofort, dass sie weinte. Erst als sie spürte, dass Cornelius sie unverwandt anstarrte, fühlte sie die Tränen auf ihren Wangen.
Und dann wusste sie es: *So* musste es sein, *so* wollte sie es erleben. Geben und nehmen wollte sie, keine Deals mehr abschließen, keine Verabredung über Machtverteilungen treffen, kein Spiel spielen, keine seelenlose Session durchziehen. Sie wollte kein Spiel mehr mit einem Dom, der eine feste Liturgie zelebrierte, weil er sonst aus dem Konzept kam. Sie wollte keinen oberflächlichen Partygänger, der sie vorführte, um sich mit ihr zu schmücken, keine Sklavinnensucher und von Machträumen besessene Verklemmte. Nein.
Sie wollte es echt, sie wollte es leben und nicht mehr spielen. Sie wollte sich führen lassen. Und sie war bereit, jeden Preis dafür zu zahlen.
Die Erkenntnis traf sie unvermittelt, aber es waren keine wirklich fremden Gedanken. Vielleicht hatte sie es gewusst, lange schon, es nur nicht zu-

gelassen, diese Gedanken zu Ende zu denken. Jetzt war es erleichternd, Gewissheit zu haben.
Als sie wortlos aufstand und zur Garderobe ging, folgte Cornelius ihr. Er sagte nichts, nicht im Taxi und nicht im Hotel. Er hatte verstanden, was in ihr vorgegangen war, und sie war ihm sehr dankbar, dass er sie in Ruhe ließ. Sie selbst verstand nichts mehr.

Als sie dieses Mal nach Hause kam, mochte sie Gerald nicht in die Augen sehen. Nicht, weil sie sich schämte oder ein schlechtes Gewissen hatte, nein, darüber war sie hinaus. Hätte er sie nach ihren Erlebnissen des vergangenen Wochenendes gefragt, wäre sie ärgerlich geworden, weil er sie zum Lügen genötigt hätte. Aber er fragte nicht.
Er saß in der Küche und las Zeitung, als sie die Diele betrat und ihren Koffer abstellte. Sie stand in der Küchentür, er sah sie über den Rand seiner Lesebrille hinweg an und sagte nur: »Na, du?«
Simone hängte ihren Mantel an die Garderobe. Einen Moment lang blieb sie unschlüssig stehen, wusste nicht recht, wohin sie gehen und was sie tun sollte.
Zu Gerald gehen? Ihm einen Kuss geben? Das wäre normal gewesen, aber was war in ihrem Leben schon noch normal? Sollte sie lieber gleich den Koffer auspacken, die verräterischen Dessous, die Stiefel und die Domina-Utensilien verstecken? Hätte Gerald sie nicht anders begrüßen müssen? Vielleicht wusste er längst, was sie seit so langen Monaten tat? Konnte er es überhaupt übersehen?
Simone war fremd in ihrem eigenen Haus, sie fühlte es, konnte aber diesen Gedanken nicht zulassen.
Die Mädchen freuten sich, dass sie wieder da war, umarmten und küssten sie und wandten sich wieder dem Fernseher und der Schüssel mit Chips zu. Mit hängenden Schultern ging Simone langsam nach oben.
In der Tür zum Schlafzimmer hielt sie einen Moment lang inne. Sie sah auf das breite Bett und die bunten Bezüge, ließ ihren Blick weiterwandern zu den passenden blauen Vorhängen und den rustikalen Gabbeh-Teppichen, musterte den teuren, hellen Holzschrank mit dem ovalen Spiegel in der mittleren Tür, den Korbsessel davor.
Es würde nie mehr so sein wie früher. Nicht hier, in diesem Zimmer, nicht in diesem Haus und schon gar nicht in ihrer Seele. Sie setzte sich auf die Bettkante und heulte.

Als Simone am Montag wieder in ihrem Buchladen war, als der Computer lief und sie mit einer Tasse Kaffee in der Hand und einer qualmenden Zigarette im Aschenbecher ihre Mails las, fühlte sie sich wieder halbwegs normal. Aber die innere Leichtigkeit hielt nicht lange an.
Sie wurde zunehmend unruhig, nachdenklich, sie konnte ihre Gedanken nicht sortieren, fand den roten Faden nicht. Was war ihr nun wieder passiert?
Eine schöne Session mit Cornelius, bei der sie sich selbst kaum wiedererkannt hatte.
Eine ganz andere Session, die sie als Zuschauerin mit völlig gegensätzlichen Empfindungen erlebt hatte und die ein Gefühl hinterlassen hatte, als bohrte jemand mit einer heißen Nadel in ihrem Hirn herum.

Der Gedanke daran, eine Session so erleben zu können, wie sie es bei Sanne und Michael gesehen hatte, faszinierte sie in der einen Minute, die Erinnerung an ihren Auftritt als Domina in der nächsten.
Was wollte sie?
Wen musste sie suchen, damit sie sich selbst fand?
Wer bin ich?
Diese Frage schrieb sich wie eine fettgedruckte Überschrift vor ihre Augen und Simone las sie wieder und wieder. Etwas in ihr sagte Sätze wie:
Du bist Simone, Geralds Frau, Jennys und Julias Mutter.
Das war nicht die Antwort, die sie suchte.
Du bist Frau Sänger, die Buchhändlerin mit dem Spezialsortiment für BDSM Literatur.
Na und? Was war das schon, ein Lebensinhalt? Nein.
Du bist eine Fremdgängerin, eine Schlampe, die ihren Mann belügt und mehr an sich selbst als an ihre Kinder denkt.
Ja.
Du bist eine, die es mit dominanten Männern treibt, eine, die devote Männer schlägt, eine, die ordinäre Klamotten trägt und auf abartige Partys geht und dort perverse Spiele spielt.
Ja.
Sie rief Adele Fuchsberg an und bat sie um einen weiteren freien Nachmittag. Es gehe ihr nicht gut, erklärte sie. Adele war zwar nicht begeistert, kam aber und vertrat sie.
»Wenn Gerald anruft, sagen Sie ihm bitte, dass ich beim Arzt bin«, sagte Simone.
Dann marschierte sie los. Sie musste in Ruhe denken. Sie brauchte Klarheit, sie musste das Gedankenknäuel entwirren. Sie ging und ging und registrierte gar nicht, wohin, sie merkte nicht, dass sie hinter den Landeskliniken am Bach entlang wanderte, die Josefshöhe überquerte, an der kleinen Graurheindorfer Burg vorbeilief bis hinunter zum Rhein. Sie setzte sich ans Ufer und starrte auf das Wasser. Seit sie denken konnte, hatte der Rhein eine beruhigende Wirkung auf sie gehabt. Er war einfach immer da. Sie konnte jahrelang nicht hier gewesen sein, so wie jetzt, und dennoch war der Fluss da, wo er hingehörte. Sie konnte sich darauf verlassen.
Heraklit kam ihr in den Sinn: »Alles fließt« murmelte sie. »Alles ist in Bewegung und nichts währt ewig. Deshalb können wir nie zweimal in denselben Fluss steigen.«
Nichts währt ewig. Alles geht zu Ende. War in ihrem Leben etwas zu Ende gegangen? War ihre Ehe am Ende? Wollte sie dieses Leben nicht mehr? Konnte sie es so überhaupt noch leben?
Ja.
Doch.
Sicher.
Sie wollte bei Gerald bleiben. Jaja. Sie liebte doch die Mädchen, sie liebte ihren Mann, sie musste um ihren Alltag kämpfen, um die Normalität, für das Leben, um das viele Menschen sie sicherlich beneideten. Wer hatte das schon: eine finanzielle Absicherung, ein schönes Haus, ein eigenes Geschäft, gesunde, clevere, liebenswerte Kinder, einen geduldigen Mann, der sie liebte.
Liebte er sie?

Was wäre, wenn Gerald doch eines Tages herausfinden würde, dass sie ein Doppelleben führte? Dass alles, was er für Realität hielt, eine Lüge war? Würde er sie verlassen?
Was hielt Gerald für Realität? Was wusste sie noch über ihn? Wusste sie noch etwas über ihn? Was war eine Lüge, ihr bürgerlicher Alltag oder ihre Seitensprünge? Beides? Oder beides nicht? Bei wem würden die Kinder leben, wenn sie sich trennten? Simone erschrak über diese lauten, konkreten Gedanken.
Sie weinte.
Sie ging am Rhein entlang, flussaufwärts in Richtung Rheinaue, ihre Schritte wurden schneller, immer schneller, sie lief, rannte fast, als flüchtete sie vor etwas oder jemandem, war außer Atem, vom Rennen und vom Weinen und von diesem Leben, das sie in einen Strudel hineingezogen hatte, aus dem sie nicht mehr herauskam.
Es war gegen sieben Uhr abends, als sie in der Siedlung ankam. Sie war den ganzen Weg gelaufen, nicht bemerkend, dass sie den Weg nach Hause eingeschlagen hatte.
Sie stutzte, als sie Geralds Auto in der Einfahrt stehen sah. Um diese Zeit? Hatte er nicht diese Woche Spätschicht im Büro und eigentlich erst um acht Feierabend? Und wieso brannte im Gästezimmer Licht? War Besuch da? Die Mädchen waren heute beim Schwimmen, sie konnten nicht vor dem Computer sitzen. Wahrscheinlich hatten sie das Licht vergessen auszumachen.
Simone schloss die Tür auf. Der Hund lag in seinem Körbchen, reckte sich träge und wedelte mit der Schwanzspitze, als er sie sah. Alle Türen in der Diele waren geöffnet, nur die zum Gästezimmer nicht.
»Gerald?«
Sie lauschte einen Moment. Die Tür wurde aufgerissen. Geralds Haar war ungekämmt, seine Augenlider zuckten.
»Du bist schon da?«
»Ja, ich war beim Arzt.«
»Bist du krank?«
Simone schüttelte den Kopf. »Nichts Ernstes, ein bisschen schwacher Kreislauf. Und du? Warum bist du schon hier? Du hast doch Spätdienst?«
»Nein. Das war letzte Woche. Aber du kriegst ja nichts mit. Ich bin schon eine Weile zu Hause.«
Er machte eine kleine Pause, bevor er weiterredete. »Die Kinder ... hatten Probleme mit dem Computer; ich ... ich repariere ihnen das gerade.«
Simone überhörte seinen Vorwurf und sie überhörte auch den zittrigen Unterton in seiner Stimme. Sie ging die Treppe rauf und sagte im Umdrehen: »Ich leg mich hin. Mir geht's nicht gut.«
Sie sah nicht, dass Gerald sich nervös durch die Haare fuhr, den Mund öffnete, um etwas zu sagen, und es dann doch nicht tat und wieder ins Gästezimmer ging, nachdem er oben die Schlafzimmertür hatte zuklappen hören.
Simone schlief unruhig, träumte wirres Zeug und wachte mehrmals schweißnass auf. Gerald atmete neben ihr tief und gleichmäßig. Er lag auf dem Rücken. Die Hände hatte er unter dem Kopf verschränkt. Sie sah ihn im Halbdunkel an. Warme Zärtlichkeit mischte sich mit eisiger Angst.
Wann hatten sie sich verloren? Warum hatte es so weit kommen müssen, dass sie ihn so schamlos hinterging und betrog? Hatte ihr das, was sie mit Boris, Karel, Mark, Theo, Arno und Cornelius erlebt hatte, wirklich gefehlt?

Zu ihrem Glück? Zu ihrer Zufriedenheit? Oder hatte diese Neigung, diese Obsession, genau das zerstört? Ihr Glück. Und ihre Zufriedenheit.
Simone begann wieder zu weinen, leise, um ihn nicht aufzuwecken.
Sie gehörte doch hierher, zu Gerald und den Kindern! Sie gehörte nicht in SM-Clubs, nicht auf bizarre Partys, nicht an Andreaskreuze gefesselt und nicht in die Gesellschaft alter Männer in Luxushotels. Das alles musste ein Ende haben. Sie durfte es nicht wieder tun.
Nie wieder eine Session, nie wieder ein devoter Mann, nie wieder ein Dom.
Nie wieder Love.Letters.
Schluss damit.
Simone setzte sich im Bett auf.
Das war es.
Das war die Lösung. Sie würde alles beenden, gleich morgen früh würde sie alle virtuellen Brücken abbrechen und es nie wieder tun.
Es würde ganz einfach sein. Sie hatte bis heute Glück gehabt, es war nichts aufgeflogen, ihre sechs Abenteuer waren ihr Geheimnis, das sie für sich hüten würde, bis sie alt und grau war. Sie hatten ihr Selbstbestätigung gegeben, sie hatten ihr Lust beschert, sie hatte gelitten und genossen, sie hatte intensiv jenseits ihrer Konventionen gelebt. Das musste reichen.
Simone atmete tief ein und aus, wischte sich die Tränen ab und legte sich wieder hin. Sie kuschelte sich dicht an Gerald, legte ihren Kopf auf seine Brust, so wie früher, so wie immer, ganz vertraut. Er nahm, als hätte sie auf einen Knopf gedrückt und einen Mechanismus ausgelöst, eine Hand hinter dem Kopf weg und legte sie um Simones Schulter.
Sie hatte nicht bemerkt, dass er nicht schlief.

Obwohl sie diese unruhige Nacht gehabt hatte, war Simone am Morgen gut gelaunt und nahezu euphorischer Stimmung. Julia schaute erstaunt, als Simone sie, auf der Bettkante sitzend und ihr zärtlich übers Haar streichelnd, weckte.
»Mama! Hast du frei? Hast du es heute gar nicht eilig?« Simone gab ihrer Tochter einen Kuss auf die Wange.
»Nein, meine Süße. Ich bin eher aufgestanden, damit ich euch in Ruhe wecken kann. Es gibt Toast und frischen Obstsalat zum Frühstück, hopp, steh auf.«
Julia strahlte und ihr Lächeln machte Simone traurig.
Mein Gott, ich bin eine solche Rabenmutter. Ich habe sie so sehr vernachlässigt, in den kleinen Dingen, und Julia hat diese kleinen Dinge vermisst.
Wann hatte sie zuletzt während der Woche Frühstück für die Mädchen gemacht? Simone wusste es nicht.
Jenny kam ihr im Flur entgegen, sie hatte geduscht und rief: »Hey, Mama, hast du was eingenommen oder warum grinst du schon morgens um acht?«
Simone lachte und gab ihr einen Klaps auf den Po.
Alles, alles würde ab heute wieder so sein wie früher. Sie hatte diesen Kick, diese Erleuchtung gehabt, jaja, ein neues Leben begann heute.
Gerald sagte nicht viel, aber das fiel nicht weiter auf, er war eben ein unverbesserlicher Morgenmuffel. Heute Abend würde sie ihn schon aus der Reserve locken, sie wollte ihn verführen, Liebe machen, zärtlich und liebevoll sein, so wie früher.

Simone lächelte ihn verschmitzt und befreit an, aber er blickte nur kurz über den Rand der Zeitung hinweg zu ihr und vertiefte sich dann wieder in seine Lektüre.
Simone schloss gut gelaunt ihren Laden auf, startete den Computer, sortierte die Post, während der Rechner sich hochlud, schaltete die Kaffeemaschine ein, knipste die Lichter an.
Ihr Handy piepte. Es war eine SMS von Arno. »Lady, komm bitte in den Messenger, es ist wichtig, Küsschen, Arno.«
Nanu? Von ihm hatte sie seit Wochen nichts gehört, sie hatte lediglich beobachtet, dass er und Karin sich bei Love.Letters mit unzähligen Nicks gegenseitig in die Gästebücher schrieben. Seine Nachricht passte ihr gut ins Konzept, dann würde er eben der erste sein, von dem sie sich heute verabschiedete.
»Lady, was machen die devoten Männer?«, begann er das virtuelle Gespräch.
Simone hatte ihm kurz nach dem Treffen mit Cornelius Bericht erstattet; er hatte ein Recht darauf gehabt zu erfahren, was geschehen war, denn er hatte schließlich diese Seite an ihr gefördert und sie zudem während des Dates gecovert.
»Es gibt keine devoten und keine dominanten Männer mehr für mich.«
»Danach warst du aber noch ganz begeistert, Lady.«
»Ich mag das nicht erklären, Arno. Ich werde mich noch heute bei Love.Letters verabschieden und mich künftig wieder ausschließlich um meine Familie kümmern.«
»Das wirst du nicht schaffen, Lady, niemand läuft vor seiner Bestimmung davon.«
Simone wollte nicht mit ihm diskutieren und zugleich vermeiden, dass er versuchte, sie zum Bleiben zu überreden.
Sie wechselte das Thema: »Was ist so wichtig, dass du mich morgens um diese Zeit in den Messenger lockst?«
Arno schickte ein großes Smiley.
»Ich werde mich verloben, Lady, und du bist herzlich zu einer kleinen Feier eingeladen.«
Was? Simone konnte nicht fassen, was sie las. Der alte Sack wollte sich verloben! Doch wohl nicht mit Karin? Ach du lieber Himmel. Arno war fast siebzig.
»Mit wem?«, fragte sie, obwohl sie die Antwort wusste.
»Lady, sei nicht so scheinheilig, du weißt genau, dass Fleurchen und ich uns seit Wochen treffen.«
Fleur Cardinal, Fleurchen... Simone lachte auf und dachte an Karin, die, plüschig rosa gekleidet, mit schaukelnden Plastik-Ohrringen und kettenrauchend in ihrer Auerberger Hochhauswohnung hockte und so gut wie immer online war.
»Und dass ihr euch trefft, ist Grund genug, um sich mit ihr zu verloben? Arno! Ich hab in euren Gästebüchern gelesen, dass ihr euch trefft und wo ihr euch trefft und wen ihr beim Treffen getroffen habt und dass alles ganz toll und romantisch und erotisch ist.«
»Du bist gut informiert, Lady.«
»Kunststück, wenn ihr alles, was euch betrifft, lang und breit veröffentlicht. Wach mal auf, Arno, es ist Zeit, das Gehirn wieder einzuschalten!«

»Lady, was wir wie tun, das müssen wir alleine wissen und wir wissen es auch. Du wirst einem alten Dackel wie mir schon zutrauen müssen, dass er weiß, was er tut! Fleurchen ist eine wunderbare Frau, die Queen of Subs, la Belle de Jour! Ihr beide ... zusammen ... das wäre übrigens ein Männertraum, Schneeweißchen und Rosenrot. Ich muss mal raus, Lady. Die Verlobung ist in drei Monaten, also am fünften Mai. Und: Du kannst gerne deinen Mann mitbringen.«
Dann war er offline. Das fehlte noch. Gerald mitbringen.
Arno tickte doch nicht ganz richtig. Als ob sie überhaupt zu Karins Verlobung gehen würde, nach allem, was diese widerliche Schlange ihr angetan hatte. Nein, die Sache mit Mark war zu heftig gewesen. Ob Karin überhaupt wusste, wen ihr »Verlobter« einlud?
Simone seufzte. Arno. Dieser Mann war ein verrückter Hektiker, sogar schriftlich. Vor allem war er offenbar innerlich völlig zerrissen, denn bei Karin würde er doch sicher den Dom geben und nicht den Damenwäscheträger im Blümchenkleid. Wenn er sich wirklich mit ihr verloben würde, sie also heiraten wollte, was wurde dann aus seiner langjährigen Domina Lady Domme? Was fand Karin an ihm?
Simone dachte an seinen großen, weißen Bauch, an die rasierten Beine, die dunklen Zähne. War er der Mann, der Dom, den Karin gesucht hatte, oder war er der Versorger, den sie sich schon so lange dringend gewünscht hatte? *Sie wird doch keinen Rentner heiraten, ohne auf sein Vermögen zu schielen.*
Simone vergaß, dass sie sich eigentlich sofort verabschieden wollte. Sie loggte sich bei Love.Letters ein und verfolgte die virtuellen Klatsch-Geschichten in den Gästebüchern der Beteiligten und in Arnos Gruppen »Lustfesseln« und »Damendiener«.
Sie war lange nicht mehr dort gewesen und hatte noch nicht bemerkt, dass Arno die Moderation beider Gruppen abgegeben hatte: Lady Domme war nun alleine »Chefin« der »Damendiener«, Annika, die kleine Annika, die damals nachts vor Arno geflüchtet und zurück zu Mann und Kindern gefahren war, moderierte nun die »Lustfesseln«. Arno und Karin hatten unter den neuen Nicknames Milord und Mylady eine neue Gruppe eröffnet, die sie »Liebesleben« nannten; sie wiesen auf etwa zwanzig ihrer verschiedenen Profilseiten, die sie unter ebenso vielen Namen betrieben, darauf hin. Simone surfte über die Seiten, sah die Onlinezeiten der beiden - und bemerkte, dass sie beide täglich mit jedem Nick präsent waren. Simone schüttelte den Kopf. Nein.
Sie wollte nicht so enden, in dieser wirren, virtuellen Welt, in der niemand wusste, mit wem er es wirklich zu tun hatte. Es hatte doch keinen Sinn, sich täglich stundenlang in Fach-Foren über SM auszutauschen, über immer dieselben Fragen zu diskutieren, immer wieder dieselben Fantasien und Thesen zu thematisieren und sich immer wieder mit neuen Namen neue Identitäten zu schaffen, unter denen man immer wieder mit denselben Leuten kommunizierte, die immer wieder ihre Namen wechselten.
Es hatte auch keinen Sinn, ständig auf der Suche nach etwas Neuem, nach neuer erotischer Erfahrung, neuen Grenzen, einem neuen Mann oder einem neuen Kick oder beidem zu sein. *So ein Irrsinn*, dachte Simone.
Ihr Entschluss stand fest: Heute war Schluss. Sie würde es durchziehen, jetzt und sofort.

Sie legte ihr Profil still und löschte den Mail-Account, der ihr als diskrete Tarnadresse gedient hatte. Sie löschte im Telefonbuch ihres Handys alle Telefonnummern, die mit Love.Letters zu tun hatten, löschte alle Anruflisten und leerte den Speicher der SMS-Mitteilungen. So. Das war geschafft. Sie lehnte sich erleichtert in ihrem Stuhl zurück und verschränkte die Arme hinter dem Kopf. Dieser Teil ihres Lebens war abgeschlossen. Jetzt zählte nur noch die Zukunft.

Rule

Die Schmerzen in den Handgelenken waren unerträglich. Sie hatte kein Blut mehr in den Händen, sie würden absterben, dessen war Simone sicher.
Rule. Dieses Schwein. Er hatte sie noch einmal gefesselt und war hinausgegangen. Einfach gegangen. Er würde sie hier verrecken lassen. Das war sein Plan. Natürlich. Sie würde nicht rauskommen aus dieser Nummer.
Mein Gott, wie spät mochte es sein?
Sie hatte kein Zeitgefühl.
»Hilfe!«
Ihre Zunge klebte dick am Gaumen und erstickte den Ruf. Die Kerzen waren ein ganzes Stück heruntergebrannt. Wachs tropfte auf den schwarzen Teppich und bildete dort bizarre Muster.
Simone schrie auf, als sich Rules Silhouette aus dem Dunkel neben der Tür löste.
Er war da. Sie war nicht allein. Er hatte sie nicht zurückgelassen. Sie nahm ihre Kraft zusammen.
»Rule, mach mich sofort los!«
Er antwortete nicht, kam schweigend auf sie zu und blieb dicht vor ihr stehen.
Meine Güte, dachte Simone, *der hat seit Stunden diese Maske auf, dem muss der Schweiß in Strömen am Kopf runterlaufen.*
Sie wusste nicht, dass der Mann sich jedes Mal, wenn er den Raum verließ, die Maske vom Kopf zerrte.
Etwas in ihr bäumte sich auf, mobilisierte Reserven, irgendwelche, irgendwoher.
Sie würde wütend, so wütend, dass sie stark wurde, sich gerade machen, sich straffen konnte, Rückgrat zeigen wollte, musste, und dass ihre Stimme hoch und schrill klang.
»Rule, bitte! Was tust du? Mach dich nicht unglücklich, bitte! Wir haben das so nicht abgesprochen. Ich muss nach Hause, binde mich los. Das ist nicht in Ordnung, was du hier machst. Aber ich verspreche dir, dass ich dich nicht anzeige, ich vergesse das alles einfach, es ist ein Absturz, eine abgerutschte Session, du hast die Kontrolle verloren, das kann doch mal passieren, natürlich, das passiert doch jedem mal, denkst du ich verstehe das nicht? Wenn du mich frei lässt, gehe ich nach Hause, und wir tun so, als wären wir uns nie begegnet, ja? Rule? Ja?«
Stille. Nur Atmen.
»Rule, antworte mir! Verstehst du kein Deutsch? Verdammt, du Arschloch, antworte mir!«
Sein Schweigen machte sie noch wütender und noch stärker, sie hatte jetzt unglaubliche Kräfte.
»Du kannst aufhören mit der Schweigenummer, ich will nicht mehr, ich breche ab, hörst du? Wir haben kein Codewort vereinbart, das war meine Schuld. Ich gebe ja zu, das war meine Schuld. Ich hätt's dir sagen müssen. Mein Codewort ist rot. Rot! Rule, rot!«
Rule blieb reglos. Nur an seinen flackernden Augenlidern war zu erkennen, dass er keine Statue war, sondern ein lebendiger Mensch.
Simone schrie: »Verdammte Scheiße, du Arschloch, lass mich hier raus, ich brülle gleich, ich schreie, ich schreie das ganze Haus zusammen. In dieser

Spießergegend wird es nicht lange dauern, bis jemand die Polizei ruft. Hilfe! HILFE! Mein Mann wird dich finden, er sucht mich, Rule, ja natürlich, er wird mich finden, du perverser Spinner, mein Mann hat die Polizei verständigt, jaja, ich hatte ihm diese Adresse gegeben, er weiß, dass ich hier bin. Die Adresse liegt auf dem Küchentisch in einem Umschlag, Rule, in einem Umschlag, ja, und wenn ich bis Mitternacht nicht angerufen habe, dann macht mein Mann den Umschlag auf, jaja, und dann kommt er her, er ist sicher schon auf dem Weg. Schau auf deine Uhr Rule, wie spät ist es? Ist es Mitternacht?«

Langsam fasste Rule in die Tasche seiner Lederjacke und zog einen Ballknebel heraus.

Simone tobte und strampelte in ihren Ketten, als er ihr den roten Kunststoffball in den Mund schob. Sie warf den Kopf hin und her, damit er ihn im Nacken nicht befestigen konnte.

Seine Ohrfeigen trafen sie unvermittelt und so heftig, dass ihr schwarz vor Augen wurde. Der Ball lag fest auf ihrer Zunge, die Riemen drückten an ihren Ohren, sie keuchte und gurgelte, und dann war sie ruhig.

Pflicht oder Kür

Es dauerte nicht lange, bis Simone sich wieder in ihren alten Gewohnheiten zurechtgefunden hatte. Ganz bewusst hatte sie ihren Tagesablauf geändert: Sie stand jeden Morgen eine halbe Stunde früher auf, holte Brötchen, machte Frühstück, weckte Gerald und die Mädchen und begann den Tag mit ihnen in Ruhe und gemeinsam.
Jenny und Julia wirkten nach kurzer Zeit gelöster und fröhlicher. Sie alberten mit Simone herum, halfen erstaunlich freiwillig im Haushalt und kuschelten sich abends beim Fernsehen manchmal rechts und links an Simone, anstatt im Gästezimmer vor dem Computer zu sitzen.
Der war sowieso besetzt, denn Gerald hatte ein virtuelles Auktionshaus für sich entdeckt und surfte dort stundenlang durch das riesige Angebot. Er wurde sowieso immer versierter mit dem Computer, hatte sogar ein Buch über HTML und Homepage-Design ersteigert und wollte, sobald er alles verstanden hatte, wie er sagte, eine eigene Homepage für den Bücherladen einrichten.
Simone kam abends sofort nach Ladenschluss heim, sie hatte tagsüber alles Wichtige geschafft, denn die Stunden, die sie sonst im Chat und mit Mails verbracht hatte, nutzte sie nun wieder für ihre Arbeit. Erst jetzt begriff sie, wie sehr das Internet ihr Leben und das ihrer Töchter verändert hatte.
Simone nahm sich Zeit, mit ihnen shoppen zu gehen, sie wanderten zu dritt mit dem Hund stundenlang durch den Kottenforst und unterhielten sich über Schule, Jungs, Musik und Popstars, lachten und schwatzten und holten die Nähe nach, die ihnen allen so sehr gefehlt hatte.
Die Stimmung im Hause Sänger war so gut wie seit fast zwei Jahren nicht mehr.
Mit Gerald würde sie noch Geduld haben müssen. Sie sah ihn wieder offener, aufmerksamer an, mit diesem Gefühl inniger Zärtlichkeit, allerdings ohne das wilde Kribbeln, das sie während ihrer Seitensprünge erfahren hatte. Aber darauf hatte sie ja bewusst verzichtet, zugunsten von Familie, Idylle und Harmonie, und deshalb wollte sie gar nicht mehr daran denken. Simone schob die Erinnerungen an ihre Affären wie einen alten Vorhang zur Seite.
Gerald wirkte manchmal abwesend, zerstreut und fahrig. War er das vor ihrem Sinnenswandel auch gewesen?
Erst gestern hatte sie ihn gefragt, ob er etwas ausbrüte, vielleicht eine Frühlingsgrippe oder einen Virus, aber meinte, er sei bloß von der Hektik in der Firma ein bisschen gebeutelt, und ansonsten gehe es ihm prächtig.
Mit Simones neuem Leben begann auch der Frühling. Laue Nachmittage, seidenweicher Wind, mit bunt gekleideten Menschen bevölkerte Straßencafés und die rheinländisch heitere Atmosphäre, die in Bonn und Köln besonders spürbar ist, nährte die frische Lebensfreude, der sie sich hingab.
Sie saß an ihrem freien Nachmittag in einem Café am Remigiusplatz, genoss die Aprilsonne und erfreute sich am Anblick der herrlich bunten Blüten des Blumenmarktes.
Irgendwo spielte ein Straßenmusikant russische Volkslieder, die Vögel zwitscherten, die Gäste murmelten und lachten ab und zu, Kellnerinnen klapperten mit Geschirr. Simone legte den Kopf in den Nacken, schloss die Augen und versuchte, die Sonnenstrahlen einzuatmen.
»Sieh an, sieh an, notre Madame de plaisir höchstpersönlich.«

Simone musste nicht hinsehen, um zu wissen, wessen Stimme das war. *Die hat mir zu meinem Glück gerade noch gefehlt*, dachte sie und sagte, ohne die Augen zu öffnen: »Hallo, Karin.«
Sie war so laut wie eh und je: »Gut siehst du aus, ma chère, très chic und entspannt, das macht dich zehn Jahre jünger.«
Simone blinzelte in die Sonne und legte eine Hand über die Augen. Karin hatte sich frech an ihren Tisch gesetzt. Ihre Ohrringe schaukelten, die Hochsteckfrisur war gekonnt dezent zerzaust, das Make-up nur einen Tick zu stark fürs Tageslicht.
»Ja, du darfst dich gerne zu mir setzen, Karin, und ja, der Stuhl ist natürlich noch frei.«
Karin grinste und winkte mit lasziver Diven-Geste die Kellnerin heran. Ein imposanter Brillantring steckte auf ihren schwarz spitzenbehandschuhten Fingern und glitzerte auffällig.
»Kann ich wohl was bestellen?«, fragte sie laut.
Die Bedienung war schlagfertig. »Ich hoffe, dass Sie das können, gnädige Frau, denn sonst kann ich nicht wissen, was ich Ihnen bringen soll.«
Karin zog eine Schnute und warf trotzig den Kopf in den Nacken, ihre Ohrringe klimperten.
Simone kicherte, einige Gäste an den Nebentischen, die den Auftritt interessiert verfolgten, auch. Karin bestellte einen Sauvignon, »aber nicht zu kalt, s'il vous plait«, lehnte sich zurück und nestelte ein Zigarettenetui aus ihrer Gucci-Tasche.
Meine Güte, dachte Simone, *die gibt ja eine tolle Vorstellung*, als Karin eine Zigarette in eine lange, elfenbeinfarbene Spitze steckte und sie mit einem Dupont-Feuerzeug anzündete.
Simone konnte sich ihren Spott nicht verkneifen: »Todschick, dein Outfit. Und so eine schöne Tasche. Und echte Nylons. Dein derzeitiger Verlobter sorgt wirklich rührend für dich.« Und nach drei Sekunden Stille, in denen Karin breit und milde lächelte, fuhr Simone, nur eine Idee die Stimme hebend, fort: »Bist du eigentlich immer noch arbeitslos?«
Karin schnappte bestürzt nach Luft, sah sich hektisch um, ob jemand diese Bemerkung gehört hatte, hatte sich aber schnell wieder im Griff und sagte leise: »Warum so bösartig, meine Liebste? Immer noch mir nachtragend, dass es einst diesen Einen gab, der mich dir vorzog?«
Dann machte sie eine lässig abwinkende Handbewegung und ließ den Brilli erneut blitzen, auf eine Antwort von Simone wartete sie nicht, denn sie plapperte sofort weiter: »Ich verstehe deine Motive nicht, liebste Simone. Gewiss, an manchen Menschen scheiden die Geister sich, sie, hm, ja, sie polarisieren, man muss sie oder ihre Art zu denken und zu leben keineswegs mögen, noch ihre Meinung teilen. Aber Grund für solche Feindseligkeit, wie du sie mir ... nein, nein, nein, das ist nicht fair.«
»Karin, wir brauchen nicht mehr über irgendwelche Gründe und Absichten zu reden, denn für mich ist der ganze virtuelle Zirkus zu Ende. Was gewesen ist, ist vorbei und vergessen.«
Karin nickte und ihre Chandeliers schaukelten ungestüm. »Ich hörte davon. Und ich sah, dass du deine Love.Letters-Seite schlossest, jaja. Indes, niemand läuft vor sich selbst davon, auch dir, meine liebste Simone, wird es nicht gelingen. Solche Torturen der gewollten Abstinenz sind viel schlimmer als die bittersüßen Quälereien, die du bisher suchtest.«

Sie beugte sich vertraulich vor und rezitierte: »Sehnsüchte irren, wenn sie weinen, um irgendein verlornes Ziel ...«
Simone wollte diese Richtung des Gespräches nicht und wechselte abrupt das Thema: »Ihr seid also wirklich verlobt?«
Karin lächelte und leckte sich über die Schneidezähne. Sie betrachtete mit ausgestrecktem Arm den Ring an ihrer Hand und drehte ihn kokett im Sonnenlicht. »Arno, Milord, er ist der eine, auf den ich gewartet habe.«
»Das denk ich mir, ein Professor im besten Alter ...«, antwortete Simone trocken. »Ziehst du eigentlich zu ihm nach München oder zieht er zu dir nach Auerberg? Und: Was sagen deine Kinder und deine Ex-Ehemänner dazu?«
Karin ignorierte die Frage, nahm einen großen Schluck aus ihren Glas, den letzten, dann stand sie auf, nestelte einen Geldschein aus der Gucci-Tasche und warf ihn auf den Tisch.
»Unsere Einladung gilt, weil *er* es so will. Und weil ich will, dass er bekommt, was er will. Wir feiern in Hamburg im Club Sylvia. Eine SM-Verlobung. Näheres wird noch schriftlich in den nächsten Tagen verlautbart. Wenn ihr kommt, Gerald und du, dann bitte in entsprechender Garderobe.«
Sie wandte sich zum Gehen, hielt aber noch einmal kurz inne und sagte: »Habe die Ehre, ma chère Simone.«
Eine Parfümwolke zurücklassend, stöckelte Karin auf traumhaften Wildlederpumps Richtung Sternstraße.
Simone lachte innerlich und seufzte zugleich. Was sollte sie von dieser Vorstellung halten? Was sollte sie tun? Die Einladung ignorieren? Sie annehmen? Gerald davon erzählen? Ausgeschlossen.
Wie sollte sie ihm erklären, dass die Verlobung in einem Hamburger SM-Club stattfand?
Nein. Sie hatte beschlossen, sich aus der Szene zurückzuziehen und der Abbruch zu allen, wirklich allen Kontakten gehörte dazu. Schluss.
Natürlich würde sie die »Verlautbarung«, wie Karin es genannt hatte, in den Müll werfen.
Abends konnte Simone nicht einschlafen. Würde sie es schaffen? Konnte sie ihre Sehnsüchte wirklich verdrängen? Sie gar ignorieren? Hatte Karin Recht, war der dauerhafte Verzicht auf das Ausleben ihrer Neigung eine schlimmere Tortur, als die Sessions, in denen sie sich gerne und lustvoll hatte quälen lassen?
Ach nein, es war doch keine wirkliche Tortur gewesen, vieles war unendlich schön gewesen.
Simone träumte in dieser Nacht von Karel und von Boris, sah Marks brutales Grinsen vor sich, erblickte ihr eigenes Bild im Spiegel, so wie damals in diesem Club mit Karel, und dann sah sie Cornelius, der sein Sperma ableckte, in dem Spiegel, aber dahinter stand nicht sie mit Peitsche und strengem Blick, sondern Arno, betrunken und mit stieren blauen Augen und immerfort murmelnd: »Was für ein Weib, Lady, was für ein Weib. Gieeerrr.«

Die nächste Woche verging ohne besondere Ereignisse. Simone arbeitete motiviert und engagiert und verkniff sich jede Versuchung, ihr Profil wieder zu öffnen oder blind über Love.Letters zu surfen. Sie dachte oft daran, nur mal zu gucken, aber sie blieb eisern.

Sie wartete vergeblich auf die angekündigte Einladung zu Karins und Arnos Verlobung. Jeden Morgen sah sie neugierig nach, aber es kamen nur die üblichen Rechnungen, Prospekte, Bestellungen und Lieferscheine. Als nach fast zwei Wochen noch immer kein Brief, keine Karte der beiden in der Post war, vermutete Simone, dass man eben auf ihre Gesellschaft doch verzichten wollte und ihre Entscheidung, sich dauerhaft auszuklinken, akzeptierte. Arno schickte auch keine SMS mehr, es war Funkstille. *Gut so*, dachte sie. Auf die Idee, dass Karin die Einladung nicht ins Geschäft schicken würde, kam sie nicht.
Zu Hause verlief alles harmonisch, Simone kochte, hielt Haushalt und Garten wieder in tipptopp in Ordnung und war viel mit ihren Töchtern zusammen.
Einmal rief Britta an, und sie telefonierten eine halbe Stunde lang, aber als Britta andeutete, dass sie nicht an den Sinneswandel glaube, beendete Simone das Gespräch. Sie würde sich jetzt, wo sie schon so lange durchgehalten hatte, nicht mehr aus dem Konzept bringen lassen.
Gerald war noch immer ein wenig zurückhaltend. Simone schob es auf sein neues Hobby - das Internet. Er saß so oft im Gästezimmer vor dem Computer, dass Jenny und Julia sich schon beschwerten. Gerald hatte sogar auf seinem Nachttisch ein Buch über Webdesign und Programmierhilfen liegen, er befasste sich offenbar in jeder freien Minute damit.
Irgendwann fiel Simone das Notebook ein, das sie am Heiligabend in Geralds Kleiderschrank gefunden hatte, und sie fragte sich, wofür er es gebraucht hatte und wo es geblieben war. Sie nahm sich vor, ihn am Abend danach zu fragen, vergaß es dann aber wieder.
Simone und Gerald schliefen miteinander. Selten und sanft, manchmal innig, fast immer gedankenlos vertraut. Dann drehte Simone sich danach zur Seite und weinte. Und oft, sehr oft, dachte sie an Lust und Schmerz, an Lustschmerz, an sehr große Emotionen, an Momentlieben.
Sie versuchte, sich diese Gedanken zu verbieten, sie hatten doch keinen Sinn, führten zu nichts, gefährdeten nur das, was wirklich wichtig war. Wirklich? War sie wirklich wichtig, ihre bürgerliche Geborgenheit?
Simone hasste die Zweifel, die sie immer wieder angriffen, so unmittelbar, brutal und unverhofft.

Es war an einem der letzten Apriltage, als die alte Dame den Buchladen betrat. Simone hatte eben das Regal an der Tür mit den Bestsellern der Woche bestückt, als sie hereinkam. Ein wenig schüchtern lächelnd fragte sie, ob sie hier auch alte Bücher bestellen könne. Sie wolle den Klassiker »Lady Chatterley« von David Lawrence haben.
Simone reagierte freundlich: »Warten Sie bitte, ich sehe im Verzeichnis lieferbarer Bücher nach.«
Sie tippte den Titel in den Computer und fand gleich, was sie gesucht hatte. Dieser Klassiker unter den Liebesromanen sei seit 1928 immer wieder neu aufgelegt worden und könne sofort geliefert werden, erklärte sie der alten Dame.
Lady Chatterley. Simone hatte feuchte Hände und das Gefühl, alle Haare würden senkrecht auf ihrem Kopf stehen. Fahrig notierte sie die Telefonnummer der Kundin und versprach, sofort anzurufen, wenn das Buch eingetroffen sei. Als sie wieder allein im Geschäft war, setzte sie sich und

wischte ihre feuchten Hände am Rock ab. Ihr Puls hämmerte wie nach einem Hundertmeterlauf.
Chatterley. Lady Chatterley. Damit hatte alles angefangen. Damals, mit Lars, und mit ihren ersten schockierten und schockierenden Gedanken an BDSM. Simone zündete sich mit zitternden Fingern eine Zigarette an.
Lady Chatterley.
Sie lächelte. Wie naiv sie damals gewesen war und wie fasziniert. Wie verrückt war das Treffen mit dem nervösen Typen gewesen, wie hieß er noch, dieser Schmächtige mit der hohen Stimme? Rolf? Ralf? Ja, Ralf. Der kleine Möchtegern-Dom, der ihr mal ordentlich den Arsch versohlen wollte. Wie lange war das her? Zwei Jahre? Erst?
Was bedeutete es eigentlich, was bedeutete es wirklich, ihr selbst verordnetes »nie mehr«?
Nie mehr?
Immerfort tobte dieses schreckliche, selbst erteilte Gebot »nie mehr« in ihr, nahm ihr die Kraft für den Tag und die Luft zum Atmen. Simone wälzte sich nachts hin und her, schlaflos, wirr träumend, und manchmal so erregt aufwachend, dass sie die Schenkel fest zusammenpresste und die Lippen auch, um nicht zu schreien.
Einmal, ein einziges Mal wollte sie es noch wissen. Es würde ihr letzter Seitensprung sein, dieser siebte, der allerletzte, bevor das »Nie mehr« Wahrheit werden würde. Sie versprach es sich.
Sie loggte sich am nächsten Tag bei Love.Letters ein und registrierte sich als Chatterley. Ohne Lady.
Sie fühlte sich heimisch. Das Layout der Seiten von Love.Letters, die plakativen Farben, die Aufteilung der Angebote, der Aufbau von Chat, Gästebüchern und Nachrichtenlisten waren ihr so vertraut, dass sie das Gefühl hatte, sie sei nach Hause gekommen. Es war jedoch faszinierend, dieses vertraute Haus in einem neuen Kleid, mit einem Namen, den keiner kannte und der ihr somit in der Chattergemeinde die Anonymität einer neuen Identität gab, zu betreten. Karin, Arno, Annika, niemand kannte diesen neuen Nick, und keiner von ihnen sollte davon wissen.
Sehr sorgfältig formulierte Simone ihren Text, in dem sie sich vorstellte und darstellte. Sie suchte lange nach passenden Zeilen, die diskret beschrieben, was sie meinte und wollte.
Sie entschied sich für Francesco Petrarca: »Es ist ein großer Unterschied, ob ich etwas weiß oder ob ich es liebe oder ob ich es verstehe oder ob ich nach ihm strebe.« Und sie fügte einen Satz hinzu, der ihm ebenfalls zugeschrieben wird: »Es ist aber ein Naturgesetz, dass das Herz nicht ruht, bis es am Ziel seiner Wünsche angelangt ist.«
Sie veröffentlichte Alter, Größe, Maße, Haar- und Augenfarbe wie einen Code: 42/175/60/89/65/90/ schwarz/blau.
Das alte Jagdfieber ergriff sie wieder, die vertraute Spannung, das Wissen, etwas Verbotenes, Verwerfliches zu tun, ein Geheimnis zu haben. Und zugleich kam die Angst vor dem Risiko, den Konsequenzen, die Angst vor der Entdeckung und vor sich selbst. Einmal, nur noch einmal, ein einziges Date. Und dann *nie mehr*.
Sie bemühte sich, es nicht zu übertreiben, nicht wieder Stunde um Stunde im Chat zu verbringen und dadurch den neu gewonnen Alltag wieder zu verlieren.

Nein, diesmal musste alles im Rahmen bleiben, es war das letzte Mal, und sie wollte das Schicksal nicht herausfordern.
Bisher war es gut gegangen: Gerald hatte sie nicht erwischt, es hatte kein Drama, keine Konsequenzen gegeben, und die wollte sie auch jetzt nicht. Sie surfte nur gegen Mittag, wenn im Laden nichts los war, und hielt sich exakt daran, sich nach einer Stunde wieder auszuloggen.
Einerseits hatte sie Angst, sich selbst wieder im World Wide Web zu verlieren, wieder in die Online-Sucht abzurutschen, der sie fraglos lange verfallen gewesen war. Andererseits war die Sehnsucht nach einer Session so groß, dass sie dachte, sie würde den Verstand verlieren, wenn sie nicht bald einen Dom fände. Es sollte ein besonderer sein, einer, der ihr gewachsen war, einer, dem sie nicht gewachsen war, einer, der sie führen, verführen, leiten, faszinieren und befriedigen konnte.
Um leichter Kontakte zu knüpfen und Gleichgesinnte zu finden, meldete sie sich in einigen Diskussionsgruppen mit dem Schwerpunktthema SM an. Damals war sie in Arnos Gruppe schnell ins Gespräch gekommen. Sie überlegte einen Moment, ob sie es wagen könnte, sich in »Liebesleben« anzumelden, deren Moderatoren Arno und Karin als Milord und Mylady waren. Es war die größte SM-Gruppe mit den meisten Mitgliedern und bot eine realistische Chance, schnell an das Ziel ihrer Wünsche zu kommen. Ein wenig gefährlich schien das schon, denn die beiden wiesen in ihrer öffentlich lesbaren Gruppenvorstellung darauf hin, dass sie die Mitglieder vor der Aufnahme prüften, um den Jugendschutz zu gewährleisten.
Sie würde es versuchen. Klar. Warum nicht? Sie hatte kein Bild im Profil und als Wohnort nicht Bonn, sondern Köln angegeben, wie sollte sie von Arno oder Karin erkannt werden? Simone schrieb an den Gruppenadministrator und bat förmlich um Aufnahme. Am nächsten Tag schon war sie kommentarlos als Mitglied aufgenommen worden. Sie sah an ihrer Besucherliste, dass Mylady und Milord ihr Profil besucht hatten. Eine Nachricht hatten sie nicht hinterlassen.
Simone fühlte sich unerkannt und sicher.
In den nächsten beiden Tagen waren Karin und Arno nicht online, und als Simone das Datum registrierte, war ihr auch klar, warum: Es war der fünfte Mai, das Datum der Verlobung. Sie grinste. Es würde nicht lange dauern, und sie würde in den Gästebüchern der beiden nachlesen können, wie das Fest verlaufen war, wer mit wem gekommen war und wer was angehabt hatte und wer wie lange geblieben war. Die beiden präsentierten sich so öffentlich, dass sie eigentlich genauso gut ein Weblog führen konnten, bei dem jeder mitlesen durfte, nicht nur die User von Love.Letters, dachte sie.
Simone hatte eine Nachricht in der Mailbox: »Guten Tag, Chatterley. Es ist die Zeit für ein Gespräch. Rule.«

Rule

Eins. Zwei. Drei. Anhalten.
Eins. Zwei. Drei. Ausatmen.
Eins. Zwei. Drei. Einatmen.
Sie fiel nicht in Ohnmacht, nein. Sie ertrug. Und sie konzentrierte sich auf ihren Atem. Einatmen. Luft anhalten. Ausatmen, Luft anhalten. Wieder. Und wieder.
Rule war nebenan, sie hatte eben die Klospülung gehört.
Was spielte es schon für eine Rolle, ob er jetzt oder gleich oder später wiederkam. Er würde wiederkommen.
Nur das zählte. Er würde sie weiter quälen, sie wieder schlagen, mit der Hand, mit der Peitsche, mit dem Stock.
Sie konnte nichts tun.
Nichts? Musste sie wehrlos abwarten, bis sie in diesen verfluchten Ketten krepiert war?
Warum tat er das? Wer war er?
Wem hatte sie etwas getan? Hatte sie etwas getan?
Oder war sie einfach nur im Internet zu unvorsichtig gewesen, war mit ihren Daten zu sorglos umgegangen?
Wann? Was? Wer?
»WAAAAARUUUUMMM?«
Sie brüllte das Wort und heulte dabei auf wie eine verwundete Wölfin, mit diesem Knebel im Mund, der sich durch den Schrei und das willkürliche Atmen tief in ihren Rachen sog. Er reizte sie zum Kotzen, sie würgte und würgte und hustete und spürte, wie die warme Brühe an dem Ball vorbeischoss und die Brocken über ihre Zunge flossen und ihr ekelhafte, stinkende Säure in die Nase stieg.
Sie heulte und schluckte und kotzte und bekam keine Luft mehr, verschluckte sich an ihrem Erbrochenen, begann in Todesangst, sich hysterisch zu drehen, zu strampeln, sie knickte mit den Knöcheln um, wollte wieder schreien, aber nur ein Gurgeln kam aus ihrem Rachen.
Die Tür flog auf, knallte an die Wand, in einer Sekunde war Rule bei ihr, nestelte in der Kotze an ihren Wangen herum, riss den Knebel von ihren Ohren, der Ball fiel aus ihrem Mund.
Er drückte ihren Kopf so herunter, dass die Kotze aus ihr herauslief und dass sie husten und spucken und keuchen und schließlich wieder atmen konnte. Das Erbrochene brannte in den Wunden ihrer geplatzten Lippen, war in ihre Haare gesickert und über ihre linke Brust.
Simone ließ den Kopf zur Seite fallen, lehnte ihn erschöpft an ihren Oberarm.
Rule ging raus, kam mit einem nassen Handtuch zurück und säuberte ihr Gesicht. Simone wimmerte jämmerlich, sie weinte leise und schmeckte das Salz ihrer Tränen, vermischt mit der beißenden Säure des restlichen Erbrochenen in ihrem Mund.
Rule stand vor ihr und betrachtete sie, sie sah es verschwommen.
Was sollte das? Warum quälte er sie grausam und gnadenlos und tröstete sie dann und quälte sie wieder und rettete sie?
»Rule?«
Ihre Stimme klang dünn und hell wie die eines kleinen Mädchens. Sie räusperte sich.

Sein Nicken zeigte ihr, dass er ihr zuhörte.
»Bitte. Lass mich bitte gehen. Ich habe dir doch nichts getan.«
Nur ihr beider Atmen war zu hören.
Die blauen Augen in der Maske hatten rote Ränder.
»Bitte! Ich kann nicht mehr, Rule, bitte lass mich gehen. Ich möchte nach Hause. Ich möchte zu meinen Kindern und zu meinem Mann. Bitte!«
Er kam einem schnellen Schritt auf sie zu. Sein Gesicht war nun unmittelbar vor ihrem.
Keine Handbreit passte dazwischen.
Nah. Ganz nah war er bei ihr. Sie spürte den heißen Atem aus den Masken-Öffnungen oberhalb seines Mundes, sie roch seine Nähe.
Sie kannte den Geruch.
Sie wusste es.
Warm war der Duft, warm und so vertraut. Sie starrte in die blauen Augen und sah, dass sie sich mit Tränen füllten. Langsam. Dann liefen sie über und die glitzernden Tropfen rannen über das schwarze Leder der Maske. Simone hob den Kopf. Ja. Vielleicht hatte sie es von Anfang an gewusst.
Sie rührte sich nicht, als er sich die Maske vom Kopf zog. Er tat das ganz langsam.
Wie ein Ritual.
Sie schloss die Augen.
Sie atmete seinen Duft ein, nahm ihn auf, für immer, er würde immer in ihr sein, dieser Duft von Chanel, von Antaeus, und sie sah diesen Mann aus dem Werbespot, diesen Mann, der die ganze Welt als Kugel auf seinen Schultern trug, ganz deutlich vor sich.
Und nun wusste sie, dass sie dem, der ihr jetzt so nah war, eine große Last nehmen musste, dass sie ihn befreien musste von der unerträglichen Schwere der Welt, die er auf seinen Schultern trug.
Er löste ihre Fesseln.
Lange lagen sie eng umschlungen auf dem Boden.
Die Last war nicht verschwunden, jetzt, als sie sie erkannt hatten. Aber sie würden sie künftig gemeinsam tragen, gemeinsam auf einem neuen Weg, den sie zusammen gehen würden.
Rule und Chatterley.

Weitere Bücher im Seitenblick Verlag

Die 26jährige Sonia begegnet einem dominanten Mann, der in ihr zum ersten Mal sexuelles Verlangen auslöst. Seitdem von devot-masochistischen Phantasien verfolgt, nimmt sie über eine Zeitungsanzeige Kontakt zu einem Dominus auf. Da sie in einer festen Beziehung lebt, soll es nur ein »harmloser« ONS werden, doch der Mann, um einiges älter als Sonia und sehr erfahren, zieht sie trotz ihrer Widerstände in seinen Bann. Obwohl sie sehr wohl bemerkt, daß er mit ihr spielt, sie manipuliert, sie womöglich belügt, versteht er solch intensive Gefühle und eine so enorme Lust in ihr zu wecken, daß sie ihm verfällt.

Sonia Kell: Die Lügen meines Meisters
168 S., ISBN: 978-3-933540-06-5

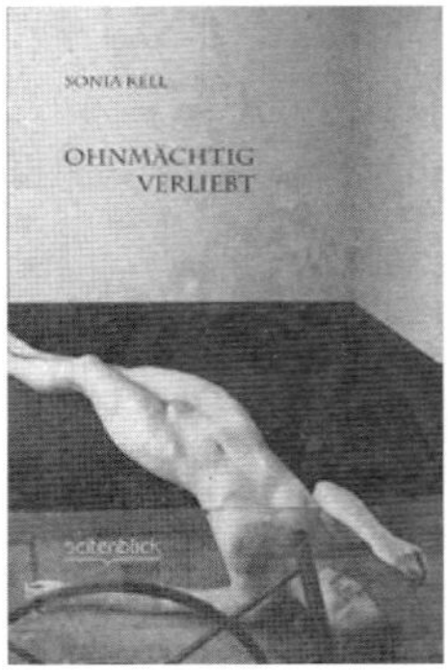

Sonia Kell: Ohnmächtig verliebt
168 S., ISBN: 978-3-933540-10-2
Fortsetzung von »Die Lügen meines Meisters«

»Warum ein Buch nur mit Geschichten von Frauen? Weil Frauen ihre Phantasien facettenreicher in Worte fassen können. Ihnen geht es nicht nur um das Beschreiben von schönen Körpern und geilen Praktiken, sondern auch um das Ausloten von emotionalen Zuständen. Ein erotisches Lesevergnügen für beide Geschlechter.« TWILIGHT, Berlin

B. Tegtmeier (Hrsg.):
Jezabels Träume. SM-Stories von Frauen
Anthologie, 247 S., ISBN: 978-3-933540-01-0

Wovon träumen SM-Frauen? In den beiden Sammlungen größtenteils fiktiver Geschichten wird kaum etwas ausgelassen: Ob zart, extrem, romantisch, grausam, zärtlich, brutal, wild, obszön, amüsant oder lüstern, ob heterosexuelle, lesbische, schwule oder Gruppen-Abenteuer – in jedem Fall ein spannender Einblick in das erotische Erleben dominanter und devoter, sadistischer und masochistischer Frauen!

B. Tegtmeier (Hrsg.): Neue SM-Stories von Frauen
Anthologie, 224 S., ISBN: 978-3-933540-09-6

Marie will mehr als nur Soft-SM. Auf dem Weg, ihre Grenzen zu erforschen, experimentiert die 25jährige Jurastudentin mit verschiedenen »S«-Partnern, bis sie sich D. als Sklavin auf Zeit verpflichtet. In den vertraglich festgelegten drei Monaten treibt D. Marie dazu, sehr viel weiter zu gehen, als die noch wenig erfahrene Masochistin es je von sich selbst erwartet hätte. Eine pure SM-Beziehung hatte es sein sollen, nur eine »Affäre«, aber gegen ihren Willen und gegen alle Vernunft verliebt Marie sich in D.

»Das Buch hat mich zutiefst erschüttert (...). Dieses differenzierte, in sich selbstzerstörerische Tagebuch stellt so viele Fragen, die es zum Teil selbst beantwortet, daß es weit über das Aufarbeiten persönlicher Erfahrungen hinausreicht.«

Kathrin Burmeister, TWILIGHT, Berlin

Marie Jo: Der Liebe ganze Härte. Tagebuch einer liaison dangereuse, 220 S., ISBN: 978-3-9805399-3-7

Sarahs Lust ist die Geschichte einer Verführung. Regina, zuerst skeptisch und zurückhaltend, erliegt schließlich der Faszination, die die Schriftstellerin Sarah auf sie ausübt, und lässt sich mit ihr auf eine alle ihre sexuellen Grenzen überschreitende Beziehung ein. Im Spiel mit Dominanz und Unterwerfung, mit Schmerzlust, mit Ängsten, Schamgefühlen, erotischen Wünschen und Sehnsüchten, leben die beiden Frauen ihre Fantasien aus.

R. Hoffmann: Sarahs Lust, Roman, 208 S.
ISBN: 978-3-9805399-0-6

Arne Jahn: Devotes Blut

Die Fotomappe von Arne Jahn enthält 7 Originalfotos (keine Drucke) im Format 18x24 cm. Die Ausgabe ist auf 250 Expl. limitiert. Jede Mappe wird von A. Jahn handnummeriert und signiert.

Der leidenschaftslosen Frauen überdrüssig macht sich Alex per Kontaktanzeige auf die Suche nach einer sinnlicheren Gefährtin. Diese findet er in der attraktiven Laura, deren sehnlichster Wunsch es ist, sich einem Mann zu unterwerfen. Das Wechselbad von Zärtlichkeit und Grausamkeit, das Alex ihr bereitet, lässt Laura bald ihre letzten Schamschwellen und Grenzen überwinden. Mit raffinierten Intrigen, sehnsuchtssteigernden Ritualen und Hinhaltetaktiken schürt Alex ihr Verlangen, um ihr schließlich - wenigstens zumeist - die heißbegehrte Befriedigung zu gewähren. Auf liebevolle Aufmerksamkeit folgt peinliche Erniedrigung, auf heftige Qual höchstes Entzücken, und schnell verfallen beide dem Rausch des Beherrschens und Beherrschtwerdens.

Alex Hertzer: Dunkles Verlangen, Roman, 190 S., ISBN: 978-3-933540-07-2

Julia liebt Schmerz, hat jedoch überhaupt keine Neigung zur Devotion. Unglücklicherweise verliebt sie sich nicht in einen Mann, der sie achtungsvoll mit der Peitsche streichelt, sondern in Nick, einen Dominus, der ihre Unterwerfung fordert. Er setzt sich über ihren Widerstand hinweg und zwingt ihr seine Spiele auf, die sie als kränkend und demütigend empfindet. Sie hasst ihn für das, was er mit ihr tut, verachtet sich selbst, weil sie es geschehen lässt - obwohl es sie durchaus auch erregt. Sie kämpft gegen ihn, sträubt sich gegen seinen Willen, sie zu beherrschen, und überlegt immer wieder, die Beziehung zu beenden. Nur liebt sie ihn zu sehr, um ihn zu verlassen. Abgesehen von seiner Dominanz ist er der perfekte Mann für sie, und dass er sie ebenfalls liebt, macht eine Loslösung noch unmöglicher. So sehr er sie sexuell drangsaliert, so zärtlich behandelt er sie außerhalb der Spiele, macht sie sich mit der verführerischen Mischung von Zwang und Zuwendung gefügig, so dass sie ihre Unterwerfung als den Preis für diese Liebe anzusehen beginnt, den sie zu zahlen hat.

J. Thal: Julias Hingabe
232 S.
ISBN: 978-3-933540-14-0

Nach zahlreichen gescheiterten Versuchen, eine dominante Frau für sich zu gewinnen, scheinen Thomas` Träume nun endlich Wirklichkeit zu werden: Er lernt Chiara kennen. Da Chiara aber recht extreme Ansprüche stellt, die den Anfänger Thomas hoffnungslos überfordern, zeigt sich schnell, daß die Verbindung nicht unbedingt ideal ist. Enttäuscht von all den Sklaven, die sich ihr nur halbherzig unterworfen haben, ist Chiara entschlossen, keine Kompromisse mehr einzugehen und ihre Vorstellungen ohne Abstriche durchzusetzen. Thomas gibt sich aus Angst, Chiara wieder zu verlieren, zunächst alle Mühe, sie zufriedenzustellen, doch der Konflikt spitzt sich immer mehr zu.

»Cagliostro beschreibt die Irrungen und Wirrungen eines jungen SM–Liebespaares mit viel Sympathie und Einfühlungsvermögen, vor allem aber auch mit einem unfehlbaren Gespür für Situationskomik.« kad, TWILIGHT, Berlin

Cagliostro: Hummeln fallen waagrecht, Roman, 191 S., ISBN: 978-3-9805399-8-2

»Ich wünsche mir Männlichkeit, die sich an meiner Weiblichkeit vergeht. Ich will die Sanftheit erleben, die aus dem Kampf geboren wird, und die Süße, die aus dem Schmerz entsteht«, schreibt Liara Dorn in ihrem Tagebuch, das von ihrer Liebe zu einem dominanten Mann erzählt, mit dem sie erstmals ihre devote Seite lebt.

Liara ist fasziniert und beeindruckt von dem wesentlich älteren Daniel. Mit seiner Reife und Erfahrung kann er ihr den Halt geben, der Voraussetzung für ihre Hingabe ist. Allerdings stellt Daniel hohe Ansprüche an eine devote Geliebte, die Liara nicht erfüllen kann und will. Trotz ihrer übermächtigen Liebe zu Daniel widersetzt sie sich oftmals seinen Anforderungen. Liara möchte sich hingeben, aber sich nicht selbst dabei verlieren. Doch Daniel will sich nur ungern mit weniger als ihrer perfekten Demut zufrieden geben und versucht, seine Ansprüche durchzusetzen. So entstehen mancherlei Kämpfe um das richtige Maß von Dominanz und Unterwerfung, aber immer wieder kommen beide auch ihrem Traum von der vollkommenen Liebe nahe, erleben die Erfüllung einer großen Passion und die Höhenflüge grenzenloser Ekstase.

Liara Dorn: Liebespassion
152 S.
ISBN: 978-3-933540-13-3

Nach dem Tod ihres Mannes, mit dem sie eine in Konventionen erstarrte, leidenschaftslose Ehe führte, schließt Nuria sich enger an ihre Freundin Anne und deren Lebensgefährten Jan an. Die Freundschaft geht in ein erotisches Dreiecksverhältnis über, das zunächst harmonisch verläuft, da alle sich bemühen, Eifersucht und Besitzansprüche nicht aufkommen zu lassen. Das Bemühen aller, die Ménage à trois im Gleichgewicht zu halten, droht zu scheitern, als Nuria Jan für sich allein zu beanspruchen beginnt. Auch Jan fühlt sich immer stärker an sie gebunden, doch er will auch Anne nicht verlieren.

Gert Eggert:
Sehnsucht nach der Nacht in deinen Augen
Roman, 216 S., Hardcover
ISBN: 978-3-9805399-7-5

»Verschiedene Autoren sind in diesem Werk versammelt. Die Rollenverteilungen und Stimmungen in diesem Buch sind vielfältig; ich bin überzeugt, daß jeder seine ganz persönliche Lieblingsgeschichte findet. »Eva strippt« fand ich von der SM-Motivation her ungewöhnlich, »Nagelprobe« könnte mich fast zu einem – für meinen Kleinen wohl eher sehr unangenehmen – Ausflug in den nächsten Baumarkt inspirieren, »Das Gürteltier« setzt sich intensiv mit dem Tragen eines Keuschheitsgürtels auseinander. Das Buch enthält als Extrabonus auch noch einige schöne Bilder, von denen es mir besonders die von Günther Wilhelm angetan haben. Also Prädikat »unbedingt lesen«!« SCHLAGZEILEN, Hamburg

Tegtmeier (Hrsg.): Bittersüße Lust
SM-Stories & Bilder, 216 S.
ISBN: 978-3-933540-08-9

Tegtmeier (Hrsg.): Bittersüße Lust II
SM-Stories & Bilder, 216 S.
Anthologie mit 16 Stories, Lyrik und Kurzprosa verschiedener Autoren; Bildkunst von Helmut Wolech, Roman Kasperski, Evelyn Kalcik, Sandmann
ISBN: 978-3-933540-12-6

Weitere Bücher und Leseproben finden Sie auf unserer Homepage
www.seitenblickverlag.de
Wir schicken Ihnen auch gerne unseren Katalog per Post.

seitenblick

Seitenblick Verlag B. Tegtmeier
Schillerstr. 1 • 53721 Siegburg
Fon: (02241) 5915-88 • Fax: -89